Toine Heijmans

Pristina

edition amikejo

Toine Heijmans

Pristina

Roman

aus dem Niederländischen
von Ruth Löbner

edition amikejo

Die Originalausgabe erschien bei Uitgeverij Atlas Contact, Amsterdam

Die Arbeit der Übersetzerin am vorliegenden Text wurde im Rahmen des Programms „NEUSTART KULTUR" aus Mitteln der Beauftragten der Bundesregierung für Kultur und Medien vom Deutschen Übersetzerfonds gefördert.

NEU START KULTUR

Die Beauftragte der Bundesregierung für Kultur und Medien

Diese Publikation wurde gefördert durch die Kunststiftung NRW.

Kunststiftung NRW

Deutsche Erstausgabe, 1. Auflage 2022

im EuregioKultur e. V., eingetragen beim Amtsgericht Aachen
im Vereinsregister VR 5130, vertreten durch Dr. Oliver Vogt
Reuschenberger Straße 5, 51379 Leverkusen
www.edition-amikejo.de

Buchgestaltung, Satz: Janssen Peters / www.satzbuero-peters.de
Umschlagsillustration: Annika Demmer / www.annika-demmer.de
Autorenfoto: Merlijn Doomernik
Druck und Bindung: FINIDR s.r.o., Český Těšín
ISBN: 978-3-9818894-5-1

Für meine Kinder
Für meine Eltern

Was ich erlebt hatte, war vorübergegangen
ohne Zeichen zu hinterlassen.

W. F. Hermans, *Das heile Haus*

1

Jeder weiß, wer der Mann ist, der die Fähre verlässt, und was er auf der Insel will. Ein Mann im Anzug, ein Mann allein – das sieht man hier nicht alle Tage und vor allem nicht in dieser Jahreszeit, wenn die Badegäste abgereist sind und die Fähre nur noch Insulaner und Rentner befördert, manchmal Bauarbeiter, einen Trupp zerknautschte Vogelkundler. Einzelgänger sind sie zwar gewöhnt, und mit denen können sie auch umgehen. Die Leute, die auf der Insel wohnen, sind selbst Einzelgänger: Strandräuber, Händler, Piraten. Reeder, Fischersvolk. Wurmsammler. Überbleiber. Tüftler. Geschöpfe, die sich gesucht und gefunden haben wie Strandvögel bei Ebbe.

Aber neue Einzelgänger, das ist was anderes. Die fallen auf.

Es ist November, der leere Monat, die Insel besteht nur noch aus Umrissen in einem Nebelring. Sie ist zur Bleistiftskizze mutiert, eilig hingeschmiert und wieder ausradiert. So liegt sie im sich kräuselnden Meer – erst, wenn man näherkommt, erkennt man, dass es wirklich eine Insel ist.

Der Mann verlässt die Fähre über die Gangway. Er zieht einen kupferfarbenen Trolley hinter sich her, rattert damit über die Pflastersteine. Das Geräusch der Rollen auf dem Straßenbelag prallt gegen die Kaimauer, wird zurückgeworfen, biegt links ab in die Dorpsstraat wie ein Panzerwagen – der Mann macht wirklich Radau mit seinem Koffer, hört das aber selbst nicht. Er ist der Einzige, der nichts hört, außer seinen eigenen Gedanken.

Im Koffer ist alles, was er braucht: Die Akte, drei Hemden, zwei Hosen, der Laptop und der Universal-Reiseadapter.

Während der Überfahrt ist er nicht an Deck gegangen. Er hat sich einen Kaffee im Pappbecher geholt, sich in den

Speisesaal gesetzt und die Anordnungen gelesen, die seine Abteilung der Akte hinzugefügt hat. Nicht zum ersten Mal sind die Dokumente nicht in Ordnung, und das ärgert ihn. Die Timeline fehlt, manche Briefe sind falsch adressiert und die Paraphierung ist ein Witz. Die ganze Akte besteht aus einem Wust loser Blätter, Mappe drum, fertig. Damit muss er sich begnügen. Zum Glück fehlen keine Stempel, und die Generaldirektorin, der Generalsekretär und der Minister höchst persönlich haben alles abgezeichnet.

Auf dem obersten Papierstapel klebte ein rosa Post-it: »*Anton, das spricht für sich. Kann ich mich auf Sie verlassen? G.*«

Natürlich kann er sich auf ihn verlassen.

Der Mann hat das Post-it abgezogen und eingesteckt.

Was völlig fehlt, ist ein Foto. Da wird er noch mal nachhaken müssen, in jede Akte gehört ein Foto, das vereinfacht die Arbeit, selbst bei den vielen Fälschungen, die in Umlauf sind: alte, retuschierte Schwarz-Weiß-Abzüge, die angeblich neu sind, Passfotos von Söhnen, die ihre Väter darstellen, Cousins, die zu anderen Cousins werden – das erschwert die Arbeit nun wieder, aber im Laufe der Jahre ist er ein Experte im Lesen von Gesichtern und im Erkennen von Täuschungsversuchen geworden. Er braucht nicht mal mehr eine Lupe, um betrügerische Fotos zu erkennen. Eine hochgezogene Augenbraue, ein Silberblick, sogar Zwillinge kann der Mann auf Anhieb auseinanderhalten.

In seiner letzten Mitarbeiterbeurteilung, erstellt auf Grundlage eines ausführlichen Evaluierungsgesprächs mit einem vom Ministerium beauftragten externen Berater, einem erfahrenen Arbeitspsychologen, stand etwas, worauf er stolz ist. Ein paar Sätze bloß, die aber für ein leichtes Ganzkörperkribbeln gereicht haben. »Bei den Werten, die das Ministerium in der Matrix ›Kernkompetenzen‹ als besonders wichtig erachtet, schneidet Herr A.D. überdurchschnittlich gut ab: Loyalität,

Engagement, Kompromisslosigkeit, Menschenkenntnis und Gelassenheit. Des Weiteren muss der hohe Grad an Wissensaneignung hervorgehoben werden, der deutlich über das zu Erwartende hinausgeht. Die Tatsache, dass Herr A.D. die ihm gesetzten Ziele erreicht und sogar übertrifft, ist größtenteils diesen Persönlichkeitsmerkmalen zuzuschreiben.«

Er bekam daraufhin einen kleinen Leistungsbonus. Ein halbes Monatsgehalt, lächerlich eigentlich, aber um den Betrag, der anonym auf eines seiner Konten überwiesen wurde und den er nicht ausgab, ging es ihm nicht, es ging ihm um die Anerkennung. Jeder Mensch, auch er, sehnt sich nach der Bestätigung, dass sein Leben sinnvoll ist. Und in den kommenden Tagen wird er genau das einmal mehr unter Beweis stellen.

Als das Nebelhorn der Fähre einen langen Signalton ausstößt, steht er auf, legt die Akte in den Koffer und verschließt ihn mit dem Zahlenschloss, dessen Kombination er jede Woche ändert. Er wirft den Kaffeebecher in den Müll und zieht sich die Jacke an, eine marineblaue Deckjacke aus Wolle, die er offenlässt. Es ist noch warm genug. Er stellt sich zwischen die anderen Passagiere in den Wartebereich. Er fällt auf, einerseits, weil er alle überragt, und andererseits wegen der adretten Jacke und der adretten gebügelten Hose, aber niemand sieht ihm ins Gesicht und niemand spricht ihn an. Sie beobachten ihn bloß, scheinbar beiläufig, wie Polizisten einen Verdächtigen beobachten, und wissen Bescheid.

Die Fähre prallt gegen die Duckdalben und schüttelt sich wie ein Tier nach dem Schwimmen, die Bewegung überträgt sich mit leichter Verzögerung auf ihn und seine Mitreisenden. Die Frau neben ihm berührt kurz seine Hand. Sie alle sind Passagiere, und das Warten vor der Stahltür, die sich jeden Moment öffnen wird, verbindet sie. Danach sind sie wieder auf sich allein gestellt.

Der Mann stützt sich gelassen auf den Teleskopauszug seines Trolleys, ein Rimowa, aus flexiblem gewelltem Kunststoff in Deutschland hergestellt. Fünf Jahre Garantie, das hat den Ausschlag für den Kauf gegeben. In den letzten fünf Jahren hat er mit seinem Koffer so einiges erlebt, aber der Rimowa hat, genau wie er selbst, alles tadellos überstanden. Die Aufkleber zieht er nach jeder Reise vorsichtig ab; nur Touristen lassen die Aufkleber drauf. Billiger Nagellackentferner, das funktioniert immer noch am besten, anschließend mit etwas Spülmittel und einem weichen Tuch nachwischen.

Man kann gegen den Koffer treten, so viel man will, ihn von einem Gepäckband in Paramaribo fallen lassen, ihn der sengenden syrischen Wüstensonne aussetzen, ihn in Weiß-Russland tiefkühlen – der Kunststoff wird nicht spröde. Patentiertes Schloss. Keine Beulen, keine Kratzer: Sein Koffer hat sich als zuverlässiger Reisegefährte erwiesen.

Die Farbe hat ihm Kopfzerbrechen bereitet; er hätte lieber einen schwarzen oder einen dunkelblauen genommen, Dienstfarben, aber der hier fällt auf und wird darum nicht so schnell vom Gepäckband gestohlen. Die Entscheidung war alternativlos.

Die Stahltür der Fähre schiebt sich auf, und das Erste, was der Mann von der Insel sieht, sind kreischende Möwen im Nebel. Die Passagiere, die noch für einen letzten Moment zusammengehören, setzen sich in Bewegung. Zeitgleich mit der auseinanderfallenden Kolonne läuft er die Gangway hinunter, die Rollen seines Koffers verkanten sich in den Aluminiumstufen. Manche der Wartenden sehen, dass er unter der Jacke einen Anzug trägt, blau und knitterfrei. Bis auf den untersten sind die Knöpfe seines Jacketts geschlossen.

Wenige Männer auf der Insel tragen Anzug und heute wahrscheinlich kein einziger; der Bürgermeister nur im Notfall, bei Begräbnissen, Geburten und vor allem bei Hochzeiten, Hochzeiten kann er gut, aber wenn er einfach so im Anzug die Dorpsstraat entlangmarschieren würde, bekämen alle einen Riesenschreck und hätten neuen Gesprächsstoff für den nächsten Stammtisch. »Hey, Bürgermeister«, würden sie rufen. »Wird irgendwo gefeiert? Ist jemand gestorben? Musst du wieder mit den hohen Herren vom Festland verhandeln? Pass bloß auf, dass du nicht selbst so ein hoher Herr wirst, Bürgermeister!«

Er könnte ein Makler sein, der Mann mit dem Koffer, aber dafür ist sein Anzug zu durchschnittlich, sein Blick zu starr.

Er könnte ein Würdenträger sein, ein Deichgraf, ein Abgeordneter, ein Generalstaatsanwalt am Gerichtshof, aber dafür ist sein Gang zu schnell, sein Gesicht zu jung.

Er könnte ein niederländischer Promi sein, der eine Woche vor dem Ruhm flüchten will, aber dann hätten sie ihn aus dem Fernsehen oder aus den Zeitschriften, die im Speisesaal der Fähre herumliegen, erkannt. Sein Gesicht ist dafür auch zu flach, zu blass.

Ein Bänker auf dem Weg zu seiner Geliebten in einem abgelegenen Holzbungalow.

Nein, sie wissen, wer er ist und was er vorhat, irgendwann musste es mal soweit kommen. Die Insel bewahrt eine Menge Geheimnisse, aber nicht vor ihren Einwohnern. Man kann nicht auf solch einer Insel leben und gleichzeitig Geheimnisse haben. Das ist der Preis, den man bezahlt.

Der Mann im Anzug weiß das alles noch nicht, er ist zum ersten Mal hier. Dadurch gerät er ins Hintertreffen. Am ersten Tag an einem neuen Ort ist ein Reisender am verletzlichsten, wie eine Schildkröte ohne Panzer. Das hat er in den letzten Jahren lernen müssen. Eine seiner Maximen lautet: schon vor der Ankunft auf jede Bewegung gefasst sein. Das gilt für Luanda, für Bagdad und für Casablanca, aber genauso für diese Insel, auch wenn sie niederländisches Staatsgebiet ist und er ein niederländischer Staatsbürger, tätig für die niederländische Regierung. Ein Neuankömmling muss immer erst mal seinen Rückstand ausgleichen. Daran denkt er und drückt den Rücken durch.

Vom Flug noch benommen ist er letzte Woche in Colombo ausgeraubt worden. Das hat er sich übelgenommen. Der Taxifahrer richtete eine Pistole auf ihn, so etwas war ihm vorher noch nie passiert, und er rückte brav die tausend Dollar heraus, die er immer in der Innentasche seines Jacketts bei sich trägt (die restlichen Scheine sind ins Futter eingenäht). »Thank you«, sagte der Taxifahrer. »Okay«, murmelte er. Das Geld war ihm egal, es war nicht sein Geld, Dienstdollars, ein Fall für die Versicherung, und er hatte sich auch keine Sekunde lang vor dem Taxifahrer und seiner Pistole gefürchtet – er fürchtet sich nie. Trotzdem hat er eine Nacht nicht geschlafen. Als Profi kann er es sich nicht erlauben, ausgeraubt zu werden. Gemeldet hat er den Vorfall nicht, noch nicht. Das wird er tun müssen, vielleicht noch heute Abend, auf jeden Fall bevor er zur Nachbesprechung dieses Auftrags ins Ministerium in Den Haag einbestellt wird. Er hat sich vorgenommen, es selbst anzusprechen, bei seinem Vorgesetzten. Das ist für alle Beteiligten das Beste.

Die Fähre ist zum Stillstand gekommen und liegt regungslos im Hafen, das Dorf ruhig wie ein Friedhof. Er geht die Hauptstraße entlang, der Koffer donnert hinter ihm her. Viel sieht der Mann nicht. Der Nebel, in dem die Insel gefangen ist, saugt die Farben aus dem Wasser, aus dem Anlegesteg, den gedrungenen Häusern, den Ferienbungalows, die wie lose Kiesel in den Dünen liegen, dem kurzen Leuchtturm, dem Strand, den Salzwiesen und dem Schlick, dem kleinen Nadelwald beim Süßwassersee, den halb unterm Sand verborgenen Bunkern. Was es an Vieh gibt, steht im Stall.

Der Nebel hält schon eine volle Woche durch, ein ungewöhnliches meteorologisches Ereignis; Nebel gehört in den Sommer, wenn der Meeresdunst morgens den Deich hinaufkriecht und die Insel langsam vom Wasser trennt, sie treiben lässt, als würde sie aufsteigen und wie ein Luftkissenboot davongleiten. Aber das hier ist ein Nebel, wie man ihn auf dem Festland erwarten würde, oder in einem Industriegebiet: eine dicke, klebrige, fast künstliche Masse, die einem in die Lungen dringt wie Zigarettenrauch, die Insel ins zähe Meer drückt, die Insulaner zu Boden. Als würden sie durch die Straßen ihres Dorfes waten, Geister, die dickflüssig das Haus verlassen und immer grauer werden, bis sie sich auflösen.

Der November ist der Monat des Windes. Aber der weht schon seit Wochen nicht, und es ist klamm, beinah mild – den Insulanern ist es nicht geheuer, wenn die Natur sich anders verhält, als sie es kennen. Sie haben die Novemberstürme in den Knochen, leben mit den Jahreszeiten und lieben Regelmäßigkeit; jede Abweichung irritiert sie. Sie bilden sich etwas ein auf ihre Souveränität, ihr Strandräuberblut und Piratengehabe, aber wenn es anders läuft, als sie es gewohnt sind, als sie es von ihren Eltern und Großeltern gelernt haben oder als sie es gern hätten, dann bringt sie das aus der Fassung.

Der Winter muss kalt sein, damit sie das Durcheinander des Sommers wieder in Ordnung bringen können. Drei Monate im Jahr treten sie ihre Insel an die Badegäste ab, dulden sie an ihren flachen Stränden, in ihren Cafés und Ferienhäusern. Gäste, die Spuren durch die Dünen ziehen, den Strandhafer platttreten und in solchen Massen kommen, dass ihr Müll täglich mit einem Frachtschiff aufs Festland abtransportiert werden muss. Saatkrähen, die frech vom Campingplatz zur Dorfstraße ausschwärmen, von Bar zu Bar, ihre Kinder in Bollerwagen und Fahrradanhängern im Schlepptau. Es muss sein, es bringt Geld, das ist ihre einzige Existenzberechtigung.

Aber Sturm ist unabdingbar, um diese Spuren zu verwischen, der Insel eine neue Haut zu verpassen. Nun klebt der Sommer an den Insulanern, viel zu lange; das Leben verliert den Geschmack wie ein alter Kaugummi.

Der Mann bleibt kurz stehen und sucht etwas in seiner Jackentasche; seine Brille ist feucht. Er findet das Brillenetui und holt ein Putztuch heraus, wischt die Gläser sauber, faltet das Tuch zu einem perfekten Rechteck und steckt es wieder ein. Es bringt nicht wirklich viel.

Wegen des Nebels hat der Bürgermeister beschlossen, das Licht im Leuchtturm Tag und Nacht brennen zu lassen, aber es kommt nicht weit und verliert sich fleckig im Nichts. Auch tagsüber ist die Sicht so schlecht, dass die Reederei in Erwägung gezogen hat, den Fährbetrieb einzustellen, was sonst nur bei Sturm oder schwerem Eisgang passiert. Erst letzte Woche hat es einen Zusammenstoß mit einem Fischkutter gegeben, keiner hat den anderen gesehen, zwei Schatten auf See. Es war kein heftiger Aufprall. Fast lautlos rieben die stählernen Schiffswände aneinander und trennten sich dann wieder. Die Kapitäne korrigierten verwundert den Kurs.

Als die Fähre heute auf dem Weg zum Festland kurz auf der Robbenplaat aufläuft und sich anschließend knarzend aus dem Sand löst, hat der erste Steuermann die Nase voll. Er ruft in der Reederei an. »Die Sicherheit der Passagiere und meiner Bemannung steht auf dem Spiel«, ruft er mit einer Stimme, die nicht zu ihm passt. Klein ist er, schmächtig, allerdings mit einer Vorliebe für große Worte und altertümliche Sprache. In seiner Freizeit sammelt er Tagebücher von Inselfischern, Schiffsjungen und Offizieren, und stellt sich seine Insel als Mittelpunkt der Welt vor. Von hier aus sind sie aufgebrochen zu Kontinenten mit exotischen Namen, exotischen Gewohnheiten, exotischen Frauen: nach Bahia und Batavia, nach Santiago und Sankt-Petersburg; gerade liest der erste

Steuermann das handschriftliche Tagebuch eines Matrosen, der über Yokohama als seinen Geburtsort schreibt.

Touristen sehen in den Insulanern angestaubte Exzentriker, Bauern und Fischer aus einer anderen Zeit, aber er weiß, dass er in Wahrheit von Menschen abstammt, die sich in der Welt besser auskannten als die größten Kosmopoliten aus Amsterdam.

Nächtelang kann der erste Steuermann in ihren Tagebüchern und Briefe versinken; er stellt sich die Männer vor, die vier Jahre lang zur See fuhren, bei der Heimkehr ihre Frau schwängerten und wieder aufbrachen. Die Kinder kannten ihre Väter nur von Postkarten: *Grüße aus Japan, dein Vater*; und dann stand er auf einmal vor einem, der Fremde, dem man glauben musste, dass es der eigene Vater war.

Es hilft ihm zu akzeptieren, dass seine Lebensaufgabe zurzeit darin besteht, die Fähre hin und her zu steuern, zweimal am Tag, im Sommer dreimal. Es ist keine schlechte Arbeit; manchmal muss er daran denken, wie es wäre, erster Steuermann auf einer Fähre über die Maas zu sein, zweihundert Mal am Tag dieselbe Strecke, und dann aus Wahnsinn in ein Binnenschiff knallen, weil man es nicht mehr sieht oder nicht mehr will. Nein, es ist wirklich keine schlechte Arbeit.

Ohne Fähre ist seine Insel nichts, das weiß er auch. Aber jetzt wird er tatsächlich wütend: Der Nebel sei so dicht, erklärt er dem Reeder am Telefon, dass Weiterfahren unverantwortlich sei. Der Reeder lenkt nicht ein. Den Betrieb einzustellen kostet Geld, die Besatzung muss in einer Pension untergebracht, die Passagiere informiert und entschädigt werden, und der Supermarkt auf der Insel bekommt seine Vorräte nicht. Außerdem ist der Steuermann das einzige Besatzungsmitglied, das den Nebel als Hindernis betrachtet. So kennen sie ihn gar nicht. Er ist der Mann, der immer fährt, notfalls nach Gefühl, der Mann, der keine Seekarte braucht, weil er das

Meer besser kennt als jeder Kartograph. Die Furchen und Grübchen, die Zeichen der Zeit in seinem Gesicht: Bojen und Tiefenlinien.

Vom Nebel abgesehen bestehe keine Gefahr; es sei windstill, kein Verkehr auf See. Das wird ihm mitgeteilt. Es gibt einen ziemlichen Zank auf der Brücke, aber dann beschließt er doch noch abzulegen und mittels Radar Richtung Insel zu steuern – an Bord der Mann, sein Koffer und die Akte.

2

Der Mann, der Anton heißt, weiß, wo er hinmuss und was er will, kein Firlefanz, das ist für alle Beteiligten das Beste. Er wird auch heute nicht lange fackeln: Der Auftrag ist klar und eilt. Er glaubt an die Wichtigkeit seiner Arbeit und an eine schnelle und gerechte Abwicklung. Er ist gut, das hat die Erfahrung gezeigt. Nicht jeder bekommt eine persönliche Nachricht des Ministers mit auf den Weg. Außerdem genießt er gewisse Privilegien, kann unabhängig agieren und bei Dienstreisen, deren Flüge länger als vier Stunden dauern, Business Class buchen.

Vor ihm erstreckt sich die Dorpsstraat pfeilgerade wie eine Landebahn, eine Linie durchs Zentrum der Insel, niedrige Häuser zu beiden Seiten, mit Fenstern, klein wie Schießschachte. Die Häuser sind aus gelbem Backstein gemauert, breitschulterig suchen sie beieinander Halt. Den Namen des Hotels und den Weg dorthin hat der Mann sich gestern im Flugzeug eingeprägt, damit er nicht mit Papier herumhantieren oder Passanten nach dem Weg fragen muss. So fällt er weniger auf. Niemand soll denken, er sei auf der Suche. Er will einen zielstrebigen Eindruck erwecken: Hotel *De Waarheid* an der Rechterschans.

Achthundert Meter die Dorpsstraat entlang, dann rechts in den Borneopad einbiegen und sofort wieder links: ein weißes Gebäude, an der Fassade kleben Holzbalkone. Vier Sterne – so etwas hätte er auf einem Außenposten gar nicht erwartet. Die Sekretärin hat für drei Nächte gebucht, das muss reichen. »Bleiben Sie doch länger«, hat sie vorgeschlagen, »mal ein bisschen ausspannen«, aber das ist nichts für ihn. Jetzt schon verbindet er die Insel viel zu sehr mit der Akte, die er bei sich trägt.

Er geht mitten auf der Straße, um den Überblick zu behalten. Zwei Fahrräder müssen ihm ausweichen, Schwalben, die ihre Flugbahn umlenken – er nimmt es kaum wahr. Er ist mit den Gedanken ganz beim Stadtplan und merkt auch nicht, wie ihn die Insulaner hinter den kleinen Fenstern beobachten. Neuankömmlinge und Touristen gehen immer mitten auf der Dorpsstraat, selbst wenn sie den Weg kennen, das unterscheidet sie vom Rest. Insulaner bleiben möglichst nah an den Fassaden, wie Einbrecher. Sie gehen schnell, eine alte Angewohnheit, und steigen genauso lautlos, wie sie sie verlassen haben, in ihre Häuser ein.

Die paar Geschäfte und Cafés, an denen der Mann vorbeikommt, sind außerhalb der Saison geschlossen, aber im Hotel *De Waarheid* herrscht Betrieb: Hinter den Fenstern bewegen sich Silhouetten. Er tritt durch die schwere Eichentür ein, stampft sich auf der Kokosmatte den Dreck von den Schuhen und sieht sich um. Niemand da. In der kleinen Halle mit glänzendem, dunklem Fliesenboden steht ein Schreibtisch, den er für die Rezeption hält. Er drückt auf den ins Holz eingelassenen Bakelitknopf.

Es klingelt, nein, es summt, ein kurzes, technisches Geräusch.

Eine Frau erscheint. Als sie ins Licht der Energiesparlampe tritt, die über der Rezeption hängt, ist sie blasser, als der Mann zunächst dachte. Ihre Augen erinnern ihn an kalten grünen Tee, ihr schwarzes Haar ist gefärbt; sie neigt den Kopf, um ins Gästebuch zu schauen, und er sieht ihren Haaransatz, ein paar Millimeter rotbraun. Persischrot, denkt er. Vom Balkan vielleicht. Könnte sein. Muss aber nicht, und nachfragen möchte er nicht. Es hat sich zu einem Spiel entwickelt, das er mit sich selbst spielt: Raten, woher jemand kommt, entlang welcher Linien sein Leben verlaufen ist, das der Eltern und Großeltern und Urgroßeltern. Noch immer überrascht ihn, wie vorhersagbar der Charakter eines Menschen ist, wenn man weiß, an welchem Ort seine Familiengeschichte beginnt. Manchmal stößt er auf Lebenslinien, die sich um die halbe Erde spannen, von Kontinent zu Kontinent springen, wie auf den Streckenkarten in den gratis Bordzeitschriften der Fluggesellschaften. Seine eigene Geschichte, die hat sich komplett in Den Haag abgespielt.

Er sieht sich ihre Augen an – sie sind stark geschminkt. Ihr Gesicht ist flach. Europäerin, denkt er. Vielleicht hier von der Insel, nach der Stimme zu urteilen, ja, jetzt hört er es deutlich, sie spricht lauter als er erwartet hätte. Nordisch. Kurz angebunden. Eine Inselbewohnerin.

Sein Spiel hält ihn in Schach. Neun von zehn Mal liegt der Mann, der Anton heißt, richtig. Er ist so vertieft, dass er ihr nicht zuhört. »Was kann ich für Sie tun?« Sie trägt eine Hoteluniform: ein zweiteiliges Kostüm aus feinem Wollstoff, dunkelblau, darunter eine weiße Baumwollbluse.

»Wie kann ich helfen?«

»Ich hatte reserviert.«

»Auf welchen Namen?«

»Drilling. Albert Drilling.«

»Geschäftlich hier?«

»Nein. Tourist.«

»Sie sind der einzige.«

»Verzeihung?«

»Sie sind heute Nacht der einzige Gast.«

»Ist das ein Problem?«

»Ab Mitternacht ist niemand mehr hier. Sie müssen bei der Eingangstür einen Code eingeben, wenn sie danach noch rein wollen.«

»Und wie lautet der?«

»Den schreibe ich Ihnen auf. Zwei Nächte?«

»Drei.«

»Bar oder mit Karte?«

»Bar.«

»Pass?«

»Wie bitte?«

»Dürfte ich bitte Ihren Pass sehen?«

»Warum?«

»Für die Verwaltung.«

»Das erscheint mir überflüssig. Ich zahle im Voraus.«

»Den Pass brauche ich trotzdem. Er wird registriert.«

»Von wem?«

»Von der Stadt und dem Fremdenverkehrsamt.«

»Warum?«

»Das weiß ich nicht. Das ist so.«

»Kommt nicht infrage. Das ist vollkommen überflüssig. Ich bin niederländischer Staatsbürger und befinde mich auf niederländischem Staatsgebiet, dafür braucht man keinen Pass. Von der Polizei lasse ich mich nach meinem Ausweis fragen, aber von niemandem sonst.«

»Es geht darum, wer die Insel besucht und warum. Danach richten sie ihre Planung.«

»Es besuchen so viele Gäste die Insel, da ist es sicher kein Drama, wenn von einem die Passnummer fehlt.«

»Ein Führerschein wäre auch okay.«

»Nein, das wäre nicht okay.«

Er sieht die Frau an, sein Blick wandert zu ihren Brüsten, er stellt sich vor, wie sie sich anfühlen. Auf ihrem Blazer ist ein Namensschild befestigt; sie heißt Manja. Vage erkennt er noch einen anderen Schriftzug, wahrscheinlich der Name der vorigen Empfangsdame. Irene, denkt er, oder Ineke, es ist kaum zu entziffern, Irma vielleicht. Andere Empfangsdamen mit anderen Brüsten haben dieses Namensschild getragen, mit Sicherheit wechseln sie jede Saison, wie Zugvögel. Lange halten sie es nicht aus auf einer Insel wie dieser.

»Die sind schön, was?«

»Wie bitte?«

»Meine Brüste. Sie starren sie an. Ihren Führerschein, bitte.«

Albert Drilling zieht sein Portmonee aus der Innentasche seines Jacketts.

»Ich bezahle schon mal.«

»Hören Sie«, sagt Manja, »ich muss auf unseren Regeln bestehen. Ich kann nicht jeden ins Hotel lassen, ohne seinen Ausweis zu prüfen. Das ist nun mal so.«

»Warum ist das nun mal so?«

»Das sind die Regeln. Außerdem: Denken Sie an Ihre Sicherheit. Wenn Sie auf der Insel verlorengehen, findet man Sie leichter. Vor allem, wo Sie ja allein reisen.«

Anton/Albert Drilling sieht die Frau an; ihre Augen sind so stark mit Kajal umrandet, dass sie vermutlich älter aussieht, als sie ist. Scheinbares Alter vierundzwanzig, wirkliches Alter neunzehn. Seine Schätzung. Sie sieht auch größer aus, als sie ist, denn sie steht leicht erhöht – in vielen Hotels ist der Boden hinter dem Tresen erhaben, das verleiht dem Personal eine natürliche Überlegenheit gegenüber den Gästen. Die Kunst besteht darin, sich nicht einschüchtern zu lassen. Ob sie zusätzlich hohe Absätze trägt, kann er nicht sehen.

»Ich möchte den Geschäftsführer sprechen.«

»Der ist auf dem Festland.«

Jetzt hat Anton/Albert Drilling die Wahl: Er kann auf seinem Standpunkt beharren, aber das wird Manja vermutlich auch tun. Gibt keiner von beiden nach, wird er sich ein anderes Hotel suchen müssen, wo man nicht nach seinem Pass fragt. Im Prinzip würde er das in Kauf nehmen, allerdings ist es riskant und wenig effizient. In einer Großstadt wäre das alles kein Problem, aber auf dieser Insel würde er auffallen. Es ist recht wahrscheinlich, dass Manja die Empfangsdame des anderen Hotels vorwarnt, ihr einschärft, ihn unbedingt nach seinem Pass zu fragen. Die Insel ist klein, garantiert kennt jeder hier jeden. Er muss abwägen zwischen der Gefahr, die Aufmerksamkeit auf sich zu lenken und der Gefahr, seine Privatsphäre einzubüßen. Er überlegt. Der Pass, den er bei sich hat, ist beinah abgelaufen. Er ist das älteste Reisedokument seiner Sammlung, die er zu Hause gewissenhaft in der untersten Kommodenschublade aufbewahrt. Wenn Anton/Albert Drilling diesen Auftrag erledigt hat, landet der Pass im Aktenvernichter auf der neunten Etage des Ministeriums. Eigenhändig wird er ihn schreddern, will zusehen, wie das Dokument unwiederbringlich in kleine Streifen geschnitten wird. Aber jetzt braucht er es ein letztes Mal.

Er kapituliert und zieht den Reisepass aus der Innentasche seines Jacketts. Manja lässt die vielen Seiten wie ein Daumenkino an ihren Fingern entlanggleiten. Visa schnellen vorbei: Schlichte Stempel, in tropischer Hitze eilig aufs Papier gedrückt, dann wieder kolorierte Kunstwerke mit Fotos und Hologrammen – je kleiner das Land, desto aufwändiger das Visum, denkt sie.

»Diplomatenpass?«

»Geschäftspass.«

Sie sieht ihn an. Weiß er, wer sie ist? Weiß er, dass sie sie heute Morgen vor ihm gewarnt haben, dass sie an der Theke der Hotelbar gesagt haben: »Mach dir keine Sorgen, du bist eine von uns, wir werden das Kind schon schaukeln.« Mit dem Pass in der Hand denkt sie nach: Ruhig bleiben lautet das Gebot der Stunde, gelassen und professionell, eine Gastgeberin. Distanz wahren und gleichzeitig Nähe suchen. Vielleicht sollte sie mit ihm flirten, ganz beiläufig, wie sie das auch mit anderen Gästen manchmal tut, aber nur mit den netten. Ein kurzer

Blick, eine schnelle Berührung, wohldosiert – man muss vorsichtig sein, aber in diesem Fall könnte es funktionieren. So schätzt sie ihn ein: Er wäre empfänglich.

Aber sie lässt es. Im Augenblick schenkt sie ihm besser möglichst wenig Beachtung. »Du musst gelassen bleiben«, hat Hero zu ihr gesagt. »Ruhig wie ne Flunder auf dem Meeresgrund.«

»Ich mache eine Kopie. Moment.«

Im fensterlosen Büro hinter der Rezeption, in dem alles in weiße Schränke eingeordnet ist wie in einer Apotheke, versucht sie, den Pass zu kopieren. Ihre Hände zittern. Sie sieht zu, wie sich sein Foto in Schwarz-Weiß aus dem Gerät schiebt: Albertus Johannes Drilling, geboren am 1. Februar 1969 in Woerden, der durchschnittlichsten aller niederländischen Städte. Sie holt den Pass unter dem Deckel des Kopierers hervor und blättert erneut darin, auf der Suche nach einem Visum, das sie erkennt. Ihr begegnet die halbe Welt. Es lässt sie kalt. Ihre Hände hören auf zu zittern. Er ist es. Er ist hier. Gewissheit zu haben tut gut.

Erleichtert geht sie zurück zur Rezeption, händigt ihm den Schlüssel aus.

»Hier den Flur entlang, an der Bar vorbei, rechts in den Aufzug, dritte Etage. Zimmer 312. Der Balkon geht nach vorne raus.«

»Danke. Mein Pass?«

»Den behalte ich noch kurz, der Kopierer ist kaputt.«

»Bitte legen Sie ihn in den Safe. Er darf nicht verlorengehen.«

Albert Drilling setzt sich in Bewegung, den Flur entlang. Sein Trolley folgt ihm; die Räder hinterlassen eine Spur im beigen Teppichboden. Manja sieht ihm hinterher. Er geht an der Bar vorbei, an den drei Männern, die da auf hohen Barhockern sitzen und »hoi« sagen. Er antwortet: »Guten Tag.«

3

Der Zimmerschlüssel baumelt an einer Eule aus Bronze, zu groß für die Hosentasche. Albert Drilling hasst große Schlüsselanhänger, und dieser ist gigantisch. Er wird ihn jedes Mal mitschleppen müssen, wenn er das Hotel verlässt. Elektronische Karten sind ihm lieber, man zieht sie durch einen Schlitz an der Tür, und automatisch gehen das Licht, die Klimaanlage und der Fernseher an; hier wird er das alles selbst erledigen müssen.

Zimmer 312 liegt am Ende eines langen, schlecht gelüfteten Flurs. Er macht die Tür auf; das Interieur hält Winterschlaf. Ein dunkles Doppelzimmer im letzten Winkel des Hotels, zwischen den halb zugezogenen Vorhängen fällt graues Licht durch die Fenster. Vor dem Bett ein Schreibtisch ohne Schubladen, an der Wand ein Flachbildfernseher.

Der Thermostat steht auf 12 Grad. Es ist aber wärmer.

Er tastet nach dem Lichtschalter und folgt seiner Routine: Den Koffer auf die Kofferablage stellen, falls es eine gibt, sonst aufs Bett, die Fenster öffnen, um die alte Luft zu vertreiben, die Nummer der Rezeption auswendig lernen, die beim Telefon auf einem Zettel steht, die Minibar kontrollieren, den Fernseher auf BBC World einstellen, Laptop und Akte im Safe verstauen – meistens im Kleiderschrank verborgen –, den Pappzettel lesen, auf dem die Gäste gebeten werden, der Umwelt zuliebe die Handtücher zweimal zu benutzen, das Handy-Ladegerät in die Steckdose stecken und sich aufs Bett setzen. Über diesem hier hängt das gerahmte Aquarell einer rauen Dünenlandschaft vor einem dunstigen, zu hellblau gemalten Meer.

Er tut, was er immer tut, muss aber diesmal den Impuls unterdrücken, sich kurz auf den kühlen, dunkelbraunen Überwurf zu legen, der sich stramm um die Matratze spannt.

Er ist müde. Nicht vom Jetlag. Jetlag fühlt sich an wie eine leichte Grippe, man weiß, es geht vorüber. Diese Müdigkeit ist anders. Noch nie war Albert Drilling so müde, nicht auf diese Art. Aber jetzt schon schlafen zu gehen würde einen Zeitverlust bedeuten. Er hat drei Tage, um seinen Auftrag zu erledigen. Danach nimmt er sich frei, das ist schon besprochen und abgesegnet.

Eine Schiebetür führt zum Balkon. Draußen steht ein Gartenset, zwei Stühle und ein Tisch aus weißem Kunststoff, die Stühle lehnen schräg an der Wand, damit der Regen ablaufen kann. Auf dem Tisch ein Aschenbecher mit dem Namen des Hotels. Albert Drilling legt die Hände auf die Metallbrüstung und sieht zur anderen Straßenseite hinüber. Alles ist in Nebel verpackt; direkt neben ihm stechen die kahlen Äste einer Eiche aus dem Weiß hervor, Stimmen dringen zu ihm herauf, aber er kann weder sehen, wo sie herkommen, noch hören, was sie sagen. Die Welt ist zusammengeschrumpft: auf ein Hotelzimmer und einen Balkon auf einer untergetauchten Insel.

Zurück im Zimmer öffnet Albert Drilling seinen Koffer. Seine verlässliche Basisstation, sein kupferfarbenes Hauptquartier. Exakt zwölf Kilo hat die Waage am Frankfurter Flughafen heute früh angezeigt, als er für den Weiterflug aus Colombo nach Amsterdam einchecken musste, *final destination* diese Insel. Das Gewicht seines Koffers variiert von elf bis dreizehn Kilo, je nach Zielort und Reisedauer. Für diesen Auftrag ist er eigentlich zu schwer.

Er stellt das Zahlenschloss ein, 9561, der Mechanismus klickt. Ohne Koffer hätte Albert Drilling kein Gegengewicht, er würde umkippen wie eine Statue ohne Sockel. Er nimmt seinen Koffer immer mit an Bord – sein Status als *frequent flyer* erlaubt ihm das. Diesen Status hat er sich gewissenhaft aufgebaut, er bewahrt alle Bordkarten sorgfältig auf, so kann er auch im Nachhinein noch Meilen einfordern, die ihm nicht automatisch gutgeschrieben wurden.

Fünfundzwanzigtausend Meilen für den Silber-Status. Vierzigtausend für Gold. Er weiß die silbernen, goldenen und titanfarbenen Kreditkarten zu schätzen; sie verschaffen ihm Zugang zur entspannten Welt der Businesslounges. Er braucht nicht den Luxus; die Wein- und Whiskeyflaschen, die dort prunken, die Kristallgläser, die druckfrischen Zeitungen und die elektronischen Massagesessel lassen ihn kalt – er braucht die Ruhe in diesen Räumen. Sie hilft ihm, klar zu denken, während der Flugplatz wie ein Propeller um ihn herum rotiert. Zum ersten Mal wird ihm beim bloßen Gedanken an den Frankfurter Flughafen schon übel. Die Anhäufung menschlicher Körper, unterwegs von A nach B, von Zeitzone zu Zeitzone, von Morgen zu Abend, ein Wirrwarr, das sich den Weg zu einem Gate bahnt oder von dort kommt, Kontakt mit den anderen Reisenden ist in keiner Form vorgesehen. Ein Flughafen ist ein Planet ohne Sauerstoff; jeder zieht sich in seinen gläsernen Kokon zurück, bis das Boarding beginnt.

Heute Morgen in Frankfurt hat er sich plötzlich von außen in diesem Strudel gesehen, ein Mensch unter Menschen, die nichts miteinander zu tun haben, die so schnell wie möglich weg wollen aus der Blechdose, die Terminal A oder B oder C heißt, 1 oder 2 oder 3. Weg von den Bildschirmen, den Gepäckbändern, von *mind your step*. Kurz ist er stehengeblieben und hat sich in Schwarz-Weiß von oben gesehen, wie durch eine Überwachungskamera, ein Mann im Anzug, ein Mann in der Masse – woran dachte er? Woran dachte er wirklich? Nicht die Gedanken des Geschäftsreisenden, akkurat wie eine Excel-Tabelle, mit Uhrzeiten und Flugnummern, nein, die darunterliegenden, wahren Gedanken. Die sah man nicht, wenn man mit der Überwachungskamera heranzoomte. Er stand still, der Rest wirbelte weiter, und er dachte an ... wusste er selbst überhaupt, woran?

Albert Drilling, reisender Staatsbeamter, unterwegs zu AZR-Nummer 120.900.5713 bezüglich Aktennummer 9906.21.2038. Auf den Teleskopauszug seines Koffers gestützt.

Einen Moment sah es so aus, als zweifelte er an sich, aber in Wahrheit war er an seinem Gate vorbeigelaufen. Daran dachte er. Bloß ein kleiner Fehler in Anbetracht der Umstände, aber ärgerlich. Er machte kehrt und betrat den Fahrsteig, der ihn schneller zum Terminal brachte, zu Gate E21, Sitzplatz 2C, in jedem Flugzeug der beste Platz, nach Schiphol und dann mit dem Zug weiter zur Insel, in einer einzigen fließenden Bewegung, über die Dorpsstraat in den Borneopad, bis zum Hotel *De Waarheid*.

Das Klicken seines Koffers, dann der Geruch seiner Sachen. Hotels sind seelenlos, aber Albert Drilling hat ein Händchen dafür entwickelt, die Zimmer und Apartments, in denen er wohnt, in sein Refugium zu verwandeln. Dazu braucht es nicht viel. Man muss sich nur die Zeit nehmen, den Koffer auszupacken, wie man es auch zu Hause tun würde, die Kleidung im Schrank zu verstauen, die Oberhemden auf die Bügel, Socken und Unterwäsche in eine Schublade. Er holt auch die Shampoofläschchen und alle anderen Hygieneartikel aus dem Bad und ersetzt sie durch seine eigenen. Legt seinen Rasierer aufs Waschbecken.

Er hat den Koffer ganz aufgeklappt; zuoberst liegen die Frotteepantoffeln des vorigen Hotels, des Hilton Colombo Residence. Neben Meilen sammelt er auch die Pantoffeln, die den Gästen in Luxushotels gratis zur Verfügung gestellt werden; es sind die einzigen Souvenirs, die er aufhebt. Zuhause hat er dafür ein extra Schrankfach. In diesem Hotel gibt es keine. Das sollte er beim Auschecken vielleicht zur Sprache bringen.

Er legt die Akte auf den kleinen Schreibtisch. Die Papiere stecken in einer Atlanta-Hängeregistratur aus Recyclingkarton. Ihr Name steht auf einem Etikett: K. Dostat (Kira). Antrag ZAA 26.03.1999. Afa 12.05.1999. Ablehnender Bescheid 16.06.2009. Ablehnender Bescheid nach Berufung 23.08.2010. Aufforderung zur Konsulatsanhörung 14.11.2010 (kein LP). Unbek. verz. 12.12.2010.

Noch einmal kontrolliert er, ob die Nummer mit der Nummer in seinem Auftragsschreiben übereinstimmt. Er ist auf seine eigene Gründlichkeit angewiesen; Albert Drilling arbeitet allein.

Das Bett ist weich. Der Schlaf kommt schnell, wickelt ihn ein. Dreimal wird Albert Drilling in dieser Nacht von einem Düsenjäger wach. Erst klingt es, als würde ein Laken reißen, dann kommt das Dröhnen. Danach bleibt es still.

4

Auf der Fähre zur Insel war für alle ersichtlich, dass sie anders war. Keine Touristin, keine Insulanerin. Ihr war das schnuppe. Sie war schon so oft anders gewesen, dass ihr die Blicke kaum noch auffielen; sie war inzwischen immun. Sie hatte sich sogar in dem Gefühl eingerichtet, immer und überall außen vor zu sein, nicht zur Wirklichkeit zu gehören, keinen Ort zu haben, den sie als Zuhause bezeichnen konnte. Sie hatte nur sich selbst.

Irin Past hatte ihren Namen so oft geändert, dass es sinnlos war, herausfinden zu wollen, wie sie wirklich hieß. Ihre Vergangenheit war ausgelöscht. »Du wurdest hundertmal geboren«, hatte ihr Vater zu ihr gesagt, »du hast so viele Leben in dir, so viele schöne Leben, du warst arm und reich, du bist gestorben und wiederauferstanden, du wurdest adoptiert und verlassen, weggeworfen und wiedergefunden. Aber das macht nichts, du bist schön, du wirst dich durchschlagen.«

Am nächsten Tag war er verschwunden.

Ihr Vater – falls der hektische, kleine, fettsüchtige Mann, mit dem sie in einem Wohnwagen wohnte, ihr Vater war – dachte sich Namen aus. Erst für sich selbst: Er hieß abwechselnd Petr, Pitret, Saïd, Slobodan, Sandor und Konia, aber alle nannten ihn Don, ein Name, den er nicht selbst erfunden hatte, aber wegen seiner Schlichtheit schätzte, und seiner Internationalität.

Danach dachte er sich Namen für seine – vermeintlichen – Familienmitglieder aus, und schließlich für alle, die ihn darum baten. Nach einer Weile war er so geschickt geworden, dass er Geld verlangen konnte. Zehn Euro für einen guten Namen. Fünfzehn. Fünfzig. Aus Groningen und Heerlen, aus Rotterdam und Den Helder reisten die Kunden mit dem Zug an, gingen dann, bei Gegenwind und unter schwarzen Wolken, drei Kilometer über den trostlosen Fußgängerweg, nur, um ihren Vater zu treffen.

An Werktagen, nach dem Abendessen, wenn der Tisch abgeräumt und das Geschirr gespült war, öffnete Don sein Büro: Dann schob er seinen Bauch unter die Resopalplatte des Klapptischs, nahm den Stapel Papier zur Hand, den er zwischen der Unterwäsche seiner Frau versteckt hielt, wo die Niederländer niemals suchen würden, nicht mal Beamte der Ausländerbehörde trauten sich da ran – »Diese Schlappschwänze«, rief er manchmal durch den Wohnwagen, »Angst vor Damenunterwäsche!« – und fing an zu schreiben. Schwitzend und seufzend schrieb er, Namen, Namen und noch mehr Namen, fein säuberlich untereinander, als wäre es eine Strafarbeit, und wenn das Blatt voll war, ging das Streichen los, bis ein, vielleicht zwei Namen übrigblieben, die gut genug waren, verkauft zu werden.

Später zog er in die Dorfbibliothek um, da konnte er in Ruhe nachdenken. Von neun bis fünf, Bürozeit. Er nahm sich Butterbrote mit.

Es sei harte Arbeit, sagte Don. Es sei wie Komponieren. Einen Namen erfinden könne jeder, die gebe es zuhauf, aber ein guter Name sei ein Musikstück, ein Gedicht, ein Roman, »ein guter Name hat Patina«, sagte der Mann, von dem Irin annahm, es sei ihr Vater. »Er muss verwittert sein wie alte italienische Schuhe, die trotz allem noch glänzen, wenn man sie putzt.«

Der Wohnwagen war ein länglicher Kasten aus geripptem Kunststoff, in dem Irin und Don mit einer Frau zusammenwohnten, die sich als Irins Mutter ausgab – *ihre Tante? ihre Schwester? ihre Cousine? ihre Mutter?* – sowie einer wechselnden Belegschaft jüngerer und älterer Kinder, Babys und

Teenager, Cousins und Cousinen; manche schliefen in einem der drei winzigen fensterlosen Zimmer in Stockbetten, höher als breit, andere auf dem Sofa oder bei jemandem mit im Bett. Ständig war jemand da, und ständig veränderten sich die Konstellationen. Ein leerer Wohnwagen – das gab es nicht, er war eine Raumkapsel voll Getuschel und Gemauschel, Gezeter und Gezischel. Irin mochte das. Es grenzte an ein Wunder, dass auf so engem Raum alles, was man zum Leben brauchte, Platz fand, bis auf eine Küche, wegen der Brandgefahr. Gekocht wurde im Gemeinschaftsraum, wo es für einen Euro fünfzig eine warme Mahlzeit gab. Die Frauen, die das Essen zubereiteten, betrieben einen heimlichen Handel und lagerten unter den langen Metalltischen säckeweise Reis und Couscous, Kartoffeln und Fufu. Die Wohnwagensiedlung hatte ihre eigene Volkswirtschaft, die von den Sicherheitsleuten geduldet wurde. Als Gegenleistung dafür, dass sie ein Auge zudrückten, durften sie gratis mitessen. Warum sollten sie auch etwas verbieten, was zu Ruhe und Frieden beitrug?

Mitten in der guten Stube des Wohnwagens stand auf einem klapperigen Tischchen eine illegale Kochplatte, auf der Irin und die anderen Teewasser heiß machten. Wenn Don seine Kundschaft empfing, gab es Instantkaffee.

Anfangs verkaufte er einfache Namen, die keinen Verdacht erregten. Abdel Aziz, Mohammed Mensour, Nagibulla Nabaq, Kweli Kwane, Chen Chiao – die Vorliebe für Alliterationen sah er als frühes Zeichen seiner Handwerkskunst und seines poetischen Talents. Das unterschied ihn von den Stümpern, die in der Flüchtlingsunterkunft für viel Geld miserable, völlig wertlose Ausweispapiere verscherbelten. Jahrmarktspässe, von irgendwelchen Deppen mit Prittstift und Billig-Tacker zusammengeschustert – darüber konnte Don sich wahnsinnig aufregen. Seiner Meinung nach war Fälschen eine Kunst, ein

Handwerk, besonders, wenn man es – wie er – aus humanitären Gründen betrieb.

Im weiteren Verlauf seiner Karriere bot er seinen Kunden wirklich interessante Kombinationen aus Vor- und Nachnamen an, jetzt in der Überzeugung, ein Ausländer müsse auffallen, um eine Chance auf ein Leben außerhalb des Systems zu haben. Ein Name könne andere günstig stimmen oder Widerwillen wecken, das mache keinen Unterschied, sagte er, solange er hängenbleibe. Etwa zur selben Zeit prägte er für sich selbst den Begriff »Namens-Alchemist«. Am liebsten hätte er das auf seine Visitenkarte drucken lassen, aber leider war es ein illegaler Beruf.

Ein Name müsse nichts bedeuten. Ein Name müsse »rund« sein, wie er sich ausdrückte, rund und glatt wie ein Kiesel. Der eine Kiesel, den man auflesen würde, läge er am Strand zwischen zehntausend anderen Kieseln – warum las man den einen Kiesel auf und ließ den Rest liegen? Außerdem brauche er eine Melodie. Ein guter Name sei wie ein sehr kurzes Lied, sagte Don.

Jamaladeen Tacuma war der erste Einfall, auf den er wirklich stolz war, Kesh Monee der zweite. Aber der wunderbarste Name, der je seinem wunderbaren Hirn entsprungen war, lautete Sahib Shihab, eine Perle: exotisch, aber nicht einschüchternd, mit freundlichen Vokalen, Anfangs-, Binnen- und Endreim, die sich im Gedächtnis verankerten, ohne penetrant zu wirken. Ein Name wie eine Verneigung, der gleichzeitig Demut und Standhaftigkeit ausstrahlte. Schick, aber unprätentiös. Kühl wie der Jazzmusiker, dem Don ihn geklaut hatte, Sahib Shihab höchstpersönlich, ein amerikanischer Hard-Bob-Saxophonist, der eigentlich Edmund Gregory hieß, sich dann zum Islam bekehrte und mit Monk und Blakey und Gillespie spielte, bevor er nach Skandinavien verschwand und eine Dänin heiratete.

Don hatte keine Ahnung von Jazz. Der Name war ihm in der Bibliothek rein zufällig auf einer Langspielplatte begegnet, die noch nie ausgeliehen worden war, und er hatte ihn dann in einem Standardwerk nachgeschlagen.

In der Bibliothek war nie viel los, und mit den wenigen anderen Stammgästen redete Don nicht. Als er für die Bibliothekarinnen von der Ausleihe und der Rückgabe ein bekanntes Gesicht geworden war, brachten sie ihm, wenn sie selbst Pause machten, einen schwarzen Kaffee vorbei. Leise stellten sie die Tasse neben ihm ab, um ihn nicht zu stören.

Ein paar Monate später lud der Direktor Don in sein kahles Büro mit den Kinderbuchplakaten an der Wand ein und fragte ihn, ob er Lust habe, sich um die internationale Zeitungssammlung zu kümmern. Der Direktor habe mit dem Gemeinderat darüber gesprochen, und der Haushaltsetat erlaube es, Don eine kleine Aufwandsentschädigung in Aussicht zu stellen, staatlich bezuschusst.

Don sagte zu.

Von da an fand er sich jeden Morgen bei dem Stapel Tageszeitungen ein, der auf einem großen elliptischen Tisch im Bibliotheksanbau auf ihn wartete. Mit diesem Service reagierte der Direktor auf ein gesellschaftliches Bedürfnis, das seiner Meinung nach mit der Eröffnung der Flüchtlingsunterkunft entstanden war. Ein Tisch, an dem die Flüchtlinge zusammenkommen und sich unters einheimische Volk mischen sollten. Ein *Tisch der Begegnung*. Mit dieser Bezeichnung war der Direktor sehr zufrieden. Kaffee gab es gratis. Sie würden sich dort ihre Geschichten erzählen. Durch die Tropfenform hatte man seinen Gesprächspartner eher neben sich als gegenüber – auch eine Idee des Direktors, der im Förderantrag den Begriff »kulturelles Bonding« verwendet hatte, ein Terminus, der ihm während eines Symposiums für städtische Beamte zum Thema multikulturelles soziales Unternehmertum mit dem Titel *Investieren in Gemeinschaftlichkeit* begegnet war. Eine »interkulturelle Bibliothek« sollte der Lesetisch werden – anfangs hatte der Direktor seine liebe Not, die regelmäßige Anlieferung ausländischer Titel sicherzustellen, aber letzten Endes gelang es ihm, fünfundzwanzig Abonnements abzuschließen, darunter die *Kabul Weekly, Zaman, Al-Ahram* und *Kosova Sot*.

Dons morgendliche Routine bestand darin, den Zeitungsstapel zu einem ansehnlichen Fächer auszubreiten und die alten Exemplare im Regal an der Wand zu verstauen. Die neuen sortierte er alphabetisch, und so erstreckte sich jeden Morgen fein säuberlich die Welt vor ihm.

Aber seit der feierlichen Eröffnung waren kaum einheimische Leser aufgetaucht, von Flüchtlingen ganz zu schweigen; die meisten hatten keine Lust, etwas über ihre alte Heimat zu lesen. Es bedeutete auch eine ziemliche Himmelfahrt von der Unterkunft zur Bibliothek, und Fahrkarten waren teuer. Don hatte dadurch alle Zeit der Welt, sich auf seine Arbeit zu konzentrieren.

Er saß immer am stumpfen Ende des Tropfens, wo er genug Platz hatte, die Zeitungen auszubreiten. Zu seiner Linken das Etui seiner Lesebrille, rechts eine Lupe und zwei Notizbücher: So arbeitete er sich nach und nach durch den Fächer. Wenn Don seine Zeitungen las, schwebte er mit dem Kopf so dicht über dem Papier, als wolle er in die Geschichten hineinkriechen, als würde er das Leben der Menschen, das da beschrieben wurde, nachleben, als würde er sich kurzzeitig ihre Namen und ihre Vergangenheit aneignen. Er las nicht wirklich, er suchte nur nach Wörtern und Geschichten, die er verwenden konnte. Er verließ sich auf sein Gespür; während die Texte an ihm vorbeizogen, siebte er sie durch wie ein Goldgräber. Ganz vereinzelt blieb mal ein Körnchen hängen, das er mit der Lupe genauer in Augenschein nahm. Meistens warf er das Körnchen schnell wieder weg.

Gute Namen waren selten. Aber wenn er einen gefunden hatte, Kesh Monee, das Goldkörnchen in seinem Sieb, dann hatte er für Wochen Arbeit. Aus dem einen Goldkörnchen destillierte er neue Körnchen, wie ein Chemiker: Kasmoni, Kas Moni, Monikas, Moni Kas. Manchmal schrieb er sie groß mit Filzstift auf ein Din A4-Blatt und hielt sie in die Höhe, betrachtete sie von allen Seiten, murmelte sie leise vor sich hin, sodass sie auf seinen Lippen resonierten, oder er schrie sie laut heraus. Erst wenn er hundertprozentig zufrieden war, fügte er sie seiner Namenssammlung hinzu: in kalligraphischen Lettern beschriftete schmale Pappstreifen, die er in einer pakistanischen Schmuckschatulle aufbewahrte.

Aber bloß ein Name genügte nicht, man brauchte auch eine Geschichte dazu. Don verkaufte Namen nur im Paket mit einer Familiengeschichte, sonst waren sie wertlos. Ein Ereignis, ein Stammbaum, ein Geburtsort, ein Krieg oder ein Aufstand – das war es, wonach er in den Zeitungen der Bibliothek suchte. Er suchte nach Stämmen in Afrika, nach religiösen Minderheiten in Afghanistan, nach den Abstammungslinien der Roma auf dem Balkan. In den großen Artikeln und Reportagen fand er sie nicht, die übersprang er immer öfter, er blätterte sofort weiter zu den Inseraten, den Traueranzeigen, der Rubrik Vermischtes, alles, was sich im hinteren Teil der Zeitung sammelte, Nachrichtenbrocken, ungelenk auf der Seite gestapelt wie die Ziegelsteine einer schiefen Mauer. Daraus destillierte er seine Ware.

Schüchtern klopften die Kunden an Dons und Irins Wohnwagentür, vorzugsweise in der Dämmerung oder wenn es schon dunkel war. Vorsichtig zogen sie die Schuhe aus und setzten sich an den Tisch, dem gedrungenen, drallen Mann gegenüber. Don studierte ihre Gesichter, fragte nach den

Idealen, die sie mit sich herumtrugen, rieb sich die Stirn, sah zur Decke hoch, als würde er aus der Kunststoffverkleidung Inspiration beziehen, und schrieb dann einen Namen auf ein Stück Papier, nicht größer als der Zettel aus einem chinesischen Glückskeks, einen Namen wie ein Zauberspruch, den er seinem Gegenüber in die Hand drückte. Diese Hand hielt er lange fest, manchmal fünf Minuten, manchmal zehn, sah seinem Kunden schweigend in die Augen. Und dann erzählte er die Geschichte zu dem Namen.

»Hör genau zu«, sagte er, »du musst wirklich ganz genau zuhören und dir alles merken, und wenn du gleich zum Bahnhof zurückgehst, musst du jedes einzelne Wort, das ich dir jetzt sage, wiederholen, wiederholen, wiederholen, bis du dir selber glaubst. Wenn du das nicht machst, war alles umsonst.«

Man bekomme von Don keinen neuen Namen, sagten die Kunden, man bekomme ein neues Gesicht. Er sei ein Schönheitschirurg. Und gleichzeitig verlieh sein Namensbusiness Don eine Existenzberechtigung. Indem er sich auf sein lukratives Puzzlewerk konzentrierte, verschwamm alles andere hinter ihm. Was er erlebt hatte, spielte keine Rolle mehr – wenngleich das auch nicht mehr lange so bleiben würde.

Kurz bevor er verschwand, gab Don seiner Tochter einen letzten neuen Namen: Irin Past. Es war nicht sein bester, sie fand ihn hölzern und kühl. Mit Irin allein konnte sie gut leben, das klang sinnlich und mondän, ein Name, der Männer erregte, wie sie festgestellt hatte, aber dann ergoss sich das Past darüber wie ein Eimer kaltes Wasser: Patsch. Der Name war eine Stolperfalle.

Sie hatte Don nie fragen können, warum ein Zauberer wie er sich so einen hässlichen Namen für ein Mädchen ausdenken konnte, das er für seine Tochter hielt.

»Ich bin weg«, hatte er zu ihr gesagt, als der Polizeibus vor dem Wohnwagen parkte, »aber du nicht. Du bleibst. Du bist Irin Past. Vergiss das nicht! Irin Past! Irin Past, Irin Past, Irin Past, sprich mir nach, Kind! Los! Nimm den Namen an!«

Sie nahm den Namen an, versprach, ihn zu behalten, und löste dieses Versprechen so gut es ging ein. Sie war Irin Past, unterwegs auf einer Fähre in ein weiteres neues Leben.

5

Die Fähre pflügte durchs Wasser und zog einen hellen Streifen ins Meer. Irin war an Deck gegangen und beobachtete die Möwen, die in Formation über dem Kielwasser flogen und darauf warteten, dass jemand etwas über Bord warf, ein Stück Brot oder eine Pommes. Die ganz frechen fraßen den Passagieren direkt aus der Hand. Anfangs bewegten sie kaum die Flügel, aber sobald die Touristen auf der Fähre sich an die trägen, schläfrigen Bewegungen gewöhnt hatten, mit denen die Möwen im Wind hingen, griffen sie an, kreischend und übermütig.

Irin sah nicht aus wie eine Ausländerin, dazu war ihre Haut zu hell und ihre Kleidung zu modern. Von klein auf hatte sie sich davor in Acht genommen, ausländisch zu wirken. Sie kaufte nicht beim Lidl ein, wie die meisten anderen Ausländer, sie schleppte keine schweren Tüten über die Straße. Sie stand früh auf und ging früh ins Bett und hielt sich aus dem Schwarzarbeitermilieu heraus. Sie sah, wie die jungen Frauen, die morgens in die Kleinbusse der Reinigungsfirmen stiegen, schnell alterten, als würde das Chlor, das sie benutzen, auch ihre Haut angreifen.

Sie sprach akzentfrei Niederländisch, sie las die niederländischen Zeitschriften, die in der Gemeinschaftsküche der Unterkünfte auslagen, sie lernte eine vergilbte Ausgabe von *Ons koningshuis* auswendig, kannte alle Prinzessinnen und Prinzen mit Namen und vertiefte sich in ihre Geschichte und in die ihrer Vorfahren.

Und trotzdem beäugten die Menschen auf der Fähre sie wie ein Kuriosum. Ihre Herkunft begleitete sie wie ein Halo. Irin hatte sich damit abgefunden, eine Dauerattraktion zu sein, genauso wie sie ihren Frieden damit gemacht hatte, für den Rest ihres Lebens Unterkünfte abzuklappern: Wohnwagen, Bungalows, Zelte – permanente Provisorien. Sie lebte immer mit Menschen zusammen, die sie nicht oder nur halbwegs kannte, die aus gegebenem Anlass Familien oder Clans bildeten, um ihre Einsamkeit zu kaschieren. Mühsam hatten sie sich irgendwo losgerissen und konnten nun nicht mehr Fuß fassen, gefangen in einer Tretmühle aus Dokumenten, Bescheiden und Anordnungen. In dieser Maschinerie hatten sie ihren Anker geworfen. Sie würden alles dafür tun, zu bleiben.

Die Insel war Irins dreizehnte Station. Eines Morgens hatte man sie zur Rezeption der Wohnwagensiedlung gerufen, wo der Case Manager und der Logistikleiter sie im Besprechungszimmer erwarteten. Sie erklärten ihr, die Siedlung müsse einem Neubau weichen; die jetzigen Bewohner würden umverteilt. Don war da schon im Bus der Ausländerbehörde abgeführt worden, und die Frau, die behauptete, Irins Mutter zu sein, war mit Mann und Maus bei Verwandten in Amsterdam untergetaucht.

»Du hast niemanden«, sagte der Case Manager.

»Du bist jetzt alt genug für die Insel«, sagte der Logistikleiter, und erzählte, er selbst gehe dort im Sommer sehr gerne mit seiner Familie campen, in einem großen Baumwollzelt. »Du hast Glück«, sagte er, »der Strand ist super, und du bekommst ein Zimmer in einem ehemaligen Drei-Sterne-Kurhotel. Das wird wie Urlaub. Ich bin fast ein bisschen neidisch, wenn ich ehrlich bin.«

»Ich auch«, sagte der Case Manager, »ich sag's dir: Wenn ich könnte, würde ich sofort mitkommen.«

»Vielleicht besuchen wir dich ja irgendwann mal«, sagte der Logistikleiter und sah dabei den Case Manager an. »Mal ein bisschen ausspannen.«

»Ein Arbeitsbesuch!«

»Endlich mal ein kleiner Lichtblick!«

Irin Past sagte nichts.

Niemand wollte auf die Insel. Die Inselbewohner hatten etwas gegen Flüchtlinge, erzählten die Flüchtlinge sich, sogar der Bürgermeister hatte sich den Plänen für eine Unterkunft widersetzt. Ein paar Ausländer konnte er ja verkraften, aber dreihundert auf einmal, das war ein Angriff auf die Identität seiner Gemeinschaft. Ein Sturm auf seine Bastille.

Zu seinem Leidwesen hatte er mit ansehen müssen, wie die Insel während der letzten Jahre immer weiter Richtung Küste gerückt war; immer mehr Sitzungen wurden in der Stadt abgehalten und ihm schien, als habe die Provinzregierung Pläne, ihn auf dem Festland einzugemeinden – eine Fusion. Aber er war kein Staatsmann. Er fühlte sich nicht als Bürgermeister; er fühlte sich als Vorarbeiter – »Diese Insel«, hatte er einmal bei einer Rede im Rathaus gesagt, »hat immer für ihre Existenz kämpfen müssen und niemand, absolut niemand wird ihr je seinen Willen aufzwingen.«

Rau und feindlich kam Irin die Umgebung vor, aber das war nicht ihre größte Sorge. An feindliche Umgebungen war sie gewöhnt. Viel wichtiger war, dass es keinen Fluchtweg gab, zum Schwimmen lag die Insel viel zu weit von der Küste entfernt. Für Menschen, die es gewohnt sind, ständig ihr Äußeres und ihren Namen zu ändern, ist eine Insel das blanke Grauen: Wenn du ankommst, wissen es alle, und wenn du weggehst, auch. Jeder Fußabdruck, den du im Sand hinterlässt, wird wahrgenommen. Du kannst dich nicht verstecken oder wegschleichen. Die besten Gefängnisse, das wusste sie, wurden auf Inseln errichtet: Alcatraz, Château d'If, Robben Island, Elba – wenn man jemanden loswerden wollte, brauchte man ihn nur auf eine Insel zu verfrachten, und die Sache war erledigt.

Aber sie ging, weil sie gehen musste, und nahm ihre Habseligkeiten in dem großen blauen Reisekoffer mit, den Don zurückgelassen hatte.

Dies war Umzug Nummer dreizehn, und zum ersten Mal, seit sie in die Niederlande gekommen war, machte Irin sich Sorgen. Bisher war sie einigermaßen unsichtbar gewesen; niemand konnte Irin Past sagen, wo Irin Past herkam, und wenn sie nirgendwo herkam, konnte sie auch nirgendwo hin zurück. So stromerte sie in den Kulissen des Landes umher, von der einen Unterkunft zu anderen, von dem einen Namen zum nächsten. Unantastbar war sie geworden, vielleicht sogar für sich selbst.

Sie war im Reinen mit der Zwischenwelt, in der sie lebte, mehr noch: Sie kostete ihr Schattendasein aus. Wenn sie Lust dazu hatte oder es nötig war, veränderte sie sich einfach in jemand anderen; die Unfreiheit ihres Lebens in der Flüchtlingsunterkunft war gleichzeitig ihre größte Freiheit. Den einen Tag konnte sie Eltern haben, den nächsten eine Waise sein, sechzehn oder achtundzwanzig, eine Lady oder eine Schluse. Ein anderes Leben konnte Irin sich gar nicht mehr vorstellen.

Sie fürchtete, die Insel würde alles verändern.

Vielleicht hätte sie sich davonmachen sollen, direkt nach dem Gespräch mit dem Case Manager und dem Logistikleiter. Einfach weg: In eine große Stadt, in der Menge untergehen, sie kannte etliche, die genau das getan hatten. Mit ein wenig Geschick brauchte man als illegaler Stadtstreicher nicht am Hungertuch zu nagen. Sie kannte Leute ohne Zuhause, die reich waren. Vielleicht war sie selbst auch reich. Einen Teil des Geldes, das Don mit seiner Namen-Erfinderei verdiente, hatte er Irin gegeben, an dem Abend, bevor er verschwand. Es war in einer Keksdose, die Irin im Kleiderschrank versteckte. Die Dose war nicht groß und nicht sehr alt, das Preisschild vom Lidl klebte noch darauf. Honigwaffeln. Sie hatte sich nie die

Mühe gemacht oder den Mut gefunden, die Dose zu öffnen, auch nicht, als sie sie kurz vor ihrer Abreise in den blauen Koffer packte. Sie redete sich ein, dass es keinen Grund gab, das Geld zu zählen, solange sie es nicht brauchte.

So stand sie an Deck, in Gedanken versunken. Weit und breit kein Land in Sicht. Sie mochte das Meer nicht, die kurzen Wellen, die sich überschlugen und mit ihren Kämmen aus Bergkristall die Fähre umringten, den fiesen Wind, der ihr in die Ohren blies.

Wahrscheinlich war sie die Einzige an Bord, die so dachte. Die gut gelaunten Touristen störten sie. Sie hatten sich die Insel als Ferienziel ausgesucht, waren freiwillig hier. Sie konnten auch wieder weg.

Während die Touristen mit langen Objektiven einen Seehund fotografierten, der sich auf einer Sandbank in der Sonne räkelte, kehrte Irin in den Schiffsbauch zurück, stieg die Metalltreppe zwischen den Decks hinab und blieb im großen Gepäckraum stehen. An der Wand hing eine Seekarte, und Irin betrachtete die Insel, die langgezogen im Wasser lag. Sie sah aus wie eine Bakterie unter dem Mikroskop. Am östlichen Ende lag ein Dorf mit einem Leuchtturm; sehr viel mehr verriet die Karte nicht. Irin fuhr mit dem Finger die Küstenlinie entlang, als könnte sie die Insel so besser kennenlernen. Größtenteils war sie unbewohnt, stellte Irin fest: Jenseits des Dorfes gab es kaum Häuser. Eine einzige schmale Straße führte zum breitesten Teil der Bakterie, der Westseite, hörte dann aber plötzlich auf. Dort begann eine Art Wüste, eine Leere, in deren Mitte sich ein Observationsposten befand, in roten Großbuchstaben beschriftet mit SCHIESSÜBUNGEN LUFTWAFFE.

Sie drückte mit dem Finger so fest aufs Papier, dass er einen Abdruck hinterließ.

»Wenn Sie bitte die Karte nicht beschädigen?«, sagte der Mann, der hinter ihr stand. »Es wird hier an Bord schon genug beschädigt.«

Irin drehte sich um. Sie sah so wütend aus, dass der Mann lachen musste.

»Ich habe Sie erschreckt.«

Er trug Uniform. Sie wurde noch wütender. Heute Morgen hatte man ihr in der Wohnwagensiedlung versprochen, sie würde auf dem Schiff keine Begleiter haben; der weiße Kleinbus der Ausländerbehörde hatte sie zum Hafen gebracht, zwei Beamte hatten sie bis auf die Gangway begleitet, waren dann aber am Eingang zur Fähre stehengeblieben. Schnell war Irin über die hohe Stahlschwelle ins Schiff gestiegen, um sie los zu sein.

Und jetzt stand doch wieder einer vor ihrer Nase.

»Sind Sie von der Ausländerbehörde?«, fragte Irin.

»Sehe ich so aus?«, fragte der Mann.

Sie musterte ihn – nein, die Leute von der Ausländerbehörde sahen anders aus. Jünger meistens – kleine Jungs mit Bodybuilderkörpern, die vor dem Spiegel geübt hatten, streng zu gucken. Dieser Mann war älter und hatte große, müde Augen.

»Arbeiten Sie in der Flüchtlingsunterkunft?«, fragte Irin. »Sind Sie vom Ministerium?«

»Ich bin der erste Steuermann.«

»Wenn Sie der Steuermann sind«, sagte Irin, »steht also jetzt niemand hinterm Steuer?«

»Doch. Der zweite Steuermann.«

»Damit Sie in Ruhe junge Frauen belästigen können.«

»Die gerade meine Seekarte kaputtmachen.«

Diesmal sah sie ihm direkt in die Augen und wartete einen Moment, ehe sie fortfuhr.

»Was ist das für eine Insel, wo wir hinfahren?«

»Wie meinen Sie das?«

»Was ist das für eine Insel?«

»Meine Insel«, sagte der Mann.

»Sie wohnen da?«

»Ja.«

Ihr Blick ging zurück zur Karte. »Wie kann man auf einer Insel wohnen?«

»Wie kann man in der Stadt wohnen?«

»Da ist nichts! Eine Wüste mitten im Meer.«

»Da ist mehr, als Sie denken. Waren Sie schon mal auf einer Insel?«

»Nein«, sagte Irin, »aber ein Blick auf die Karte genügt mir. Ich habe an so vielen verschiedenen Orten gewohnt, ich kann fühlen, wie es ist, auch wenn ich noch nie da war.«

»Ich würde nicht auf dem Festland leben wollen.«

Irin schwieg.

»Ich heiße Hero. Hero Zeelen. Und du?«

»Irin.«

»Irin?«

»Irin Past.«

»Merkwürdiger Name«, sagte Hero. »Ist der echt?«

»Hero Zeelen«, sagte Irin und ließ die Es lange schweben – »ist der echt?«

»Angeblich fälschen Flüchtlinge oft ihren Namen. Man liest so einiges in den Zeitungen.«

»Ach ja? Was denn zum Beispiel?«

»Alles Mögliche. Nicht viel Gutes. Über Diebstahl und so. Ein paar Ladenbesitzer haben Alarmanlagen installiert, weil sie Angst vor Einbrüchen haben. Auf unserer Insel wird nie eingebrochen, kein Mensch schließt die Tür ab, aber nach den Geschichten in der Zeitung …«

»Sollen sie mal machen.«

»Du siehst mir nicht aus wie eine Diebin.«

»Man kann nie wissen. Die besten Diebe sehen nicht aus wie Diebe. Die nehmen sich in Acht.«

Hero schwieg.

»Auf der Brücke kann man die Insel besser sehen. Willst du?«

»Okay.«

Sie nahmen die Treppe zur Brücke. Hero hielt ihr die schwere Metalltür auf und führte Irin Past ins Steuerhaus, wo ein Mann mit Fernglas stand. Sie hatte ein Steuerrad erwartet, aber da war keins. Vor der breiten, nach vorn geneigten Fensterscheibe stand nur ein Tisch, eine Werkbank mit schwarzen Geräten, zwei Joysticks und Computerbildschirmen; auf einem davon sah man, wie das Schiff in einem digitalen Meer vorankam. Ein roter Strich, der sich ruckartig durch dunkel-, manchmal hellblaues Wasser bewegte, vorbei an grünen und gelben Sandbänken, eine Kinderzeichnung.

Bis zum Hafen war es nicht mehr weit.

Auf der Brücke hatte man einen Panoramablick, es wirkte, als stünde man draußen. »Da.« Irin folgte Heros Finger. »Der Leuchtturm.«

Sie sah die Insel über dem Wasser schweben, als stiege sie aus dem Meer auf, eine Fata Morgana. Das Dorf befand sich auf einem Hügel, dahinter räkelte sich ein bleicher Körper aus Sand. Sie fragte sich, wie die Insel dem Wasser standhielt, das sie umspülte, versuchte, Stücke aus ihr herauszubrechen, sie zu überwältigen. »Jetzt ist Flut«, sagte Hero. »Darum wirkt sie so klein.«

Irin sehnte sich zurück in die übersichtliche weiße Wohnwagensiedlung, wo sie unter ihresgleichen war.

»Wo werde ich untergebracht?«, fragte sie Hero.

»Am Strand«, sagte er. »In einer alten Pension, die schon jahrelang leer steht. Dreihundert Leute sollen da reinpassen. Stand in der Zeitung. Kommt mir ein bisschen viel vor. Sie haben es in den letzten Monaten aufgemöbelt, ein Unternehmer von hier hat es gekauft. War ziemlich runtergekommen; alles Brauchbare ist im Lauf der Jahre geplündert worden. War nur noch das Skelett über. So machen wir das auf der Insel: Wir werfen nie was weg, haben immer Angst, eines Tages die letzten Menschen auf der Welt zu sein, oder, eigentlich haben wir einfach Spaß daran, mit altem Krempel rumzuhantieren. Die alte Hotelbar steht jetzt in einem Jugendheim, und mein Nachbar hat sich aus den Brettern, die er da gefunden hat, eine Scheune gebaut. Ist verboten, aber alle haben mitgemacht. Wenn du wüsstest, wie viele Hotelbetten jetzt in den Ferienhäusern stehen, die an die Badegäste vermietet werden. Was niemand mehr benutzt, gehört der Allgemeinheit, so ticken wir. Letztes Jahr sind sechs Container mit Turnschuhen angespült worden, nach einer einzigen Nacht war alles ratzeputz weg. Wir sind da rumgewuselt wie eine Horde Mistkäfer. Eigentlich müssen Fundsachen zum Strandamt gebracht werden, aber was sollen die damit? Wochenlang haben wir rechte und linke Schuhe zusammensortiert, überall hingen die zum Trocknen, an Schuppen, an Wäscheleinen, an Trockenspinnen. Wie Stockfisch. So sind wir halt.«

»Ihr seid die wahren Diebe!«, sagte Irin. »Aber sich über die paar Flüchtlinge beschweren.«

»Ich beschwere mich nicht.«

»Ein Glück.«

Unter ihren Füßen vibrierte das Deck, der Mann mit dem Fernglas hatte das Anlegemanöver eingeleitet.

»Diebe«, sagte Irin, »haben selbst am meisten Angst, dass sie beklaut werden.«

6

Albert Drilling hat eine rote Krawatte für das Gespräch mit dem Bürgermeister ausgesucht, das um 09:00 Uhr im Rathaus auf der Dorpsstraat ansteht, sechseinhalb Gehminuten vom Hotel. Um 08:48 Uhr will er aufbrechen. Er kalkuliert immer mit ein, dass der Lift nicht funktioniert, oder die Rezeptionistin ihn etwas fragt, so etwas kann leicht ein paar Minuten Zeit extra kosten. Es ist ein perfides Gleichgewicht zwischen zu früh und zu spät kommen.

Er steht in Zimmer 312 und betrachtet sich im Ankleidespiegel auf der Eichenholzgarderobe. Anthrazitfarbener Anzug, weißes Baumwollhemd und schwarze Socken in klassischen schwarzen Schuhen, einfach, gediegen und zurückhaltend. Keine Krawattennadel, keine Manschettenknöpfe, keine protzige Armbanduhr, nichts Schickes; der Bürgermeister muss das Gefühl haben können, ihm überlegen zu sein.

Im Lauf der Jahre ist ihm aufgegangen, dass die richtige Haltung Amtsinhabern gegenüber ein wichtiger Hebel im Prozess ist, nicht nur wegen deren Machtposition, sondern auch, weil es nicht gut ankommt, wenn ein Sonderbeauftragter des Ministeriums hochmütig agiert oder ohne Vorankündigung fremdes Territorium betritt. Nach Albert Drillings Erfahrung hat ihre Eitelkeit sie zu Bürgermeistern gemacht, im Grunde sind es alles kleine Jungs und Mädchen, die gerne Bänder durchschneiden und in der Schule schon bestimmt haben, welches Spiel in der Pause gespielt wird. Davon kann man halten, was man will, aber diese Eitelkeit kann er sich zunutze machen. Es ist ihre Schwachstelle.

Die Insel, hat er recherchiert, ist eine kleine Gemeinde, die zweitkleinste des Landes; ist der Bürgermeister ehrgeizig, kann Albert Drilling seiner Karriere auf die Sprünge helfen. Das hat schon früher gut funktioniert. Er hat mit dem Ministerium vereinbart, dass sie ihm jede Woche eine Liste mit demnächst freiwerdenden Bürgermeisterposten in mittelgroßen Städten zukommen lassen, diese Liste hat er dabei. Er steckt sie in die linke Innentasche seines Jacketts, rechts hat er den Umschlag mit Geld. Vielleicht kommt der Moment, es über den Tisch zu schieben. Vielleicht auch nicht. Er wird sich heute Morgen dienstfertig geben und auf die Möglichkeiten eingehen, die sich auftun.

Vorbereitung ist alles, denkt er.

Mit etwas Glück ist Albert Drilling morgen fertig, kann den Generalsekretär anrufen und ihm mitteilen, dass der Fall abgeschlossen ist und er sich zu Hause für den nächsten Auftrag bereithält. Seit seiner Beförderung ist er kaum noch im Ministerium gewesen; soweit er weiß, hat er dort nicht einmal mehr ein Büro, und er fragt sich, ob sein Name überhaupt noch im System auftaucht, angesichts der Brisanz seiner Aufgaben. Hin und wieder reist er nach Den Haag, um dem Minister und der Abteilung einen Besuch abzustatten, jedes Mal nimmt er sich vor, das öfter zu tun, mehr unter Menschen zu gehen, aber das lässt sein Terminkalender kaum zu.

Er hat nicht gut geschlafen auf der nachgiebigen Matratze. Die erste Nacht im Hotel schläft er immer schlecht. Als wäre im Zimmer noch der Nachhall der Gäste, die hier vor ihm geschlafen, wach gelegen, geweint, Sex gehabt, sich betrunken oder ferngesehen haben. Mit vereinten Kräften haben sie ihn wachgehalten.

Wie viele Menschen haben wohl in seinem Bett geschlafen? Tausend? Zweitausend? Er rechnet nach: Bei einer Auslastung von achtzig Prozent ist das Zimmer (gerundet) dreihundertacht Tage im Jahr belegt, im Schnitt drei Nächte pro Gast, das macht hundertdrei Gäste pro Jahr, die meisten davon Paare:

insgesamt zweihundertsechs Übernachtende. Einzelpersonen wie er, überlegt er, werden durch Gäste mit Kleinkind oder Baby kompensiert, für die ein Klappbett im Zimmer bereitsteht.

Der Gedanke, dass im letzten Jahr mehr als zweihundert verschiedene Personen in seinem Bett geschlafen haben, ist nicht schön. Plötzlich sieht er sie vor sich: einen Berg nackter und halbnackter Menschen. Das Zimmer quillt über vor Armen, Beinen, Köpfen, so gestapelt und gegeneinandergedrückt, dass nicht mehr zu erkennen ist, welche Gliedmaßen zu welchem Körper gehören, die *Guernica* oder ein Gemälde von Hieronymus Bosch. Die Hygiene des Bettes bereitet ihm keine Sorgen, wohl aber die Geschichten, die sich im Lauf der Zeit in dem kleinen Zimmer angesammelt haben; mit einem Mal fühlt es sich an, als wären alle Augen, die jemals dieses Zimmer gesehen haben, auf ihn gerichtet und würden ihn zum Mitschuldigen an den Geschehnissen machen.

Alle Gäste haben hier Spuren hinterlassen, da ist er sich sicher, sonst wäre ihr Aufenthalt umsonst gewesen. Solche Gedanken kann Albert Drilling gerade nur schwer verdrängen. Offensichtlich ist der Jetlag noch nicht überstanden. Er braucht frische Luft, das Zimmer riecht alt, er hat den Verdacht, dass hier geraucht wurde. Er geht zum Fenster, reißt die Vorhänge auf, zieht die Gardine beiseite, die an einer separaten Schiene aufgehängt ist, und öffnet die Schiebetür. Kalte Meeresluft. Der Nebel hat sich noch immer nicht aufgelöst und klebt grau am Licht einer Straßenlaterne. Er scheint mehr Masse bekommen zu haben. Albert Drilling kann die gegenüberliegende Straßenseite noch immer nicht sehen, und jetzt sind auch die Zweige der Eiche verschwunden. Es ist mucksmäuschenstill.

Er beschließt, erst zu frühstücken und sich dann die Krawatte zu binden. Es ist halb acht. Er hat noch Zeit.

Der Frühstücksraum im Erdgeschoss ist überraschend groß. Kronleuchter hängen von der hohen Holzdecke. Alle Tische tragen gebügelte weiße Tischtücher und sind gedeckt, dabei gibt es nur einen einzigen Gast: ihn. Albert ist diese merkwürdige, ineffiziente Angewohnheit schon in anderen Hotels aufgefallen. Warum deckt man Tische, die nicht gebraucht werden? Es gibt keinen Grund zu der Annahme, dass noch jemand anders zum Frühstück erscheinen wird. Die Morgenfähre legt erst in einer Stunde an, bis dahin setzt niemand einen Fuß auf die Insel, und wenn die ersten Touristen beim Hotel angelangt sind, ist die Frühstückszeit ohnehin vorbei. Oder steckt vielleicht der Gedanke dahinter, er könne es ungemütlich finden, als einziger Gast von dreißig kahlen Tischen umringt zu sein? Dabei verstärken die gedeckten Tische die Einsamkeit des Einzelnen doch bloß.

Er fragt sich, wie die Hotelküche mit der Situation umgeht. An der kurzen, grob verputzten Wand ohne Fenster stehen vier Edelstahlrechauds; unter den Deckeln verbergen sich Rührei, Speck, Bohnen und kleine Pfannkuchen, genug für eine ganze Armee. Auf einem anderen Tisch stehen vier verschiedene Fruchtsäfte in Flaschen mit kleinen Kunststoffhähnen. Eine Schale mit sechs Sorten Marmelade in handlichen Plastikverpackungen, darunter auch englische *Marmalade*, die niemand isst, er hat jedenfalls noch nie erlebt, dass jemand im Hotel *Marmalade* isst.

Albert folgt seiner Routine. Mit der rechten Hand einen Frühstücksteller vom Stapel nehmen (der ist warm, sehr gut) und sich bei den Rechauds auftun, mit der linken Hand ein Wasserglas an der Saftbar füllen, an den Tisch gehen, Teller und Glas abstellen, vom Lesetisch eine Zeitung holen, hinsetzen. Er entscheidet sich für einen Tisch in der Mitte, so behält er den Überblick.

Kaffee. Schwarzen Kaffee braucht er jetzt, mit dem Ei und dem Speck und den Bohnen müsste er sich bis zum späten Nachmittag über Wasser halten können – Mittagessen betrachtet er als Zeitverschwendung. Er sieht sich um und entdeckt nirgendwo einen Kaffeeautomaten. In den meisten Hotels gibt es statt der Servicekräfte nur noch Selbstbedienung, aber hier offenbar nicht.

Er befindet sich in einem Schwebezustand. Da sitzt er, mitten in diesem Netz aus unnützen Tischen. Der Frühstücksraum ein Stillleben, es gibt alles und es passiert nichts, Albert hört nur die Rechauds fauchen und fühlt sich wie in einem zeitlosen Raum, als wäre er auf der Durchreise, hätte seinen Flug verpasst. Als er aufstehen will, schwingt die Tür zur Küche auf, und die Frau von der Rezeption weht wie ein Windstoß auf ihn zu und fragt, ob er Kaffee möchte. Ihr Namensschild pinnt diesmal auf einer klassischen Servierschürze über einem schwarzen Kleid, sie trägt flache Schuhe, eine Fünfzigerjahre-Uniform.

»Bin ich nach wie vor der einzige Gast?«, fragt er.

»Ja«, sagt sie. »Es ist Winter. Wären Sie nicht gewesen, hätten wir zu.«

»Warum sind alle Tische gedeckt, wenn ich der Einzige bin, der einen Tisch braucht?«

»Das ist eine Frage der Disziplin«, sagt sie. »Wenn man sich nicht mal mehr die Mühe macht, morgens die Tische in Ordnung zu bringen, wird man nachlässig. Und dann führt eins zum anderen: Erst lässt man die Frühstücktische Frühstückstische sein, dann dekoriert man das Buffet nicht mehr anständig oder lässt das Staubsaugen einen Tag ausfallen. Zwei Tage. Drei Tage. Und ehe man sich versieht, ist alles dreckig. Ich mache täglich alle Betten, auch wenn sie unbenutzt sind. Die Bettwäsche wird aber nicht gewechselt. Haben Sie gut geschlafen?«

»Sicher, sicher«, sagt Albert. »Haben Sie keine Kollegen, die Ihnen helfen können?«

»Nein, ich bin die einzige Festangestellte; erst im Frühjahr kommen wieder Zimmermädchen vom Festland. Der Hotelinhaber ist für zwei Wochen auf Hawaii. Wir sind Insulaner. Sobald die Badegäste weg sind, flüchten viele in die Sonne. Die meisten Gastronomen hier haben Ferienhäuser auf Ibiza oder in Thailand. Manche haben sogar eine Segeljacht vor Curaçao. Jeden Winter fragt mich jemand, ob ich mitkomme, aber ich bleibe lieber hier. Nur in dieser Zeit habe ich die Insel ganz für mich.«

»Sie machen also alles allein, im Winter?«

»Ich mache alles allein.«

»Und jetzt müssen Sie das Hotel mit mir teilen«, sagt Albert, der langsam versteht, warum sie gestern bei seiner Ankunft so reserviert war.

»Das ist nicht weiter schlimm. Sie bleiben ja nicht lange.«

»Ich wollte Sie nicht vor den Kopf stoßen, gestern. Ich lege nun mal großen Wert auf meine Privatsphäre.«

»Ich habe schon Schlimmeres erlebt. Kaffee?«

Sie gießt ihm den Kaffee langsam aus einer massiv versilberten Kanne in seine Tasse aus dickem Hotelporzellan, das blaue Logo ist verblasst – *wie viele Menschen haben aus dieser Tasse schon Kaffee getrunken?* – Manja verschwindet durch die Pendeltür in die Küche, und Albert isst sein Ei. Er bekommt sie nicht mehr zu Gesicht.

Auf seinem Zimmer bindet er sich die Krawatte, putzt sich die Zähne, zieht das Jackett straff, wirft einen Blick in den Ankleidespiegel und verlässt das Hotel. Seit gestern hat sich draußen wenig verändert. Auf der Dorpsstraat stehen buckelige Stapel Terrassenstühle, in Planen verpackt; die meisten Schaufenster sind dunkel. Es geht auf neun Uhr zu, niemand sonst ist unterwegs, und er hört seine eigenen Schritte, Herrenschuhe mit Ledersohlen, Hammerschläge auf Granit. Selten hat er so viel Lärm gemacht.

Auch die Insulaner hören ihn, sie wissen, dass er kommt.

Er folgt der Straße mit den schlafenden Häusern. Kommt an einer Schule vorbei, sieht durchs Fenster einen Lehrer mit einer kleinen Klasse; das Einzige im Dorf, was nach Leben aussieht und Wärme ausstrahlt. Die Uhr an der Fassade hat keine Zeiger. Beinah alle Häuser in der Dorpsstraat stehen Schulter an Schulter, nur das Rathaus steht frei. Es hat eine dreistufige Treppe aus Blaustein und eine Klingel zum Ziehen. Es ist fachkundig restauriert, die Fugen zwischen den Backsteinen aus Klei sind sauber wie ein frisch gereinigtes Gebiss. Albert Drilling wirft einen Blick auf seine Armbanduhr und steigt die Stufen hoch. Es ist 08:57 Uhr. Die Tür geht auf, noch bevor er klingelt.

7

Der Mann, der ihm die Tür öffnet, ist kein Unbekannter für Albert Drilling. Es ist der Mann, der gestern an der Hotelbar »Hoi« gesagt hat, ein Mann in Jeans und einem schwarzen T-Shirt mit dem Aufdruck eines Jugendcafés. Eine große, agile Gestalt in Turnschuhen; er trägt Koteletten und einen goldenen Ring im Ohr, einen Fischerohrring.

»Ich habe einen Termin mit dem Bürgermeister«, sagt Albert.

»Folgen Sie mir.«

Er betritt einen schmalen Flur mit Marmorfußboden und lauter identischen Eichenholztüren. Hinter der Tür, die der Mann öffnet, befindet sich eine kleine Küche, die einen Kontrast zum Hochherrschaftlichen des restlichen Gebäudes bildet: eine Büroküche mit weißer Kunststoffarbeitsplatte und einer Kaffeemaschine, die zwei bauchige Glaskannen beherbergt.

»Hier findet gleich die allmorgendliche Besprechung statt«, sagt der Mann, »und ich bin für den Kaffee zuständig. Es ist eine merkwürdige Gemeinde, mit einem Haufen merkwürdiger Leute, aber die Kaffeekultur ist überall, wo ich bisher gearbeitet habe, dieselbe. Reichlich und stark lautet die Devise. Würde mich einer fragen, was die Niederländer noch zusammenhält in diesen Zeiten, würde ich antworten: der Kaffee. Sie nicht auch?«

Er nimmt zwei graue Becher aus einem Küchenschrank. »Milch, Zucker?«

»Schwarz«, sagt Albert.

»So ist's recht«, sagt der Mann. »Schwarzer Kaffee. Der Diesel dieses Landes.«

Er gießt die Becher voll und hält sie mit nur einer Hand, während er zurück in den Flur geht und mit seinem freien Arm eine Tür aufstößt. »Das ist der Ratssaal«, sagt er, »ein kleiner Ratssaal für eine kleine Insel. Wir haben zwei Beigeordnete und einen Bürgermeister – alles Halbtagskräfte. Und eigentlich ist selbst das noch zu viel. Manchmal denke ich, wir bräuchten hier überhaupt keine Politiker. Was auch immer beschlossen wird, die Leute machen doch ihre eigene Politik auf dieser Insel.« Er lacht. Sagt dann, leiser: »Wir sind nett, so ist das nicht, bloß ein bisschen schwer im Zaum zu halten.«

Das Zimmer hat hohe, schmale Fenster, zu hoch für die begrenzte Fläche. Sie verleihen dem Raum eine übertriebene Munterkeit. An der einen Wand hängt ein großes Ölgemälde von einer Seeschlacht. Der Himmel ist mit wüsten Pinselstrichen gemalt.

»Man sollte es nicht meinen«, sagt der Mann und stellt sich neben Albert Drilling, »aber Dramatik steht hier hoch im Kurs.«

Der Rest des Ratssaals wird durch einen extravaganten Walnusstisch in Beschlag genommen, hochglanzlackiert, umringt von acht Stühlen mit hoher Rückenlehne. Der Mann sucht sich eine Ecke aus, zieht erst für Albert Drilling einen Stuhl zurück, dann für sich, stellt die Kaffeebecher ab und setzt sich. »Was kann ich für Sie tun?«

»Ich habe einen Termin mit dem Bürgermeister«, sagt Albert noch einmal.

»Das weiß ich«, sagt der Mann. »Worum geht es?«

»Das würde ich lieber direkt mit dem Bürgermeister besprechen. Die Sache ist ein wenig heikel. Nichts Dramatisches, aber eine gewisse Diskretion ist vonnöten. Es betrifft eine persönliche Angelegenheit, die entsprechende Zurückhaltung erfordert.«

»Raus mit der Sprache«, sagt der Mann. »Ich kenne alle persönlichen Angelegenheiten auf dieser Insel von A bis Z, ich weiß mehr, als mir lieb ist. Viel mehr. Ich fang besser gar nicht erst an ... wir hocken in diesem Dorf so eng aufeinander, schlimmer als Familie! Vor allem im Winter. Im Winter, Mann! Sie machen sich keine Vorstellung, Sie kommen bestimmt aus der Großstadt, aber manchmal ist es ein Fluch. Alle wissen alles voneinander, das muss man immer im Hinterkopf behalten. Damit hatte der Bürgermeister schon so einige Scherereien.«

»Dennoch würde ich gern die Diskretion einhalten, die das Ministerium von mir erwartet. Ist der Bürgermeister im Hause?«

»Natürlich«, sagt der Mann und lacht. »So viele Termine hat er nicht, schon mal gar nicht mit hohen Beamten aus Den Haag. Er schiebt hier eine ziemlich ruhige Kugel, unter uns gesagt. Der Bürgermeister ist ein Fähnchen, das ab und zu flattern muss, mehr nicht.«

Er holt eine Packung Zigaretten aus der hinteren Hosentasche. »Rauchen Sie?«

»Nein«, sagt Albert.

»Schwarzer Kaffee und Zigaretten«, sagt der Mann, »alter Seemannsbrauch.«

Er steht auf, greift sich mit seinem langen Arm einen Glasaschenbecher vom anderen Ende des Tisches, setzt sich wieder und zündet sich eine Zigarette an. »Hier herrscht Rauchverbot«, sagt er, »wie in allen öffentlichen Gebäuden. Aber niemand kontrolliert das.«

»Auch der Bürgermeister nicht?«

»Wo denken Sie hin? Der raucht selber. Das würde einen Wirbel geben! Sie würden ihm die Fenster seiner Amtswohnung einwerfen. Nein, nein, solange niemand von der Inspektion unsere Aschenbecher konfisziert, rauchen wir in diesem Ratssaal weiter.«

»Wenn sich niemand an die Regeln hält«, sagt Albert, »sind die Regeln völlig umsonst.«

»Manche Regeln sind gut fürs Land, aber schlecht für die Insel.«

»Wie meinen Sie das?«

»Verstehen Sie mich nicht falsch, wir halten uns gern ans Gesetz. Wir fahren rechts, brechen nirgendwo ein, wir bauen kein Gras an, die Kriminalitätsrate ist die niedrigste im ganzen Land. Die Polizei hat eine Aufklärungsquote von hundert Prozent. Das ist sonst nirgendwo so. Wirklich nicht. In gewisser Weise sind Inselbewohner gesetzestreuer als die Leute auf dem Festland, aber unser Blick auf die Welt ist ein anderer. Das Meer ist schuld, denke ich. Wohin wir auch sehen, überall Meer; das macht uns verletzlich. Darum rücken wir uns gegenseitig so auf die Pelle in unserem Puppendorf. Wir geben uns hartgesotten, aber in Wahrheit haben wir eine Scheißangst, dass die nächste Flut unsere Häuser wegspült. Alles Unheil kommt von außen. Das macht misstrauisch.«

»Das ist eine ganz normale niederländische Gemeinde«, sagt Albert Drilling. »Sie tun fast so, als befänden wir uns im Pazifik.«

»Früher gab es hier zwei Dörfer, wussten Sie das? Das andere Dorf ist bei einem Februarsturm verschwunden. Im achtzehnten Jahrhundert zwar, aber trotzdem, die Leute hier vergessen nicht so schnell. Vergleichen Sie es mit dem Krieg. Gift, das man nicht mehr aus dem Körper bekommt.«

»Sie übertreiben. Das ist Inselromantik.«

»Vielleicht.«

»Und ich verstehe nicht, was das mit der Durchsetzung eines Rauchverbots zu tun haben soll.«

»Ehrlich gesagt verstehe ich das auch nicht so ganz. Ich dachte nur: Sie finden es vielleicht nett, was über die Insel zu erfahren. Etwas Interessantes. Leute von außerhalb und Badegäste lieben solche Geschichten. Sie denken auch, der Inselkäse, den sie für teures Geld kaufen, wäre von hier. Aber der kommt aus einer Fabrik in Workum. Erzählen Sie's nicht weiter, aber Sie haben Recht: Es ist Inselromantik.«

Er klopft die Asche von seiner Zigarette.

Albert Drilling wirft einen raschen Blick auf seine Armbanduhr, die halb von der Manschette seines Hemdes verdeckt ist. Fünf vor halb zehn. Er darf sich seine Ungeduld nicht anmerken lassen, aber das hier, denkt er, führt zu nichts.

»Der Bürgermeister …«

»Ja.«

»Ist er noch zu Hause?«

»Nein.«

»Wo ist er denn?«

»Sitzt vor Ihnen.«

»Sie sind der Bürgermeister.«

»Das ist richtig«, sagt der Mann. »Ich entschuldige mich für das Missverständnis.«

Albert hat einen Fehler gemacht und nimmt sich das übel. Er spürt die Niederlage als physische Sinneswahrnehmung. Wie ein Karateka, der während eines Wettkampfes merkt, dass er das Bein nicht weit genug nach hinten gesetzt hat und aus der Balance gerät, nur für einen Moment, kein Drama, er steht schon wieder, aber das Gefühl, diese eine Sekunde, in der er unterlegen war, reicht aus, um zu verlieren.

Er redet und denkt gleichzeitig. »Aber nicht doch, ich bin derjenige, der sich entschuldigen muss …« – *er will mich damit in die Schranken weisen, ich muss das Spiel mitspielen, es ist eine Verhandlungstaktik* – »… es hätte nicht passieren dürfen, dass ich Sie nicht erkenne …« – *Konzentration. Vor-*

bereitung. Es ist meine eigene Schuld, ich muss aufmerksamer sein, mein Reiseplan darf nicht mehr so stramm sein, ich darf nicht denken, es sei einfach, volle Konzentration – »… aber die meisten Bürgermeister, mit denen ich spreche, sehen, nun ja, ein wenig anders aus.«

Der Bürgermeister lacht. »Die tragen keine Jeans, meinen Sie? Nein, das geht auf meine Kappe, ich kann es mir nicht verkneifen, Neuankömmlinge an der Nase herumzuführen, manchmal genehmige ich mir das, und nun sind Sie mir auf den Leim gegangen. Betrachten Sie es als Folklore. Bei der ersten Ratsversammlung, der ich in diesem Zimmer vorsaß, habe ich zwei Stunden lang mit zwei Beigeordneten gesprochen, die gar keine Beigeordneten waren, sondern der Steuermann der Fähre und der Fahrradschlosser. Die fanden das super. Die echten Beigeordneten saßen in der Küche, haben Kaffee getrunken und sich über mich kaputtgelacht, es war eine Art Initiationsritus. Und nun tue ich Ihnen dasselbe an, dabei scheinen Sie mir wirklich ein netter Kerl zu sein, der so eine Initiation nicht verdient hat.«

»Das ist kein Drama. Ich finde es amüsant.«

»Also dann, Sie haben es eilig, Sie sehen auf die Uhr. Was kann ich für Sie tun?«

»Es geht um eine ausländische Staatsbürgerin.«

»Eine ausländische Staatsbürgerin?«

»Eine illegale, meine ich.«

Der Bürgermeister betrachtet seine schrumpfende Zigarette und nimmt einen Schluck Kaffee.

»Mein Stand der Dinge ist, dass es keine Ausländer mehr auf der Insel gibt. Nachdem Ihre Sekretärin Kontakt mit mir aufgenommen hat, habe ich bei der Abteilung für Bürgerangelegenheiten nachgefragt, und die haben mir nur bestätigt, was ich schon wusste: Der letzte Ausländer hat die Insel vor zwei Jahren verlassen. Freiwillig. Wir hatten hier eine Unterkunft, aber die ist zu, und alle sind weg, worüber ich ehrlich gesagt nicht traurig bin. Ich habe jeden einzelnen persönlich gegengezeichnet.«

»Das stimmt nicht mit meinem Aktenvermerk überein«, sagt Albert.

»Was steht denn in Ihrer Akte?«

»Teilen Sie meinen Wunsch nach Diskretion?«

»Den teile ich.«

»Gut.«

Der Bürgermeister steht auf und holt einen Notizblock von einem kleinen Tisch neben dem hohen Fenster, er sucht in seiner Hosentasche, sieht sich im Zimmer um, und Albert Drilling reicht ihm einen Kugelschreiber mit dem Logo des Ministeriums.

»Fangen Sie mit dem Namen an«, sagt der Bürgermeister. »Ich schreibe mit.«

»Dostat. D-O-S-T-A-T, Vorname Kira. K-I-R-A. Kira Dostat.«

»Mann oder Frau?«

»Frau.«

»Alter?«

»Geboren 1993.«

»So jung? Nationalität?«

»Das würde ich im Moment lieber noch für mich behalten.«

»Da klingelt bei mir nichts. Wirklich gar nichts. Und was ich Ihnen vorhin erzählt habe, ist wahr: Auf dieser Insel wissen wir alles voneinander. Eine junge Frau, sorry, ich kann mir das nicht vorstellen. Das ist … das wäre ein Ding! Die würde hier auffallen wie ein bunter Hund, die einzigen unbekannten jungen Frauen, die wir je zu Gesicht bekommen, sind die Kellnerinnen und Zimmermädchen, im Sommer.«

Albert wartet einen Moment, bevor er antwortet, und beschließt dann, das Gespräch auf eine persönliche Ebene zu verlagern. Auch das ist eine Taktik, die sich in der Vergangenheit bewährt hat. »Warum sollte ich Ihnen glauben?«, sagt er. »Sie haben mich gerade mit voller Absicht an der Nase herumgeführt.«

»Jetzt spreche ich als Bürgermeister«, sagt der Bürgermeister, »an der Nase herumgeführt habe ich Sie als Insulaner. Das ist der Unterschied. Ich habe mich entschuldigt und tue das nochmals. Soll ich mir die Amtskette umhängen, um Ihnen zu beweisen, dass es mir ernst ist?«

»Das ist nicht nötig.«

»Natürlich nicht. Das war bildlich gesprochen. Erzählen Sie mir alles, ich bin mir meiner Verantwortung bewusst. Wenn ich dabei helfen kann, eine unerwünschte Ausländerin aufzuspüren und zu entfernen, dann stehe ich Ihnen zu Diensten. Raus mit der Sprache, was steht noch in der Akte?«

»Haben Sie Zeit?«

»Die habe ich.«

8

Albert Drilling hat die Akte nicht ins Rathaus mitgenommen. Sie ist unvollständig, und das stört ihn; ein Bürgermeister lässt sich nicht gern überzeugen, wenn von Seiten der Behörde offensichtliche Fehler gemacht wurden. Die Geschichte, die er gleich erzählen wird, hat dunkle, schwache Stellen, die den Rest infizieren und entstellen. Sie ist lückenhaft. Diese Lücken wird Albert Drilling persönlich füllen müssen, wie ein Verputzer, der eine zerschossene Wand glättet. Auch die Ausländer passen die Wahrheit an, davon ist das Ministerium überzeugt, sie tun den ganzen Tag nichts anderes, und damit geben sie den Beamten das Recht, es ebenso zu handhaben. Wer restlos ehrlich ist, wird niemals gewinnen. Man stelle sich vor, alle wären restlos ehrlich, das wäre doch kein Leben – kleine Lügen halten die Welt in Gang. Sich darüber den Kopf zu zerbrechen, wäre unproduktiv.

Im Laufe seiner zwanzigjährigen Berufslaufbahn ist Albert Drilling klar geworden, dass die Suche nach der Wahrheit sinnlos ist: Jede Geschichte ist ein Konstrukt, jede Erinnerung eine Lüge. Die Wahrheit ist, was man für die Wahrheit hält, und umgekehrt. Nichts ist die Wahrheit und die Wahrheit ist nichts; dieser Gedanke ist ein vortreffliches Hilfsmittel bei der Erfüllung seiner Pflichten.

Er muss seine Version der Geschehnisse, basierend auf der dilettantisch geführten Akte, so erzählen, dass der Bürgermeister sich sofort auf seinen Vorschlag einlässt, noch heute. Überzeugungskraft und Schnelligkeit sind gefragt. Sobald der Bürgermeister anfängt, die Sache mit anderen zu besprechen, wächst der Widerstand, und die Angelegenheit wird exponentiell komplizierter. Das ist der Grund, warum der Minister auf

Albert Drilling setzt: Er schafft Probleme aus dem Weg, bevor sie zum Problem werden. Das ist für alle Beteiligten das Beste.

Der größte Makel an Kira Dostats Geschichte liegt in den frühen Anfängen. Niemand weiß mehr, wie sie in die Niederlande gekommen ist, mit wem, wann und warum. Die Akte besteht aus einer losen Blattsammlung, unsystematisch abgeheftet, als hätte man alle Briefe, Verfügungen, Bescheide und Anhörungsprotokolle eine Woche lang auf die Wäscheleine gehängt und bei einem Regenschauer hastig hereingeholt. Sie sind im Laufe der letzten Jahre so oft verschleppt worden, dass man kaum noch weiß, wo vorne und hinten ist. Alles Mögliche ist in Archivschränken, Papierkörben und abgestürzten Computersystemen verschwunden, und was übriggeblieben ist, steckt in dieser Mappe mit ihrem Namen.

Ihre Geschichte (wenn davon überhaupt noch die Rede sein kann) beginnt mit einer Aussage im Beisein eines entscheidungsbefugten Sachbearbeiters und eines vereidigten Dolmetschers, datiert auf den 21. April 2005. Es ist ein ausgedrucktes Gesprächsprotokoll, vermutlich eine erste Anhörung: abgestempelt von der Ausländerbehörde, unterschrieben mit blassem blauem Kugelschreiber. Sie komme aus dem Libanon, sagt das Dokument, sei die Tochter eines christlichen Milizführers – am Seitenrand ist mit Rotstift vermerkt: *Sicherer Herkunftsstaat = Rückkehr möglich.*

Der Name ihres Vaters sei Elie Hobeika, ein bekannter Phalangist, der im langen Libanesischen Bürgerkrieg eine wichtige Rolle gespielt hat. Er gab den Befehl zu mindestens zwei Blutbädern: Achtzig Menschen, erschossen vor einer Schule im Dorf Yarin und mehr als tausend niedergemetzelt in den Flüchtlingslagern von Sabra und Schatila, am Rande Beiruts, im Jahr 1982. Wie so viele andere Kriegsherren scherte er sich wenig um seine Vergangenheit. Nach dem Krieg wusch er seine Hände in Unschuld und wurde Minister der

Vertriebenen. Danach wurde er Minister für soziale Angelegenheiten und Behindertenbelange. Und danach wurde er mit einer Autobombe in die Luft gesprengt, in der Nähe seines Hauses in einem Beiruter Vorort; seine Leiche war in dem Krater nicht mehr zu finden. Nur noch Fetzen. Das war 2002, er wurde fünfundvierzig Jahre alt.

Als Elie Hobeika detonierte, war seine Tochter schon seit fast drei Jahren in den Niederlanden und hatte viermal die Unterkunft gewechselt – niemand erzählte ihr von dem Attentat. Da es sich um die Tochter eines einflussreichen ausländischen Politikers handelte, fertigte der Leiter der Abteilung für Besondere Angelegenheiten ein Gutachten für die Akte an, aber obwohl er viel über den Libanesischen Bürgerkrieg und Elie Hobeika wusste, konnte auch er nicht mit Sicherheit sagen, ob Kira Dostat dessen Tochter war. In seinem sechzehnseitigen Abschlussbericht ließ er diese Frage geschickt offen, unter anderem, indem er wortgewaltig und hier und da sogar mit einiger Bewunderung über die Vergangenheit ihres Vaters schrieb.

Elie Hobeika hatte den Spitznamen »HK«, nach der Heckler & Koch-Maschinenpistole »MP5«, die er Tag und Nacht bei sich trug. Er selbst operierte lieber unter seinem Kampfnamen »Chef Edward«, lange Zeit war das der einzige Name, der von ihm bekannt war. Er sah aus wie ein Sänger. Ein Gauner, der mit der CIA und allen anderen gemeinsame Sache machte, die ihm im Leben weiterhelfen konnten – denn darum gehe es ihm vermutlich, schrieb der Beamte, wie es den meisten Menschen letzten Endes um sich selbst gehe. Elie Hobeika *war* der Krieg, so wie fast alle in dieser Zeit, in diesem Land, wo Gewalt als Grundzutat des Lebens und jeder Karriere betrachtet wurde.

HK hat einen Sohn, Joseph, soviel steht fest. Seine Frau hat eine Tochter zur Welt gebracht, auch das steht fest. Doch die Nachrufe, die nach seinem Tod erschienen, behaupteten, dieses Baby sei verstorben. Das könne stimmen, schrieb der Experte in seinem Gutachten, aber ebenso gut könne es ein Ablenkungsmanöver sein. Elie Hobeika hatte wichtige Kontakte in Paris, wo er bereits zuvor abgetaucht war. Gerüchten zufolge hat er seine kleine Tochter dort in Sicherheit gebracht. Von Paris kam sie anschließend in die ruhigen Niederlande, die von den Libanesen als überdurchschnittlich sicherer Zufluchtsort geschätzt wurden. Die freien Niederlande. Die Niederlande, die ihre Soldaten in den Libanon geschickt hatten, um dort den Frieden zu wahren: nette Jungs mit kurzen blonden Haaren, die keine Ahnung hatten, dass sie an den wechselnden Schauplätzen eines arabischen Bürgerkriegs landen und teilweise noch jahrelang unter den psychischen Folgen leiden würden. Viele Libanesen fragten sich, wie die Niederländer so dumm sein konnten, zu kommen, aber sie kamen und taten ihr Bestes.

Kira Dostat war zu jung gewesen, um sich an den Libanon zu erinnern, geschweige denn etwas davon zu begreifen. Vielleicht wusste sie nicht einmal, dass ihr Vater Phalangist gewesen, oder dass er tot war. Ihr Leben begann in den Niederlanden. Sie war vom unterirdischen Tunnelsystem der Ausländerwelt aufgenommen worden, das wie ein Myzel alle Unterkünfte unsichtbar miteinander verband, dort halfen Landesgenossen ihr weiter – und das nicht ganz uneigennützig. Sie war reich. Sie hatte Beziehungen. Von ihr aus gab es Verbindungen in die alte Heimat.

Die Tochter von HK. Möglich war es. Niemand bestritt es. Aber in den trüben Gewässern des Ausländerstroms, schloss der Abteilungsleiter für Besondere Angelegenheiten sein Gutachten, sei nichts sicher. »Weitere Nachforschungen erforderlich« lautete sein Fazit – das Mantra derer, die auf Nummer Sicher gehen wollen.

Albert Drilling hat in der Akte nach Ergebnissen einer daktyloskopischen Untersuchung geforscht und sich darüber gewundert, dass offenbar niemand überprüft hat, ob Material für eine DNA-Analyse von Hobeika zur Verfügung steht, etwa beim Belgischen Gericht, das sich mit seiner Rolle bei den Massakern von Sabra und Schatila befasst hat. Die Akte enthält keine entsprechenden Vermerke. Niemand scheint Kira Dostat und ihrer Geschichte weiter Beachtung geschenkt zu haben; Albert hat den Eindruck, das Ministerium habe sie, wie so viele andere, aus dem Blick verloren.

1999: Die Zeit der Menschenmassen. Aus allen maroden und weniger maroden Ecken der Erde strömten Flüchtlinge in die Niederlande, Zehntausende zugleich. Sie brauchten Betten, Essen, Trinken; der Platz reichte vorn und hinten nicht. Niederländer sind nette Menschen, die für ihre hohen moralischen Standards in puncto Flüchtlingspolitik bekannt sind, aber jetzt kamen ihnen diese Standards gehörig in die Quere. Die Flüchtlinge mussten in Maisfeldern und Kirchen schlafen, in Hochbetten bei Privatleuten, so viele waren es. Man brachte sie in abbruchreifen Häusern und heruntergekommenen Hotels unter, und gerade, als die Beamten die Rechtmäßigkeit ihres Verbleibs überprüfen wollten, kamen neue Flüchtlinge aus neuen Ländern, die neue Überprüfungen von neuen Geschichten erforderten, mit denen sich die Niederländer aufs Neue keinen Rat wussten. Sie konnten unmöglich die ganze Welt retten.

Erst waren die Beamten überarbeitet, dann frustriert. Die Tricks, mit denen die Menschenschmuggler ihre Flüchtlinge in die Niederlande schleusten, diese Unverfrorenheit, machte sie immer wütender. Was sollten sie mit dem Elend der Welt anfangen, das seine Zelte in Ermelo aufschlug? Warum sollten sie sich mit Kriegen beschäftigen, die nicht ihre eigenen waren, nur, um am Ende festzustellen, dass man ihnen Lügen aufgetischt hatte?

Albert Drilling hat in seinem Hotelzimmer noch einmal die Akte durchgeblättert, die hauptsächlich aus maschinell erstellten Briefen besteht, die niemand gelesen hat. Nicht-Briefe, Roboterpost mit dem einzigen Zweck, das Desinteresse des Ministeriums Kira Dostat und ihrer Geschichte gegenüber zu vertuschen. Jahrelang haben sie ihre Daten in Archivschränken weggesperrt und gehofft, sie würde verschwinden, und nun stellt sich heraus, dass sie immer noch da ist. Ein Journalist hat sich beim Pressesprecher des Ministeriums nach ihr erkundigt. Und *er* muss die Sache jetzt in Ordnung bringen.

Albert Drilling ist der Einzige, der so etwas schnell und lautlos erledigt.

Er weiß, dass eine Ausländerin wie Kira Dostat den Minister zum Straucheln bringen kann. Sie hat Macht. Sie ist eine junge Frau mit einem schönen Namen, er stellt sie sich als Prinzessin mit arabischen Augen vor; sobald bekannt wird, dass sie das Land verlassen muss, sobald sie in der Zeitung steht, werden die Leute sie umringen und verteidigen wie eine heilige Jungfrau. Im Licht der Fernsehkameras wird sie größer und größer werden. Sie wird den Minister überragen. Und darum ist Albert Drilling auf die Insel geschickt worden.

Schon auf der Fähre wusste er, dass Kira Dostat gelogen hat. Mehr als eine Viertelstunde hat er dafür nicht in der Akte lesen müssen. Ihren Betrug fand er auf einem Durchschlag, vermutlich die Kopie eines Anhörungsprotokolls, undatiert und nicht unterzeichnet, aber exakt nach den 2009 gültigen Standards aufgemacht, mit dem alten Logo des Ministeriums und der entsprechenden kleinen Schrifttype. Ein einziges Blatt, das alle übersehen haben, außer Albert Drilling, der weiß, wie Details ein Leben bestimmen und die Karriere eines Ministers retten können.

Es war ein Gespräch, wie er selbst schon etliche geführt hatte, völlig getreu den Richtlinien. Der Beamte stellt eine Falle, und der Flüchtling tappt hinein.

Beamter: »Woher kommen Sie?«

Flüchtling: »Aus dem Libanon.«

Beamter: »Wo im Libanon?«

Flüchtling: »Beirut.«

Beamter: »Wo sind Sie geboren?«

Flüchtling: »In Helwan.«

Beamter: »Wo liegt das?«

Flüchtling: »An einem Fluss.«

Beamter: »An welchem Fluss?«

Flüchtling: »Das weiß ich nicht.«

Beamter: »Meinen Sie den Nil?«

Flüchtling: »Ja. Am Nil.«

Beamter: »Der Nil fließt aber nicht durch den Libanon.«

(Flüchtling schweigt.)

Beamter: »Sie wissen, dass der Nil durch Ägypten fließt?«

Flüchtling: »Ja.«

Beamter: »Sie kommen nicht aus dem Libanon?«

Flüchtling: »Ich weiß es nicht.«

Beamter: »Kommen Sie aus Ägypten?«

Flüchtling: »Ich weiß es nicht.«

Beamter: »Ich gehe von jetzt an davon aus, dass Sie die ägyptische Staatsangehörigkeit besitzen. Das stellt kein Hindernis dar. Wir werden Ihren Antrag auf Anerkennung des Flüchtlingsstatus nach der Genfer Konvention weiterhin bearbeiten. Allerdings ist es wichtig, dass Sie kooperieren und unsere Fragen beantworten.«

Albert Drilling weiß, dass es eine Zeitlang Mode unter den Flüchtlingen war, sich als Sohn oder Tochter oder irgendein anderer Verwandter von Elie Hobeika auszugeben. Sobald es jemandem gelungen war, unter diesem Namen in die paradiesischen Niederlande vorzudringen, rückten mehr nach, und noch mehr. Man flüsterte seinen Namen; er war zu einem Losungswort geworden. Elie Hobeika. Elie Hobeika! Plötzlich hatte HK eine große Kinderschar, Cousins und Cousinen, Tanten und Onkel, Enkel, Nachbarskinder, Väter und Mütter, alle mit derselben Geschichte: Beirut-Paris-Niederlande. Dass es eine Sackgasse war, kümmerte sie nicht; wenn die Lüge nicht mehr funktionierte, erfanden die Flüchtlinge und ihre Schmuggler eine neue. Dann kamen andere Namen in Mode, aus anderen Ländern und anderen Kriegen.

Merkwürdig, dass kein Beamter das bemerkt hat. Das nimmt Albert Drilling ihnen übel. Für eine korrekte Prozessabwicklung reicht die bloße Befolgung der Rechtsprechung nicht oder die akribische Umsetzung eines amtlichen Rundschreibens. Nachdenken, darum geht es. Zusammenhänge erkennen. Ein Gespür dafür entwickeln, was stimmt, und was nicht. Die enorme Arbeitsbelastung der Ausländerbehörde in jener Zeit ist vielleicht eine Erklärung, aber keine Entschuldigung.

Ansonsten steht nicht mehr viel in dem Anhörungsprotokoll. Kira wusste Straße und Hausnummer ihres Geburtsortes noch: Mohammed Mahmoudstraße 137, Kairo. Sie erzählte, dass sie koptisch sei – am Rand, erneut mit Kugelschreiber: *Stimmt mit Kreuz an Halskette überein* –, aber an weitere Details konnte sie sich nicht erinnern. Keine Schule. Kein Vater, keine Mutter. Keine Kirche – *frag doch wenigstens nach der Kirche,* sagt Albert Drilling laut, als er den Text liest, aber das hat niemand sie gefragt, weil die Frage nicht auf der Liste steht, die der Beamte während des Gesprächs vor sich liegen hatte.

Alles, was sie preisgab, jedes Körnchen Wahrheit, das Kira Dostat über sich erzählte, brachte sie einer Rückkehr in das Land näher, in dem sie nicht sein wollte – falls sie die Wahrheit überhaupt kannte. Sie war fünf, als sie in der ersten Unterkunft ankam; woran erinnert sich ein Kind von fünf noch? Sie war fünfzehn, als sie befragt wurde; woran erinnert sich ein Kind von fünfzehn noch? Ein Kind, das länger in den Niederlanden gelebt hat als in Ägypten?

Flüchtling: »Ich antworte Ihnen gerne, aber ich weiß es nicht.«

Beamter: »Mit welchen Ausweispapieren sind Sie eingereist?«

Flüchtling: »Ich habe keine Ausweispapiere.«

Beamter: »Warum haben Sie sich als Tochter von Elie Hobeika ausgegeben?«

Flüchtling: »Das wurde mir so gesagt.«

Beamter: »Von wem wurde Ihnen das gesagt?«

Flüchtling: »Das weiß ich nicht mehr.«

Beamter: »Hat Ihr Vater Ihnen das gesagt?«

Flüchtling: »Ich weiß nicht, ob er mein Vater ist.«

Ihre ersten Spuren sind gründlich verwischt, als hätte jemand ihr altes Leben in Bleichmittel getaucht. Ausländer brauchen ein Leben ohne Vergangenheit: Solange niemand weiß, wo man hingehört, ist man überall zu Hause. Die erste Amtshandlung eines Flüchtlings, der die Grenze passiert, besteht darin, sich selbst zu vergessen. Sie werfen ihre gelebten Jahre buchstäblich über Bord. Manche bearbeiten ihre Fingerkuppen mit der Feile, bis sie bluten, weil sie wissen, dass Abdrücke gemacht werden.

Albert Drilling kennt sich mit diesen Dingen aus. In der Unterkunft, in der er lange gearbeitet hat, versenkten die Neuankömmlinge ihre Ausweispapiere im Graben neben dem Hauptgebäude. Den Tipp hatten sie von den Menschenschmugglern. Albert hatte sich angewöhnt, jeden Freitagnachmittag die Dokumente wieder ans Tageslicht zu befördern.

Niemand sonst machte sich diese Mühe. Mit einem Kescher barg er die alten Leben, nahm sie mit in sein Büro und föhnte sie sorgfältig trocken, bis Namen und Gesichter wieder zu erkennen waren. Trotz der Wasser- und Schlammflecken sah er, dass die meisten gefälscht waren. Dennoch sammelte er die Pässe, Führerscheine und Laissez-passers in der untersten Schreibtischschublade. Und als die zu klein wurde, hängte er die Papiere an die Wand seines Büros, das sich in ein Raritätenkabinett aus nichtexistierenden Menschen verwandelte, ein Museum der Persönlichkeiten. Sie leisteten ihm während der einsamen Stunden Gesellschaft, in denen er Akten durchforstete, auf der Suche nach Inkonsistenzen.

Albert Drilling war als Archivar in der Flüchtlingsunterkunft angestellt, hatte daneben aber noch genug Zeit, die Akten, die er einsortieren sollte, erst zu lesen. Ab und zu gab er es an den entscheidungsbefugten Sachbearbeiter weiter, wenn er etwas gefunden hatte. Albert besitzt einen sechsten Sinn für Unwahrheiten. Ein körperliches Phänomen. Er spürt ein Ziehen im Magen, wenn eine Passage in einer Akte nicht zum Rest passt. Schnell wurde das Archivieren nebensächlich, und Albert verbrachte den Großteil seiner Zeit mit dem Falsifizieren von Fluchtgeschichten. Stieß er in einer Akte auf eine Ungereimtheit, ließ er den Blick durch sein Büro schweifen und sprach die Bilder an der Wand an: *Das geht aber wirklich besser!* oder: *Na, na, du machst es dir ganz schön einfach.* Und dann zog er einen Strich mit Rotstift.

Mit echten Ausländern sprach er nie. Aber so lernte er sie kennen, ohne ihnen je zu begegnen. Er sah sich ihre Fotos an der Wand an und versuchte, die Gesichter den Anhörungsprotokollen und Bescheiden zuzuordnen. Wenn er morgens ins Büro kam, schienen sie ihn zu begrüßen, und wenn er abends ging, sagten ihm die Gesichter auf Wiedersehen. Vermutlich war er der einzige Archivar mit Publikum, und er hatte den

Eindruck, die Gesichter wollten ihn ermutigen, mit seiner Arbeit fortzufahren. Er brauchte die Unterstützung der Fotos. Und er genoss ihre Gesellschaft.

Manchmal lieh er seine fleckigen Papiere den Grenzbeamten aus, die im Großraumbüro nebenan Ausweispapiere und Fingerabdrücke auf ihre Echtheit prüften wie Detektive: Mit Lupe und Mikroskop untersuchten sie ihr Material, träufelten blaue Flüssigkeit auf Stempel und lösten mit der Pinzette die Fäden, mit denen die Reisepässe gebunden waren. Sie verglichen ihre Ergebnisse mit den ausführlichen Beschreibungen rechtsgültiger Dokumente, die in einem Buch versammelt waren, das im Büro nur »die Bibel« genannt wurde, und in dem die Pässe und Visa aller hundertvierundneunzig international anerkannten unabhängigen Staaten detailgetreu abgebildet waren. Was nicht in der Bibel stand, war nicht rechtsgültig – nach Feierabend blätterte Albert Drilling gerne darin herum, fuhr mit dem Finger über die glänzenden Seiten. Manchmal nahm er das Buch abends mit zu sich rüber, um die Reisedokumente an seiner Wand damit abzugleichen – nicht, weil es ihm wichtig war, ihre Echtheit festzustellen, sondern weil er auf diese Weise in seinem eigenen Büro auf Reisen gehen konnte. Er entwickelte eine persönliche Beziehung zu seinen Pässen und Visa, wie ein Briefmarkensammler zu seinen Briefmarken. Sie öffneten ihm die Welt. Er wanderte von Angola nach Weißrussland, vom Irak nach Afghanistan, von Mazedonien nach Tibet, lernte Wörter und Sprachen kennen, von denen er noch nie gehört hatte, las sich in die Kolonialgeschichte ein und kam dahinter, dass Landesgrenzen oftmals bloß Linien auf einer Landkarte sind, geometrische Formen, die die Völker sich selbst auferlegt haben, um die Welt besser zu verstehen. Sie irgendwie brauchbar zu schematisieren.

Jeder neue Pass, den er aus dem Graben fischte, brachte ihn in ein anderes Land, in eine andere Stadt, zu einem anderen

Stamm. Eine Zeitlang waren die Unterkunft und der Graben plötzlich voller Nigerianer; Albert las alles, was es darüber zu lesen gab, beginnend beim *World Fact Book* der CIA bis hin zu einer Dissertation über die zweihundertfünfzig verschiedenen ethnischen Gruppen: Hausa, Fulbe, Yoruba, Igbo, Ijaw, Kanuri, Ibibio, Tiv – all die Geschichten! Er las über die fünfhundert einheimischen Sprachen, die dort gesprochen wurden, zusammengeballt in einem einzigen Land, einem einzigen Territorium, um das man in aller Eile ein paar Linien gezogen und ihm einen Namen verpasst hatte. Einen Namen, den sich 1887 eine Reisejournalistin der *Times*, Flora Shaw, ausgedacht hatte, die es praktisch fand, sämtliche Völker, ob heidnisch oder nicht, unter eine prägnante Überschrift zu fassen. Als ginge es um eine Preisfrage: *Niger + area = Nigeria*. Seither existierte das Land in dieser Form, nur, weil das leichter zu begreifen war.

Das gebündelte Wissen, zusammengetragen in einem Bürocontainer auf dem Land, der als regionales Hauptquartier der niederländischen Ausländerbehörde fungierte – langsam beherrschte es sein Leben und gab ihm ein Ziel. In der Mittagspause fragte Albert Drilling die Grenzbeamten aus; sie wussten alles über die verschiedenen Stämme und ihre Auseinandersetzungen, die Sprachen, Akzente und Gesichtsmerkmale. Sie waren altmodische Anthropologen in Uniform. Sie klassifizierten ihre Ausländer, einzig und allein, um entscheiden zu können, ob sie in den Niederlanden bleiben durften. Nigerianer nicht, Liberianer ja. Um die Nigerianer von den Liberianern zu unterscheiden, ließen sie Knochenuntersuchungen bei einem komischen Vogel in Eindhoven durchführen, einem Mediziner, der behauptete, vom menschlichen Schlüsselbein Rückschlüsse auf Alter und Herkunft ziehen zu können; dafür hatte er ein spezielles Gerät erfunden, das nur er bedienen konnte. Wenn Ausländer nicht reden wollten, schickte man sie dorthin, bis sich eines Tages herausstellte, dass der Mediziner sein Studium nie abgeschlossen hatte und seine Diplome von einer Universität in Texas stammten, die nur auf Papier existierte. Sie nahmen es ihm nicht übel, konnten aber nicht weiter auf ihn zurückgreifen.

Albert Drilling fing an, die Unterkunft zu mögen. Er fing an, sich mit den echten Flüchtlingen zu unterhalten. Seine Tage im Container wurden länger; wenn er mal wieder die Zeit vergessen hatte, ging er am Abend in die Gemeinschaftsküche und kaufte dort eine Mahlzeit. Die Flüchtlinge wärmten sie für ihn in der Mikrowelle auf und erklärten ihm, was er aß: Fufu, Bolani, Naan, Köfte, Kenkey, Fattusch mit libanesischem Brot, und er fragte sich, woher sie die Zutaten bekamen. Sie boten ihm das Essen gratis an und luden ihn zu sich in den Wohnwagen ein, doch er bezahlte lieber und ging.

Er kam ihnen näher, blieb aber auf Abstand. Wenn sie ein Anliegen hatten – eine Passage in einem behördlichen Schreiben übersetzt haben wollten, oder ein Prozedere erklärt bekommen – wehrte er sie rigoros ab. Fragte ein Flüchtling ihn auch nur nach der Abfahrtszeit des Busses in die Stadt, konnte er schon ungehalten reagieren. Albert wusste, in der Unterkunft gab es keine Freundschaft, nicht einmal Freundschaftlichkeit. Nichts geschah ohne Hintergedanken, alles lief auf das Eine hinaus, alles stand im Dienst der Hoffnung auf eine Aufenthaltsgenehmigung.

Als einzige Ausnahme von seiner eigenen Regel trat er ab und zu als Standesbeamter auf. Diese Funktion war ihm von der Leitung der Unterkunft zuerkannt worden. Die meisten Flüchtlinge waren jung, manchmal fanden sie einander; solange es keine Folgen für das Prozedere hatte, betrachtete er es als seine Pflicht, die Liebe zu formalisieren.

Die Menschen aus der Unterkunft verfolgten ihn bis in seine Träume. Die Welt, wie er sie kannte, bekam ein neues

Gesicht; sie teilte sich nicht mehr in Länder auf, sondern in Völker und Stämme, in einsame Wanderer, die bloß deshalb zusammengehörten, weil man ihnen das weisgemacht hatte, weil es praktisch war, sie auf einen gemeinsamen Nenner zu bringen.

Es half ihm auch, seine eigene Einsamkeit besser wegzustecken.

Bevor sie die Unterkunft erreichten, hatten die Flüchtlinge oft einen Gewaltmarsch hinter sich gebracht, durch Wüsten und Steppen, über Gebirgsketten und Seen; Albert wurde schnell klar, dass keine zehn Pferde sie zu einer Rückkehr und damit zu einer erneuten Odyssee bewegen konnten. Er erkannte die Entschlossenheit in ihrem schroffen, versteinerten Blick. Langsam wurde auch er zu einem dieser Menschen, die wie Bäche und Flüsse auf dem Weg zum Meer über die Erde gespült wurden, unterwegs, immer unterwegs, und nach und nach fing er an, die Flüchtlinge, deren Akten er studieren musste, zu *verstehen*.

Das ist der Unterschied zwischen Albert Drilling und den restlichen Beamten der Ausländerbehörde: Er versteht sie. Er kennt die Gesichter und Sehnsüchte und Leben von Menschen, die unterwegs waren, sie haben bei ihm an der Wand gehangen, sind ihm durch den Kopf gegangen, er ist eins geworden mit den Akten, die er tagsüber gelesen hat. Er durchschaut ihre Geschichten besser als sie selbst. Er ist ein Fremder unter Fremden.

Das macht ihn so gut.

Man wurde auf ihn aufmerksam, erst bei der Direktion der Unterkunft, dann beim regionalen Clustermanagement und schließlich in Den Haag; er war ein aufgehender Stern am Firmament des öffentlichen Dienstes, bis er schließlich zum Beauftragten der Sondereinheit Rückkehr und Rückführungen ernannt wurde, eine neue Abteilung, von der das politische

Schicksal des Ministers abhängt. Die gesamte Sondereinheit besteht aus einer einzigen Person, und das ist Albert Drilling.

Hundertvierunddreißig Flüchtlinge hat er seither nach Hause gebracht – wenn man es denn ihr Zuhause nennen kann. Alles schwierige Fälle. Eine Erfolgsquote von hundert Prozent. Es hat ihn an Orte verschlagen, die er aus seinen Büchern kennt, aus der »Bibel« und den Pässen an der Wand, und aus den Hunderten von Akten, die er gesichtet hat. Die großen, grauen Flecke auf der Weltkarte. Verwaiste Länder und Städte, die nicht mal mehr auf ihre glanzvolle Vergangenheit stolz sein können – was ist noch übrig von Bagdad, Kabul und Sarajewo? Wer schert sich noch wirklich um Sierra Leone, um Somalia oder den Kosovo? Sie sind ausrangiert worden, Schauspieler, die die Hoffnung auf eine letzte große Bühnenrolle nicht aufgeben können, aber wissen, dass sie nicht mehr auf der Höhe der Zeit sind. Die Leerstellen dieser Welt. Auf eigenartige Weise fühlt ausgerechnet Albert sich dort zuhause.

9

Kira Dostat – der Name sagt dem Bürgermeister nichts. So viele Namen schwappten damals über die Insel, die halbe Welt hatte sich in den Dünen eingenistet. Sie kamen und gingen. Man konnte unmöglich jeden Einzelnen kennen. »Ich bin wirklich heilfroh, dass das vorbei ist«, sagt der Bürgermeister zu Albert Drilling. »Es war uns zu viel, der Druck zu hoch. Ich habe ihnen keine Träne nachgeweint, als sie abgereist sind. Niemand ist übriggeblieben.«

Er sieht dem Mann vom Ministerium in die Augen und zündet sich eine neue Zigarette an.

»Bis auf eine«, sagt Albert Drilling.

»Wie kommen Sie darauf?«

»Das steht in der Akte.«

»Sie verlassen sich auf die Akte?«

»Sie ist das Einzige, worauf ich mich verlassen kann.«

»Und Sie sind sicher, dass sie aus Ägypten kommt?«

»Mir ist noch nie ein Fehler unterlaufen.«

»Ich kann mich an niemanden aus Ägypten erinnern.«

»Mir ist noch nie ein Fehler unterlaufen.«

Pension Zeevonk stand acht Jahre lang leer, bevor die Flüchtlinge kamen. Sie verkümmerte in den alten Dünen hinterm Dorf. Viel wurde nicht getan, um das Gebäude bewohnbar zu machen; der Charakter des Vorübergehenden musste erhalten bleiben, damit niemand auf falsche Gedanken kam. Ein Wartezimmer, das man aus reinem Entgegenkommen eingerichtet hatte, mehr war es nicht. Die vier Etagen ragten seelenlos aus dem Sand, der Beton hatte so viele Löcher, dass es aussah, als wäre das Gebäude unter Beschuss geraten. Die Balkone waren hastig aus Fichtenbrettern zusammengenagelt, gegen den salzigen Wind mit Teeröl braun angestrichen. Manche hingen schief, andere waren ganz verschwunden, sodass die Fassade aussah wie ein marodes Gebiss. Vor der Eingangstreppe war ein Schlagbaum angebracht, an der Hauswand lehnten Fahrräder.

Dennoch hatte Pension Zeevonk mehr zu bieten als nur den Charme einer Bruchbude. Sie lag nah am Meer, und durch den Lärm in den Schlafräumen hindurch – drei Hochbetten pro Zimmer, die Türen gingen halb auf und stießen dann auf Metall – hörte man die Brandung, vor allem im Sommer, wenn die Fenster offenstanden und die Holzdielen mit einer feinen Sandschicht überzogen waren, unter der die Splitter verschwanden. Dann liefen alle barfuß.

Der Bürgermeister hatte sich der Unterbringung der Flüchtlinge mit Leibeskräften widersetzt. Die Insulaner betrachteten die Insel als ihr persönliches Eigentum, als Genossenschaft, als unveräußerliches Recht auf Land und Leben – dass ein Ministerium in Den Haag sich aus blankem Opportunismus Zugang zu dem verschaffte, was sie als ihren Vaterboden betrachteten, konnte nur zu Problemen führen. Der Bürgermeister lag nächtelang wach, erbat Audienz in Den Haag, um seine Sorgen vorzutragen, und bekam sie gewährt. Insulaner seien Abenteurer, erklärte er dem Minister, aber im Kern konservativ. Sie wüssten jahrelang im Voraus, wann das Wasser steigt und wann es wieder sinkt, wann Touristen die Dorpsstraat überfluten und wann sie wieder abziehen. Ihre Abenteuer seien vorprogrammiert. Deshalb mochten sie keine Überraschungen. Das Leben auf einer Insel sei Gleichgewichtskunst; dreihundert Flüchtlinge gegen tausend Insulaner, sagte er, sei zu viel. Das gebe Krieg. Die Insel gehe daran zugrunde.

Der Minister hörte ihn an und sagte ihm Lebwohl.

Es brach kein Krieg aus. Pension Zeevonk öffnete kurz nach dem Winter, einen Monat lang hielt die Insel die Luft an, aber danach atmete sie weiter, mit wiederhergestelltem Gleichgewicht. Die Flüchtlinge staunten über die einfache Landschaft aus Heide, Dünen und Strand, und wagten sich immer öfter auf die Dorpsstraat, wo sie den Insulanern begegneten und mit ihnen plauschten. Das alles kam völlig unerwartet und führte zu etwas Neuem. Es war mehr als ein Pakt, der auf der Insel geschlossen wurde, eine vorübergehende Vereinbarung zwischen zwei Parteien, die zueinander verurteilt waren; es schien, als hätten die Insulaner auf die Flüchtlinge gewartet, und die Flüchtlinge auf die Insulaner. Was der Bürgermeister nicht hatte kommen sehen: Sie *verstanden* einander. Sie waren vom selben Schlag: Anpasser. Stehaufmännchen. Tüftler.

Es wurde ein warmer Sommer. Das Heidekraut begann schon früh zu blühen und überzog die Dünen mit einer lila Decke.

Die Flüchtlinge kamen nicht alle auf einmal, sie kamen in Grüppchen auf die Insel, wie die ersten verdutzten Zugvögel der Saison, die das Lager für den Rest bereiten.

Als Erstes die Afghanen, ein Trupp von fünf Mann; einer hatte eine kleine Hammondorgel dabei, die im Erdgeschoss der Pension einen Platz bekam. Danach die Somalier und die Iraker; in einer kleinen Prozession zogen sie auf dem Fahrradweg Richtung Dünen, ihre Habseligkeiten in Plastiktüten. Jede Fähre, die bei der Insel anlegte, brachte neue Nationalitäten mit: Serben und Kroaten, die die Ausländerbehörde separat transportierte, weil es sonst recht hitzig zugehen konnte, und die darum auch in unterschiedlichen Flügeln des Hotels untergebracht wurden. Scheue Chinesen, die kein Wort Englisch sprachen, aber trotzdem Spieleabende organisierten und mit Händen und Füßen den afghanischen Jungen baten, auf seiner Hammondorgel zu spielen.

So füllte sich die alte Pension mit einem komplizierten Geflecht von Völkerwanderern. Der Luftdruck veränderte sich, die Temperatur. Pension Zeevonk war klein und überbevölkert, aber an warmen Tagen breitete sie die Arme bis in die Dünen aus, und die Flüchtlinge legten ihre Matratzen draußen in den Sand. Sie hängten ihre Wäsche auf und fingen Garnelen in den flachen, sonnengewärmten Prielen, die die Flut zurückgelassenen hatte. Als sie die Insulaner mit langen Leinen und Bodennetzen auf Flunder- und Schollenfang gehen sahen, taten sie es ihnen nach; sie räucherten ihre Beute in selbstgebauten Öfen aus alten Ölfässern, oder hängten sie als Stockfisch an Gestellen aus Strandgut zum Trocknen auf und verkauften den Fisch am Hafen für die Hälfte des Großhandelspreises.

Es gab Schmarotzer, es gab Männer, die Jammern und Fernsehen zu ihrem Lebenszweck erkoren hatten, die jeden Montagmorgen stöhnend mit erfundenen Symptomen beim Dorfarzt aufkreuzten, in der Hoffnung auf eine Krankheit, die ernst genug für eine Aufenthaltsgenehmigung war – aber deren Zahl nahm stetig ab. Es schien, als würde der Wind die Flüchtlinge durchpusten und sie von dem Staub befreien, der sich auf ihrer Haut angesammelt hatte, der Staub des jahrelangen Reisens und Wartens. Es schien, als bekämen ihre betäubten Hirne wieder Sauerstoff. Diese Entwicklung hatte niemand erwartet.

Ein halbes Jahr nach der Eröffnung der Pension arbeiteten Afghanen im Fahrradladen von Bengt Stoker, dem Anführer der Inselprotestbewegung, der die Flüchtlinge zuvor in der Zeitung als »Schmarotzer« betitelt hatte, »die wie Treibholz unsere schönen Strände verunstalten«. Noch nie hatte er so gute Fahrradmonteure gehabt.

Nicht lange, und jeder Insulaner mit eigenem Betrieb beschäftigte einen Flüchtling, obwohl das gesetzlich verboten war. Sie bedienten in den Strandpavillons und halfen in der Küche der Hotels, aber vor allem machten sie die Ferienhäuser sauber, die im Halbkreis um Pension Zeevonk angeordnet waren. Einen Luxusbungalow für sechs Personen putzten sie in einer Stunde, für fünfzehn Euro. Und alle waren glücklich und zufrieden.

Den einen Anruf aus Den Haag mit Fragen zu dieser Situation konnte der Bürgermeister mit der Antwort abtun, dass es ihn ebenfalls besorge, es aber doch wirklich das Ministerium gewesen sei, das auf dieser Flüchtlingsunterkunft bestanden habe. Er tue, was in seiner Macht stehe, hatte er gesagt, aber er könne nicht zaubern.

So vermengten sich erst die Ökonomien der Insel und der Flüchtlingsunterkunft, und danach auch ihre Leben, was in der Geburt eines Babys gipfelte, das in den Dünen, nahe dem Bunker, gezeugt worden war und die niederländische Staatsangehörigkeit bekam. Bengt Stoker war Trauzeuge bei der anschließenden Hochzeit; unter einer hochstehenden Sommersonne zog die Festprozession durch die Dorpsstraat, mit Blechbläserfanfaren, afghanischen Trommeln und der Hammondorgel auf einem Handkarren.

Der Sommer schien kein Ende zu nehmen. Er glühte bis tief in den Dezember hinein, und begann im Januar schon wieder von vorn – als wäre Pension Zeevonk ein Heizstrahler, der das Dorf und seine Bewohner von den Dünen aus wärmte. Drei Jahre blieben die Flüchtlinge, danach wurde es still. Der Bürgermeister denkt gern an diese Jahre zurück, allerdings sollte er sie lieber aus seiner Erinnerung verbannen, solange er mit diesem Beamten spricht.

»Ich bin nicht zum Spaß hier«, sagt Albert Drilling, streng.

»Sie sind sich Ihrer Sache sehr sicher«, sagt der Bürgermeister, »aber mir geht es genauso. Haben Sie ein Foto von der Frau?«

»Nein.«

»Dann kann ich Ihnen wirklich nicht weiterhelfen. Versuchen Sie es doch auf dem Festland. In Leeuwarden gibt es eine Organisation, die …«

»Der Name könnte gefälscht sein«, sagt Albert Drilling.

»Es könnte auch ein Verwaltungsfehler sein.«

»Unmöglich. Das Ministerium schickt mich nur, wenn Gewissheit besteht. Absolute Gewissheit.«

Der Vormittag neigt sich dem Ende zu, und so langsam ermüdet die Unterhaltung den Bürgermeister; der besserwisserische Ton von Drilling ärgert ihn, seelenruhig und bewegungslos sitzt er da, kerzengerade, die Schultern in die hohe Stuhllehne gemeißelt.

»In welcher Funktion sind Sie eigentlich genau hier?«, fragt er, um das Gespräch in eine andere Richtung zu lenken, am liebsten in eine Sackgasse.

»Ich bin für die schwierigen Fälle zuständig.«

»Schwierig?«

»Riskant. Das trifft es besser. Wissen Sie, die meisten Rückkehrprozesse verlaufen reibungslos: Flüchtling kommt in die Niederlande, Flüchtling wird abgewiesen, Flüchtling wird rückgeführt oder kehrt freiwillig zurück. Manchmal gibt es allerdings externe Faktoren, die, wie soll ich es nennen, das Prozedere auf schwer kalkulierbare Weise behindern. Das steht dem Minister manchmal im Weg. Es ist meine spezielle Aufgabe, die Flüchtlinge zu begleiten, die eine Bedrohung für ihn darstellen.«

»Weil sie ihm etwas antun wollen?«

»Nein. Ich spreche von politischen Risiken.«

»Und das heißt was genau?«

»Der Minister hat eine schwierige Aufgabe. Er muss gerecht sein und streng, und vor allem Letzteres wirkt sich nicht immer positiv auf sein politisches Profil aus. Ich helfe ihm bei einer zügigen Abwicklung solcher Akten, die, sagen wir mal, potenziell unruhestiftender Natur sind. Die seiner Position im Kabinett schaden könnten.«

Er hält kurz inne, unsicher, ob der Bürgermeister ihm folgen kann.

»Sehen Sie: Die meisten Menschen haben etwas gegen Flüchtlinge – bis sie einen Flüchtling kennenlernen. Ein bekanntes psychologisches Phänomen. Wir schätzen, was uns nahesteht. Wird in einem Dorf eine Flüchtlingsunterkunft angekündigt, regen sich alle auf, aber wenn sie ein paar Jahre später wieder aufgelöst wird, regen sich alle noch viel mehr auf – Sie haben es hier ja selbst erlebt. Man wächst sich ans Herz. Das ist die menschliche Natur. Man findet nichts dabei, wenn ein anonymer Illegaler das Land verlassen muss, aber sobald dieser Illegale der Nachbar ist, ein guter Freund oder ein Klassenkamerad der Kinder, hat man die Bescherung. Meine Aufgabe ist es, solche Situationen zu verhindern. Sie lesen Zeitung, Sie kennen die Beispiele.«

Der Bürgermeister erinnert sich an den Tag, an dem Pension Zeevonk dichtmachte und die letzten Flüchtlinge mit der Fähre abtransportiert wurden, vor zwei Jahren. An der Anlegestelle standen sechs weiße Kleinbusse, ausgestattet mit Gitterfenstern, die einer nach dem anderen auf die Fähre rollten, im Schritttempo, als würden sie Nitroglycerin befördern. Das vom Ministerium auf die Insel geschickte Aufgebot an Polizei- und Grenzbeamten war völlig übertrieben; die versammelten Insulaner waren zwar wütend, verhielten sich aber ruhig und blickten finster übers Wasser, als wären sie wegen etwas ganz anderem hier. Sie sagten nichts, und genau darin bestand ihr Protest: eine schreckliche Stille, in der die Geräusche der rollenden Busse, einer vorüberfliegenden Gans, der sich schließenden Metalltür der Fähre gespenstisch verstärkt wurden. Hinter einem Absperrband hatten sich Journalisten mit ihren Kameras postiert; auch sie wagten es kaum, einen Ton von sich zu geben. Es war ein trüber Tag im Spätherbst. Vollkommen windstill. Der Bürgermeister durfte keine Ansprache halten, obwohl er das gerne getan hätte, aber er machte keinen großen Wirbel darum.

Im Gegensatz zu Hero. Hero Zeelen war der Einzige, der tobte. Zeternd stand er auf der Brücke der Fähre, und als er die Phalanx dunkelblauer Uniformen sah, die die Gangway flankierte – ein Spalier der Beklemmung – weigerte er sich, abzulegen. Am Ende musste der Bürgermeister sich persönlich auf die Fähre bemühen und Hero den Dienstbefehl erteilen. »Jetzt mach mal, Hero«, sagte er, »wir haben keine Chance, am Ende stellen sie dir so eine Blaujacke aufs Schiff, die dir Befehle gibt. Tu deine Pflicht, Hero, fang keinen Krieg an, den du nicht gewinnen kannst.«

»Faschisten!«, brüllte Hero durch ein Klappfenster, bevor er das lange Signal des Schiffshorns ertönen ließ, acht Sekunden länger als die vorgeschriebenen vier. Er hoffte, die Blaujacken würden sich die Ohren zuhalten, aber den Gefallen taten sie ihm nicht. Eine Weile hing das Signal wie ein Albatros überm Hafen und löste sich dann in Wohlgefallen auf.

Die Flüchtlinge glitten aufs offene Meer hinaus, die Insulaner blieben zurück, verwirrt wie Partygäste im ersten Morgenlicht. Der Bürgermeister war müde. Er kam sich vor wie ein Kollaborateur und fragte sich, was er hätte tun können. Nichts. Er war praktisch täglich mit dem Rad in die Flüchtlingsunterkunft gefahren, und sei es nur, um durch die große Gemeinschaftsküche zu schlendern oder den Somaliern beim Kartenspielen zuzusehen, die, obwohl sie darin sehr versiert waren, meistens gegen die Chinesen verloren. Er mochte, wie die Flüchtlinge ihre neue Welt mit der alten vermischten, er mochte, wie sie ihre Wäsche auf langen Leinen trockneten, wie sie Tücher und Decken zum Essen und Beten in den Dünen ausbreiteten. Es waren nicht die passiven, verängstigten Menschen, die er erwartet hatte. Sie feilschten sich durchs Leben, sicher, aber das taten die Insulaner auch, und wer, bitteschön, feilscht sich nicht durchs Leben?

Pension Zeevonk war zum Prisma geworden, ein Ort, der das Sonnenlicht einfing und verteilte. Daran denkt der Bürgermeister. An die Lagerfeuer. Die Hammondorgel. Die irakischen Filme im Gemeindehaus. Das erste Mal, dass Irin Past ihm in die Augen sah. Daran denkt der Bürgermeister, und durch diese Gedanken dringt eine Stimme zu ihm durch, die Stimme des Mannes, der bei ihm im Rathaus zu Besuch ist.

»Entschuldigung«, sagt er, »ich war nicht ganz bei der Sache, aber jetzt haben Sie meine ungeteilte Aufmerksamkeit. Sie sagten etwas über verwurzelte Flüchtlinge?«

»Korrekt«, sagt Albert Drilling. »Das ist die korrekte Terminologie, die wir seit Kurzem im Ministerium verwenden. Es passiert nicht eben selten, dass ein Flüchtling sich in einer neuen Gemeinschaft verwurzelt fühlt, obwohl wir alles Erdenkliche tun, um die Flüchtlinge von der Gesellschaft fernzuhalten. Manchmal ist die Bindung jedoch so stark, dass unschöne Situationen entstehen. Es kommt vor, dass die Presse eingeschaltet wird. Oft geschieht das, wenn die rechtlichen Möglichkeiten ausgeschöpft sind, oder wenn ein Flüchtling zum Zwecke der Abschiebung in eine Haftanstalt überführt wird. Demonstrationen, Hungerstreiks, Petitionen, Gerichtsverfahren – ich nehme an, Sie wissen, wovon ich spreche. Lokale Problemchen wachsen sich zu landesweiten Schlagzeilen aus, angeheizt durch Twitter und Facebook und YouTube und Kettenbriefe, durch Filmemacher und Schauspieler, die sich unentgeltlich einspannen lassen, um ihren Bekanntheitsgrad zu steigern. Dokumentationen. Anwälte. Gerichtsverfahren. Oppositionsparteien, die Morgenluft wittern. Diese Aktionen sind vollkommen sinnlos, aber sie bringen eine Kettenreaktion in Gang, die dem Minister schaden kann. Meine Aufgabe ist es, solche Situationen gar nicht erst entstehen zu lassen.«

Der Bürgermeister kneift kurz die Augen zusammen, als würde grelles Sonnenlicht ihn blenden, und steht dann auf, um in der Küche neuen Kaffee zu holen. »Ich muss auch mal eben telefonieren,« ruft er, »entschuldigen Sie mich bitte.« Fünf Minuten später kommt er mit einer der gläsernen Kugelkannen zurück und schenkt Albert Drilling ungefragt nach.

»Wenn ich das richtig verstehe«, sagt er, »sind Sie also hier, um den Minister zu schützen? Vor politischen Problemen?«

»Ich würde es anders formulieren, aber im Grunde ist das korrekt.«

»Es geht Ihnen wirklich nur um den Minister?«

»Nicht nur. Auch für den Flüchtling ist es wichtig, – wie drücke ich es aus – schnell und schmerzlos Abschied zu nehmen. Das ist für alle Beteiligten das Beste. Oder wollen Sie das abstreiten?«

»Ich bin erstaunt. Ich wusste nicht, dass das Ministerium Leute wie Sie engagiert.«

»Singular. Ein Leut. Ich bin der Einzige. Und außerdem festangestellt. Von Engagieren kann also nicht die Rede sein.«

»Hat das einen Namen?«

»Was?«

»Was Sie machen?«

»Nein. Senior-Referent Sondereinheit Rückkehr und Rückführungen, das steht auf meiner Visitenkarte. Nennen Sie mich persönlicher Assistent, politischer Assistent, ganz wie Sie wollen. Das ist für mich nicht von Belang. Von Belang ist, dass ich den Prozess ohne viel Aufhebens in die richtige Bahn lenke.«

»Ich könnte Sie also auch einen Kopfgeldjäger nennen. Oder einen Geheimagenten.«

»Das ist de facto nicht meine Funktion, und ich persönlich würde diese Begriffe auch nicht verwenden, ein Romanschreiber aber vielleicht schon. Ich finde es ehrlich gesagt keine so angemessene Umschreibung. Es ist zudem besser, wenn meine Anwesenheit möglichst nicht an die große Glocke gehängt wird. Das behindert den Prozess.«

»Daher die Heimlichtuerei.«

»Daher die Diskretion, um die ich Sie nochmals bitten möchte.«

»Ich verstehe.«

»Ausgezeichnet. Wollen wir dann zum Geschäftlichen übergehen?«

»Was schlagen Sie vor?«

»Ich habe gewisse Möglichkeiten. Lassen Sie uns das Ganze schnell über die Bühne bringen. Wenn wir an diesem Tisch jetzt zu einer Einigung kommen, lade ich Sie zum Mittagessen ein, wir trinken ein Gläschen, und ich fahre nach Hause. Niemand muss etwas von dieser Unterredung erfahren. Wenn ich nachher wieder auf der Fähre stehe, können Sie und ich zufrieden sein.«

»Welche Möglichkeiten schweben Ihnen da vor?«

Albert Drilling holt die Liste mit vakanten Bürgermeisterposten aus der Innentasche seines Jacketts. Er wirft einen flüchtigen Blick auf das Blatt, bevor er es auf den Tisch legt und über das glatte Wurzelnussholz zum Bürgermeister hinüberschiebt. Der lässt es liegen, auch, als Albert Drilling seine Hand zurückzieht.

»Was ist das?«

»Das sind die Möglichkeiten. Wir haben gezielt nach Ihrem Profil gesucht. Sollte Ihnen nichts davon zusagen, habe ich freie Hand vom Ministerium, etwas auf Ihre individuellen Bedürfnisse zuzuschneiden. Sie sehen: Uns ist wirklich an einer Lösung gelegen. Einer Lösung, die für alle am Prozess beteiligten Parteien einen Mehrwert bietet.«

Der Bürgermeister behandelt die Worte wie tote Mücken, die auf dem Tisch liegen, und beugt sich dann vor.

»Bloß nicht für den Flüchtling«, sagt er. »Der hat nichts davon.«

»Ganz im Gegenteil!« Albert Drilling schnellt hoch, zufrieden, weil er diesen Einwand schon hat kommen sehen. »Auch für den Flüchtling gibt es Möglichkeiten. In diesem Fall gehen die sogar über das hinaus, was im Aufenthaltsgesetz festgeschrieben ist. Um es konkret zu machen: Ich habe zehntausend Euro bei mir, in Hunderterscheinen. Alles verhandelbar, versteht sich.«

»Warum ist Ihnen das so wichtig?«

Albert Drilling denkt an das rosa Post-it, das auf der Akte klebte: *Anton, das spricht für sich. Kann ich mich auf Sie verlassen? G.*

»Sagen wir einfach, ich weiß von höchster Stelle, dass diese Angelegenheit äußerst ernst genommen wird. Von allerhöchster Stelle. Ich habe freie Hand.«

»Wie kann das sein? Mir kommt es vor wie eine Lappalie. Eine Frau auf einer Insel, nach der kein Hahn kräht. Ich kenne sie nicht. Jetzt kommen Sie daher und ich soll davon ausgehen, dass es diese Frau gibt. Vielleicht ist sie ja eine Erfindung, das Produkt eines Softwarefehlers. Warum sollte ich mir darüber den Kopf zerbrechen?«

»Sie glauben doch nicht im Ernst, ich wäre auf diese Insel gekommen, um einem Phantom hinterherzujagen? Außerdem gibt es Regeln. Wenn alle an den Regeln vorbei agieren würden … Sie als Bürgermeister müssten das doch am besten wissen. Wie wichtig die Einhaltung von Gesetzen ist!«

»Sie berufen sich auf Regeln und Gesetze, aber wenn es Ihnen gerade in den Kram passt, können Sie plötzlich was tricksen. Sie sind ein Trickser. Trifft es das vielleicht?«

»Auch das ist ein Begriff, den ich selbst nicht verwenden würde.«

»Sie sind ein Trickser, der sich auf politische Probleme spezialisiert hat. Es geht Ihnen nicht um die Regeln, um mich, um die Insel oder um eine bessere Welt. Das Ministerium ruft, Sie tricksen und werden dafür bezahlt. Sie sind der Mann, der nach dem Mord die Leiche wegschafft. Aber ohne mich!«

»Es ist verständlich, dass Sie sich erst an den Gedanken gewöhnen müssen. Aber glauben Sie mir: Politik läuft nicht ohne Schmieröl. Das Modell, das wir entwickelt haben, verhindert lediglich eine Menge Unannehmlichkeiten. Ich schaffe die Leiche weg, noch ehe sie ermordet wird.«

»Wie habe ich das denn zu verstehen?«

»Wir könnten uns streng ans Protokoll halten, aber dann kommen Kollegen vom Ausländeramt auf die Insel, spüren die Frau auf, legen ihr Handschellen an und führen sie ab. Darin sind sie versiert. Stellen Sie sich vor, was das bedeuten würde: Zwanzig Beamte in Stichschutzwesten, die um fünf Uhr morgens ein Haus stürmen und eine junge Frau in Unterwäsche auf die Straße zerren. Schreiend und kreischend. Und Sie sind als Ortspolizeibehörde offiziell verantwortlich. Die Fragen, die Ihnen gestellt werden, die Wut, die das auslösen wird – ich habe das alles schon erlebt, glauben Sie mir: Demonstrationen, Hungerstreiks, Bürgermeister, die mit Eiern und faulen Tomaten beworfen werden, Sit-ins, Einsatzkommandos der Polizei, Tränengas – machen Sie sich mal klar, was das für Ihre Insel bedeuten würde. Für deren Ruf. Die Folgen für den Tourismus. Achtundneunzig Prozent Ihrer Bevölkerung sind abhängig vom Tourismus.«

»Sie sind also hier, um mir diesen ganzen Ärger zu ersparen.«

»Am Schlimmsten sind die Journalisten. Sie werden kommen, glauben Sie mir, bis an die Zähne bewaffnet mit Kameras und Satellitenschüsseln, mit Übertragungswagen und brummenden Generatoren, und wehe, Sie wollen sie wegschicken, dann hauen sie Ihnen die Pressefreiheit um die Ohren und schreiben darüber ihren nächsten Artikel. Der Bürgermeister hindert uns an der Arbeit, werden sie sagen. Das sagen sie immer, wenn man versucht, sie kurzzuhalten. Es kümmert sie nicht, diese Haie. Sie schlagen hier ihre Zelte auf, mitten auf der Dorpsstraat, warten auf eine gute Schlagzeile, und wenn keine kommt, erfinden sie einfach eine. Sie modellieren die Wirklichkeit. Aufgebrachte Moderatoren werden Sie in die Zange nehmen. Erst laden sie Sie freundlich zu einer Talkshow ein, und dann werden Sie fertiggemacht. Sie schwitzen im heißen Scheinwerferlicht, und auf den Schweiß wird dann herangezoomt. Auf Ihren Schweiß haben sie es *abgesehen*.«

»Sie übertreiben.«

»Mitnichten. Für Journalisten ist es ein gefundenes Fressen: *Ein* Einzelner, *eine* junge Frau auf *einer* Insel gegen Das System. Menschliches Drama, unmenschliche Politik, das ist Salpeter- und Schwefelsäure. Fehlt nur noch ein Quäntchen Sauerstoff, um das Ganze explodieren zu lassen. Und wissen Sie, wer diesen Sauerstoff beisteuert? Die Parlamentarier. Vorhin haben Sie mich einen Trickser genannt, aber die wahren Trickser sind die Abgeordneten der Zweiten Kammer. Es sind Zirkusakrobaten – bekommen sie keinen Applaus, denken sie sich eine neue Nummer aus. Auch die werden auf die Insel kommen, Arbeitsbesuch, und empört Parlamentarische Anfragen stellen. Sie werden Sie auf ihre Seite ziehen wollen, während Sie dem Minister gegenüber loyal bleiben müssen – es wird Sie zerreißen. Parlamentarische Anfragen sind das

Ablassgeld der Politik. Sie machen sich ja keine Vorstellung davon, hocken hier auf einer Insel, in einem Außenbezirk, Sie denken vermutlich, die Zeit stünde still, aber ich kenne die Gepflogenheiten des Binnenhofs. Am Ende werden Sie sich in einer ausweglosen Position wiederfinden.«

Beeindruckt von diesem Wortschwall nimmt der Bürgermeister jetzt doch das Blatt in die Hand, das vor ihm auf dem Tisch liegt. Es ist eine Auflistung kleiner bis mittelgroßer Gemeinden, die in absehbarer Zeit einen neuen Bürgermeister brauchen. Hinter den Namen der Städte ist die Einwohneranzahl vermerkt.

Schiedam (75 Tausend)
Goeree-Overflakkee (48 Tausend)
Sneek (34 Tausend)
Gouda (71 Tausend)
Dongeradeel (24 Tausend)
Weststellingwerf (26 Tausend)
Venlo (100 Tausend, Jobsharing)
Harlingen (16 Tausend)
Wageningen (36 Tausend)

Ohne von der Liste aufzublicken, sagt der Bürgermeister: »So sieht für Sie also die Lösung aus?«

»Eine mögliche Lösungs*richtung*. Sehen Sie es als ersten Vorschlag. Ein Entgegenkommen von unserer Seite. Ein individueller Zuschnitt ist möglich. Wie gesagt: Ich habe freie Hand. Auch auf anderen politischen Ebenen ließe sich das eine oder andere regeln. Warum, glauben Sie, ist der Bürgermeister von Wolvega letzten Monat zum Deichgrafen ernannt worden? Und finden Sie es nicht erstaunlich, dass der Bürgermeister von Delfzijl, ein Mann, von dem noch nie jemand gehört hat, als neuer Königlicher Kommissar im Gespräch ist?«

»Sie bluffen.«

»Nein. Hören Sie: Solche Gespräche habe ich schon öfter geführt, sehr viel öfter. Ich weiß, wie es läuft. Ich weiß auch, wie dieses Gespräch ausgehen wird. Das Modell, das wir im Ministerium für derlei Situationen entwickelt haben, hat eine Erfolgsquote von hundert Prozent. Ich bin noch nie gescheitert. Noch nie. Das kommt, weil ich nicht als Polizeibeamter auftrete, sondern als Coach. Ich bin Ihr Freund. Ich verstehe Sie, ich verstehe den Flüchtling, ich verstehe den Minister, und bringe alle an einen Tisch. Sehen Sie es als Ehescheidung: sehr aufreibend und emotional, natürlich, aber unausweichlich und letzten Endes die beste Entscheidung für alle Beteiligten. Die Parteien profitieren immer dann von einer Scheidung, wenn sie sich gemeinsam auf die Vorteile konzentrieren. Betrachten Sie mich als, sagen wir, als Mediator zwischen Ihnen, dem Minister und Ihrem Flüchtling.«

Albert Drilling sieht den Bürgermeister an, der die Arme aufgestützt und den Kopf in die Hände gelegt hat, und beschließt dann, den Satz auszusprechen, der ihm bereits ein paarmal in Situationen wie dieser sehr gelegen kam: »Wenn man keinen Kampf führt, gibt es auch keine Verlierer.«

»Führen wir einen Kampf?«, fragt der Bürgermeister.

»Noch nicht.«

Er starrt auf die Tischplatte. »Das – ich denke, ich verstehe.«

Albert Drilling kann den Sieg schon wittern. Wieder einmal wird er gewinnen. Er ist weit gegangen, das eine oder andere wird er dem Generalsekretär erläutern müssen, aber die Botschaft des Ministers auf dem Post-it war klar. Hier ist einiges erlaubt. Fast war er an dem Punkt angelangt, dem Bürgermeister Geld zu bieten, ein paar Tausend Euro Unkostenentschädigung, für den Umzug. Ihm beim Rentenaufbau unter die Arme zu greifen – simple, verwaltungstechnisch leicht zu verbuchende Ausgaben. Manchmal kann man damit jemandem einen letzten Schubs geben. Aber das scheint ihm gar nicht nötig. Er lässt lieber die Gesetze der Psychologie für sich arbeiten. Jetzt muss er schweigen, damit der Bürgermeister nachdenken kann, damit die Wörter, die Albert auf dem Tisch ausgebreitet hat, zur Ruhe kommen können, sich im Kopf des Bürgermeisters einen Weg zu dem Teil seines Gehirns bahnen, in dem Entschlüsse gefasst werden – *Hungerstreik, Talkshow, Parlamentarische Anfragen, Coach, Freund, Ehescheidung,* die Wörter marschieren ruhig auf einen klaren Entschluss zu.

Der Bürgermeister schiebt seinen Stuhl zurück, steht auf und streckt die Hand aus, wie ein Schachspieler, der aufgibt. Auch Albert Drilling steht auf.

Während ihres Handschlags sagt der Bürgermeister: »Ich bin dem nachgegangen, wie ich Ihnen schon sagte. Kein einziger Flüchtling wohnt mehr auf der Insel. Alle sind weg. Wir haben ihnen von der Anlegestelle aus hinterhergewinkt, und das war's. Es tut mir leid, Herr Drilling. Ich kann Ihnen nicht helfen.«

10

Albert Drilling macht sich auf den Weg zurück zum Hotel: Dorpsstraat-Borneopad-Rechterschans, er geht schnell, die schwere Eichentür steht offen. Er stampft sich die Schuhe ab, ärgert sich über die schlechte Beleuchtung in der Eingangshalle und sieht Manja an der Rezeption stehen. Sie wartet auf ihn, die Hände vor dem Schoß gefaltet, sie will es ihm persönlich sagen.

»Ich«, sagt sie. »Ich bin die Frau, die Sie suchen.«

»Ihr Name«, sagt er. »Wie ist Ihr Name?«

»Kira Dostat.«

»Woher kommen Sie?«

»Aus Ägypten.«

Albert sieht sie an. Er muss ihre Worte erst mal sacken lassen. Das verkorkste Gespräch mit dem Bürgermeister sitzt ihm noch in den Knochen. Kiras Gesicht verrät nichts: keine geröteten Wangen, keine funkelnden Augen. Sie ist emotionslos. Sehr vertrauenerweckend.

»Wann sind Sie geboren?«

»10. Oktober 1993.«

»Gut, dass Sie es mir erzählen.«

»Der Bürgermeister weiß nichts davon.«

»Das ist richtig.«

»Ich will ihn nicht in Schwierigkeiten bringen.«

»Das tun Sie nicht.«

»Der Hotelbesitzer weiß auch nichts davon – ich habe mich mit falschen Papieren auf die Stelle beworben.«

»Das ist kein Drama. Wir machen niemandem Vorwürfe.«

»Ich bin wirklich die Einzige, die es weiß.«

»Ich weiß es jetzt auch.«

»Erzählen Sie es keinem, auch nicht dem Bürgermeister?«

»Natürlich nicht.«

»Ich habe Angst.«

»Das ist verständlich. Aber es gibt keinen Grund, Angst zu haben. So ist es besser.«

»Möchten Sie Kaffee?«

»Gern.«

11

Zum ersten Mal ist Albert Drilling zum wöchentlichen Runden Tisch für Ausländerangelegenheiten eingeladen, am Montagmorgen, 7:30 Uhr, im Ministerzimmer, und er freut sich. Er ist ein Spitzenbeamter, ja, aber diese Sitzung ist für Leute, die das Sagen über die Spitzenbeamten haben: Spitzen-Spitzenbeamte, die Besten der Besten. In diesem Zimmer, zu dieser Uhrzeit werden Entscheidungen auf Landesebene getroffen; dass er sich dort einbringen soll, öffnet neue Perspektiven. Er kann den Minister jetzt persönlich über Kira Dostat informieren, die sich bereiterklärt hat, aktiv an ihrer Rückkehr mitzuwirken, und gleichzeitig kann er betonen, wie nützlich es ist, einen Trickser im Team zu haben, einen »Kopfgeldjäger«, wie der Bürgermeister es genannt hat; im Nachhinein findet Albert das gar keine so schlechte Bezeichnung. Außerdem war es ein guter Schachzug, aber nicht gut genug. Albert Drilling hat gewonnen. Der Sieg war leicht errungen: drei Tage auf der Insel haben genügt, die Unkosten halten sich in Grenzen. Kira Dostat ist Nummer hundertfünfunddreißig, seine Erfolgsquote nach wie vor hundert Prozent. Es fällt Albert Drilling schwer, das nicht als persönlichen Erfolg zu verbuchen.

Aber darum geht es jetzt nicht. Vor allem soll der Minister erfahren, dass Alberts Methode funktioniert, obwohl sie so ungewöhnlich ist. Es wäre gut, wenn andere Beamte sein System ebenfalls beherrschten. Darüber hinaus will er Zustimmung für das Folgeprojekt einholen. Seine Aufgabe wird sein, nach Kairo zu reisen, um Kiras Vorleben unter die Lupe zu nehmen: Er muss ihre Geburtsurkunde auftreiben, die Aussage eines Verwandten oder ein Schulzeugnis, ein Schwimmabzeichen, einen Fingerabdruck, irgendetwas, was ihre Identität bestätigt. Jeder hinterlässt irgendwelche Spuren. Auch Leute ohne Papiere haben Papiere. Um die zu finden, muss man nur akribisch ihre jüngste Vergangenheit zurückverfolgen; in ihr Leben hinabsteigen wie am Handlauf einer Treppe. Erst muss er selbst in ihre alte Welt reisen, bevor er Kira Dostat dorthin zurückbringen kann.

Die von ihr angegebene Adresse ist ein erster Anhaltspunkt, mit etwas Glück wohnen ihre Eltern oder Großeltern noch dort. Mohammed Mahmoudstraße 137 – er hat sich das Haus auf Google Maps angesehen: ein quadratisches Gebäude an einer schnurgeraden Straße. Es sollte nicht allzu schwierig werden, da einen Beweis für ihre Existenz zu finden.

Mit den entsprechenden Unterlagen kann er dann beim ägyptischen Konsulat einen Laissez-passer für sie beantragen und ihr einen Hinflug nach Kairo buchen. Und dann war es das. Albert kennt den Konsul ganz gut und weiß, dass er offen ist für gewisse Vorschläge. Auch Kira wird er Geld mitgeben, damit sie ein neues Leben anfangen kann, genug, um ein kleines Hotel oder ein Café zu eröffnen. Das muss er sich nicht absegnen lassen; dafür gibt es ein Budget.

Der Runde Tisch für Ausländerangelegenheiten am Montagmorgen ist dem Minister heilig. Manchmal nennt er ihn sein Garderobengespräch. Bevor die Hölle der neuen Woche losbricht, kann hier frei von der Leber weg gesprochen werden, über Taktiken und Hindernisse, ganz ungezwungen, *out of the box*. Das Frühstückstreffen findet im kleinen Rahmen statt, nur seine engsten Vertrauten: der Generalsekretär, die Generaldirektorin, zwei einflussreiche Abteilungsleiterinnen und der politische Assistent, ein großer, braungebrannter Mann mit riesigen Händen, der trotz seines unglaublichen Netzwerks den Sturz des vorigen Ministers nicht hat verhindern können (oder, wie Albert von Kollegen gehört hat, nicht hat verhindern wollen. In Den Haag ist der Grat zwischen dem einen und dem anderen sehr schmal.)

Gestürzt war der vorige Minister über einen Nigerianer. Schon zum dritten Mal zerbrach eine politische Karriere an einer Bagatelle – während der Minister noch damit beschäftigt war, große Pläne für die Zukunft zu schmieden, stellte ein siebzehnjähriger Bursche aus Lagos ihm ein Bein. Niemand hatte den Minister vorgewarnt, er wusste nicht einmal, wer der Junge war, als sie ihn vor die Kamera zerrten und eine Stellungnahme verlangten. Der Nigerianer stand weinend neben dem Minister. Der hatte rote Flecken am Hals. Es war nicht mit anzusehen. Er hatte irgendetwas Schwammiges gestammelt, es gab einen Eklat, und noch am selben Abend machte ihn sein eigener Parteivorsitzender in der Nachrichtensendung *Nieuwsuur* fertig – das Ende einer Laufbahn.

Sein Nachfolger hat deshalb beschlossen, kein Risiko einzugehen: Bei der ersten Besprechung der Woche will er ganz genau über die brisanten Fälle informiert werden, wo ihre Tücken liegen und wie man sie entschärfen kann – er vergleicht das gerne mit dem Räumen eines Minenfelds. Die Sitzung ist vertraulich. Es wird kein Protokoll geführt.

Albert Drilling hat extra seine Schuhe geputzt, mit einer Maschine, auf die er gestern Abend im Flur des Hotels *De Waarheid* gestoßen ist, ein alter, aber fachkundig instand gehaltener Apparat mit je einer Bürste für weiße, braune und schwarze Schuhe – ein Service, den selbst Fünfsterne-Hotels in Weltmetropolen heutzutage nicht mehr anbieten. Er hatte den Apparat übersehen, bis Kira Dostat ihn darauf aufmerksam machte, eine Geste des guten Willens, die er zu schätzen weiß. Beim Putzen musste er aufpassen, dass die Bürsten nicht an seine Socken kamen. Das Ergebnis konnte sich sehen lassen.

Im Ankleidespiegel kontrolliert er seinen Krawattenknoten; Kira räumt das Zimmer auf und bürstet ihm die letzten Flusen vom Jackett, wünscht ihm viel Erfolg und verlässt das Hotelzimmer, das sich schon viel mehr wie sein eigenes Reich anfühlt als gestern. Er öffnet das Fenster, um frische Luft hereinzulassen und will sich kurz aufs Bett setzen, besinnt sich dann aber eines Besseren, weil Kira es gerade erst hergerichtet hat. Er will ihre Arbeit nicht zunichte machen: Sie hat den Bezug gewechselt und einen neuen braunen Überwurf darübergebreitet. Die dreckige Wäsche hat sie in einem kleinen Wagen auf Lenkrollen mitgenommen. Sie war sehr gründlich bei ihrer Aufräumaktion, gründlicher als nötig, denkt er, aber sie findet es ja auch nötig, sämtliche Frühstückstische zu decken, obwohl keine Gäste da sind.

Jetzt heißt es: volle Konzentration.

Er setzt sich an den winzigen Schreibtisch und klappt seinen Laptop auf; nicht gerade eine bequeme Haltung, der Stuhl ist zu niedrig für den Tisch, der Tisch zu schmal für den Laptop, und der Spiegel verdammt ihn dazu, sich selbst anzusehen, aber das ist der einzige Fleck im ganzen Zimmer, der der Bedeutsamkeit dieses Treffens einigermaßen angemessen ist. Eine weitere Option wäre das Bett, aber der Besprechung im Schneidersitz beizuwohnen, oder, noch schlimmer, im Liegen auf der braunen Tagesdecke, ist indiskutabel.

Er ist früh dran. Kann sich Zeit lassen. Er verbindet sich mit dem Sicherheitsserver des Ministeriums, gibt die Passwörter ein, die er zugewiesen bekommen und den Richtlinien entsprechend auswendig gelernt hat, und sieht, wie auf dem Bildschirm ein Zimmer erscheint, mit einem klassischen Schreibtisch, einem klassischen Konferenztisch, umgeben von gepolsterten Stühlen. Das Zimmer ist weniger stattlich als er erwartet hat – irgendwo liegt eine Mehrfachsteckdose herum, aus der sich ein chaotisches Geäst aus weißen Kabeln über den Teppichboden erstreckt. Der Schreibtisch, die Stühle und der Konferenztisch sind eigentlich zu massiv für den Raum, den Albert sich größer vorgestellt hat, vielleicht täuscht aber auch die eingeschränkte Sicht des Weitwinkelobjektivs der Webcam, die das gesamte Zimmer auf ein einziges flackerndes Computerbild komprimieren muss. Wäre er persönlich anwesend, in Den Haag, wäre sein Eindruck sicher ein anderer.

Ihn überrascht eher, wie kahl das Zimmer ist. Auf dem Schreibtisch steht ein PC, sonst nichts; keine Fotos von Frau und Kindern, keine persönlichen Trophäen, auch Bücherregale finden sich keine. Irgendwo hängt ein abstraktes Gemälde, in Schwarz übergehendes Blau, uninspirierte Massenware. Er war einmal wegen eines anderen Auftrags in einer der Werkstätten in Beijing, wo diese Drucke hergestellt werden, sie wissen da genau, wie ein Abendländer seine moderne Kunst haben möchte. Das Bild geht neben dem gigantischen Flachbildfernseher an der Wand völlig unter, der sogar im ausgeschalteten Zustand die Aufmerksamkeit auf sich zieht.

Wie seltsam es doch ist, das Zentrum der Macht so verlassen zu sehen, denkt Albert, so unpersönlich. Es ist kahl wie ein Motel, ein Ort, der seine eigenen Spuren verwischt. Nach getaner Arbeit bleibt nichts zurück, und wenn doch, wird es von einer Putzfrau oder einem Zimmermädchen abtransportiert.

Was für ein Jammer, dass er nicht physisch anwesend sein kann bei dieser Ausländersitzung, aber natürlich hat er dafür Verständnis: Ein Treffen auf Distanz ist technisch möglich und hält die Kosten in Grenzen. Er hofft, dass sie ihn gut verstehen können. Es ist seine erste Videokonferenz; die Sekretärin des Ministers hat ihm eine digitale Anleitung geschickt, er hat die darin beschriebenen Schritte befolgt und sich die Tipps zu Herzen genommen: Vor allem wird davon abgeraten, zu nah vor dem Bildschirm zu sitzen, weil die anderen Teilnehmer dann nur ein großes Gesicht sehen, oder im schlimmsten Fall bloß eine Nase oder ein Ohrläppchen. Außerdem soll man immer in die Kamera blicken, auch wenn die Gedanken abschweifen; »die Kamera ist gnadenlos«, steht in der Anleitung, »vermeiden Sie Gähnen und Nasebohren«. Des Weiteren sei auf den Hintergrund zu achten, »sowie eventuelle Makel im Gesicht, besonders am Gebiss.«

Albert steht auf und putzt sich im fensterlosen Bad die Zähne, betrachtet sich im Spiegel, kehrt ins Zimmer zurück, wo er das Aquarell an der Wand zurechtrückt und sich wieder vor den Laptop setzt.

Die Verbindung ist ordentlich, das WiFi hat vier Balken, und trotzdem hat Albert Drilling den Eindruck, sein Laptop würde ihm die Bilder einer Überwachungskamera vorspielen. Was er sieht, ist verpixelt und fällt in unregelmäßigen Abständen blitzartig aus, vermutlich wegen der Verschlüsselungssoftware des Ministeriums. Ansonsten gibt es an dem System nichts auszusetzen. Er kann die Kamera im Ministerzimmer mit seiner Maus steuern: nach rechts, nach links, nach oben und nach unten. Heran- und Herauszoomen mit + und – auf der Tastatur, allerdings sieht er nur noch eine Gletscherlandschaft aus grauen, gestapelten Blöcken, wenn er zu oft auf die +-Taste drückt.

Wohin er die kleine Kamera lenkt, ist für die anderen Teilnehmer nicht erkennbar, dadurch kann er sie während der Sitzung unauffällig beobachten. Das könnte von Vorteil sein. Aber die Nachteile der Videokonferenz überwiegen, denkt er, während er die Webcam hin und her navigiert. Albert Drilling sieht von schräg oben auf den Konferenztisch hinab, eine merkwürdige Perspektive, als wäre er in einer Zimmerecke angebracht. Die Körpersprache wird ihm entgehen, dabei ist gerade die bei einer Sitzung so wichtig: ein kurzes Kopfnicken, ein Seufzen, sich kreuzende Blicke, Schnauben, trommelnde Finger, ein Löffel, der einen Tick zu lange in der Tasse rührt.

Pausen. Fast, als würde er der Sitzung heimlich beiwohnen, wie ein Ermittler, der unbemerkt ein Verhör hinter Spiegelglas verfolgt. Er nimmt sich vor, ein wenig unbescheiden aufzutreten, damit seine Anwesenheit allen bewusst ist und niemand über seinen Voyeurismus erschrickt. Ansonsten wird er auf seine Menschenkenntnis zurückgreifen müssen, um die Finessen der Unterhaltung zu deuten.

Jetzt ist Bewegung im Zimmer. Jemand läuft am Tisch vorbei und schaltet den Fernseher ein, und auf diesem absurd großen Bildschirm erscheint sein eigenes Gesicht in fleckigem Schwarz-Weiß, das Gesicht eines Astronauten. Der Anblick erschreckt ihn, aber als er den Stuhl ein wenig nach hinten schiebt, werden die Proportionen natürlicher; jetzt sind auch Hals und Schultern mit im Bild. Er richtet sich auf.

Er ist der erste und bisher einzige Teilnehmer. Er betrachtet sich, wendet den Kopf langsam nach rechts (auf dem Bildschirm bewegt er sich nach links), dann wieder zurück (auf dem Bildschirm bewegt er sich nach rechts); eine verwirrende Erfahrung. Sein Ebenbild erwidert seinen Blick. Ihm kommt es gar nicht vor, als wäre das sein eigenes Gesicht, eher jemand, der ihn anstarrt und nachäfft, wie die fiesen Kinder in der Schule früher. Er öffnet den Mund, schließt ihn wieder, runzelt die Stirn, versucht, ernst dreinzusehen, dann munter – mit Verzögerung wird ihm alles gespiegelt. Der Bildschirm ist riesig. Er selbst ist riesig. Alle Augen werden auf Albert Drilling gerichtet sein, das ist die Macht der Bilder. Ihm wird klar, dass er gleich nicht nur mit dem Minister und seinen Superbeamten sprechen wird, sondern auch mit sich selbst.

Da kommen sie auch schon. Wie der Minister den Raum betritt, stehenbleibt, bis alle Platz nehmen, ist sehr vertrauenerweckend. Ein Mann mit Erfahrung, eine dienende Führungskraft mit natürlicher Autorität, ebenso flexibel wie scharfsinnig, der erste Viersternegeneral, der es zum Minister gebracht hat. Sie setzen sich, nicht hektisch, sondern entspannt und tatkräftig, und sehen alle ihn an, Albert Drilling, oder eher gesagt sein kolossales Konterfei auf dem kolossalen Bildschirm, im Hintergrund das perfekt gemachte Hotelbett, darüber das Aquarell. Er sieht aus wie ein Korrespondent, der gelassen für das Morgenmagazin berichtet. Das gefällt ihm. Er ist der Feldarbeiter, der die Strategen über seine Arbeit informiert.

»Guten Morgen, Anton«, sagt der Minister, »schön, dass Sie dabei sein können. Alle kennen Anton? Ja? Prima. Dann lasst uns anfangen.«

»*Guten Morgen, Herr Minister*«, sagt Albert, »*guten Morgen, meine Damen und Herren, wenn Sie erlauben, möchte ich Sie auf den neuesten Stand der Dinge bringen …*« – ein kraftvoller Einstieg, gut getimt und artikuliert, aber er hört auch, wie seine Worte im Raum widerhallen, wie sie in digitale Portionen geschreddert, erst auseinandergerissen, dann wieder zusammengesetzt werden, bevor sie den Fernsehbildschirm in Den Haag erreichen. Wegen der Verzögerung fällt er dem Minister unbeabsichtigt ins Wort, er weiß nicht mehr, wann er was sagen muss, und ob sein Bericht überhaupt klar zu verstehen ist. Seine Lautsprecher sind schlecht, er spricht und hört sich gleichzeitig, kein guter Anfang. Im Zimmer ist es warm, er hätte die Tür aufschieben sollen, aber jetzt kann er hier nicht weg, das würde auffallen. Die Verbindung lässt zu wünschen übrig; das Bild springt hin und her, und von der Generaldirektorin sieht er nur die Schultern und ein Stück Hinterkopf, den Kragen ihrer weißen Bluse, über dem sich schwarze Locken kringeln.

»*… es geht um eine ausländische Staatsbürgerin, die …*«

»Können wir uns an die Tagesordnung halten?«

»*Sicherlich, die Tagesordnung, aber die habe ich leider gerade nicht …*«

Der Minister richtet sich an ihn, sieht ihn aber nicht an, auch das ist suboptimal. Sowohl der Minister als auch er selbst sehen Albert Drillings Abbild an, das, Albert Drillings bescheidener Meinung nach, der Wirklichkeit kaum gerecht wird. Weiß der Minister, wo die Webcam ist? Die Frau mit den schwarzen Locken hat ein Smartphone in der Hand, das sie unterm Tisch versteckt, sie liest etwas, eine E-Mail vermutlich, und nickt beim Lesen, als würde sie dem Minister zustimmen. Aber sie ist nicht bei der Sache. Sie stimmt irgendetwas anderem zu.

»Erst die neuen Namen, Anton. Dann die alten. Das ist die Tagesordnung, auf die wir uns geeinigt hatten. Tut mir leid, dass die Leitung so rauscht – ist jemand von der Technik hier? Geht das besser mit der Verbindung?«

Niemand reagiert. Die schwarzen Locken konzentrieren sich weiter aufs Telefon.

»Ihr habt den Minister gehört«, sagt der politische Assistent. »Gibt es eigentlich Schnittchen?«

»Laut meinem Führungsstab liegen keine neuen Namen vor«, sagen die schwarzen Locken.

»Ist dein Führungsstab sich da sicher?«

»Ich kann mich auf die Leute verlassen.«

»Bist du dir da sicher?«

»Gerard – ich bitte dich. Es ist früh am Morgen, ich bin noch nicht so geistesgegenwärtig wie du. Wenn ich meinen Führungsstab nicht unter Kontrolle hätte, säße ich nicht hier.«

Der Minister mustert seine Leute. Sie schweigen. Trotz seiner aufdringlichen Präsenz sieht niemand mehr zum Fernsehbildschirm mit Albert Drillings Gesicht, das den Raum wie ein Sonnenaufgang erleuchtet. Die Generaldirektorin löffelt sich Milchpulver in den Kaffee und rührt. Der politische Assistent ist aufgestanden und läuft aus dem Bild. Albert hat den Eindruck, die Frage des Ministers hat die Sitzungsteilnehmer in Verlegenheit gebracht, und er beschließt, selbst zu antworten, um ihnen einen Ausweg aus der Sackgasse zu bieten. Immerhin hat er gute Neuigkeiten. Er liefert die Vorlage, sie schießen das Tor.

»*Ich gehe davon aus, dass Sie mit dem Fall auf der Insel vertraut sind, …*« – ihm ist nicht ganz klar, ob seine Worte in der richtigen Reihenfolge zu hören sind, ob sie überhaupt noch zu hören sind, denn soweit er sehen kann, reagiert niemand darauf. Möglicherweise hängt die Technik oder die Lautstärke des Fernsehers ist falsch eingestellt – »*… dem ich nachgehen sollte … nun ja …*« – sie sehen ihn sprechen, er sieht sich selbst sprechen, aber auch der Minister scheint ihn nicht zu hören.

»Ich habe letzte Woche die Zeitungen nicht so genau verfolgt«, sagt der Minister, »helft mir mal auf die Sprünge? Wer will mir an den Kragen?«

»*… im Fall Kira Dostat freue ich mich, Ihnen mitteilen zu können …*«

»Jetzt kommt schon, gibt es neue Namen? An diesem Tisch kann frei von der Leber weg gesprochen werden, das wisst ihr.«

»*… dass große Fortschritte erzielt wurden …*«

Die Generaldirektorin rührt unbeirrt in ihrem Kaffee, obwohl sich das Milchpulver längst aufgelöst hat. Der politische Berater erscheint oben rechts im Bild, er hat ein Engelsgesicht, und Albert steuert die Kamera nach rechts, um ihn genauer in Augenschein zu nehmen. Er liest ein Dokument, das beim Minister auf dem Schreibtisch liegt und schenkt der Sitzung keinerlei Beachtung.

»Hört mal«, sagt der Minister, »das geht so nicht. Ihr seid überhaupt nicht vorbereitet, und das wisst ihr auch.«

»Es gibt einfach keine neuen Namen«, hört Albert jemanden sagen – die Frau mit den schwarzen Locken?

Zu Alberts Überraschung steht der Minister auf und stützt sich dabei mit den Händen am Tisch ab.

»Natürlich gibt es neue Namen! Es gibt immer neue Namen! Ich habe es nicht zum Minister gebracht, um dann an einem Einzelfall zu scheitern. Hört ihr? Ich habe den ganzen Sonntagnachmittag damit verbracht, Akten zu lesen. Die Briefe, die ich bekomme! Die ganzen üblen Geschichten. Und alle drohen mir mit der Presse, weil sie genau wissen, dass sie mich damit drankriegen. Ich habe keine Ahnung, welche Briefe mir gefährlich werden können und welche nicht. Das ist eure Aufgabe. Dafür werdet ihr bezahlt. Ich treffe bloß die Entscheidungen. Das Protokoll ist völlig eindeutig. Sobald ein Ausländer Unterstützung von seinem Umfeld bekommt oder von der Presse, wird mir das in dieser Sitzung mitgeteilt, damit wir die Angelegenheit schnellstmöglich bereinigen können. Verstanden? Ich will keine weiteren Petitionen, keine Demos, keine Interviews, die mich wie ein Monster dastehen lassen. Ich bin Minister, ich bin für das große Ganze zuständig, nicht für Dorfpolitik. Also bitte! Raus mit der Sprache! Wo stecken die Härtefälle?«

Albert kann nicht erkennen, wie die anderen Teilnehmer auf die Worte des Ministers reagieren. Sagen tun sie jedenfalls nichts. Was er erkennt, ist, wie der Generalsekretär Kaffee aus einer hohen, silbernen Kanne nachschenkt. Die Frau mit den schwarzen Locken hält ihre Tasse zu. Dann sagt sie: »Verwurzelte.«

Der Minister sieht sie an.

»Bei der Vorstandssitzung vor drei Wochen haben wir beschlossen, den Begriff »Härtefälle« nicht mehr zu verwenden. Wir konzentrieren uns jetzt ausschließlich auf die Verwurzelten.«

Sie wirkt entspannt. Die Tirade des Ministers hat sie kalt gelassen.

»Das ist ein wichtiger Unterschied, Gerard. Verwurzelte sind so lange in den Niederlanden, dass sie ein soziales

Netzwerk aufgebaut haben, das sie gegen eine Abschiebung schützt. Darum geht es hier. Nicht um Härtefälle. Die verlangen eine ganz andere Herangehensweise.«

Der Minister starrt vor sich hin wie ein Vater, der einsehen muss, dass er seine Kinder nicht mehr unter Kontrolle hat.

»Bei Taida Pasic habt ihr gepennt«, sagt er. »Bei Mauro Manuel habt ihr gepennt, bei Sahar habt ihr gepennt, und jetzt ist das Einzige, was euch einfällt, über Begrifflichkeiten zu jammern? Verwurzelte, Härtefälle, Sozialschmarotzer, Wirtschaftsflüchtlinge … es interessiert mich einen feuchten Kehricht, wie ihr sie nennt. Hauptsache, wir gehen die Sache ordentlich an. Hauptsache, sie kommen mir nicht in die Quere. Ich appelliere an eure Loyalität. Ich appelliere dringendst an eure Loyalität!«

Albert sieht, wie in diesem Moment der politische Assistent dem Minister eine Hand auf die Schulter legt, der sich daraufhin langsam wieder hinsetzt. Der politische Assistent bleibt stehen, er ist imposant groß, und ergreift das Wort. »Ich verstehe deine Sorgen, Gerard«, sagt er. »Aber selbst mir sind im Moment keine neuen Namen von ausländischen Staatsbürgern bekannt, die deine Integrität untergraben könnten. Natürlich ist es sinnvoll, das im Auge zu behalten, aber wir sollten uns nicht darauf versteifen. Die Umweltvereinbarung mit den Städten beispielsweise wird von den Medien sehr positiv aufgegriffen. Vielleicht sollten wir deine Leistungen in Europa etwas mehr ins Rampenlicht rücken, ich treffe mich heute Mittag mit Peter von *Nieuwsuur* zum Essen, ich könnte ihm ein Exklusivinterview vorschlagen. Das würde dein europäisches Profil stärken, und du könntest dich von deiner menschlichen Seite zeigen.«

»Darum geht es mir nicht«, sagt der Minister. »Mir geht es um die öffentliche Debatte, die von ein paar Härtefällen beherrscht wird. Ich will Politik machen, ich will einen Durchbruch auf internationaler Ebene, was den Umgang der souveränen Staaten mit Ausländern angeht, und was mache ich stattdessen? Ich besuche Kollum und Ter Apel und andere Käffer, von denen ich noch nie gehört habe, um über irgendwelche Leutchen zu debattieren, die schon viel zu lange hier sind, bloß, weil ein Bürgermeister sich gegen die Ausweisung wehrt und meine Beamten lahme Luschen sind, die um fünf Uhr Feierabend machen wollen. Warum setzen die Bürgermeister nicht einfach das Gesetz durch? Warum wird hier nicht länger gearbeitet? Was läuft schief in den Niederlanden, dass alle Welt meine Autorität untergräbt?«

»Hab ein bisschen Vertrauen, Gerard. Wir haben alles unter Kontrolle. Es gibt keine neuen Namen.«

Für Albert Drilling ist jetzt der Moment gekommen, einzugreifen.

»*Meine Damen und Herren … in Sachen Dostat …*« Albert sieht sich im Fernseher sprechen. »*… scheint es mir angebracht, Ihnen von meinem Erfolg zu berichten …*«

»Und wir haben Anton!«, sagt der politische Assistent plötzlich, hocherfreut, als würde er gerade entdecken, dass ein riesiges Geschenk auf dem Tisch steht. »Kennt ihr Anton von Rückkehr und Rückführungen? Unsere reisende Geheimwaffe? Willkommen, Anton! Wo stecken Sie eigentlich gerade? In einem hübschen afrikanischen Hotel, mit den Füßen im Pool, während wir hier …«

»*… kann ich berichten, dass …*«

»Kann sich mal jemand um den Ton kümmern, denn so …«

»*… für weitergehende Recherche müsste ich allerdings …*«

»Anton? Entschuldigen Sie, Anton, Sie wollen was sagen, aber wir hören Sie kaum«, sagt der Assistent. »Könnten Sie direkt ins Mikro sprechen?«

Albert Drilling beugt sich weiter nach vorn, in Richtung des stecknadelkopfgroßen Punktes am oberen Bildschirmrand, wo er die Spionagekamera vermutet. Er hofft, dass sich dort auch das Mikrofon verbirgt.

Die Runde sieht jetzt nur die wichtigsten Teile seines Gesichts: Nase, Augen, Mund, alles monströs.

»*Entschuldigen Sie, die Technik …*«, sagt er. »*Ist es so besser?*«

»Viel besser«, sagt der Minister, auf dessen Schulter noch immer die Hand des politischen Assistenten ruht. »Erzählen Sie. Springen Sie uns mal bei aus Ihrem fernen Afrika.«

Albert erzählt. Er versucht, sich kurz zu fassen. Er erzählt von der Insel, von der Akte ohne Foto, von seinem enttäuschenden Gespräch mit dem Bürgermeister und wie er es geschafft hat, Kira Dostats Vertrauen zu gewinnen. »Es hat keinen Sinn, sich noch länger zu verstecken«, habe sie zu ihm gesagt. »Ich will keine Nomadin bleiben.«

Der Fernsehbildschirm bildet jetzt den Mittelpunkt der Versammlung, und solange Albert weiter sauber in den Stecknadelkopf spricht, können sie ihn hervorragend verstehen. Er bemerkt ein kleines Loch neben der Webcam seines Laptops. Das muss das Mikrofon sein.

»Wunderbar, Anton«, sagt der Minister. »Ich weiß, was ich an Ihnen habe. Wie heißt sie?«

»*Dostat. Kira. Konstantin-Punkt-Dora-Otto-Samuel-Theodor-Anton-Theodor. AZR-Nummer hundertzwanzig-Punkt-neunhundert-Punkt-fünf-sieben-eins-drei.*«

»Hast du das, Sander?«, fragt der Minister den politischen Assistenten. Und Albert: »Wie hoch ist das Risiko?«

»*Das kann ich nicht einschätzen. Ich habe ihr soziales Netzwerk noch nicht erfasst, aber soweit ich sehen kann, ist es eher begrenzt. Nicht einmal der Bürgermeister kennt sie. Wenn Sie mir gestatten, den eingeschlagenen Weg weiter zu verfolgen, ist bald alles unter Dach und Fach.*«

»Was genau schwebt Ihnen vor?«

»Die Dame hat sich mit einer Rückkehr in ihr Herkunftsland einverstanden erklärt – jetzt gilt es, den ägyptischen Konsul dazu zu bewegen, sie aufzunehmen.«

»Der wird einen LP brauchen«, sagt die Generaldirektorin plötzlich barsch. »Ohne LP kommt keiner in dieses Land.«

»Ein Laissez-passer«, sagt eine der Abteilungsleiterinnen, »damit sind unsere ägyptischen Freunde nicht gerade spendabel, was? Ganz und gar nicht spendabel. Wir geben ihnen Millionenhilfen, um sie ein bisschen zu demokratisieren, aber mitarbeiten … Gott bewahre! Die Ägypter. Schöne Freunde sind das.« Das ist das Erste und Letzte, was sie in dieser Versammlung sagt.

»Papiere«, sagt Albert. *»Ich muss Papiere finden. Ein paar Tage Kairo dürften für eine erste Erkundungstour genügen. Ich werde mich als Vorhut bei den Behörden melden, wie üblich. Ich nehme an, dafür haben wir Budget?«*

»Haben wir«, sagt der Minister und macht Anstalten, die Sitzung zu beenden. Er fährt sich übers Revers, als wäre es staubig. »Sie haben freie Hand. Ausgezeichnete Arbeit, Anton.«

»Ich werde Ihr Vertrauen nicht enttäuschen.«

Albert entspannt sich und lehnt sich zurück, wodurch sein Gesicht auf dem Monitor kleiner wird. Das wäre ein guter Moment für einen Abspann, denkt er, sein Name in schnörkeligen Buchstaben. Die Sitzung ist vorbei. Der Minister steht als Erster auf, dann die Generaldirektorin, der Generalsekretär, die beiden Abteilungsleiterinnen Rückkehr und Aufenthalt – schnell sind sie aus dem Bild verschwunden. Ihre Arbeitswoche hat begonnen. Er bleibt als Einziger sitzen. Zufrieden betrachtet er sich auf dem Monitor im leeren Ministerzimmer und sieht, dass hinter ihm noch jemand steht, oder etwas, ein Schatten, aus zittrigen Linien zusammengesetzt, neben dem Aquarell. Er beugt sich vor, um besser sehen zu können, füllt aber jetzt mit seinem Gesicht den Bildschirm aus, sodass der Schatten verschwindet. Wahrscheinlich die Verbindung, denkt er, die Kabel, die sein Bild vom Hotelzimmer nach Den Haag leiten, unter dem Meer hindurch, unter dem Land hindurch, bunte Kabel mit Verzweigungen und Lötstellen, Knotenpunkten und Umspannstationen, unsichtbar, wie auch seine Arbeit unsichtbar sein muss. Dann fühlt er ihre Körperwärme. Sie steht hinter ihm und fragt, ob er noch etwas braucht.

12

Niemand weiß, wer der Mann ist, der auf dem Weg zum Zoll Terminal 1 durchquert. Ein Mann im Anzug, ein Mann in Eile. Er hat Geld dabei, das sieht ein Blinder: Frech hüpft ein Portmonee in der Innentasche seines Jacketts mit jedem Schritt, den er tut, auf und ab. Nicht hinsehen! Laptop in einer Lederlaptophülle oben auf den Trolley geschnürt – Finger weg! Und die klaren Augen! Und wie er sich an den Gepäckträgern vorbeischlängelt! Er schwitzt nicht, im Gegensatz zu allen anderen in der Halle mit dem Aluminiumdach, unter dem sich die Hitze staut wie in einem Gewächshaus. Es ist spät. Er ist mit dem letzten Flug gekommen. Alle haben Schweißflecken unter den Achseln, nur dieser Mann nicht.

Das ist ein Profi, einer, der in den Gängen und Schleusen der Flughäfen zuhause ist, in einer abgehobenen Zeitzone, in einer Gemeinschaft von Reisenden, die ständig unterwegs sind: unermüdliches, knitterfreies Flughafenvolk. Die Sorte, an die Taschendiebe sich nicht heranwagen. Diese Leute sind Nomaden, Krieger. Ein eigener Stamm.

Keine Chance!

Also lassen sie ihn laufen, die Taxifahrer und Reisevermittler von Terminal 1, die Geldwechsler und Schacherer, die Glücksritter und Arbeitslosen. Sie alle haben sich beim Eingang versammelt und sehen zu, wie die Reisenden müde vom Flug durch die Halle wuseln. Sie bilden eine menschliche Barrikade, einen Schild, der den Flughafen abschottet. Eine dunkle, lebende Mauer aus Köpfen und Händen, Stimmen und Gesichtern, die im Rhythmus der ankommenden Flüge an- und abschwillt; Pappschilder mit Namen ragen daraus hervor – Mr. Jones, Mr. Back, Mme. Courvoisier – was die Reisenden nicht wissen, ist, dass die Hälfte dieser Schilder erfunden ist, für ein paar Pfund verhökern die Taxifahrer sie untereinander, aber was wissen die Reisenden überhaupt? Nichts, noch. Das ist ihr Schwachpunkt. Immer die Schwächsten herausgreifen! Von jeder Ladung Touristen, die sich aus dem Flugzeug in die Halle ergießt, verheddern sich ein paar in der extra für sie aufgestellten Falle. Das reicht schon.

Die Amateure laufen ihnen blind und orientierungslos in die Arme. Fröhliche Touristen, ermattete Weltverbesserer: Für die werfen sie ihre Netze aus, präzise und untereinander abgestimmt. Die kennen die armseligen Gesetze dieses Landes noch nicht, den Wert falscher Pfund und Piaster, den Preis für eine Taxifahrt in die Stadt, die Schnelligkeit, mit der fremde Finger ihnen in die Hosentaschen greifen. Die sehen nur ein silbernes Gebäude mit Marmorboden und hohen Plastikpalmen und freuen sich.

Bei denen ist Geld zu holen. Nicht bei diesem Mann.

Vergebene Liebesmüh!

Der Mann läuft am Gepäckband vorbei Richtung Passkontrolle. Bei einem kleinen Büro zwischen zwei Läden hält er an. Eigentlich ist es kein Büro, es ist ein Winkel, eine Aussparung in der Wand, mit einem Tresen und einem Mann in Uniform. Der einzige Ort in Terminal 1, wo man ein Visum kaufen kann, fünfzehn Dollar, bezahlt wird passend. Das steht nirgendwo. Das muss man wissen. Wenn man es nicht weiß, hat der Einwanderungsbeamte bei der Passkontrolle gleich ganz bestimmt eine Lösung, aber die ist teurer, doppelt oder dreimal so teuer, je nachdem, wie man angezogen ist.

Dieser Mann, der Profi, weiß es.

»Ein Visum«, sagt er.

»Zwanzig Dollar«, sagt der Beamte.

Der Mann holt drei Fünfer aus der Hosentasche, schiebt sie über den Tresen und bekommt seinen Stempel. Als er geht, lässt er noch einen Dollar da.

Weiter geht's über die Marmorfliesen, er mag die Regelmäßigkeit, mit der die Rollen seines Trolleys über die Fugen klicken, ein Metronom, das ihm hilft, seine Gedanken zu ordnen. Vor ihm erscheinen die Schalter der Einwanderungskontrolle, und im Kopf geht er schon mal durch, wie er die Grenze passieren wird, was er sagen wird, wie er sich geben wird – ein Radrennfahrer, der sich die Kurven der Rennstrecke einprägt.

Vor den Schaltern haben sich lange Schlangen gebildet. Der Mann sucht sich eine aus, nicht die längste, nicht die kürzeste, und wartet. Seine Hornbrille kontrastiert mit seinem hellen Teint. Er ist groß. Wie ein Turm steht er zwischen den anderen Reisenden.

Er ist in Bestform. Den Reisepass hat er parat. Der Einwanderungsbeamte wird ihn nach einigen anderen Papieren fragen, die er schon zwischen die Seiten gelegt hat: das Ein- und Ausreiseformular, seine Bordkarte und die Einladung seines Geschäftspartners, Al-Ashraf Import/Export, im Nildelta ein bekannter Name in Sachen Tomaten. Und schließlich seine Visitenkarte: B. (Berend) Inger MBA, Managing Director Middle East, Agrico Seeds, Naaldwijk, Holland. Weltweiter Spezialist im Veredeln von Tomatenpflanzen, »*Our seed is your future.*«

Noch dreizehn Reisende vor ihm.

Er sieht sich den Einwanderungsbeamten an, sein ausdrucksloses Gesicht, wie er die Pässe gegen das Licht hält, wie schnell er den Arm bewegt, mit wie viel Kraft er den Stempel aufdrückt: trockene, harte Schläge.

Noch neun Reisende. Ein Mann, der offenbar nichts von Pausen hält.

Der Beamte hat wache Augen und sitzt aufrecht: Er trägt eine steife Baumwolluniform mit Schulterklappen und einer Anstecknadel auf Herzhöhe, ein Ehrenabzeichen. Seine Schuhe sind geputzt – ein ehrgeiziger Mann auf dem Weg nach oben, denkt Berend Inger. Ein Mann, der weiß, dass die Macht mit den Fleißigen ist, loyal und unbeugsam. Bestechung hat in diesem Fall keinen Sinn. Berend Inger muss sich auf sich selbst verlassen. Damit kann er umgehen.

Drei Reisende noch. Zehn Minuten vor Mitternacht. Berend macht sich bereit für einen kurzen Schlagabtausch mit dem Beamten, zieht die Optionen in Betracht, wägt die Risiken ab, überlegt sich eine Haltung. Er will sachlich wirken, wenn er dem Mann in die Augen sieht, aber nicht streng. Er muss ihm das Gefühl geben, dass er seine Arbeit zu schätzen weiß, dass sie vom gleichen Schlag sind; vielleicht kann er sogar etwas von dieser Verbundenheit in seinem Blick aufscheinen lassen, ganz flüchtig, ein Funke der Verständigung: zwei ehrgeizige Männer, zufällig am selben Ort, kurz vor Mitternacht. Er wird möglichst wenig sagen, darf aber nicht knurrig erscheinen. Keine Scherze! Humor beim Grenzübergang ist gefährlich; jedes Wort ist eine potentielle Bombe, jeder Satz ein Minenfeld. Inger nimmt Haltung an, entkrampft die Hände – darauf achten die Einwanderungsbeamten besonders: auf weiße Knöchel und Trauerränder, nicht aufs Gesicht. Sie überprüfen menschliche Körper auf Ungereimtheiten, das muss man wissen, und Berend Inger weiß es. Der Mensch ist ein wandelnder Lügendetektor. Männer im Anzug mit ungepflegten Nägeln: Drogen. Weiße Knöchel: Menschenhandel. Darin äußert sich die Anspannung. Das hat er inzwischen gelernt.

Zwei Reisende noch.

Berend Inger lenkt seine Gedanken zurück zum Flug, auf die Stewardess, die ihn angesehen hat, auf Schiphol, auf das Taxi, auf Zuhause, seine Wohnung in der Stadt, wo er fast nie ist. Die Aussicht über die Dächer. Motorbrummen und Kirchenglocken. Es ist wichtig, jetzt seine Gedanken so zu lenken, dass er ehrlich und entspannt wirkt.

Ein Reisender noch.

Null.

Inger tritt an den Schalter und spielt seine Rolle.

»Salam aleikum«, sagt er vorsichtig.

»Aleikum asalam.«

Die Stimme des Beamten klingt anders als erwartet. Sanfter. Vielleicht ist er doch nicht ganz so ehrgeizig wie die grüne Uniform vermuten ließ. Das muss nicht unbedingt ein Problem darstellen; Erwartungen sind dazu da, angepasst zu werden.

Er händigt dem Mann seinen Pass mit den ausgefüllten Formularen und seiner Bordkarte aus, sieht ihm eine Millisekunde lang in die Augen und tut dann so, als würde er an etwas anderes denken. Hände aus den Taschen; eine legt er auf den hölzernen Tresen.

»Amsterdam?«

»Amsterdam.«

»Business?«

»Business.«

Der Beamte hält den aufgeschlagenen Pass hoch. Er sieht ihn sich lange an, konzentriert, als würde etwas ganz Bestimmtes seine Aufmerksamkeit erregen. Es ist Mitternacht. Inger versucht, sich den weiteren Verlauf der Reise vorzustellen: Das Taxi, das ihn ins Zentrum bringen wird, das Hotel, die Formulare, die er an der Rezeption ausfüllen muss, die Transaktion mit seiner Kreditkarte, die Chipkarte, die er bekommt, der Hotelangestellte, der ihm vorausgeht. Ein langer Flur zum Zimmer, Fußbodenbelag, Liftmusik.

»Visum?«

»Im Pass.«

Der Mann lässt die Seiten durch seine Hände rattern wie ein Pokerspieler ein Set Karten, schlägt den Pass dann zweimal auf die Tischkante, als wollte er ihn mürbe hauen. Er spricht Englisch mit schleppendem amerikanischem Akzent.

»Einreiseformular?«

»Auch da drin.«

»Was für Geschäfte?«

»Landwirtschaft. Tomaten. Projekt für die ägyptische Regierung.«

»Haben Sie lebendes Pflanzenmaterial dabei? Proben?«

»Nein, ich bin hier nur zu Besprechungen.«

»Gut. Proben müssen beim Zoll deklariert werden. Sie können westliche Krankheitserreger enthalten.«

Der Mann widmet sich erneut dem Pass, den er jetzt vor sich auf die weiße Tischplatte gelegt hat. Er stützt sich auf die Ellenbogen. Es dauert lange, denkt Inger, länger als bei den vorigen Reisenden. Er will hören, wie Stempel auf Papier gedrückt werden, routiniert, zack, zack, zack, drei Stempel, ab dafür, der Nächste bitte, es ist schon so spät. Aber er hört nichts. Er hört nur die Reisenden hinter sich rascheln und hüsteln, aber er dreht sich nicht um. Der Einwanderungsmensch denkt nach, er rührt sich kaum, das hatte Inger aufgrund seiner Beobachtungen nicht erwartet. Plötzlich merkt er, dass seine Hand auf dem Tresen sich bewegt: Die Finger tippen aufs Furnier. Das ist nicht gut, es verrät Unruhe. Es gibt keinen Grund, unruhig zu sein. Andererseits sieht es authentisch aus, denkt er, das ist ein Vorteil: Mit seinen trommelnden Fingern signalisiert er, dass er in Eile ist, dass er jetzt ins Hotel will für ein Bier und eine kurze Nacht, und dann früh raus zur ersten Sitzung. Irgendwann wird jeder Geschäftsmann einmal unruhig, wenn man ihn zu lange warten lässt.

»Herr Inger?«

»Ja?«

»Ist das Ihr richtiger Name? Berend Inger?«

»Ja, natürlich ist das mein richtiger Name.«

»Aber Ihr Pass ist gefälscht.«

»Wie bitte?«

»Ihr Pass ist gefälscht, und Sie wissen, dass er gefälscht ist. Wer sind Sie, und warum sind Sie hier?«

»Entschuldigung? Ich bin Berend Inger, ich bin geschäftlich hier. Das da ist wirklich mein Pass.«

»Hinter Ihnen wartet noch ein Haufen Leute. Lassen wir das Theater doch beiseite, Ihr Dokument ist gefälscht.«

Berend Inger will etwas sagen, aber weiß nicht, was. Es könnte sein, dass der Einwanderungsbeamte ein Spielchen mit ihm treibt, denkt er. Dass er seine Überlegenheit demonstrieren will – zwei Männer im gleichen Alter mit dem gleichen Ehrgeiz, aber unterschiedlichen Gehältern und Chancen, bloß, weil sie in unterschiedlichen Ländern leben – ist der Beamte neidisch? Hat er es auf Geld abgesehen?

Er weiß es nicht. Das ist neu. Er fasst in die Innentasche seines Jacketts, holt aber nichts heraus. Er zögert. Sonst ist es immer Berend Inger, der Fragen stellt und Antworten einfordert. Außerdem hat der Einwanderungsbeamte Recht.

Dieses Gespräch entwickelt sich zur Schachpartie, denkt Inger, der gut ist in Schach, solange er die Figuren auf dem Brett kennt – und jetzt tut er das nicht. Auf seinen vielen Reisen in den Nahen Osten hat er gelernt, dass jede Situation sich mit einer Geste retten lässt, einem Schulterklopfen, einem Lächeln, ein bisschen Trara, ein bisschen Tamtam, Unwichtiges wichtig machen und Wichtiges unwichtig – im Nahen Osten verläuft das Leben in Schlangenlinien. Schwer nachzuvollziehen, wenn man damit nicht großgeworden ist, aber wer sich Mühe gibt, so wie Inger, profitiert davon. Man muss ein Machtwort sprechen, ohne laut zu werden. Man muss gute Miene zum bösen Spiel machen. Man muss kameradschaftliche Bündnisse eingehen, niemals schreien oder Theater machen, wenn es um etwas Grundlegendes geht.

Darauf hatte er sich vor seinem Aufbruch eingerichtet, und jetzt trifft er in Terminal 1 des Cairo International Airport auf einen Mann, der in kurzen, klaren Sätzen spricht, einen Mann mit einem ausdruckslosen Gesicht, der sich strikt ans amtliche Protokoll hält – einen Mann wie ihn.

Er muss seine Taktik ändern.

»Wie heißen Sie?«, fragt Inger den Einwanderungsbeamten.

»Ich heiße Mohammed Hafiz«, sagt der Mann. »Ich kann Ihnen gerne meinen Ausweis zeigen. Und wie heißen Sie?«

»Inger«, sagt Inger, »Berend Inger, geboren am 1. Februar 1969 in Rijswijk in den Niederlanden.«

Mohammed Hafiz sieht in den Reisepass. Dann sieht er zu den anderen Reisenden, die in der Reihe warten und langsam ungeduldig werden, was Inger als Vorteil betrachtet, bis Hafiz sie mit einer einzigen Bewegung zum nächsten Schalter wedelt. Für diesen Mann aus Rijswijk wird er sich Zeit nehmen. Er wird es nicht auf sich beruhen lassen.

»Es ist keine gute Fälschung. Ich habe schon bessere gesehen.«

»Es ist keine Fälschung. Bitte, ich bin müde, ich will ins Hotel.«

»Ich bin auch müde, aber ich befolge meine Dienstvorschriften. Die sehen vor, dass ich die Reisenden kontrolliere und sie, falls sie nicht über die nötigen Einreisedokumente verfügen, in ihr Herkunftsland zurückschicke. Der nächste Flug nach Amsterdam geht in sechs Stunden.«

Inger will etwas erwidern, hält sich aber zurück und fragt: »Warum denken Sie, mein Pass ist gefälscht?«

»Weil mein Bruder ihn gemacht hat«, sagt Hafiz. »Mein Bruder Ismael – kennen Sie ihn?«

Inger schüttelt den Kopf. »Nein. Nein, natürlich nicht«, sagt er. Er versucht, sich zu erinnern, wann und wo er diesen Pass gekauft hat, vor drei Jahren, in einer alten Druckerei in einem koptischen Viertel, im Halbdunkel – er hatte eine Taschenlampe dabei, um ihn genau inspizieren zu können, es war eine der besten Fälschungen, die er je gesehen hat. In den Niederlanden werden auch gute Exemplare produziert, aber dieses hier war besser, obwohl aus ägyptischer Hand.

Der Pass hat ihn noch nie im Stich gelassen. Daran liegt es nicht. Es ist sein eigener Fehler, denkt Inger: Er hat sich die falsche Schlange ausgesucht. Alle anderen Schalter sind jetzt geschlossen, stellt er fest. Die Halle ist leer. An der Decke dreht sich lustlos ein Ventilator.

»Mein Bruder hat eine Druckerei, in der er falsche Pässe macht«, sagt Mohammed Hafiz. »Ich erkenne sie an der Fadenheftung. Der Faden hat nicht die richtige Farbe. Letzte Woche noch habe ich ihm gesagt, nimm eine andere Farbe, aber er denkt gar nicht dran! Dabei kostet es dasselbe. Sein Faden ist schwarz, der echte ist ein dunkles, sehr dunkles Braun. Und dünner. Mein Bruder ist ein Schwachkopf. Ich habe ihm jahrelang beim Fälschen geholfen, eine schöne, sichere Arbeit, besser bezahlt als Nofretete-Büsten kopieren oder Skarabäen aus Speckstein. Bruchstücke der Pyramiden, angeblich authentisch. Damit haben wir angefangen, als Kinder: Ein paar alte Backsteine zertrümmert und für fünfundzwanzig Dollar an die Amerikaner verscherbelt. Es war so einfach! Wir haben Lehm aus dem Fluss geholt, in genau derselben Farbe wie die Pyramiden, und den in einem selbst gebauten Ofen gebrannt. Mein Bruder und ich – wir waren die Besten. Von dem verdienten Geld haben wir die Druckerei gekauft; die richtig guten Fälscher machen früher oder später Pässe. Aber ich habe es bei ihm nicht ausgehalten. Der störrische Schwachkopf. Er hat sich auf niederländische Pässe spezialisiert, hat da eine Zeitlang gewohnt, bevor er ausgewiesen wurde. Ich war regelmäßig bei ihm zu Besuch. Er hat am Haagse Markt gewohnt – kennen Sie den? – hat sich die Etage mit sieben anderen geteilt. Da hat er das Handwerk gelernt, bei einem Hindustanen. Hindustanen sind die Könige unter den Fälschern, kein Witz, es ist echt beeindruckend, wie die das machen. Wo in Rijswijk wohnen Sie?«

»Colijnlaan 341.«

»Schlechte Wahl«, sagt Mohammed Hafiz. »Die Adresse der Ausländerbehörde. Jeder Illegale kennt die. Steht auch auf den Briefen, die sie verschicken – diese Briefe fälschen die Hindustanen in Den Haag übrigens auch. Sensationell. Die Stempel! Meisterfälscher sind das. Sie kopieren sogar die Tippfehler, die die Beamten der Ausländerbehörde machen. Wo wohnen Sie wirklich?«

Inger ringt nach Atem. Er sieht, wie zwei Männer der Militärpolizei an einer Säule lehnen und ihn in Augenschein nehmen, ihre automatischen Waffen tragen sie lässig über der Schulter. »Ich wohne in einem Vorort von Den Haag«, sagt Inger, »in einem neuen Apartmenthaus. Aber ich bin fast nie da.«

Ehrlichkeit ist jetzt seine einzige Rettung, beschließt er – wenn es überhaupt noch was zu retten gibt.

»Sie sind mir vorhin in der Schlange schon aufgefallen«, sagt Mohammed Hafiz und schickt die Polizisten mit einem Kopfnicken weg. »Wenn man lange genug hier arbeitet, bekommt man ein Gespür für Leute wie Sie. Die Brille passt nicht zu Ihrem Gesicht. Zu teuer. Ihr Anzug ist zu altmodisch für einen Geschäftsanzug, zu breite Schultern und vier Knöpfe am Jackett – Geschäftsleute tragen heutzutage zwei, sieht flotter aus. Nächstes Mal achten Sie bitte darauf.«

Inger sieht zu der Uhr, die in der kahlen Halle hängt. So läuft das also, denkt er: Zwei Männer und eine Uhr bleiben übrig, bloß, weil er sich die falsche Schlange ausgesucht hat. Es ist halb eins. Er ist gescheitert, der Einwanderungsbeamte ist besser als er. Scheitern ist kein Drama, außer, man muss sich auf eigenem Terrain geschlagen geben. Er wird sich von Mohammed Hafiz mit dem nächsten Flieger nach Amsterdam zurückschicken lassen, mit dem Zug nach Den Haag weiterfahren und dem Team des Ministers beibringen müssen, dass die Vorhut versagt hat, und dass er möglicherweise die diplomatischen Beziehungen zu einem befreundeten Staat in Gefahr gebracht hat. Der ägyptische Konsul wird eine Erklärung verlangen. Es wird sie nicht besonders schwer treffen, nicht so schwer wie ihn, aber es ist ein Tadel an seiner bisher tadellosen Reputation. Seine Zuverlässigkeit leidet. Er wird den Rest der Nacht auf den Metallbänken verbringen, die Rücken an Rücken in Terminal 1 des Cairo International Airport stehen, und dann nach den geltenden internationalen Regeln das Land als *Deportee* verlassen.

»Es ist das erste Mal«, sagt Inger zu Hafiz, »dass ich scheitere.«

Hafiz sieht ihn an.

»Ich kann so nicht zurück. Was muss ich tun, um mich aus dieser Situation zu retten?«

Inger zieht das Portmonee aus der Tasche, holt vorsichtig ein paar Scheine heraus und schiebt Hafiz das Geld über den Tresen.

Hafiz schiebt die Hand mit dem Geld zurück.

»Sie wollen es nicht?«, fragt Inger.

»Geh zu meinem Bruder«, sagt Mohammed Hafiz. »Sag ihm, ich hätte dich geschickt, und zeig ihm die Fadenheftung. Er soll dir einen neuen Pass machen, und du bezahlst ihm nichts, verstanden? Keinen müden Cent! Wenn du ihn bezahlst, benutzt er weiter diesen Faden. Der Schwachkopf.«

Inger sieht den Mann an, steckt sein Portmonee wieder ein.

»Wie heißt du?«, fragt Hafiz.

»Albert«, sagt Berend Inger. »Ich bin Albert Drilling aus Den Haag.«

»Geht doch«, sagt Hafiz. »Ich bin Mohammed aus Kairo, der Bruder von Ismael.«

Sie geben sich die Hand, und Mohammed drückt seine Stempel in den Pass – dreimal knallt es trocken, dann rollt Albert seinen Koffer Richtung Ausgang, unschlüssig, ob er mit sich zufrieden sein soll oder nicht.

13

Raus, raus, er muss hier raus, die Hitze im Terminal schlägt ihm auf die Lungen, lässt seine Muskeln verkrampfen, quetscht ihm das Gehirn zusammen. Luft, er braucht Luft, will Kairos schwere Nachtluft atmen, er muss Ägypten riechen, erst dann weiß er, dass er wirklich in Ägypten ist. Da geht Berend Inger/Albert Drilling aus Rijswijk/Den Haag mit langen Schritten über den Marmorboden der Eingangshalle, und allein durch sein Vorwärtskommen, das Tempo, mit dem er sich Richtung Ausgang bewegt, fühlt er sich gut. Als würde Morphin durch seine Adern gepumpt. Er tritt durch die automatische Tür, und sein Gehirn dehnt sich wieder aus, die dünne Schweißschicht auf seiner Stirn trocknet im lauen Wind.

Nur ein einziges Taxi steht vor der Ankunftshalle, ein weißer Hyundai. Der Fahrer winkt ihm, ruft seinen Namen. Hält ihm die Hand hin. »Mr. Albert! Eigentlich hätte ich längst Feierabend gemacht, Mr. Albert, aber Mohammed Hafiz hat mich angerufen und gesagt, dass du kommst. Mohammed ist mein Freund. Du bist Mohammeds Freund. Also sind wir ab jetzt auch Freunde.«

»Hat Mohammed auch gesagt, in welchem Hotel ich übernachte?«

»Natürlich, Mr. Albert. Das Down Town Hotel, beim Platz direkt um die Ecke. Ich habe Sony angerufen, dass du später kommst, und ihm erklärt, warum.«

»Sony?«

»Der Hotelbesitzer.«

»Warum heißt der Sony?«

»Öhm … weil er so ein Japan-Fan ist, nehme ich an. Seine Freundin kommt aus Kyoto, dort wollen sie auch heiraten, aber so wie die Lage im Moment ist, wird das wohl noch dauern. Die Touristen bleiben weg, vor allem die japanischen Touristen, sogar die Eltern von seiner Freundin wollen nicht mehr kommen. Du bist diese Woche sein einziger Gast. Ich denke, dass Mohammed dich darum laufen gelassen hat. Sonst hätte Sony gar keine Gäste gehabt. Ein Freundschaftsdienst.«

Der Taxifahrer verstaut vorsichtig das Gepäck von Mr. Albert im Kofferraum. Dann fahren sie los.

Von dem Verkehrschaos, in dem Kairo normalerweise versinkt, merkt man auf dem Weg zum Down Town Hotel nichts. Der Hyundai schießt über lange, breite Prachtstraßen auf sein Ziel zu; ab und an rauscht ein anderes Auto vorbei, wie in einem Computerspiel. Es ist Nacht. Staubig und entspannt stehen die Gebäude am Straßenrand. Wenn Albert etwas mit Kairo assoziiert, dann Staub. Staub, der die Stadt bedeckt, als wäre sie ein ungenutztes Zimmer. Nirgendwo sonst ist das Leben so staubig. Man wirbelt ihn auf, und er legt sich wieder. Eine dünne graue Schicht, Kohlepapier. Sogar die Bäume sind staubbedeckt; nicht mal im Frühling gibt es junges Grün, weil der Staub es sofort wieder alt macht.

Das stört Albert Drilling am Nahen Osten, jedes Mal aufs Neue. »Staub, Staub, Staub«, sagt er von der Rückbank.

»Was, Mr. Albert?«, fragt der Taxifahrer.

»Der Staub. Überall Staub. Ich kann ihn nicht ausstehen.«

»Staub?«

»Ja. Sand. Das Zeugs, das vom Himmel kommt. Wie auch immer man es nennen will. Es setzt sich in den Ohren fest, unter den Nägel, man geht duschen, um es abzuspülen, aber man wird es nicht los. In der Nase! Ich kann es nicht ausstehen.«

»Wir sind fast da, Mr. Albert.«

Die Straßen, durch die der Hyundai gleitet, werden immer schmaler, die Häuser neigen sich vor, als würden sie eine Verschwörung planen, und im Licht der Scheinwerfer tauchen gebeugte Gestalten auf, in Lauerstellung, hinter Autos hockend oder Arm in Arm, mitten auf der Straße. Der Fahrer muss ihnen in Schlangenlinien ausweichen. Albert sieht auf die Uhr. Es ist ungewöhnlich viel los für diese späte Stunde. Vor den Geschäften sind die Rolltore heruntergelassen, manche Schaufenster mit Brettern vernagelt. Der Fahrer scheint den Weg nicht zu kennen, er fährt im Kreis, dreimal am selben Café vorbei. Albert hat sich angewöhnt, genau darauf zu achten, ob ein Taxifahrer absichtlich falsch fährt, aber genau in dem Moment, als er etwas sagen will, hält der Hyundai, mit zwei Rädern auf dem Bürgersteig, und der Fahrer legt sich den Finger auf die Lippen. Pst. Er telefoniert. Spricht lebhaft auf Arabisch in ein altes Nokia. Dann wendet er sich wieder seinem Fahrgast zu.

»Wir sind da, Mr. Albert. Aber wir müssen noch kurz warten, bis Sony und die Jungs kommen, die können deinen Koffer tragen.«

»Das können wir auch selbst. Mein Koffer hat Rollen.«

Der Fahrer holt eine Schachtel Marlboro aus dem Handschuhfach und fragt, ob Mr. Albert raucht. Mr. Albert raucht nicht. Der Fahrer kurbelt das Fenster zwei Zentimeter herunter und zündet sich mit einem Feuerzeug, das er aus dem Chaos neben dem Fahrersitz fischt, eine Zigarette an. Die dünne Rauchwolke, die er durch den Fensterspalt bläst, löst sich kaum auf.

Albert Drilling bleibt nichts anderes übrig, als zu warten. Passanten überqueren die Straße, schnell wie Fledermäuse. Sie umkreisen das Taxi, zeigen aber weiter kein Interesse. Mit dem Ärmel wischt er seine Fensterscheibe sauber und sieht draußen Männer, die in Grüppchen erst Arm in Arm die ganze Straßenbreite in Beschlag nehmen, dann plötzlich, wie auf Kommando, hinter schwarze Müllhaufen abtauchen, die wie Buckelwale die Straße säumen. Er kann kein Muster hinter den Bewegungen der Männer erkennen.

Fünf Gestalten kommen auf den Hyundai zu; erst als sie direkt vor dem Autofenster stehen, erkennt Albert, dass sie sich Geschirrtücher vors Gesicht gebunden haben, wie Rebellen. Er sieht nur ihre Augen. Einer trägt einen weißen Mundschutz, wie ein Arzt im OP oder ein Japaner auf Reisen – der bringt nichts, der Mundschutz, denkt Albert. Die Wirksamkeit ist nicht bewiesen.

»Hallo«, sagt der Mann, der ihm aus dem Taxi hilft, »ich bin Sony, wir bringen Sie ins Hotel. Wir dachten, es ist praktischer, wenn wir ein paar mehr sind, dann können wir Ihr Gepäck tragen.«

»Das ist sehr aufmerksam, aber unnötig«, sagt Albert. »Mein Koffer hat Rollen. Stimmt irgendetwas nicht?«

»Halb so wild.«

»Die Straßen sind noch so voll«, sagt Albert beim Aussteigen zu Sony. »Gibt es Tumulte?«

»Ach«, sagt Sony, »alles heiße Luft. Die Jungs machen sich einen unruhigen Abend, so sind sie nun mal. Soll die Welt doch glauben, hier wäre eine Revolution im Gange. Soll CNN das doch behaupten – lächerlich! Krawallmacher sind das, mehr nicht. Gar nicht gut fürs Geschäft. Gibt es in Amsterdam keine Krawallmacher, oder in Den Haag?«

Er fasst Albert am Ellenbogen und leitet ihn über die Straße, in den Schutz der Häuser und Geschäfte.

»Das Taxi geht aufs Haus«, sagt Sony. »Hoteleigener Service. Kommen Sie mit.«

Also kommt er mit. Durch Straßen, die im rechten Winkel aneinander geschmiedet sind. Sony und seine Leute halten sich dicht an den Gebäuden und bleiben an einer Stelle stehen, wo vier Männer leere Flaschen befüllen. Die Flaschen stehen in Zweierreihe auf dem Bürgersteig, der erste Mann nimmt eine Flasche, hält sie fest, der zweite füllt sie vorsichtig mit Flüssigkeit aus einem Kanister. Der dritte stopft ein Stück Pappe in den Flaschenhals, der vierte steht Schmiere.

»Molotowcocktails«, sagt Albert.

Sony lacht. »Ja, sie geben sich echt Mühe. Mein Bruder ist jung, der ist auch voll im Revolutionsfieber, haha, läuft den ganzen Tag mit Gasmaske auf der Stirn rum, so ein Spielzeugteil. Als hätten wir Karneval. Gestern taucht sein Gesicht plötzlich im Fernsehen auf, ein Team von BBC World hat ihn vor die Kamera geschleift und er fängt an« – Sony hebt die Arme und fuchtelt hysterisch – »so total übertrieben auf Arabisch rumzujammern, dabei spricht er perfekt Englisch, hat in Oxford studiert. ›Sie töten uns‹, hat er gesagt, ›ihr müsst uns helfen, inschallah. Inschallah!‹ Der Journalist war im siebten Himmel. Was für ein Theater! Lächerlich.«

»Wie heißt Ihr Bruder?«

»Kawasaki.«

Sie stehen noch immer bei den Flaschen vor einem Eisengitter, dahinter ein Innenhof. Sony wählt eine Nummer und legt wieder auf. Dann öffnet er das Kettenschloss, das sich wie eine Schlange um das Gitter windet. Er zieht das Tor ein Stück auf, lässt Albert durch und sperrt wieder zu. Die anderen Männer sind verschwunden. »Hier ist es«, sagt er. »Mein Hotel. Das Kettenschloss muss leider sein.«

Über den Innenhof gelangen sie zu einer hohen Holztür, die in ein merkwürdiges Treppenhaus führt: enorm breite, flache Stufen schweben in einem Gebäude, von dem nur noch das Gerüst zu stehen scheint. Albert muss an ein Autobahnkreuz denken, oder ein Logentheater. Stahlträger ragen aus nacktem Beton, und die mit dreckigem Marmor gepflasterten Stufen haben Risse. Von irgendwoher kommt Licht. »Der Aufzug ist kaputt«, sagt Sony. »Wegen der Situation. Tut mir leid.«

Das Hotel liegt in der obersten Etage. Auf der Eingangstür stehen japanische Schriftzeichen und ein englischer Spruch: *Come as a guest, leave as a friend*. Sony klopft viermal, es ist Viertel nach zwei. Kawasaki macht ihnen die Tür auf; er trägt eine rote Ninja-Bandana über einer *Kufiya* und sagt nichts, als er seinen Bruder und den neuen Gast hereinlässt.

Albert Drilling steht in einem schmalen, halbdunklen Raum. Auf einem Holztresen liegt die Gasmaske von Kawasaki, der ihm das Anmeldeformular gibt.

»Können Sie in bar bezahlen?«, fragt Sony. »Nicht in ägyptischen Pfund, sondern in Euro?«

Albert füllt das Formular aus und schiebt es Kawasaki über den Tresen. Der sagt: »Dann brauchen wir jetzt nur noch Ihren Pass.«

Das Zimmer ist perfekt quadratisch und hat eine hohe Decke mit Oberlicht. Pantoffeln für Alberts Pantoffelsammlung gibt es keine, aber ansonsten ist er vom Down Town Hotel ziemlich angetan. Das Bett scheint in Ordnung, das Bad ebenso, auch wenn ihm ein leichter Kanalgeruch in die Nase steigt. Keine Kakerlaken. Gelb getünchte Wände und hinter hohen, schweren Vorhängen ein kleiner Balkon. Albert zieht die Vorhänge auf, öffnet die Tür, betritt den Balkon und merkt, dass der Kanalgeruch hier sogar noch stärker ist. Er spürt ihn im Hals. Als hätte er einen Schwarm Mücken eingeatmet. Albert hustet.

Unter dem Balkon sieht er die Molotowcocktails, eine saubere Zweierreihe; weiter die Straße runter bilden Seecontainer und Lastwagen eine Barrikade. Dahinter ein Wirrwarr aus Helmen und Schilden, Militärpolizei, Soldaten. Einer der Müllhaufen brennt. Gewehrschüsse sind zu hören, trocken und dumpf, und dann die Granaten, die wie leere Getränkedosen über die Straße rollen. Drei Motorräder fahren vor einem Panzerwagen her.

Albert geht zurück zur Hotelrezeption. »Die Frontlinie«, sagt er zu Sony. »Dieses Hotel steht mitten in der Frontlinie, und niemand hat mir das mitgeteilt. Wie soll ich hier arbeiten?«

»Das ist erst seit ein paar Stunden so, war auch für uns eine Überraschung«, sagt Sony, der Albert zurück zu seinem Balkon begleitet. »Das ist kein Krieg. Es ist ein Spiel. Links die Jungs, rechts die Soldaten – sehen Sie? Die Jungs rufen ›Revolution!‹ und werfen mit Steinen. Die Soldaten schießen mit Tränengas zurück. Das geht so hin und her, wie Windböen. Aber es ist schon spät, sicher machen sie bald Schluss.«

»Ein Spiel«, sagt Albert. »Ich bin nicht zum Vergnügen hier. Ich bin im Dienst und habe wenig Zeit. Ich sollte vielleicht ein anderes Hotel in Erwägung ziehen.«

»Alles halb so wild«, sagt Sony. »Ausländer wie Sie lassen sie meistens in Frieden. Außerdem ist klar, dass Sie zu mir gehören, das ist auch was wert. Kann ich Ihnen bei Ihrer Arbeit helfen?«

»Morgen«, sagt Albert. »Ich bin müde. Wecken Sie mich um sieben.«

»Gut«, sagt Sony. Und sobald der die Zimmertür hinter sich zugezogen hat, legt Albert Drilling sich aufs Bett, ihm ist schlecht von dem Tränengas, das durch alle Ritzen dringt, durch das Oberlicht, durch den Boden, durch die Decke, durch die Balkontür und selbst durch die Zimmerwände, porös wie Schwämme.

14

Um Punkt sieben Uhr klopft Sony an die Tür und ruft: »Mr. Albert, Mr. Albert!« Die Worte wehen ins Zimmer wie Rauch. Albert bleibt liegen. Er hat nicht geschlafen, kann sich nicht daran erinnern. Das Tränengas ist in ihn eingedrungen und fesselt ihn mit dünnen Fäden ans Bett, als wäre er Captain Gulliver. Durch seinen Mund ist das Gas eingedrungen, durch seine Nase, seine Ohren, seine Augen und seine Haut, von dort ist es in die Speiseröhre vorgerückt, in den Magen, der sich anfühlt, als hätte Albert einen Fußball verschluckt. In die Arme und Beine, die lustlos neben ihm liegen, als gehörten sie nicht zu ihm, und, vor allem, in seinen Kopf. Dort ist etwas entstanden, was er am ehesten mit *Gardine* umschreiben würde: Es kommt zwar Licht rein, aber er kann nicht rausgucken. Er hat Schmerzen. Er arbeitet sich im Bett hoch, versucht, sich aufzusetzen und sich seine Umgebung zu erklären. Das quadratische Zimmer. Das Oberlicht. Die Vorhänge. Die Kriegsgeräusche. Sony. Sein Koffer. Die Insel. Die Akte Kira Dostat. Die Stadt. Der Flughafen. Kairo.

Es hilft. Er schafft es, aufzustehen. Im Bad trinkt er ein paar Schlucke Wasser; Sony kommt ohne anzuklopfen ins Zimmer und stellt ihm sein Frühstück aufs Bett – Käseomelette und eine Dose Fanta. »Sie müssen was essen«, sagt Sony, »ich bin gleich wieder da.«

Albert Drilling setzt sich aufs Bett und isst, trinkt, fühlt, wie sein Magen sich beruhigt, und hört wieder die Geräusche, von denen er letzte Nacht umzingelt war: die vorrückenden und zurückweichenden Demonstranten, die vorrückenden und zurückweichenden Soldaten, Ebbe und Flut, ein sinnloses Hin und Her. Das Grölen der Aufständischen, die Explosion der Molotowcocktails, wumm, wumm, Glasklirren; er fühlt sich als Statist. Unter seinem Balkon haben sie heute Nacht ihre Wut an den metallenen Rolltoren ausgelassen. Und er, Spezialbeamter des Königreichs der Niederlande, Albert Drilling, lag in seinem Hotelzimmer im Bett. Er hat versucht, der Geräuschkulisse zu entkommen, aber jeder neue Schlag war lauter als der vorige, jeder neue Schrei gellender; durch den Nebel in seinem Kopf konnte er die Revolutionäre miteinander sprechen hören, auch die Militärs, und am Ende hatte er das Gefühl, sie stünden direkt neben ihm. Als läge er auf offener Straße auf einer Matratze unter der Decke, während um ihn herum gekämpft wurde. Er war zwar nicht beteiligt, bekam aber alles mit.

»Sony?«

»Mr. Albert.«

»Ich muss in die Mohammed Mahmoudstraße. Wo ist die?«

»Sie sollten noch ein wenig hierbleiben, Mr. Albert. Im Moment ist es nicht sicher.«

»Unsinn, Sie haben gestern selbst gesagt, es wären bloß spielende Kinder. Und dass Sie mir helfen würden. Ich setze auf Sie.«

Albert zieht die Vorhänge auf. Eine violette Sonne schielt nach der Stadt. Als er die Tür zum Balkon öffnet, kribbelt ihm frisches Tränengas auf der Haut. Es macht ihm weniger aus als gestern Nacht, sein Körper gewöhnt sich langsam daran. Unter ihm die Straße: Staub und Plastiktüten. Die Männer mit den Molotowcocktails sind verschwunden. Es sind weniger Leute unterwegs, als er gedacht hätte, keine Massen jedenfalls, nur ein paar Schemen, die an den Häusern und Geschäften vorbeihuschen. Vielleicht war das heute Nacht alles halb so wild, denkt er, vielleicht hat er es im Halbschlaf aufgebauscht. Er war müde, hatte so eine chaotische Ankunft in Ägypten nicht erwartet, war – *schon wieder* – nicht gut vorbereitet gewesen, aber jetzt hat er einen klaren Kopf.

»Sony! Können Sie mich dahin bringen? Mohammed Mahmoud, 137?«

»Natürlich, Mr. Albert. Bleiben Sie noch eine Nacht?«

»Wahrscheinlich. Das Schlimmste ist ja jetzt vorbei. Das Schlimmste *ist* doch jetzt vorbei, oder, Sony?«

Auf der Treppe, unterwegs zum Ausgang, erzählt Sony, dass er das Hotel schließen will. Er zieht nach Japan, »die Einwanderungsbehörde gibt mir zumindest ein befristetes Visum für die Dauer der Aufstände«. Die Familie seiner Verlobten bürgt für ihn, das haben sie ihm per Skype versichert. »In Kyoto eröffne ich ein ägyptisches Hotel, so was kennt man da noch nicht.«

Albert bemerkt, dass hinter ihnen noch jemand die Treppe hinunterkommt. Es ist Kawasaki.

»Unter diesen Umständen findet er sich in der Stadt besser zurecht als ich«, erklärt Sony und geht wieder nach oben.

»Ich bin heute Ihr Reiseführer«, sagt Kawasaki.

»Ist es gefährlich da draußen?«

»Nicht unbedingt.«

»Das ist keine Antwort.«

»Der Platz ist nicht gefährlich.«

»Und der Rest?«

»Sie sind ein *Khawaga*, ein Ausländer. Sie sind außen vor.«

»Ich will nur meine Arbeit machen.«

»Alles klar.«

Am Ende der Straße biegen sie auf den Platz ein. Eigentlich ist es kein Platz, sondern ein erhöhter Kreisverkehr, auf dem sich die Demonstranten versammelt haben – Schiffbrüchige. Ein matschiges Auge inmitten der Stadt, umgeben von Asphalt: schaulustige Familienausflügler tummeln sich da, überzeugte Kommunisten, Salafisten, Sozialisten. Bettler, Anwälte, Teeverkäufer, Moped-Jungs mit *Kufiya* vor dem Mund. Sie bilden Grüppchen, sortiert nach Herkunft, Kleidung und Ideologie. Ihre schlichten Zelte bestehen aus Holzpfählen und groben, weißen Baumwolllaken. Manche schlafen sogar nur unter zerschlissenen Abdeckplanen. Es ist ein Dorf ohne Straßen. Es steht, und es funktioniert, und es verändert sich permanent.

Albert bleibt nichts anderes übrig, als Kawasaki hinterher zu laufen. Eine Viertelstunde, eine halbe Stunde, eine Stunde – Zeit spielt keine Rolle mehr. Die Leute strecken die Hand nach ihm aus, sagen: »*Hey brother!*«, sie sind gut gelaunt und entspannt; Albert dagegen ist ein Nervenbündel und kommt sich vor wie ein Spielverderber.

»Das hier ist unser Platz«, sagt Kawasaki. »Der Platz des ägyptischen Volkes. Hier hat niemand was zu sagen, außer uns. Ist das nicht großartig?«

»Wo ist die Mohammed Mahmoudstraße?«, fragt Albert.

»Großartig!«, sagt Kawasaki. »Kommen Sie, ich zeige Ihnen alles.«

Kawasaki stiefelt durch die Menge, Albert Drilling hinterher. Nirgendwo ein Orientierungspunkt. Der Platz scheint sich langsam zu drehen und immer wieder eine neue Aussicht freizugeben, Albert wird ganz schwindelig. Er versucht, sich auf die großen Hotels und Regierungsgebäude zu konzentrieren, die den Platz wie Grabsteine säumen, aber die unterscheiden sich zu wenig voneinander, um ihm Halt zu bieten, und besonders stört ihn der Lärm, dieser Höllenlärm aus Sirenen und Gebeten, das Johlen der Menschentraube, die sich um einen Sprecher auf einer Seifenkiste gebildet hat. Die Megaphone. Die Menge, die sich vorwärtsschiebt wie ein monströser Wasserballon. »*Thaura! Thaura*!«, rufen sie. »Das heißt ›Revolution‹«, schreit Kawasaki über das Getöse hinweg.

»Sie kriegen hier eine echte Revolution zu sehen. Genießen Sie es, Mr. Albert, nur, wer sie genießt, versteht die Revolution!«

Er hat Mühe, mit Kawasaki Schritt zu halten. Ohne ihn wäre er verloren.

Am Rande des Platzes steht eine Moschee, in der die Verwundeten versorgt werden. Auf Mofas und billigen chinesischen Motorrädern werden sie angeliefert; die Opfer lehnen sich schlaff an den Fahrer oder sind quer über den Sitz drapiert. Ein nicht abreißender Strom von Mofas und Motorrädern erreicht den Platz, eine Ameisenstraße mitten durch die demonstrierende Menge. Die Fahrer schwitzen und glänzen, laden die Verwundeten wie Reissäcke ab und begeben sich zurück aufs Schlachtfeld, mit wegrutschenden Hinterreifen, von der Wichtigkeit ihrer Aufgabe beseelt. Heute ist jeder ein Held. Die Moschee ist zum Krankenhaus mutiert, ein ›*makeshift hospital*‹ nennt Kawasaki es. In den Behandlungsräumen liegen dreckige Matratzen auf dem Boden, voneinander abgetrennt durch Laken und Teppiche, die an Schnüren aufgehängt sind. An der Wand stapeln sich Medikamentenpackungen, Verbandrollen in Müllsäcken, zwei Beatmungsgeräte und eine Trage; Plasmabeutel baumeln an den kahlen Moscheesäulen wie zum Trocknen aufgehängte Schinken. Die ernsthafte Betriebsamkeit wirkt beklemmend auf Albert. Die Demonstranten sind davon überzeugt, dass die Militärpolizei Giftgasbomben einsetzt, und kümmern sich klagend um die Verletzten, die sich auf dem Boden winden, heben ihre Lider an, um ihnen Flüssigkeit in die Augen zu träufeln. Die Verwundeten sind Märtyrer. Manche liegen benommen auf dreckigen Tüchern, die Augen rot und geschwollen vom Tränengas, andere zittern Unheil verkündend, wie nach einer Überdosis Drogen – ihre Krämpfe sind für die Ärzte ein weiterer Hinweis auf Giftgas, *nerve gas*, das Wort verbreitet sich wie ein Lauffeuer bis nach draußen, über den Platz, in die

Straßen, *nerve gas, nerve gas, nerve gas*, und spornt die Revolutionäre zu neuer Entschlossenheit an. Zusammengeflickte Patienten kehren an die Front zurück, unerschrocken, beflügelt vom Jubel der Massen, und landen später wieder hinten auf einem Motorrad. Hin und her. Sie ziehen los, um geschlagen zu werden, kehren geschlagen zurück und ziehen erneut los, um wieder geschlagen zu werden.

Die Ärzte im provisorischen Krankenhaus sind jung, Studenten noch, wer weiß, ob es überhaupt richtige Ärzte sind, sie tragen lange weiße Kittel mit Flecken, das ist alles, manche haben sich ein Stethoskop umgehängt, aber das könnten sie auch aus einem geplünderten Krankenhaus haben mitgehen lassen. Sie zerren an einem Mann mit einem kolossalen Gipsbein. Sie beugen sich über einen Mann, von dem sie sagen, er sei tot. Wahrscheinlich ist er wirklich tot, denkt Albert; er hat eine klaffende Schusswunde im Rücken, direkt unter dem rechten Schulterblatt.

Aufgeregt tanzen die Ärzte um die Leiche herum; der Beweis, dass sie ein Recht haben, zu kämpfen, liegt hier vor ihnen auf dem Boden.

Jemand zupft Albert am Ärmel. Es ist eine junge Frau in einem weißen Kittel. »*They kill us*«, zischt sie, »*don't you see how they kill us!*« Sie sieht aus wie Kira Dostat, bloß größer. Vielleicht ihre Schwester, denkt Albert, oder eine Cousine. Sie spricht Englisch mit amerikanischem Akzent.

»*I see*«, sagt Albert.

»*They shoot with live ammo! They are crooks! Dirty criminals!*«

Kiras Schwester/Cousine zieht ihn zu dem Toten, der jetzt auf einem Teppich liegt, und dirigiert seinen Kopf Richtung Wunde, er soll sie sich genau ansehen. Dann nimmt sie seine Hand und legt sie dem toten Mann auf die Brust. Er fühlt nichts. »*He's dead*«, sagt Albert. Sie lässt seine Hand nicht los. Als er aufsteht, presst sie sich an ihn. »*Help us*«, sagt sie, er spürt, wie sie atmet.

»*What's your name?*«, fragt Albert. »*Is it Dostat? Do you know Kira Dostat?*« Sie starrt ihn erschrocken an, als wollte er ein Geheimnis aus ihr herauspressen.

»Großartig«, ruft Kawasaki, der aus dem Wirrwarr des provisorischen Krankenhauses auftaucht. »Ist das nicht großartig, Mr. Albert? Diese Menschen riskieren ihr Leben. Das ist der Auftakt zur Freiheit. So sieht Freiheit aus!«

Kawasaki zieht ihn nach draußen, weiter im Menschenstrom, der sich wie Lava durch das kleine Krankenhaus schiebt.

»Die Straße, wo Sie hinwollten«, sagt er, »welche war das noch mal?«

»Mohammed Mahmoud, Nummer 137.«

»Fällt Ihnen auch auf, wie fröhlich unser Widerstand ist?«

Vor allem die Planlosigkeit fällt Albert auf, aber das sagt er Kawasaki nicht, den er nicht aus den Augen verlieren darf. Kairos Stadtpläne haben keine Gültigkeit mehr, niemand weiß, wohin es die Menge verschlägt, welche Straßen gesperrt und welche wieder freigegeben werden, wo die Militärs mit ihren vergitterten Bussen und Panzerwagen aufkreuzen. Wer die Stillen sind. Männer in halblangen Ledermänteln, vor denen müsse man sich in Acht nehmen, hat Sony gesagt, die seien vom Geheimdienst, dem Rest könne man vertrauen. Daran muss er denken. Aber er sieht keine Männer in halblangen Mänteln, und ermahnt sich, die Ruhe zu bewahren. Er befindet sich nicht im Krieg, es ist bloß ein Scharmützel, ein außer Kontrolle geratener Fußballkrawall. Eine andere Art, Politik zu machen. Es ist alles nicht so schlimm, wie es aussieht.

Und außerdem hat er einen Auftrag. Er muss tun, was er am besten kann: Klarheit unter unklaren Bedingungen schaffen.

Albert Drilling nimmt Haltung an und dringt weiter auf den Platz vor, wo sie Tee, Brot und steife, weiße Masken für zehn ägyptische Pfund das Stück verkaufen. Verhandlungsbasis. Jede Revolution hat ihre eigene Ökonomie, denkt er; es wird immer Menschen geben, die eine Chance wittern, einen Vorteil aus Chaos und Elend zu ziehen. Darum ist das Elend auch so schwer aus der Welt zu schaffen.

Kawasaki bestellt Tee, und Albert fragt ihn noch mal nach der Mohammed Mahmoudstraße.

»Da hinten«, sagt er.

»Ist es weit?«

»Normalerweise nicht.«

»Und jetzt gerade?«

»Ich weiß nicht«, sagt Kawasaki. »Das Schlachtfeld hat sich letzte Nacht vom Platz in die Seitenstraßen verlagert, vielleicht ja bis dahin. Ich weiß nicht genau, wo die Straßenblockaden sind. Wir werden's gleich sehen.«

Bei einem der Stände kauft Kawasaki Albert eine Maske, die er sich in die Jackettasche steckt, und weiter geht es zwischen Spannbetttüchern hindurch, die sich im Wind blähen.

Wie ein Spinnenbein streckt der Platz die Mohammed Mahmoudstraße von sich, mitten hinein in die Altstadt. Auf der Ecke fängt sie mit einem verbarrikadierten McDonald's an. Auch die anderen Geschäfte sind geschlossen: ein Radio Shack, das Café Costa, Beano's, das Pottery Café und das Bon Appétit. Und während sie über den offenbar vernachlässigten Boulevard laufen, erzählt Kawasaki, dass dies die internationalste Straße in ganz Kairo ist. Wegen der Studenten der amerikanischen Universität, die hier im Sommer unter den Platanen ihren Eiskaffee schlürfen. Sie locken die Straßenjungs an, die auf eine radikale Wende in ihrem Leben hoffen. Der Trick ist, sagt Kawasaki, ein ausländisches Mädchen zu verführen. »Die sind nicht so hübsch wie die ägyptischen, haben aber was anderes zu bieten, wenn Sie verstehen, was ich meine? Haha, je hässlicher dein Mädel, desto größer die Chance auf ein Visum.«

Aber jetzt sind in der Mohammed Mahmoudstraße gar keine Mädchen. Übrig geblieben sind nur die Jungs: in Jeans und Hoodie, mit Schal vor dem Gesicht. Ihr schwarzes Haar trieft so vor Gel, dass es aussieht wie aus Plastik, und Albert fällt auf, dass sie teure Sportschuhe tragen. Selbst bei einem Volksaufstand, denkt er, will man sich uniformieren.

Mit Betonblöcken haben die Demonstranten Checkpoints eingerichtet, an denen Albert seinen Pass vorzeigen muss. Er behauptet, Journalist zu sein, damit sie ihn durchlassen. Je weiter er kommt, je mehr Häuser mit eingeschlagenen Scheiben, leergeräumte Schaufenster, mit Spraydosen bearbeitete Fassaden er sieht, desto mehr reduziert sich die Stadt auf diese eine Straße, diesen einen Moment, zwischen Häusern, die immer weiter in die Höhe zu wachsen scheinen, immer weniger Tageslicht durchlassen. Staubiges, gelbes Licht. Die Straße stinkt nach Urin. Sie schließt sich hinter ihm, er kann den Platz nicht mehr sehen, neben ihm, vor ihm, hinter ihm sind die jungen Männer, deren Gesichter einander immer mehr ähneln. *Thaura! Thaura!*, und Albert spürt wieder die Müdigkeit von heute Morgen, die Gardine im Kopf.

»Wofür kämpft ihr eigentlich?«, fragt er Kawasaki.

»Was meinen Sie?«

»Welche Bedeutung hat diese Straße für euch? Was erobert ihr damit?«

»Nichts«, sagt Kawasaki. »Es geht nicht um ein bestimmtes Gebäude oder um Demokratie, es geht um den Kampf. Um unsere Ehre, unsere *Karama*. Wir haben kein Ziel, müssen kein Terrain erobern. Es spielt keine Rolle, wo wir kämpfen. *The fight itself is the message.*«

Kawasaki zieht ein Tablettenblister aus der Hosentasche, Tramadol. »Hier«, sagt er, »nehmen Sie zwei davon, helfen gegen das Tränengas. Die schluckt hier jeder. Die Ärzte aus der Moschee verteilen sie.«

Hinter ihnen Gewehrschüsse, dann deren Echo, das langsam abebbt; sicherheitshalber zieht Albert seine Maske auf. Umzukehren kommt nicht infrage. Er ist jetzt fast an seinem Ziel, dem Geburtshaus von Kira Dostat, mit ein wenig Glück sind ihre Eltern zu Hause, oder er trifft dort auf andere Familienmitglieder. Seine Schuhe sind staubig, er schämt sich nicht mehr für seine Maske, wird langsam Teil der Straße, des Getöses; die brennenden Mülltonnen weisen ihm den Weg wie Fackeln. So wird er immer weiter in die Straße hineingesaugt, auf der Suche nach Hausnummer 137. An den Fassaden stehen keine Zahlen, er muss danach fragen, die Jungs haben Steine und Molotowcocktails in der Hand und zeigen: Da! Da ist es! Noch ein Stück weiter.

Erst als eine Tränengasgranate ihm vor die Füße rollt, eine kleine silberne Kapsel, begreift Albert, dass er Kawasaki verloren hat.

Das ist kein Drama. Er ist so gut wie am Ziel. Grinsend tritt er die Granate beiseite. »*Number one-three-seven!*«, schreit er einem Jungen mit grauer *Kufiya* zu, »*one-three-seven!*« Der Junge nimmt ihn bei der Hand und rennt los, passiert eine Seitenstraße mit Panzerwagen und noch mehr jungen Männern, die versuchen, sich mit einem Regenschirm gegen die Granaten zu schützen, alles versinkt in einem Nebel aus Staub und Lärm, der immer dichter wird. Eine riesige ägyptische Flagge taucht aus dem Nebel auf, mit ihr eine schmächtige Gestalt, die den Flaggenstock schwenkt, fast noch ein Kind, in einer Gruppe anderer Kinder. Sie umkreisen Albert, sprechen ihn an, auf Arabisch, auf Englisch. Sie zeigen ihm die leeren Silberhülsen, die sie gesammelt haben. Zehn Pfund, Mister! Zehn Pfund das Stück! Er ist zur Attraktion geworden, ein großer Ausländer im Leinenanzug, der sich so tief in die Altstadt vorwagt, ins Zentrum der Revolution. *Thaura! Thaura!* Nummer 137: Das Gebäude wirkt wie aus Sandstein, viktorianisch, die Tür ist verschlossen, aber der Flaggen-Junge klettert eine Regenrinne hoch und steigt durch ein Fenster. Der Lärm. Der verwirrende Lärm. Die Schüsse, die Menschen, die Sprache, die er nicht versteht. So klingt die Revolution: Ein falsches Fanfarenorchester, und er sitzt in der großen Trommel, bum, bum, bum, und ist am Ziel. Er steht vor der verschlossenen Tür der Sandburg, Mohammed Mahmoud, Nummer 137. Eine hohe, schwere Tür mit einem Bronzeklopfer. Auf diese Tür muss er sich konzentrieren, dahinter verbirgt sich, was er braucht.

Er schluckt noch mehr Tramadol. Langsam verändert sich sein Zuschauerstatus, er lässt sich von der Energie mitreißen, die auch die jungen Männer spüren müssen. Was sie wollen, ist unklar, es geht darum, dass sie überhaupt etwas wollen, hier, in diesem Land, in dieser Straße, auf diesem Bürgersteig, vor diesem Haus, in dem Kira Dostat gewohnt hat. Kira! Ist er das, der ihren Namen ruft oder jemand anders? Auch das bleibt unklar. Hier steht er, zum ersten Mal dabei. Alle Aufstände und Kriege, die er von Berufs wegen kennt, Dutzende, und die zugehörigen Gesichter, die in seinem Büro in der Flüchtlingsunterkunft hingen – jetzt kann er ihre Geschichten nachvollziehen. Jetzt versteht er die Schilderungen, die er in den Akten gelesen und auf Inkonsistenzen geprüft hat. Sie haben ihn kalt gelassen. Er hat sich höchstens über die Urkundenfälschung aufgeregt. Aber jetzt sieht er, wie die internationalste und interessanteste Straße einer großen Stadt zur Frontlinie geworden ist – *das kann also einfach so passieren* –, das kann also auch in Den Haag passieren oder in Rijswijk, denkt er, und was dann? Auf welche Seite würde er sich schlagen? Der Krieg ist ein Gewitter, das sich einfach irgendwo entlädt – warum war ihm das trotz allem bislang nicht bewusst?

Alle Länder, alle Städte, die er besucht hat – nie ist er weiter gekommen als bis ins Fünf-Sterne-Hotel, ins Empfangszimmer des Ministeriums, in die Businesslounge der Fluggesellschaft. Und jetzt sieh ihn sich einer an, Albert Drilling, der große Mann im Anzug mit den dreckigen Schuhen in einer zugemüllten Straße, endlich an einem echten Ort. An einem ehrlichen Ort. Er schöpft Mut und Hoffnung, und die Stadt belohnt ihn mit ihrer pulsierenden Energie, als könnte er das Blut durch seine Adern rauschen fühlen, frisches, kühles Blut. Als würde er direkt in den Himmel wachsen, stärker und weiser.

Die Tür geht auf, und bevor er einen Schritt über die Schwelle tun kann, stürmen schon die Revolutionäre das Gebäude. Sie rufen, heben die Arme. Er folgt ihnen in einen kahlen Raum, in dem die Stimmen widerhallen, links und rechts monumentale Steintreppen. Er entscheidet sich für die rechte, jemand mit roten Augen fragt ihn nach seinem Pass, aber er geht einfach weiter, »Ich gehöre zu euch«, sagt er. Auf der Treppe steht der Flaggen-Junge, der ihm die Tür aufgemacht hat, Nummer 137.

Gemeinsam gehen sie zu den oberen Zimmern, den Büros, teils geplündert, teils intakt. Er entscheidet sich für ein Zimmer mit lauter grauen Aktenschränken, Heften und Büchern, alles auf Englisch, auf der Tür steht LIBRARY AUC – das kann nicht Kiras Haus sein, denkt er, und eine Stimme verkündet, dass sie gerade eine Niederlassung der amerikanischen Universität besetzt haben. »*The people are in charge here now*«, sagt die Stimme. »*Revolution! Revolution!*« Es ist der junge Mann, der ihm die Tür aufgemacht hat, der Flaggen-Junge, ja, er kennt die Stimme: »*Don't you remember me, Mr. Berend? I'm Ismael. Your passport specialist – haha!*«

Scherben auf dem Boden. Stählerne Aktenschränke – eine gute Marke. Albert zieht eine Schublade auf und sieht, dass die Akten unbeschädigt und alphabetisch geordnet sind. Ruhig und verlässlich starren die Hängeregister ihn an. Sie geben ihm Halt, er schwankt, vielleicht vom Tramadol. Er durchsucht die Schubladen nach dem D von Dostat, aber schneidet sich an einem Blatt Papier, und weil es ihm nicht schnell genug geht, reißt er die Akten aus dem Schrank, schmeißt sie mit wachsender Wut auf den Boden, angestachelt von Ismael, der ein kleines Lagerfeuer aus Archivmaterial baut.

Das D fehlt oder ist schon verbrannt, und weil er genau weiß, dass Kira Dostats Daten nicht in diesem Büro sind, weil er genau weiß, dass er nicht finden wird, was er sucht, nicht in diesem Gang, nicht in diesem Gebäude, nicht in dieser Stadt, kehrt er dem Aktenschrank den Rücken und steigt die Treppe weiter hoch, dann noch eine Treppe, bis er auf dem Dach der Bibliothek der amerikanischen Universität von Kairo steht und die Situation überblickt: Links, in Schwarz, die Polizeieinheit zur Niederschlagung von Aufständen, Panzerwagen, zwei Panzer mit dünnen Kanonen. In der Mitte ein kleines Niemandsland. Und rechts die Revolutionäre, die Krawallmacher, wie Stare, sie sich bei Sonnenuntergang in einem Baum scharen, Schwärme, die auseinanderstieben, auffliegen und neue Schwärme bilden. Sie kicken die Tränengasgranaten weg, als wären es Fußbälle. Manche knien und beten theatralisch, und wenn sie wieder aufstehen, breiten sie die Arme aus: Kormorane. Ein Mann geht zu Boden, mitten auf der Straße, aus allen Richtungen springen die anderen ihm bei, sie beugen sich so tief in den Staub, wie sie können – heben ihn auf ihre Schultern, den verwundeten Kameraden mit der Kugel im Bein, eine neue Trophäe, schwupp, mit dem Motorrad ab ins *makeshift hospital*.

Die Arena ist erfüllt von Staub, der wie in einer Schneekugel herumwirbelt, überall dieser verfluchte Staub, wenn Albert Drilling hier das Sagen hätte, müsste der Staub als Erstes dran glauben.

Er ist nicht allein auf dem Dach, irgendjemand, vielleicht Ismael, vielleicht Kawasaki, die Gesichter sind unmöglich zu unterscheiden, drückt ihm eine Flagge in die Hand: rot-weiß-schwarz, fast die niederländischen Farben.

»Rot ist die Revolution!«, schreit Ismael/Kawasaki/Wer-auch-immer, »Schwarz ist das Ende der Unterdrückung! Die Flagge des Volkes. Schwenken Sie sie, Mr. Albert, schwenken Sie sie!«

Er schwenkt. Die Flagge ist so groß, dass der Wind sie ihm beinah aus den Händen reißt, aber er winkt, von links nach rechts, von rechts nach links.

Am 23. November, während eines der heftigsten Gefechte der Stadt, steht ein großer, blasser weißer Mann auf dem Bibliotheksdach der amerikanischen Universität in Kairo und schwenkt eine Flagge. Er ruft: »*Thaura! Thaura!*« Sein Name ist Albert Drilling. Aber niemand weiß, dass er so heißt, niemand weiß, warum er da steht, er passt dort nicht hin, es ist nicht sein richtiger Name, und als sie ihn an diesem Abend auf einem röchelnden chinesischen Motorrad im *makeshift hospital* abliefern, bleibt der jungen Frau im weißen Kittel nichts anderes übrig, als die amerikanische Botschaft anzurufen, die den Mann erst in eine Privatklinik bringen lässt, wo man ihm Sauerstoff verabreicht, wo man ihm die Augen ausspült, und ihm danach ein Zimmer im Intercontinental Semiramis organisiert, dem Fünf-Sterne-Hotel, wo Ausländer wie Albert Drilling hingehören. Ein großes, weiches Bett, *Black Label* in der Minibar. Sein Koffer wird ihm nachgeliefert. Die Amerikaner werden darüber weiter nichts verlautbaren, versichern sie ihm, dann wird die Zimmertür leise zugezogen.

15

Das Zimmer hat eine Schiebetür und einen Balkon mit Aussicht auf den Platz. Er stellt sich unter die Regendusche und versucht, sich die letzten Tage vom Leib zu spülen. Als er fertig ist, geht er nackt über den königsblauen Teppich zum Fenster und betrachtet das Wirrwarr unter sich, das jetzt, aus dieser Höhe, steril wirkt.

Albert legt sich auf das Queensize-Bett, schläft ein, wacht auf, zieht sich an. Packt den Trolley nach seiner gewohnten Routine: Unterwäsche in eine Plastiktüte, die Hemdkragen mit Socken ausstopfen, damit sie nicht knittern. Obenauf die Hotelpantoffeln, und erst, als er den Reißverschluss zuzieht, sieht er den kleinen Riss im kupferfarbenen Kunststoff des Koffers. Das, denkt er, wird wohl unter die Garantie fallen.

»Die Vorhut konnte keinen Erfolg erzielen«, schreibt er in einer vertraulichen E-Mail an den Generalsekretär, als er wieder am Flughafen ist und beim Gate wartet.

16

Bengt Stoker, Hero Zeelen und der Bürgermeister verbringen den Morgen auf einer Bank an einem See. Versunken liegt er zwischen alten, bewachsenen Dünen außerhalb des Dorfes. Sie rauchen. Normalerweise treffen sie sich nur abends an der Bar vom Hotel *De Waarheid*, aber in Anbetracht der Umstände sitzen sie nun hier, am spiegelnden Wasser.

»Er kommt zurück«, sagt der Bürgermeister. »Er wittert seine Chance.«

»Woher weißt du das?«

»Aus seinem Brief.«

Die Bäume rund um den See tropfen. Sie halten die Morgendämmerung fest. Es ist so still, dass der Bürgermeister seine Freunde atmen hört.

Er zieht den Brief aus der Hosentasche und liest ihn vor.

Sehr geehrter Herr Bürgermeister,
aufgrund des mutmaßlichen illegalen Aufenthalts einer ausländischen Staatsbürgerin in Ihrer Gemeinde hat das zuständige Ministerium ein Ermittlungsverfahren eingeleitet. Das Verfahren wurde vom 9. bis zum 11. November v. J. durch einen Sonderermittler der Spezialeinheit Rückkehr und Rückführungen, Herrn A. Drilling, vor Ort durchgeführt. Die Untersuchung hat unseren Verdacht bestätigt. Nach den uns vorliegenden Informationen ist Frau K. (Kira) Dostat, geboren 10.10.1993 in Kairo, Ägypten, derzeit in Ihrer Gemeinde wohnhaft. Die ausländische Staatsbürgerin hält sich unter falschem Namen mit gefälschten Ausweispapieren in Ihrem Zuständigkeitsgebiet auf und arbeitet in einem Gastronomiebetrieb. Wir erbitten Ihre Mithilfe beim Ausweisungsverfahren, dessen Details wir Ihnen in Kürze

zukommen lassen werden. Der Ermittlungsbeamte A. Drilling wird Ihre Gemeinde erneut aufsuchen, um oben genannte ausländische Staatsbürgerin mittels eines im ordentlichen Verfahren vorgesehenen und zu protokollierenden Rückkehrgesprächs zur freiwilligen Rückkehr zu bewegen. Ich ersuche Sie hiermit, die zuständige Polizeidienststelle zu informieren und Instruktionen zu erteilen, die die Verfügbarkeit von Frau K. Dostat bis zum Abschluss der Rückführung gewährleisten. Des Weiteren möchte ich nachdrücklich darauf hinweisen, dass im Sinne eines erfolgreichen Rückführungsprozesses Geheimhaltung, insbesondere gegenüber der (lokalen) Presse, unerlässlich ist. Ich gehe von Ihrer Kooperationsbereitschaft aus.
Hochachtungsvoll
der Minister
i.A. A. Drilling

Der Bürgermeister schnipst einen weiteren Zigarettenstummel ins Wasser, faltet den Brief zusammen und steckt ihn wieder ein. Dann sieht er seine Freunde an.

»Wo ist sie jetzt?«, fragt Hero.

»Im Hotel«, sagt Bengt.

»Es ist ein Machtspielchen«, sagt der Bürgermeister. »Das Ministerium macht Druck, weil ihnen nichts anderes übrigbleibt. Ihnen gehen die Ideen aus. Und jetzt kommen sie mit hochtrabenden Briefen.«

Bengt schnauft. »Irin ist freiwillig zu ihm gegangen. Schon nach einem Tag. Das war so nicht abgemacht. Wir wollten ihn auf die falsche Fährte locken.«

»Es ging nicht anders«, sagt der Bürgermeister. »Früher oder später wäre er doch dahintergekommen, er ist gewieft. Aber nicht so gewieft wie wir. Wir müssen ihm einen Schritt voraus sein, Bengt, immer in Bewegung bleiben. Er hat in Ägypten nichts gefunden. Weil es nichts zu finden gab. Soll er ruhig kommen. Ohne Papiere kriegt er sie nicht aus dem Land. Sie kann nirgendwo anders hin, sie ist unabschiebbar. Das darf gerne amtlich festgestellt werden. Und dann haben die hier nichts mehr verloren. Wir sorgen dafür, dass es sich nicht lohnt, da weiter Energie reinzustecken.«

»Keine ungefährliche Strategie«, sagt Bengt. »Das hättest du mit uns besprechen sollen.«

Sie rauchen. Über dem See liegt Nebel.

»Ich dachte, sie würden sie in Ruhe lassen«, sagt der Bürgermeister. »Ich war mir sicher, es wäre keine große Sache, kaum der Rede wert. Aber dieser Drilling. Der hat es auf sie abgesehen. Und ich verstehe nicht, wieso.«

»Du doch auch«, sagt Bengt.

»Aber aus etwas anderen Gründen.«

Hero schweigt, er ist in diesem Trio der Älteste. War früher auf hoher See, hat mit vierzehn ohne Papiere auf einem Frachtschiff nach Stavanger angeheuert und sich in den Jahren danach zum ersten Steuermann hochgearbeitet – nach Hause kam er in der Zeit kaum. Er war einigermaßen zufrieden mit diesem Leben. Es war nicht das Meer, das ihn lockte, nicht die monotonen Tage, der Geruch nach Eisen und Salz, Diesel und Rostschutz-Mennige. Er hasste die endlose Prozession der Frachter und Öltanker auf den Großschifffahrtstraßen, in die auch sein Schiff sich einreihte: ein Glied in einer Fahrradkette. Hin, wieder zurück. Hin, wieder zurück. Die trügerische Freiheit des Seemanndaseins. »Ich bin nicht mal LKW-Fahrer, ich bin bloß Schiff-Fahrer«, sagte er oft, und: »Das Meer müsste asphaltiert sein.« Er hasste auch das Leben in den stickigen Kajüten, in denen nicht geraucht werden durfte, wo aber trotzdem alle rauchten, weil es sonst nichts zu tun gab. Der Ausguck war nicht mehr besetzt, das Schiff wurde automatisch gesteuert, Wache hielt der Radar, und manchmal schlief die ganze Besatzung gleichzeitig. Wobei »Besatzung« übertrieben ist für die paar Seelen, die auf dem Schiff gebraucht wurden. Mit vier, fünf, höchstens sechs Mann hockten sie auf einem Frachter oder einem Containerschiff, und im Laufe der Zeit war er der Einzige, der noch Niederländisch oder Englisch sprach. Musste er jetzt Filipino lernen, Koreanisch, Russisch, Chinesisch? Um sich mit den Tabak kauenden Lahmärschen zu unterhalten? Da hielt er lieber ganz den Mund, lag auf dem Bett in seiner Steuermannkabine mit den Stahlwänden und las ein Buch, im Hintergrund das ohrenbetäubende Stampfen der Dieselmotoren.

Nein. Er fuhr zur See, weil er die Häfen liebte. Orte, die er sich zu eigen machen konnte. »Gib mir möglichst viele Häfen«, sagte er dem Routenplaner der Reederei, was ungewöhnlich war, weil die meisten am liebsten so lange wie möglich auf See bleiben, wo sie den doppelten Lohn bekommen. Die hatten zu Hause hungrige Familien, von denen sie manchmal erzählten, aber Hero hatte niemanden, außer Bengt, mit dem er aufgewachsen war, und den Bürgermeister. Die beiden waren wie Brüder für ihn.

Wenn sein Schiff im Hafen lag, schlief er nicht an Bord, sondern in einem der vom *Lonely Planet* empfohlenen Hostels, Auffangstationen für die reisende Jugend. Zwischen den Backpackern bekam er mehr Abenteuerluft zu schnuppern als auf der Brücke eines Gastankers in der Straße von Gibraltar. In jedem Hafen schrieb er sich selbst eine Postkarte. Wenn er nach einem, manchmal zwei Jahren auf See nach Hause kam, wartete hinter der Tür seines Hauses in der Dorpsstraat die Post auf ihn. Ein Stapel Grüße von einem guten Freund.

Hero Zeelen kehrte der Handelsschifffahrt den Rücken, als sie ihn krank machte. Immer öfter überfielen ihn massive Müdigkeit und schwere, asthma-artige Anfälle. Die Schiffsärzte führten seine Symptome auf die Dieseldämpfe zurück, die schlechte Luft in seiner Kajüte und den unmöglichen Rhythmus der Tag- und Nachtwachen. Ein Jahr hielt er noch durch, kam bei langen Spaziergängen in den Häfen wieder zu Atem, aber danach hatte der Reeder die Nase voll. Mit einem kranken Steuermann ist niemandem gedient.

Hero kehrte auf die Insel zurück. Seine Symptome verschwanden, aber er war nicht glücklich und igelte sich zu Hause ein. Nur seine Raubzüge am Strand brachten ihn an die frische Luft. Er hatte sich extra zu diesem Zweck einen orangenen Land Cruiser gekauft, rostig, aber sonst gut in Schuss, mit Doppelkabine und Ladefläche für die Fundsachen. Er fuhr jeden Tag raus, und immer allein, bis Irin kam. Sie war die Einzige, die er in seinem Wagen und am Strand um sich haben konnte. Manchmal fand er etwas, aber eigentlich ging es um das Suchen. Da waren sie sich einig.

Der Bürgermeister schlug ihn als ersten Steuermann auf der Fähre vor – »der perfekte Job für einen Seemann ohne Fernweh«, hatte er gesagt. Auch Bengt war dafür. Und wenn seine beiden Freunde, die Einzigen, die ihn wirklich kannten, dafür waren, musste es die richtige Entscheidung sein.

Die Arbeit machte ihm keinen Spaß. Seine tägliche Strecke – Insel-Festland, Festland-Insel – war zu kurz, das Schiff zu klein, das Meer zu eng. Man konnte es überhaupt nur dank eines wurmförmigen Systems von Kanälen befahren, von denen manche trockenfielen und andere bei steigender Flut unter eine teuflische Querströmung gerieten. Das machte das Steuern extrem anstrengend. Und er fuhr nur zwei Häfen an, immer wieder dieselben Häfen, von denen keiner im *Lonely Planet* stand.

An dem Tag, als er Irin Past begegnete, auf dem Weg zur Toilette auf Deck 2, wo an der stählernen Fährenwand die Seekarten hängen, war Hero müde. Normalerweise sprach er keine Passagiere an, aber diesmal folgte er einem spontanen Impuls. Schon vor der Abfahrt hatte er sie in der Reihe der wartenden Passagiere auf dem Pier gesehen. Sie war ihm nicht deshalb aufgefallen, weil sie so groß war, oder so ungewöhnlich hübsch, sondern weil sie nicht die geringste Lust auf diese Bootsfahrt hatte, wie ihr Gesichtsausdruck unmissverständlich verriet. Irin schien als Einzige widerwillig an Bord gegangen zu sein, genau wie er. Vielleicht hatte er sie darum angesprochen, ganz sicher war er sich allerdings nicht.

Von diesem Tag an ging es bergauf mit ihm. Irin war keine schillernde Persönlichkeit, er war nicht in sie verliebt, aber zwischen ihnen herrschte eine Harmonie, als wären sie Teil einer uralten Verschwörung.

Weil die Flüchtlinge auf der Insel nicht arbeiten oder eine Ausbildung machen durften, und weil Irin keine Lust hatte, für ein paar Euro die Stunde Ferienhäuser sauberzumachen wie die anderen Frauen, kam sie ab und zu mit auf die Fähre. Dann standen sie zusammen auf der Kommandobrücke und unterhielten sich, oder schwiegen gemeinsam. In Irins Gegenwart fühlte Hero sich wohl; er erzählte ihr von den Häfen, die er gesehen hatte, und sie erzählte ihm von den Unterkünften, in denen sie gewohnt hatte, von der Flüchtigkeit, der Lethargie, die einen dort überkommt. Als würden dreihundert Leute in einem Bushäuschen ohne Fahrplan warten.

Seinen fünfzigsten Geburtstag feierte Hero in der Pension Zeevonk. Mitten im Sommer, am heißesten Tag des Jahres. Sie tanzten zur Musik der Hammondorgel. Und die Freundschaft zwischen Hero und Irin schien noch eine andere Freundschaft eingeläutet zu haben: die zwischen der Insel und ihren Flüchtlingen. Nach der Feier lagen in den Dünenkesseln Menschen nebeneinander, von denen man es nie vermutet hätte, sie schliefen auf ausgebreiteten Laken unter Badehandtüchern wie nach einem Popfestival.

Niemand auf der Insel hängt so sehr an diesen Erinnerungen wie Hero, Bengt und der Bürgermeister. Das Trio wird durch sie zusammengeschmiedet. Irin ist alles, was von dem langen Flüchtlingssommer übriggeblieben ist: ihr einziges Souvenir. Und sie haben beschlossen, sie zu behalten. Darum sitzen sie jetzt mürrisch am See und brüten über einer Lösung.

»Du bist der Bürgermeister«, sagt Bengt. »Tu was! Ruf den Kommissar der Königin an. Ruf den Minister an. Wozu hast du dein Netzwerk?«

»Ich tue, was ich kann«, sagt der Bürgermeister, »aber mein Amt ist auch ein Hindernis. Was meinst du denn, was der Kommissar sagt? Aber sicher, Herr Bürgermeister, wie schön, dass Sie eine illegale Freundin haben. Machen Sie nur. Mit Ihrer Midlife-Crisis. Tun Sie sich keinen Zwang an.«

»Jetzt sei mal nicht so zynisch«, sagt Bengt. »Ich habe sie als Illegale beschäftigt, bei Hero ist sie monatelang untergetaucht, jetzt bist du dran. Denk dir was aus. Sprich mit deinen Parteifreunden. Zeig dein hübsches Gesicht im Fernsehen, da stehen sie doch drauf, ein meuternder Bürgermeister, der sich gegen den Minister wendet. Denk dir eine nette Geschichte dazu aus. Sag, du willst nicht in einem Land leben, wo Menschen deportiert werden. Oder hast du Schiss um deine Karriere?«

»Ach, halt die Klappe«, brummt der Bürgermeister und wirft seine Zigarette auf den Boden.

»Heirate sie«, sagt Hero. »Warum könnt ihr nicht heiraten? Unseren Segen hast du. Hauptsache, sie bleibt.«

Der Bürgermeister starrt auf das Gras zwischen seinen Schuhen. Er stützt den Kopf in die Hände, die Ellenbogen auf den Knien. »Ein Bürgermeister, der eine Illegale fickt – der Kommissar wird sich bedanken.«

»Hero hat Recht«, sagt Bengt. »Heirate sie, mach ihr ein Kind und zeig dich im Fernsehen. Erzähl eure Geschichte. Schreib ein Buch drüber. Das ist ein Märchen, Mann! Du wirst berühmt – das wolltest du doch immer? Der Bürgermeister und das Mädchen. Titel haben wir schon mal. Schenk ich dir.«

Der Bürgermeister seufzt. »Man kann nicht einfach so einen Flüchtling heiraten«, sagt er. »Dafür gibt es Regeln. Und ihr scheint nicht zu kapieren, dass ich mich an diese Regeln halten muss. Wenn ich Irin heiraten will, muss sie erst nach Hause, um ihre Papiere zu holen. Und dann muss sie zurück in die Niederlande. Das ist das Problem.«

»Ach, wat n Driss«, sagt Bengt.

Sie schweigen und rauchen.

»Aber was dann?«, fragt Bengt nach einer Weile. »Doch an die Presse?«

Der Bürgermeister steht auf und geht zu seinem Fahrrad. »Nee. Das gibt nur Scherereien. Sie muss jetzt die Füße stillhalten. Aber vielleicht …«, er dreht sich kurz um, »ich muss da mal nachforschen, aber man kann im Ausland heiraten. Ich finde das raus.«

»Tu das«, sagt Bengt. »Aber halt uns in Zukunft besser auf dem Laufenden!«

Bis jetzt war alles nach Plan verlaufen. Vor zwei Jahren war der Bürgermeister in einem vertraulichen Schreiben über die Auflösung der Flüchtlingsunterkunft informiert worden und hatte zugesichert, sich loyal für die Aufrechterhaltung der öffentlichen Ordnung einzusetzen. Dadurch konnte er voraussehen, was auf ihn zukam. Die Operation verlief reibungslos, einschließlich Heros Wutausbruch – »*Faschisten*!« –, den sie gemeinsam ausgeheckt hatten. In der kurzen Verwirrung, die daraufhin entstand, konnte Irin leichter verschwinden.

Der Bürgermeister. Hero. Bengt. Irin. Ihre Verbindung war so stark, dass Albert Drilling sie eigentlich hätte spüren müssen, als er an seinem ersten Tag im Hotel *De Waarheid* an den drei Männern an der Bar vorbeiging – aber er hat nichts gespürt. Er war müde. Hat sich zu sehr auf seine Erfahrung verlassen.

Die Lokalzeitung widmete der Auflösung der Unterkunft eine ganze Seite. »Es fällt schwer, sich von Menschen zu verabschieden, die einem ans Herz gewachsen sind«, wurde der Bürgermeister in dem Artikel zitiert. »Aber Regeln sind nun mal Regeln, und die gelten nicht nur auf dem Festland. Dessen sind wir uns als Insulaner besonders bewusst.«

Sie verließen die Insel. Am Pier hakte der Bürgermeister der Reihe nach alle Namen auf seiner Liste der *Deportees* ab, auch Kira Dostat: Ihr Name ging mit an Bord. Am anderen Ufer würde er sich auflösen, oder eine neue Gestalt annehmen, er war zu schön, um nie mehr benutzt zu werden. Aber hier hatte er ausgedient. Und Irin Past blieb zurück.

Alle auf der Insel wussten, wo sie steckte, aber niemand verlor ein Wort darüber. Sie war kurz nach der vertraulichen Ankündigung, dass die Unterkunft aufgelöst werden sollte, bei Hero eingezogen, in seinem Haus auf der Dorpsstraat bekam sie ihr eigenes Zimmer unter dem flachen, schrägen Ziegeldach. Es war ein großer Raum ohne Deckenverkleidung, sodass sie vom Bett aus die Dachbalken sah, wenn sie auf dem Rücken lag und mit ausgestreckten Armen ein Buch las. Das tat sie oft, und arbeitete sich, so gut sie konnte, durch die niederländischen Romane, die bei Hero im Bücherregal standen. Sie las Jan Wolkers, Jacob Slauerhoff, Cees Nooteboom. Remco Campert, Harry Mulisch. W. F. Hermans, Gerard Reve, Arnon Grunberg. Diese Schriftsteller gefielen ihr trotz des schwarzen Humors und der düsteren Geschichten. Sie entwarfen ein kompliziertes, verschlüsseltes Universum, erzählten umständlich von alten Wunden, aber vor allem faszinierte Irin, wie die Hauptfiguren durch die Romane stolperten, durch ihr bescheidenes Leben, das sie um jeden Preis erhalten wollten wie Ertrinkende, die nach Luft ringen. Die Einsamkeit in diesen Büchern. Die Autoren schrieben nie über die Niederlande, sondern über die Niederländer: ein abwechselnd redseliges und schweigsames Volk mit Geheimnissen und einem Hang zur Selbstzerstörung. Die große Liebe fand meistens ein schnelles Ende in diesen Büchern, oder kam gar nicht erst zustande. Tiefe Gefühle wurden verurteilt oder vom Glauben überwuchert. Oft endete es in der niederländischen Literatur mit Selbstmord. Manchmal hatte Irin schon im ersten Kapitel eine Vorahnung. Der macht es nicht lange, dachte sie, und siehe da, kurz darauf sprang tatsächlich wieder eine Romanfigur in einen Fluss oder baumelte an einem Strick. Tod, Religion, Sex und Kriegserinnerungen – die Charaktere in den Büchern entsprachen nicht ganz den Niederländern und ihren Sorgen, die Irin kennengelernt hatte, aber vielleicht behielten sie das ja nur für sich. Vielleicht liefen sie alle mit einem Wackerstein in der Tasche herum und ertrugen das Leben so gut es ging mit einem Lächeln.

Manchmal versuchte Irin, mit Hero darüber zu sprechen, aber der verstand sie nicht. »Gute Bücher haben große Themen, und die sind halt nicht immer fröhlich«, sagte er. Hero konnte keinen einzigen Titel mit Happy End nennen. »Das ist auch nix. Ein gutes Buch endet tragisch. Sonst denkt man nicht weiter darüber nach.«

Irins Zimmer hatte eine Dachgaube; unter den Flügelfenstern stand ein antiker Schreibtisch mit einem großen, grauen IBM-Computer. Meistens ließ sie die Fenster offen, selbst bei Frost und Sturm; sie mochte es, wenn der Wind durchs Zimmer blies. Hero verließ morgens für die erste Fähre das Haus und kam abends nach der letzten zurück; sie gab ihm eine Einkaufsliste mit. Auf dem Festland waren Lebensmittel billiger.

Irin kochte und faltete die Wäsche, wie sie es im Wohnwagen gelernt hatte, und nach dem Abendessen zog sie sich in ihr Zimmer zurück, während Hero sich an der Bar vom Hotel *De Waarheid* mit Bengt und dem Bürgermeister traf. Sie redeten kaum über Irin. Je weniger Worte sie über sie verloren, desto weniger gab es sie, so lautete die stillschweigende Abmachung, und später, im Frühling, würde Irin als neuer Mensch wieder auf der Bildfläche erscheinen. Irin, das spürten sie, war jetzt stärker als je zuvor. Sie war der lebende Beweis für die heißgeliebte Unabhängigkeit der Insulaner.

Heros Haus stand ein Stück eingerückt zwischen den anderen Häusern der Dorpsstraat, die Fenster wie geschlossene Augenlider, so klein, dass man nicht hineinsehen konnte. Der Vorgarten war mit Granit gepflastert, der Briefkasten hing an einem niedrigen Metallzaun, der sogar den Postboten auf Abstand hielt. Irin verließ das Haus nicht, das hatten sie so vereinbart. Der Dachboden war ein Kokon, in dem sie sich langsam verpuppte und auf die Frühlingssonne wartete, die erst die Bäume, die Vögel, das Dorf und schließlich Irin wecken würde.

Einen Winter lang. Sie stand zeitig auf, machte Frühstück für Hero, las ihre niederländischen Romane, übte ihre niederländischen Sätze, machte Abendessen für Hero, guckte Quiz- und Talkshows, von denen ihr schwindelig wurde, und schlief vor dem Fernseher ein. So waren die Tage und Stunden übersichtlich geordnet. Sie war zufrieden mit ihrem Dachzimmer. Es gab keine Hektik; im spärlichen Tageslicht zog träge die Zeit vorbei und nichts brachte Irin aus der Ruhe.

Manchmal, wenn sie aus dem Dachfenster sah, erschien ihr das Dorf wie ein Ölgemälde. Alles stand still in seiner Schlichtheit: eine glänzende Pflasterstraße, blattlose Bäume, Möwen vor einem Mülleimer. In diesem Dorf war alles für die Ewigkeit skizziert worden, dachte sie. Es war perfekt, so, wie es war, und würde sich darum nie ändern. Dieses Dorf war das Gegenstück zu all den Orten, all den Unterkünften, all den rastlosen Menschen, denen sie bisher in ihrem Leben begegnet war.

Der Bürgermeister hatte ihr einen iPod mit einem Sprachkurs geschenkt und ihr das offizielle Einbürgerungspaket des Ministeriums mitgebracht – wenn sie das Flüchtlingsleben endgültig hinter sich lassen und Teil dieses Landes werden wollte, durfte sie kein Risiko eingehen. Ihr Niederländisch war längst perfekt, aber der Sprachkurs gehörte zum Pflichtprogramm, und Irin war neugierig. Die großen schwarzen Kopfhörer, die beim iPod dabei waren, trug sie oft ganze Nachmittage lang. Während sie sich die Wörter und Sätze anhörte, von echten Niederländern eingesprochen, lief sie mit nackten Füßen über den Polyesterteppich, von einer Ecke des Zimmers in die andere und wieder zurück. Sie versuchte, sich einen anderen Gang anzugewöhnen, eleganter, weniger gehetzt und mit kleineren Schritten, und während sie so durch ihr Zimmer stolzierte, konzentriert wie ein Model, sprach sie die blödsinnigen Sätze aus dem Sprachkurs nach, die sie noch bis in den Schlaf hinein verfolgten wie Fledermäuse in einer Grotte.

Der-Sturm-hat-sich-ge-legt.

Ver-giss-nicht-den-Kühl-schrank-zu-schlie-ßen.

Ent-schul-di-gung-wo-kann-ich-ein-Tik-ket-kau-fen?

Ist-das-Ein-woh-ner-mel-de-amt-heu-te-ge-öff-net?

Irin kaute auf den Wörtern herum, hielt sie gegen das Licht wie ein Juwelier, bog sie krumm und zog sie wieder gerade, bis sie klangen, wie die Frau auf dem iPod sie aussprach, übertrieben und theatralisch, jeder Buchstabe im Rampenlicht, wie blank polierte Edelsteine. Wenn Irin mit Hero, Bengt oder dem Bürgermeister so sprach, prusteten sie vor Lachen. Und dann brachten sie ihr das Niederländisch des Nordens bei: harte, kurze Silben.

Alle drei hatten sie gern. Irin hatte den Bürgermeister am liebsten. »Wir leben am Rand der Welt«, hatte er zu ihr gesagt, am Morgen nach Heros Geburtstagsfeier, als sie zusammen aufwachten. »Solange wir keinen Ärger machen, lassen sie uns in Ruhe. Sie werden dich vergessen. Sie haben dich schon vergessen. Und du bleibst hier, bei mir.«

In den zwanzig Jahren ihres Lebens hatte sich niemand um ihre Perspektiven geschert – auch sie selbst nicht – und nun gab ihr jemand, dem sie vertraute, dieses Versprechen. Zum ersten Mal stellte sie sich vorsichtig die Möglichkeiten vor. Das Undenkbare – die Zukunft – war jetzt beinah zum Greifen nah.

Irin hatte das Einbürgerungspaket auf dem Schreibtisch ausgebreitet; ein Schuber mit vier CD-ROMs, ein Arbeitsbuch auf Hochglanzpapier und ein Ringordner mit Multiple-Choice-Fragen. Ein Kapitel im Arbeitsbuch widmete sich ganz dem »Wilhelmus«. Sie lernte alle fünfzehn Strophen auswendig und fand darin nichts Vertrautes. Die Wörter und Sätze waren von der Zeit entstellt. Eine Geheimsprache. Wenn man sich mit Geschichte nicht auskannte, verstand man kein Wort. Sie bat Hero, ihr Geschichtsbücher aus der Bibliothek mitzubringen und versuchte, die vielen Wilhelme auseinanderzuhalten.

Als ein printz auffgesessen / mit meiner heereskrafft / wol von dem feind vermessen / hab ich die schlacht verwacht.

Wenn sie es richtig verstanden hatte, war Wilhelm von Oranien ein rebellischer Warlord gewesen, der die Macht an sich gerissen hatte, indem er sich vom spanischen König abwandte. Er hatte einen Bürgerkrieg gewonnen. »Het Wilhelmus«, las sie, war ein Akrostichon: Die Anfangsbuchstaben der fünfzehn Strophen bildeten einen Namen, am Ende ein V statt eines U: Willem van Nassov. Ein Kampflied aus dem sechzehnten Jahrhundert, möglicherweise 1572, Entstehung und Verfasser unbekannt, aber Spekulationen zufolge hatte ein enger Mitarbeiter Wilhelm des Schweigers es geschrieben, anderen Spekulationen zufolge wurde es ursprünglich auf Deutsch verfasst, von Flüchtlingen aus den Niederlanden.

Außerdem las sie, dass es erst am 10. Mai 1932 als Nationalhymne zum Einsatz kam, davor mussten die Niederländer sich mit ›*Wien Neêrlands Bloed*‹ von Hendrik Tollens aus dem Jahr 1817 begnügen – auch schon so ein Dickicht aus Bombast und alten Wörtern.

Wess Adern Hollands Blut durchrinnt / Von fremden Makel rein.

Auf einer der CD-ROMs war ein langer Film über Land und Leute, *In die Niederlande*, eine Anti-Werbekampagne. Aufnahmen der Deltawerke und der *Nachtwache* wechselten sich ab mit Thronreden und Ausschnitten aus der Zweiten Kammer, *de Efteling* und einem Möbelhaus am Sonntagnachmittag. Es war ein faszinierender Film über eine Vorzeigenation; als »sehr distanziert, unnahbar und kalt« wurden die Niederlande darin beschrieben.

Etwa auf der Hälfte gab es eine lange Zeitlupensequenz von einer großen, jungen Weißen am Strand von Scheveningen (Sche-ve-ning-en); sie stand langsam von ihrem Badehandtuch auf und lief ins Meer, die Wellen schnappten nach ihren Beinen, dann drehte sie sich zur Kamera um, die erst ihr Gesicht und dann ihre Brüste einfing, groß und fruchtbar und taumelnd vor Freude über den heißen Sommer.

Das war also das Bild, das die Niederländer von sich vermitteln wollten, dachte Irin. Oben-ohne-Toleranz. Wer in diesem Land lebte, war privilegiert, und wer hier leben wollte, musste sich der seltsamen Mischung aus Tatendrang und Freiheit, aus Verordnungen und Unordnung anpassen. Die wippenden Brüste aus dem Einwanderungspaket waren ein Warnschuss für alle, die es in die Niederlande zog: Das erwartet euch, wenn ihr in euer vermeintliches Walhalla kommt. Wir tolerieren nackte Brüste am Meer, wer damit nicht klarkommt, bleibt lieber zu Hause, im rückständigen Rest der Welt.

Irin beantwortete die Übungsfragen für den Einbürgerungstest. Sie wunderte sich über den versteckten Paternalismus im Film, im Arbeitsbuch und in den Fragen, aber vermutlich musste sie auch den ergründen, um die Niederländer besser zu verstehen und sich unauffällig einzugliedern.

Dürfen Frauen in den Niederlanden ihren Lebenspartner frei wählen?
a. Ja.
b. Ja, wenn der Vater zustimmt.
c. Nein, sie dürfen nur jemanden desselben Glaubens heiraten.

Unter welchen Umständen bekommt man staatliche Unterstützung?
a. Wenn man sie beantragt.
b. Bei der Ankunft in den Niederlanden.
c. Nur, wenn man sie wirklich braucht.

Dürfen Homosexuelle heiraten?
a. Nein, Homosexualität ist in den Niederlanden verboten.
b. Nein, Homosexualität kommt in den Niederlanden nicht vor.
c. Ja, in den Niederlanden sind vor dem Gesetz alle Menschen gleich.

Sind niederländische Zeitungen, das Radio und Fernsehen frei in ihrer Meinungsäußerung?
a. Ja, solange sie die Meinung des Staates vertreten.
b. Ja, in den Niederlanden herrscht Pressefreiheit.
c. Nein.

Körperliche Gewalt gegen Frauen ist in den Niederlanden
a. erlaubt.
b. verboten.

Ist das Leben in den Niederlanden teuer oder preiswert?
a. Teuer.
b. Preiswert.
c. Teuer, aber für Asylbewerber ist vieles gratis.

Bekommt man in den Niederlanden staatliche Unterstützung oder muss der eigene Partner den Lebensunterhalt finanzieren?
a. Man bekommt staatliche Unterstützung.
b. Der Partner muss den Lebensunterhalt finanzieren.

In der ganzen Zeit verließ Irin das Haus nicht. Im Kunstlicht ihrer selbst gewählten Isolation wurde ihre Haut blasser. Aber das machte nichts. Auch ihr Körper musste sich verändern. Sie schnitt sich die Haare und färbte sie schwarz. Im Internet bestellte sie sich eine neue Frühjahrsgarderobe: farbenfrohe Kleider und ärmellose T-Shirts. Wenn es soweit war, würde sie über die Dorpsstraat laufen wie eine echte Insulanerin.

Unterm Bett fand sie die Keksdose mit dem Geld ihres Vaters, oder des Mannes, der sich als ihr Vater ausgab – sie beschloss, sie in der Küche aufzubewahren. Ihr restliches Leben warf sie weg. Wohlüberlegt schnitt sie an einem kalten Montagnachmittag ihre alten Hosen, Röcke und Kleider in Streifen, zerschnippelte ihre Unterwäsche, stopfte ihre Schuhe in einen Müllsack und packte einen Teil der ramponierten Garderobe dazu. Einen zweiten Müllsack füllte sie ebenso, verknotete ihn und stellte ihn an die Treppe. Auf ihrem alten Koffer sprang sie mit nackten Füßen so lange herum, bis der Kunststoff Risse bekam und dann brach. Auch er musste verschwinden. Sie holte die Metallsäge aus Heros Werkzeugkasten im Flur und sägte, bis es nach verbranntem Plastik roch. Es war, als würde sie den Koffer ermorden. Sie sägte ihn in acht Stücke, sägte dann die Stücke in Streifen, teilte die Streifen noch mal in der Mitte. Am Ende war der ganze Boden mit Kunststoffschnipseln übersät, die sie einsammelte und in den Müllsack stopfte, bevor Hero von der Abendfähre nach Hause kam.

Sie schwitzte, sie war zufrieden.

Fünf Monate blieb Irin bei Hero. Als sie schließlich durch die Haustür trat, allein, in einem orangeroten Kleid, stahlblaue Schuhe an den Füßen, war sie wirklich Irin Past geworden. Alle früheren Namen, alle früheren Gesichter waren vertrieben. Hier fing ihre Geschichte an: Auf einer Insel mit kahlen Bäumen, die schon Knospen trugen.

17

Unsicher stakste Irin Past auf ihren neuen Schuhen über die Pflastersteine der Dorpsstraat zum Rathaus. Die Frühlingssonne war intensiver, als sie erwartet hatte, und brannte ihr auf dem blassen Gesicht, auf den Schultern. Brannte ihr in den Augen. Es ging kein Wind, aber die kalte Luft wühlte sich unter ihren Rock. Zu dieser frühen Uhrzeit hatten die Souvenirläden noch zu. Sie musste sich an die blauen Schuhe gewöhnen, die sie zum ersten Mal trug, und ging so vorsichtig wie möglich. Als sie die Straße überquerte, umgab ihr Kleid sie wie ein Lampion.

Sie klingelte beim Rathaus und stieg die zwei Eingangsstufen wieder hinunter, um sich ihm in voller Größe zu präsentieren, leuchtend. Der Bürgermeister öffnete die Tür und sah sie an. Sie sagte: »Ist das Einwohnermeldeamt heute geöffnet?«

18

Es war Bengts Idee gewesen, die Bruchbude an der Rechterschans zu kaufen; ein heruntergekommenes Zwei-Sterne-Hotel, dem langsam die Gäste ausgingen, weil es den modernen Ansprüchen nicht mehr gerecht wurde. »Da machen wir ein Wellness-Hotel draus«, sagte Bengt zum Bürgermeister, »die Leute wissen doch eh nicht, wohin mit ihrer Kohle.«

Sie waren unentschlossen.

Dass die Insel sich veränderte, ging ihnen gegen den Strich; ein Luxushotel wäre ein Zugeständnis an diese Veränderung. Sie bewohnten einen unwirtlichen Außenposten – sich von diesem Gedanken zu verabschieden, war nicht leicht, aber auch ihnen war natürlich nicht entgangen, dass die Fähre dieser Tage ein anderes Kaliber Gäste am Pier ablieferte als früher. Die Vogelkundler blieben weg, stattdessen kamen die »Rockefellers«, wie es im Inseljargon hieß: Männer in roten Golfhosen, Frauen in Daunenwesten, Hollands Wohlständler. Sie kauften die alten Ferienhäuser in den Dünen auf, machten sie platt und ersetzten sie durch große Bungalows, fast alle mit Sauna. In den neu eröffneten Läden auf der Dorpsstraat gab es Kleider für zweihundert Euro und Jacken für dreihundert; darüber konnten die Insulaner abends an der Bar schmunzeln, aber besser still und leise. Sie wussten nur zu gut, dass die Rockefellers ihre Rettung waren. Die kleine Insel konnte in der großen weiten Welt nicht mehr mitmischen; die Fischerei war verschwunden, genau wie die Landwirtschaft und der Schmuggel. Die einzige Funktion, die der Sandstreifen mitten im Wasser noch erfüllte, war die eines immer exklusiver werdenden Ferienziels.

So waren unbemerkt aus der einen Insel zwei geworden: die alte Insel der Einwohner und die neue der Rockefellers, die daraus im Sommer ihre Luxus-Enklave machten. Sie waren voneinander abhängig, lebten aber am liebsten nebeneinanderher: Die Insulaner ärgerten sich über die Touristen, die sich in ihren blau-weiß-gestreiften Fischerhemden auf der Dorpsstraat breitmachten, und die Touristen ärgerten sich über die Insulaner mit ihren dunklen Gesichtern, die nur anderen, echten Insulanern »Hoi« sagten.

Natürlich war Bengt einer der wenigen, die schon früh einen Vorteil in der Veränderung sahen. Aus der Bäckerei gegenüber seinem Fahrradverleih machte er eine Croissanterie mit sandgelben Wänden und einer verchromten italienischen Espressomaschine. Allen war klar, dass Bengt den richtigen Riecher hatte, aber niemand konnte sich mit dem Gedanken anfreunden, dass die Insel langsam zum Vergnügungspark mutierte und sie selbst zur Attraktion.

»Das ist *die* Gelegenheit«, sagte Bengt eines Abends, als er bei Hero den Grundriss des neuen Hotels auf dem Fußboden ausgebreitet hatte. »Es gibt kein einziges Vier-Sterne-Hotel auf der Insel. Bevor jemand von außerhalb damit ankommt, machen wir das lieber selbst.«

Ein Jahr später war es soweit, *De Waarheid* eröffnete als Teil der Hotelkette *Small luxury hotels of the world*. Der Kommissar der Königin und seine Frau bekamen ein langes Wochenende in der Suite spendiert. Bengt, Hero und der Bürgermeister hielten gleiche Anteile an der Kommanditgesellschaft *De Waarheid* – zum ersten Mal waren sie auch finanziell aneinander gebunden, wie früher Reeder, Skipper und Steuermann bei eine Walfangexpedition. Bengt rieb ihnen oft unter die Nase, dass es seine Idee gewesen war, so groß war der Erfolg, vor allem, weil sie ein authentisches Hotel daraus gemacht hatten. Es wäre billiger gewesen, das alte

Gebäude dem Erdboden gleichzumachen und etwas Neues hinzusetzen, wie die Rockefellers es mit ihren Ferienhäusern machten, aber damit hätten sie ihre eigene Insel verleugnet. Sie wollten das alte Gebälk sehen und riechen, Bullaugen-Fenster, braune Steinplatten, Fischernetze an der Decke; Bengt war überzeugt, die Touristen würden genau das suchen. Er nannte *De Waarheid* ein Boutiquehotel. Hero konnte dort in den Vitrinen aus Wrackholz, die Bengt extra hatte anfertigen lassen, die Fundstücke seiner Strandstreifzüge ausstellen: ein gerissenes Schiffstau, fünf angespülte Turnschuhe, Brocken von erstarrtem, mit Muscheln verklebtem Heizöl. Müll, der durch die Ausstellung Wert bekam.

Bengt war in mehrfacher Hinsicht der Größte des Trios: Sein ganzer Körper – der Klangkasten eines Baritons – strahlte Überredungskunst aus. Der einzige Sohn eines Schäfers. Mit zwölf kaufte er sich eine Leiter und putzte die Fenster der Ferienhäuser in den Dünen – ein bis dahin unbekannter Service auf der Insel. Von seinem Verdienst kaufte er weitere Leitern und ließ andere die Arbeit für sich erledigen. Bengt war sechzehn, als er die Bäckerei auf der Dorpsstraat übernahm, mit achtzehn kaufte er seinen ersten Fahrradladen. Jetzt besitzt er eine Fahrradfabrik in der Nähe von Shanghai und drei in Thailand. Er ist Eigentümer von dreiundzwanzig Bäckereien, drei Fahrradmarken, sechzehn Hotels und acht Häusern. Die meisten seiner Villen und Wohnungen würde er gar nicht erkennen, wenn er sie zufällig sähe. Sein ganzer Stolz ist eine alte hölzerne Segeljacht vor Curaçao, die er zu horrenden Preisen an befreundete Geschäftsleute vermietet. Alle Hotels auf der Insel und auf den umliegenden Inseln gehören ihm oder seiner Holding, er verwaltet sie vom alten Leuchtturm aus. Den hat er für einen Euro dem Rijkswaterstaat abgekauft, der den alten Kram nicht mehr wollte, und den er als Hauptquartier der B.S.E.A.M. GmbH, *Bengt Stoker*

Erfindet Alles Mögliche, hat einrichten lassen, aus steuerlichen Gründen in Sierra Leone ansässig, wo er auch eine Holzfabrik und eine kleine Diamantmine besitzt.

Sein Büro ist im alten Dienstraum des Leuchtturms untergebracht, mit Panoramablick. Den ringförmigen Schreibtisch zieren vier Computerbildschirme: einer für jede Himmelsrichtung, ein Schreibtisch wie eine Windrose, in der Mitte ein Drehstuhl aus Leder. Wenn er auf der Insel ist, fährt Bengt mit dem Fahrrad zu seinem Leuchtturm, steigt die sechsundsechzig Stufen der gusseisernen Wendeltreppe hinauf, kocht Kaffee, fährt seine Computer und die vier Handys, die danebenliegen, hoch, und arbeitet, bis ihm schwarze Flecken vor den Augen tanzen. An manchen Tagen kommt er die Treppe vor Müdigkeit kaum noch runter. Diese Tage lässt er am liebsten mit Hero und dem Bürgermeister ausklingen, die keine Fragen stellen und wenn nötig eine Stunde lang schweigen können.

Bengt hat sofort zugesagt, als die Anfrage vom Ministerium kam, ob Pension Zeevonk als Flüchtlingsunterkunft genutzt werden könne. Er war – auch diesmal – der Einzige, der darin einen Vorteil sah. Er las Zeitung, er wusste, wie sehr der plötzliche Flüchtlingsstrom dem Ministerium zu schaffen machte. Die halbe Welt klopfte bei den Niederlanden an. Wo sollten sie hin mit den ganzen Leuten?

Beamte arbeiteten das Wochenende durch, um in die Jahre gekommene Ferienanlagen aufzustöbern, Hotels am Rande der Insolvenz, verlassene Kasernen und Fabrikgelände, Brachland, auf dem sie Zelte für zweitausend Leute aufstellen konnten – und noch immer reichte der Platz nicht. Es war nicht schwer, die Hotelbesitzer und Ferienparkbetreiber davon zu überzeugen, dass ihre Zukunft in der Flüchtlingsbranche lag: Ihr nutzloses Eigentum war plötzlich bares Geld wert, Schrott verwandelte sich in Gold. Wer clever war, wurde König Midas, und Bengt war clever. Auf einer Auktion ersteigerte er sechzehn verlustträchtige Landhotels für einen symbolischen Betrag, einen Tag später verkaufte er sie für fünf Millionen ans Ministerium.

Es ging ihm nicht nur ums Geld. Bengt war so glücklich mit seinen Flüchtlingen, dass er eigenhändig die Verwaltung von Pension Zeevonk übernahm. Während der Rest seines Imperiums immer weiter in den Hintergrund rückte, lief er mit rasselndem Schlüsselbund am Gürtel durch die Gänge und grüßte links und rechts in allen Sprachen. Bengt war der große Mann, der kaputte Neonröhren auswechselte, die Kinder bei Laune hielt, wenn deren Eltern arbeiten mussten, und der bei Bedarf die Heizung reparierte. Der Mann, der beiläufig irakische Teigtaschen in seiner Croissanterie einführte.

Wer Arbeit suchte, musste sich an Bengt halten, das wussten die Flüchtlinge.

Kurz bevor Pension Zeevonk geschlossen wurde, die letzten Flüchtlinge mit der Fähre abfuhren, Hero seinen Wutausbruch bekam und der Bürgermeister Kira Dostats Namen auf der Liste der *Deportees* abhakte, stattete Bengt seiner Fahrradfabrik in Shanghai einen Inspektionsbesuch ab. Das war völlig überflüssig, aber er flog trotzdem.

Es war Bengts Idee gewesen, Irin nach ihrem Winter bei Hero als Rezeptionistin im Hotel *De Waarheid* einzustellen. Das war jetzt ein Jahr her. Alles war durchgeplant. Bengt taufte Irin einmal im Monat um, damit sie in der Flut der jungen Saisonarbeiter, die auf die Insel kamen und sie auch wieder verließen, nicht auffiel. Jeder Name war ein neuer Aufkleber auf dem Schildchen, das sie an der linken Brust trug.

Mal registrierte Bengt sie als Praktikantin, und mal als Studentin; gelegentlich musste sie selbst auf dem Schildchen ihren aktuellen Namen nachlesen. Aber die Inselbewohner sprachen sie mit Irin an.

Kurz bevor Albert Drilling auf die Insel kam, war sie zur Geschäftsführerin ernannt worden. Ein echter Name, ein echter Job und ein echtes Leben, das war das Ziel: Ein Flüchtling konnte nicht ewig Flüchtling bleiben. Sie war soweit. Sie war zwanzig, und die Erinnerungen an die Flüchtlingsunterkunft auf der Insel waren hinreichend verblasst, die Akten verstaubten wahrscheinlich in irgendeinem Keller in Den Haag, niemand würde sich noch um den einen blinden Passagier auf einer Liste von dreihundert scheren. Niemand hatte etwas davon, sich darüber Gedanken zu machen.

Sobald sich die Gelegenheit bot, würde der Bürgermeister sie im Melderegister eintragen, damit sie auch vor dem Gesetz existierte. Das war in seinen Augen kein Betrug, auch wenn er vorhatte, ihre Daten nachts auf einem Computer im Rathaus einzugeben und sich unter dem Namen eines Abgeordneten einzuloggen. Für die Insulaner, für Bengt und für Hero war Irin eine Insulanerin, eine Einheimische, ob angespült oder nicht. Der Bürgermeister betrachtete es als seine Pflicht, die Beziehungen innerhalb seiner Gemeinde im Gleichgewicht zu halten, und dies war ein wichtiger Schritt. Alles im Sinne seiner Gemeinde. So würde er es erklären, wenn ihn jemand danach fragte. Er hatte in jedem Fall eine Antwort parat.

Aber niemand würde ihn je danach fragen, davon war er überzeugt.

19

Von der Kommandobrücke aus rief Hero den Bürgermeister an und berichtete, dass sich ein Fremder an Bord befand. Ein Beamter.

»Bist du sicher?«, fragte der Bürgermeister.

»Ja«, sagte Hero.

»Könnte es nicht auch irgendein Geschäftskontakt von Bengt sein?«

»Nein.«

»Warum hast du ihn auf die Fähre gelassen?«

»Ich hab's zu spät gemerkt. Hab ihn erst gesehen, als er schon im Speisesaal saß. Hat Papiere mit dem Briefkopf vom Ministerium gelesen. Er will sie holen, Mann, ich weiß es!«

Hero hatte sich das Telefon unters Kinn geklemmt, war halb durch die Kanäle durch. Der Bürgermeister saß auf dem Fahrrad und überblickte vom niedrigen Deich aus das Meer, flach und grau wie Beton. Bengt saß in seinem Leuchtturm. Irin war im Hotel.

»Dreh um«, sagte der Bürgermeister. »Fahr zurück. Sag, es gäbe ein technisches Problem. Das stimmt ja auch. Du lügst nicht, sag das!«

Er blinzelte ins Winterlicht, das vom Meer zurückgeworfen wurde, konnte die Fähre aber nicht sehen. Sie war noch weit genug entfernt.

»Du steuerst das Schiff«, fuhr er fort, »du bestimmst, wer auf die Insel kommt und wer nicht. Nutz das aus! Kehr um.«

»Ich bin der Steuermann«, sagte Hero, »nicht der Kapitän. Ich führe seine Befehle aus, nicht umgekehrt. Ich hab da gar nichts zu melden.«

»Dreh verdammt noch mal um«, rief der Bürgermeister ins Telefon. »Lass dir was einfallen!«

»Du bist der Bürgermeister! Kannst du nicht was deichseln? Organisier ein Anlegeverbot. Ruf in der Reederei an.«

»Ich darf mein Amt nicht missbrauchen.«

»Du hast doch Kontakte. Ruf in Den Haag an, sag, es muss sich um ein Missverständnis handeln.«

Der Bürgermeister stieg ab und warf sein Fahrrad ins Deichgras – das Hinterrad drehte sich weiter. Er verstand das nicht. Wie konnte in Den Haag irgendjemand über Irin Bescheid wissen? Es gab sie nicht mehr, sie war umgetauft. Er hatte vom Amt für Rückkehr und Rückführungen einen Brief mit der Bitte um Information bekommen, aber nie darauf geantwortet. Die Chance, dass sie ihnen auf die Schliche kamen, ging gegen Null. Papierkram, mehr war es nicht. Futter für die Bürokraten.

Er hatte einen Fehler gemacht. Während der Gedanke sich langsam in seinem Kopf breitmachte, spürte er die Last seines Versagens, er fühlte sich buchstäblich schwerer werden, die Luft drückte ihn auf den Deich. Er setzte sich und blinzelte erneut; er konnte nicht viel ausrichten. Er war ein kleiner Bürgermeister in der zweitkleinsten Gemeinde des Landes, ein Minibürgermeister, den niemand auf dem Schirm hatte. Niemand kannte ihn, und das hatte er sich selbst zuzuschreiben. Er fuhr nicht mehr nach Den Haag. Um beim Minister schnell etwas zu erreichen, musste er deinen Vornamen kennen, sich freuen, deine Stimme zu hören. Wenn es ihm kein Anliegen war, dir zu helfen, hatte es keinen Sinn. Irgendwann, irgendwo, bei einem Empfang oder in der Kneipe, musste man einen Eindruck hinterlassen haben, aufgefallen sein in der Modderbrühe aus Menschen, die jeden Tag am Minister vorbeiströmte, Menschen, die etwas von ihm wollten, und das hatte er gar nicht erst versucht. Als die Flüchtlingsunterkunft auf der Insel errichtet wurde, stand er als dienstbare Führungskraft zur Verfügung, und als sie aufgelöst wurde, bekam er einen Dankesbrief vom Minister mit einem rosa Post-it, auf dem in Krakelschrift stand: »Danke für die verlässliche Zusammenarbeit.«

Der Minister. Gerard. Sein Parteifreund. Es war ein Angebot gewesen, sich zu revanchieren, *die* Gelegenheit, und er hatte sie nicht beim Schopfe gepackt. Er hätte den Minister beim Neujahrsempfang beiseite nehmen und ihm etwas zuflüstern können – »Hören Sie, Gerard, ich hab da ein kleines Problem« – völlig konform mit den unausgesprochenen Gesetzen der Administrative. Hatte er aber nicht. Aus Stolz oder was auch immer. Selbstüberschätzung? Bequemlichkeit?

Würde er in Den Haag anrufen, käme er nicht weiter als bis zur Telefonistin. Es hätte vielleicht etwas gebracht, wenn er in den letzten Jahren an dem Spinnennetz mit gebaut hätte, das Politiker und Führungskräfte nun mal bauen. In der Politik sind Kontakte wichtiger als Ideen. Eigentlich war ihm das sonnenklar gewesen, als junger, ambitionierter Staatsdiener, aber an dem Tag, als er auf die Insel kam, um dort Bürgermeister zu werden, schon auf dem Pier, fiel jeglicher Druck von ihm ab. Alle politischen Kniffe, die er davor gelernt hatte, schienen auf der Insel nutzlos. Was für eine Erleichterung! Hier war das Leben überschaubar, er genoss seine Souveränität, den Gedanken, abseits zu stehen. Er befreite sich aus dem Spinnennetz und dachte wirklich, er sei kein Bürgermeister, sondern das Oberhaupt eines Clans. Und nun musste er für seine vor Romantik triefende Faulheit büßen.

»Hast du gehört?«, rief Hero am Telefon.

»Ist dir klar, wie viele Bürgermeister es gibt!«, schrie der Bürgermeister zurück. »Es gibt vierhundertacht Bürgermeister in den Niederlanden, vierhundertacht! Ich bin der zweitkleinste. Kein Hahn kräht nach mir. Was soll ich dem Minister denn sagen? Hm? Hallo, Minister, also, da ist jemand vom Ausländeramt auf dem Weg hierher und will eine Illegale abholen, aber das möchte ich nicht so gern. Sie ist nämlich so lieb und nett. Soll ich ihm das sagen? Herrgott nochmal, Hero, was soll ich sagen? Was?«

Hero schwieg. Von der Brücke aus konnte er die Umrisse des Deichs sehen, auf dem der Bürgermeister saß. Er sah auch die rote Kuppel des Leuchtturms, wo Bengt inmitten seiner Windrose aus Computern hockte. Der Bürgermeister, Bengt und er als Dreieck, und Irin in der Mitte. Noch eine halbe Stunde – er würde planmäßig ankommen, das Schiff im Hafen einschwenken und so sanft wie möglich an den stählernen Duckdalben parken. Für einen kurzen Moment, als klarte der Himmel zwischen zwei Schauern auf, dachte er daran, zurückzufahren, wie der Bürgermeister es vorgeschlagen hatte – aber das würde nicht viel bringen, außer Unruhe. Die Insel dichtzumachen war unmöglich. Fast anderthalb Jahre hatten sie Irin versteckt, erst bei ihm zu Hause, dann im Hotel, und das jetzt war der finale Test. So mussten sie es betrachten. Wenn es ihnen gelang, den Beamten davon zu überzeugen, dass sich niemand mehr illegal auf der Insel aufhielt, wäre das der ultimative Sieg. Dann wäre Kira Dostat für immer verschwunden, und Irin Past könnte ihr Leben beginnen.

»Ruf Bengt an«, sagte er am Telefon, »und bleib ruhig. Die Insel gehört uns. Mach dir keine Sorgen.«

Als Albert Drilling über die Gangway kam, sahen ihm drei Männer hinterher: der Bürgermeister, der auf einer Bank saß, Hero, der mit seinem Fernglas auf der Brücke stand und Bengt, der auf seinen Computerbildschirmen die Bilder der Webcams auf der Dorpsstraat verfolgte. Sie wussten, er ging zum Hotel *De Waarheid*, dort war reserviert worden, und dort würde er auf Irin treffen. Sie war vorbereitet. Der Bürgermeister hatte mit ihr telefoniert, während der Beamte an ihm vorbeiging:

»Nie im Leben schöpft er Verdacht«, hatte er gesagt, »er erwartet eine Illegale, die sich versteckt, keine Rezeptionistin. Du siehst aus wie eine Insulanerin, du sprichst wie eine Insulanerin, du bist eine Insulanerin. Vergiss das nicht.«

20

Laut Vorschrift muss das Rückkehrgespräch in neutraler Umgebung stattfinden, und die gibt es auf der Insel nicht. Alles hat Geschichte oder Renommee. Das Dorf ist so klein, dass überall Erinnerungen herumliegen wie hastig ausgezogene Kleidungsstücke: Das Rathaus ist verseucht, genauso die Bar vom Hotel *De Waarheid*. Das Wartehäuschen bei der Fähre, die Cafés in der Dorpsstraat, die Bibliothek. Das Fischrestaurant am Pier, in dem Albert gerade sitzt und nachdenkt, neben sich sein Trolley.

Albert Drilling ist zurückgekommen, er ist kein Unbekannter mehr. Nirgendwo ist er vor den Blicken und Kommentaren der Inselbewohner sicher. Der Kaffee, den er gerade bestellt hat, ist kalt. Man muss einigen Aufwand betreiben, um kalten Kaffee zu servieren, das passiert nicht aus Versehen. Alles, was Albert Drilling jetzt tut – den Kaffee trinken, als wäre nichts, an die Bar gehen, einen zweiten Kaffee bestellen, den Kaffee stehenlassen und gehen – ist Politik. Jede Handlung bedeutungsschwer.

Er zieht in Erwägung, Kira Dostat mit aufs Festland zu nehmen und einen Konferenzraum für das Rückkehrgespräch zu mieten. Solche Orte eignen sich am besten: vier weiße Wände und ein Tisch in einem Bürokomplex. Aber schon allein die Vorstellung, sie aufs Schiff kriegen zu müssen, hält ihn davon ab. Dass sie freiwillig mitkommen würde, ist unwahrscheinlich, und unterwegs müsste er den Blicken der Inselbewohner standhalten, erst recht, wenn er Polizeischutz anfordert.

Im Restaurant hängt eine Generalstabskarte an der Wand, sehr detailliert. Albert steht auf und sieht sie sich genauer an; er folgt mit dem Finger der Wanderroute vom Dorf zur Sandebene und zurück, eine perfekte geometrische Figur über den Deich und durch die Dünen. Er legt das Geld für den Kaffee auf den Tisch und macht sich auf den Weg, Dorpsstraat, Borneopad, Rechterschans. Im Hotel *De Waarheid* bekommt er wieder dasselbe Zimmer wie beim letzten Mal. Es ist spät. »Morgen gehen wir spazieren«, sagt er zu Kira.

Die Entscheidung, das Rückkehrgespräch bei einem Spaziergang zu führen, ist ungewöhnlich, aber Albert ist zufrieden mit seinem Einfall. So kann er die ausländische Staatsbürgerin ungezwungen von dem überzeugen, was er für das Beste hält: die freiwillige Rückkehr, nötigenfalls finanziell unterstützt vom Ministerium. Die Reise nach Ägypten hat keinerlei Erkenntnisse erbracht. Sein oberstes Ziel wird nun sein, sie davon zu überzeugen, dass sie nicht in den Niederlanden bleiben kann.

Er wird ganz bewusst förmlich bleiben. Alles Persönliche kann den Prozess vereiteln. Das Zwiegespräch ist eine besondere Verhandlungsvariante, die für gewöhnlich den Rückkehrberatern des Ministeriums vorbehalten ist. Albert ist kein Experte, aber aufgrund seines Status und der besonderen Umstände, unter denen er agiert, durfte er letzten Sommer an einer dreitägigen Rückkehrberaterschulung in einem Hotel in der Veluwe teilnehmen, die unter dem Motto »Sanfte Heilung« stand. Das Kurshandout hat er dabei. Vor dem Schlafengehen liest er noch einmal die Einleitung.

Wir sind alle Menschen, und nichts Menschliches ist uns fremd. Wir zwingen anderen nicht unseren Willen auf. Wir haben eine gesetzliche Pflicht und sind dazu angehalten, diese human, respektvoll, gewissenhaft und kostenbewusst zu erfüllen. Konkret bedeutet das: dem anderen mit Sachkenntnis und ohne Vorurteile zu begegnen. Unsere Arbeit ist nicht leicht und kann auf beiden Seiten zu Emotionen führen. Diese Emotionen gilt es nach

Möglichkeit zu vermeiden. Wir möchten, dass Rückkehrinteressierte während des Rückkehrgesprächs zu dem Schluss kommen, dass Rückkehr der einzig gangbare Weg ist, und stoßen dabei oft auf Widerstand, der manchmal sehr persönlich ausfallen kann. Aber wenn wir uns an ein paar simple Leitlinien halten, schalten wir diese Emotionen aus. Das ist für alle Beteiligten das Beste. Ein erfolgreiches Rückkehrgespräch erfüllt die Bedingungen des sogenannten FRISHE*-Systems: Fundiert, Respektvoll, Integer, Sachlich, Human, Effizient. In den nächsten Kapiteln werden wir das* FRISHE*-System näher erläutern. Wir wünschen Ihnen viel Erfolg bei dieser Fortbildung.*

Bevor sie aufbrechen, frühstücken sie gemeinsam im Hotel *De Waarheid*. Albert hilft Kira in ihre schwarze Wolljacke, die ihr bis über die Hüfte reicht, und zieht sich seinen dünnen, dunkelgrünen Trenchcoat an. Der Himmel hängt tief und relieflos über dem Dorf. Es ist schon fast Dezember, aber überhaupt nicht kalt. Nirgendwo brennt Licht, außer in Bengt Stokers Croissanterie, dabei ist es bereits nach neun. Sie kaufen zwei Croissants für unterwegs und bezahlen bei Bengt, der gelassen hinter der Kasse sitzt und ein uninteressiertes Gesicht macht.

»Ich habe auch Milch, Müslibrötchen und Marmelade dabei. Aus dem Hotel«, sagt Albert. »Proviant. Ich bezahle später. Einverstanden?«

Sie nickt. Langsam und fast scheu gehen sie nebeneinander her, die Häuser sehen ihnen nach. Die Dorpsstraat ist einen Kilometer lang, dahinter fächert sich der Rest der Insel auf. Albert biegt links in einen Weg ein, der zum unbefestigten, steinigen Seedeich führt und dann schnurgerade der Küste folgt. Bisher haben sie praktisch noch kein Wort miteinander gewechselt. Albert holt sein Smartphone aus der Jackentasche und startet die Diktierfunktion. Er wird das ganze Gespräch aufnehmen und später protokollieren.

»Wie gehen über den Deich und dann am Strand entlang zurück«, sagt er, das Telefon unangenehm nah am Gesicht. »Einverstanden?«

»Einverstanden«, sagt Kira.

»Wann müssen Sie zurück ins Hotel?«

»Ich habe heute frei. Es sind ja sowieso keine Gäste da.«

»Dieses Gespräch wird vermutlich Fragen aufwerfen«, sagt Albert. »Haben Sie bitte keine Scheu, die zu stellen.«

»Ich habe keine Scheu«, sagt Kira.

»Gibt es jetzt schon Fragen?«

»Nein.«

»Okay.«

»Okay.«

Albert versucht, die Sätze, die er heute Morgen einstudiert hat, so neutral wie möglich über die Lippen zu bringen. »Also gut, Kira. Sie müssen einsehen, dass Ihr Aufenthalt in den Niederlanden bald zu Ende geht. Das ist bedauerlich, aber leider nicht zu ändern. Eine Tatsache. Darüber brauchen wir uns nicht zu unterhalten. Worüber wir uns aber in diesem Gespräch verständigen können, sind die Konditionen, die eine Rückkehr für Sie angenehmer machen würden. Wir lassen Sie nicht mit leeren Händen gehen. Verstehen Sie, was ich damit sagen will?«

»Ja.«

»Sehr schön«, sagt Albert. »Wäre es nicht gut, wenn wir uns einig würden und mit einem Lächeln auf den Lippen ins Dorf zurückkehren könnten? Was meinen Sie?«

Kira antwortet nicht, sie schlägt langsam den Kragen ihrer Jacke hoch und steckt die Hände in die Taschen. Sie ist mit ihrer Jeans besser vorbereitet als Albert. Die dünne blaue Wollhose, die er heute Morgen in aller Eile angezogen hat, flattert ihm um die Beine. Der Trenchcoat schließt am Hals nicht vernünftig; er hat seinen Schal vergessen. Auf dem Deich spürt er den Wind, sieht kurze Wellen auf Basaltblöcke trommeln.

»Ist Ihnen kalt?«, fragt Kira.

»Nein.«

»Sie zittern.«

»Das sieht nur so aus.«

Sie gehen Seite an Seite in ihren dunklen Jacken, Schattenfiguren in einer gemalten Landschaft. Es ist kein Horizont zu sehen, bloß der Seedeich, wie die Reling eines Schiffs. Vor ihnen öffnet sich die Insel, hinter ihnen schließt sie sich, wie ein mitwandernder Tunnel. Mehr als der Deich, die klopfenden Wellen und ein Stück Wiese ist da nicht.

Albert überragt Kira, sie reicht ihm nicht mal bis zum Kinn, und beide halten sich bewusst aufrecht. Er muss seinen Schritt nicht an ihren anpassen; sie hält locker mit, als wäre sie es gewohnt, neben ihm herzugehen. Albert hat die Strecke gestern abgesteckt und nachgemessen. Sein kleiner armeegrüner Rucksack hängt ihm über der Schulter, darin befindet sich auch die Generalstabskarte, aber ob er die brauchen wird, ist fraglich. Der einzige Wanderweg ist mit angeschrägten Pfosten ausgewiesen; sich hier zu verlaufen, ist fast unmöglich. Erst der Deich, dann der Polder, dann der Strand. Und wenn sie wieder im Dorf ankommen, ist seine Arbeit erledigt. Diese Perspektive beruhigt ihn.

»Viel zu sehen gibt es hier ja nicht«, sagt er zu Kira, »aber es ist trotzdem schön.«

»Wunderschön«, sagt Kira. »Schöner geht's nicht.«

Er hat beschlossen, das Geld erst auf dem Polder zur Sprache zu bringen. Sie wird zwanzigtausend verlangen, er wird zehntausend anbieten, und auf halber Strecke treffen sie sich dann. So läuft das meistens. Noch nie hat ein Ausländer sein Angebot ausgeschlagen.

Fünfzehntausend Euro ist ein vertretbarer Betrag. Es klingt viel, aber wenn man zusammenrechnet, was ein illegaler Ausländer den Steuerzahler kostet, ist es ein Pappenstiel. Albert Drilling hat als Erster im Ministerium erkannt, dass man Ausländern Geld anbieten muss, wenn man sie zurückschickt: keine Abfindung von ein paar hundert Euro, sondern richtig Geld. In einem Umschlag. Wahlweise Dollars oder Euro, in großen oder kleinen Scheinen. Erfahrungsgemäß wollen sie nicht mit leeren Händen nach Hause kommen. Geld, richtig Geld, bewahrt sie zu Hause vor Hohn und Spott und verleiht ihnen Würde. So sieht Albert das. Was sie weiter damit anstellen, müssen sie selbst wissen.

Albert sagt nie: »Du kriegst zehntausend«, er sagt: »Was ist für dich der Wert einer Rückkehr?« So behält er in den Verhandlungen die Oberhand. Und dann blättert er das Geld auf den Tisch, Schein für Schein, wie ein Croupier die Karten. Die physische Anwesenheit von Geld, sein Geruch, wirken Wunder. *Take it or leave it.*

Im Gegenzug verzichtet der Ausländer auf sämtliche Rechte, das ist der Deal. Eine sachliche Vereinbarung: effizient, respektvoll und human. Unterzeichnen, alle zufrieden. Alle mit einem Lächeln nach Hause.

Zu Anfang hat Albert andere Deals geschlossen. Einem Nepalesen hat er eine Nudelmaschine besorgt, damit er ein Restaurant eröffnen kann, einem Ägypter hat er vier Kamele gekauft, damit er Touristenführungen durch die Wüste anbieten kann, und einer Angolanerin hat er ein Maniküre-Set und einen gebrauchten Friseurstuhl für einen Schönheitssalon in Luanda beschafft. Damit waren sie zufrieden. Aber für ihn bedeutete das viel Arbeit – ganze Abende lang hat er im Internet nach gebrauchten Nudelmaschinen, Kamelen, Maniküre-Sets und Friseurstühlen gesucht – und die Verhandlungen waren kompliziert. Das erste Maniküre-Set, das er nach Luanda verschifft hat, wurde im Hafen von den Behörden beschlagnahmt; den letzten Berichten zufolge steht der Friseurstuhl noch immer in irgendeinem Zollamt. Wenn man den Ausländern materielle Güter mitgibt, übernimmt man als Beamter die Verantwortung für ihre Pläne. Das führt zu nichts.

Geld ist unkompliziert und international, sein Reiz unübertroffen. Geld kriegt jeden klein, wenn man im richtigen Moment damit wedelt.

Der Generalsekretär war zunächst etwas überrascht, als er dahinterkam, dass Albert seine Ausländer besticht, aber seitdem lässt er ihn gewähren. Solange es sein Problem löst, solange es nicht an die Öffentlichkeit durchsickert, solange es den Minister nicht in Teufels Küche bringt, solange die Beträge in der offiziellen Buchhaltung untergehen, hält er den Mund. Für den Etat wurde der sogenannte »Rückkehrfonds« ins Leben gerufen, ein hübscher Begriff, der niemandem Angst einjagt. Albert hat ein spezielles Konto dafür eröffnet und ist noch immer der Einzige mit einem Zugang und einer Karte. Es liegt nicht in seiner Natur, das zu missbrauchen. Auf dem Weg zur Insel hat er im Vorfeld an drei verschiedenen Automaten Geld abgehoben.

Sehr zielführend ist das Herumspazieren mit Kira zwar nicht, aber es gefällt ihm. Wie sie über den leeren Deich gehen, Seite an Seite, und dieselbe kalte Luft einatmen, dasselbe Wasser sehen, an dasselbe denken, lässt die Situation in einem neuen Licht erscheinen. Es führt sie näher zusammen. Kira ist still, aber nicht abweisend; auf dem schmalen Weg berührt sie manchmal aus Versehen seinen Arm. Und inzwischen zuckt sie dann nicht mehr zurück.

Die Wiesen halten Winterschlaf. Noch riecht das Land nach nichts. Wenn der Frühling kommt, fängt es an zu duften, das weiß sie: Erst nach Schlamm, dann nach Mist und dann nach

Gras, aber erst im Sommer gibt der Boden alles frei, was er eingeschlossen hatte. Im Sommer könnte man sich nur an den Gerüchen der Insel orientieren, mit verbundenen Augen. Der modernde Schlick am Fuß des Deichs. Der milde Brandgeruch der Dünen. Die medizinische Note von Heidekraut, Preiselbeeren und Kriech-Weide, die auf den Wiesen zwischen den Sträuchern darauf warten, dass jemand vorbeikommt, und dann ihren Duft verbreiten wie ein chinesischer Kräuterladen. Das trockene Salz der Sandbänke. Der blühende Strandhafer auf den Wanderdünen. Die Pommesschwaden aus den Schornsteinen der Restaurants in der Dorpsstraat. Auf der Insel duftet alles, immer, bloß nicht jetzt.

Graugänse kauern sich auf der Wiese mit eingezogenen Köpfen an den Deich. Es sind viele: fette Vögel, Maulwurfshügel auf einem Feld. Sie geben keinen Laut von sich, bewegen sich kaum, und aus einem der Hügel reckt sich ein rosa Bein in die Luft.

Die Gänse sind unterwegs in den Süden, denkt Albert, und suchen hier Futter. Aus der Luft betrachtet ist die Insel ein logischer Landeplatz: ein Restaurant mitten in der kalten Nordsee. Als Gans würde er da auch landen, sich vollfressen und wieder weiterfliegen. Aber diese Gänse sehen nicht aus, als hätten sie Pläne. Sie schlafen; manche haben ein Auge noch halb offen. Nicht mehr lange, dann ist Dezember, Halbzeit – wenn sie jetzt losfliegen, können sie gleich wieder aufbrechen, sobald sie angekommen sind.

Albert versteht nicht, warum Vögel vom Polarkreis zum nördlichen Wendekreis und wieder zurückfliegen. Wie konnte die effiziente Natur etwas so Ineffizientes hervorbringen? Wie oft muss ein Vogel mit den Flügeln schlagen, um von Spitzbergen nach Marokko zu kommen – hunderttausend Mal, eine Million Mal, zwei Millionen? Vögel, so groß wie Hunde; allein der Kraftaufwand, sich in der Luft zu halten, muss gigantisch sein. Die reinste Energieverschwendung.

»Sehen Sie mal, die Gänse«, sagt Albert. »Schön, oder? Fast wie ein Teppich.«

»Graugänse«, knurrt Kira, akzentfrei und harsch. »Fressen alles kahl, machen einen Mordskrach und ziehen dann weiter. Die sind wie Heuschrecken, stürzen sich zu Hunderten aus der Luft und lassen von den Wiesen nur Schlamm zurück. Die Pferde und Kühe haben Angst vor ihnen. Ich kann nicht verstehen, dass manche die schützen wollen.«

»Sie tun doch niemandem was«, sagt Albert.

»Erzählen Sie das mal den Bauern. Sie vertilgen das Land, im wahrsten Sinne des Wortes, schlingen das Gras mit Lehm und Steinen runter. Wenn die eine Wiese kahl ist, suchen sie sich die nächste.«

»Gänsemist ist gut für den Boden.«

»Sie kacken so viel, dass der Boden stinkt.«

»Es sind Vögel«, sagt Albert. »Gesetzlich geschützt.«

»Das nennen Sie Vögel? Ratten sind das. So schwer, dass sie kaum noch fliegen können. Paschas. Sie dürfen hier nicht mal gejagt werden.«

»Es sind Lebewesen.«

»… die ihr in Schiphol mit Kohlendioxid vergiftet, weil sie den Flugverkehr behindern. Hier werden sie geschützt, da getötet – eure Doppelmoral. Die ist mir echt zu hoch.«

»Unsere?«

»Ja, eure. Von euch Beamten. Euch Besserwissern.«

»Wir wägen Interessen ab.«

»Letzten Endes zählt nur das Eigeninteresse. Bei jedem. Auch bei euch. Auch bei Ihnen. Alles andere ist bloß Heuchelei.«

Sie ist stehengeblieben wie ein trotziges Kind und starrt ihre Füße an.

»Kira«, sagt Albert, »mir ist klar, dass das nicht leicht für Sie ist, dieses Gespräch. Die ganze Situation. Aber glauben Sie mir: Ich bin nicht hier, um Ihnen im Weg zu stehen. Es steckt kein Eigeninteresse dahinter.«

»Drecksgänse«, sagt Kira. »Zu nichts nutze.«

»Kira …«

»Jetzt sind sie still, aber Sie müssen sie mal bellen hören. Echt, Menschenschreie können die auch, kreischen in den höchsten Tönen, wie eine Frau, die ermordet wird. Gruselig. In manchen Nächten hören sie gar nicht mehr auf. Die Gänse, die sind wie Niederländer. So laut quasseln, dass man alle anderen übertönt. Dann hat man automatisch Recht.«

Kira klatscht in die Hände, mit leichter Verzögerung kommt das Geräusch bei den Gänsen an und versetzt sie in Bewegung, eine Bettdecke, die träge aufgeschüttelt wird. Jetzt ändern sie die Farbe: Unter den grauen Schwungfedern verbergen sich kleinere helle Federn, die zum Schwanz hin fast weiß werden. Zum ersten Mal während ihres Spaziergangs tut sich etwas in der Winterlandschaft: Die Gänse fliegen nervös umher, bleiben nah am Boden, als würden sie darauf warten, dass eine die Führung übernimmt und die Richtung bestimmt, sich an die Spitze der V-Formation begibt, damit die anderen folgen können – jemand muss eine Entscheidung treffen und vorangehen. Mühsam hieven sie ihre Hundeleiber in die Höhe, recken unsicher die Hälse, und dann fällt die Bettdecke auch schon wieder auseinander, und die ersten Brocken landen im Gras, manche straucheln, im Unklaren darüber, was diese kleine Exkursion nun eigentlich sollte.

»Das meinte ich«, sagt Kira.

»Was denn?«, fragt Albert.

»Den Lärm, diesen fürchterlichen Lärm. Hören Sie das nicht?«

Albert hat nicht darauf geachtet, aber jetzt hört auch er das hysterische, ängstliche I-Ah der Graugänse. Als wären sie blind und wüssten nicht mehr, wo sie sind. Es erinnert ihn an Kairo, das massive, unaufhörliche Tosen, das beim Aufstand in der Mohammed Mahmoudstraße herrschte, der Lärm, der ihn erst mitgerissen hat und an dem er dann beinah erstickt wäre. Er atmet tief ein, um den Gedanken zu vertreiben. Dann richtet er die Falten seines Mantels und versucht sich zu erinnern, wo sie stehengeblieben waren.

»Lassen Sie doch die Gänse, Kira. Ich bin wegen etwas anderem hier. Wie Sie wissen, habe ich mich in Ägypten auf Spurensuche begeben. Aber ich habe Sie nicht gefunden.«

»Ich war ja auch hier«, sagt Kira.

»Seien Sie bitte nicht albern«, sagt Albert, »ich bin bei der Adresse gewesen, die Sie angegeben haben, und konnte dort nichts finden, rein gar nichts. Keine Geburtsurkunde, kein Schulzeugnis, keine Familienmitglieder, keine Nachbarn. Ich war gründlich. Sie stammen nicht aus Kairo. Ich will Ihnen helfen, ich will mit Ihnen gemeinsam über eine Zukunft nachdenken, aber dann müssen Sie mir sagen, wo die liegt. Letzten Endes müssen Sie gehen, das ist beschlossene Sache, wollen wir da nicht wenigstens den bestmöglichen Ort für Sie finden?«

»Ich komme sehr wohl aus Kairo«, sagt Kira. »Mein Vater hat mir erzählt, wie wir aus Ägypten geflüchtet sind, dass die Kirche gebrannt hat und bei uns zuhause eine Handgranate durchs Fenster geflogen kam. Er hat mir das so oft erzählt! Unser Haus stand in der Mohammed Mahmoudstraße – so einen Namen vergisst man nicht.«

»Es ist kein Haus«, sagt Albert. »Die Mohammed Mahmoudstraße 137 ist die Bibliothek der amerikanischen Universität; ich habe sie mit eigenen Augen gesehen. Koptische

Kirchen gibt es dort keine, nicht eine einzige. Das war alles Unsinn.«

»Mein Vater hat mir erzählt, …«

»Ihr Vater«, sagt Albert. »Was ist mit Ihren eigenen Erinnerungen?«

»Ich habe keine.«

»Doch, die haben Sie. Jeder hat Erinnerungen. Die Gänse wissen, wo sie herkommen und folgen ihrem Instinkt, um nach Hause zu finden. Und Sie wissen das auch. Sie können das auch. Aber Sie wollen es mir nicht erzählen, Kira. Das ist etwas anderes.«

»Ich bin kein Tier.«

»Natürlich nicht, so war es nicht gemeint. Ich entschuldige mich.«

»Ich will Ihnen ja alles erzählen«, sagt Kira – und jetzt sieht sie ihn an. Zum ersten Mal auf diesem Spaziergang und wahrscheinlich zum ersten Mal, seit sie sich an der Hotelrezeption begegnet sind, sieht sie ihm direkt in die Augen, und er schreckt regelrecht zusammen. »Ich werde Ihnen alles erzählen. Aber eins müssen Sie mir vorher verraten: Warum tun Sie das? Warum machen wir diesen Spaziergang? Was habe ich verbrochen, dass Sie mich unbedingt loswerden wollen?«

Albert kennt die Antworten, die er jetzt zu geben hat, sie stehen wortwörtlich im Kurshandout. »Lassen Sie uns sachlich bleiben« und »Das sind die Regeln«, aber er zögert – auf einmal fühlen sich die Worte zu platt an, zu schlicht für das, was er damit ausdrücken will. Vielleicht sollte er mehr Kontext geben, auch etwas über den Minister erzählen, über den Leitgedanken seiner Politik. Er kann den Lauf der Dinge nicht ändern, dass sie von irgendwoher in die Niederlande gekommen ist und er den Auftrag hat, sie zu entfernen, so etwas nennt man Zufall, und man sollte vermeiden, es anders zu nennen. Sobald man sich einbildet, da sei mehr im Spiel, verliert man jeglichen Halt. Das bringt bloß etwas in Gang, was man als *Emotion* bezeichnen könnte, Zuneigung oder Wut, eine Spirale von Gedanken, die andere Spiralen in Gang setzt – Gefühle – und all das ist äußerst uneffektiv. Nein, vernünftiger ist es, nicht zu weit auszuholen. Er muss sich an den Auftrag halten. Fundiert, Respektvoll, Integer, Sachlich, Human, Effizient – von den sechs Begriffen hat er in der letzten Stunde drei in die Tat umgesetzt, aber Effizient und Sachlich war er noch nicht. Auf diese beiden Begriffe wird er sich konzentrieren. Er ist nicht hier, um spazieren zu gehen oder sich die Gänse anzusehen, er ist hier, um den Minister zu schützen. Es geht um höhere Interessen als seine persönlichen Gefühle und Überzeugungen, als seine Karriere: Es geht um das Staatsinteresse. Dieses Argument wiegt sogar noch schwerer als das Vertrauen der Regierung, das er nicht enttäuschen will. Er glaubt an seinen Auftrag, sonst hätte er ihn gar nicht angenommen, er glaubt wirklich, dass die einhundertvierunddreißig ausländischen Staatsbürger, die er nach Hause geschickt hat, besser dran sind, als wenn sie hiergeblieben wären. Hier, in dieser abscheulichen Ausländermaschinerie. Letzten Endes wollen alle nur nach Hause. Auch Kira. Auch er. Und das wird er ihr sagen.

»Kira«, setzt er an, »hören Sie zu. Das ist kein normaler Spaziergang. Wir führen ein Rückkehrgespräch. Wir sind nicht hier, um zu diskutieren. Ich nehme unser Gespräch auf und werde es später schriftlich ausarbeiten, damit wir beide wissen, worauf wir uns verständigt haben. Das werden wir dann unterzeichnen.«

Er hat das Smartphone immer noch in der Hand, sieht auf dem Bildschirm, dass die Aufnahme nicht mehr läuft. Das Display ist feucht, und es dauert einen Moment, bevor er das Ding wieder ans Laufen bekommt. Er weiß nicht, wohin damit – in seiner Manteltasche würde das Mikrophon gedämpft

– also hält er es weiter fest. Das Mikro ist an der Unterseite; für eine ungestörte Aufnahme muss er sich das Gerät vor den Mund halten, was etwas albern aussieht, dem Gespräch aber auch die erforderliche Sachlichkeit verleiht. In seinem halblangen Mantel fühlt er sich wie ein Korrespondent, der eine junge Frau interviewt – eine unerfahrene Schauspielerin oder Politikerin, überheblich und schüchtern zugleich.

Er will gerade eine Frage stellen, als er einen Düsenjäger kommen hört. Er wartet, bis er vorbei ist. Das dauert lange, erst fliegt der Jet niedrig über sie hinweg, dann folgt der Lärm; als wäre dem Flugzeug sein eigenes Getöse auf den Fersen. Ein Elastik-Geräusch. Als es fast verebbt ist, knallt eine Bordkanone – rattata, rattata – und der Düsenjet schwenkt nach rechts, dann steil nach oben, außer Sicht.

»Schießübungen«, sagt Kira, die sich wieder in Bewegung gesetzt hat, Richtung Deichende.

»Davon dürfen wir uns nicht ablenken lassen.«

»Okay.«

»Gut. Dann stelle ich jetzt erneut meine Frage: Woher kommen Sie?«

»Angeblich aus Ägypten.«

»Sie sind sich nicht sicher?«

»Vielleicht nicht.«

»Möchten Sie dort wohnen?«

»Nein. Ich will hierbleiben.«

»Das geht nicht. Das ist nicht Ihre Insel.«

»Aber Ihre, oder was? Ich bin hier mehr zuhause als Sie. Ich kenne mich aus, ich weiß, wie die Leute ticken, wie sie denken, ich habe mich in ihre Lebensweise vertieft. Sie, Sie kommen für ein paar Tage her mit Ihrem Dienstauftrag und sehen nur das Äußerliche. Eine Fähre. Ein Hotel. Das Zimmer vom Bürgermeister. Ein paar bescheuerte Vögel auf einer Wiese. Sie sind ein Tourist, und wie alle Touristen haben Sie keine Ahnung, was um Sie herum passiert. Touristen sehen nichts, fühlen nichts, und zu Hause vergessen sie alles wieder, außer das Unwichtige. Sie machen Fotos, aber nur von sich selbst. Ich habe mir diese Insel zu eigen gemacht, obwohl das gar nicht nötig gewesen wäre. Ich habe den Dialekt gelernt, die Umgangsformen, ich habe mir Arbeit gesucht. Die Insulaner brauchen mich, und ich brauche sie. Ich werde geschätzt. Sie nicht, Sie stören. Aber ich muss weg, und Sie dürfen bleiben. Weil Sie einen Pass und die richtigen Papiere haben. Da stimmt was nicht, Herr Drilling. Tausende Illegale tummeln sich in den Niederlanden, ich kann sie Ihnen zeigen, wenn Sie wollen. Sie wissen, wer sie sind, denn Sie sind ein Illegalenjäger. Die Albaner am Bahnhof mit ihren Akkordeons und den komischen Trommeln – warum jagen Sie die nicht? Sie belästigen andere Leute. Die Afrikaner, die Bulgaren, die Bolivianer. Ich weiß, warum Sie die in Ruhe lassen. Weil sie für drei Euro die Stunde an der Kasse arbeiten, im Hotel, auf dem Bau. Und dann picken Sie mich raus. Ich putze Ihr Haus nicht. Ich spiele kein authentisches Instrument am Bahnhof. Ich bin bloß ein Häkchen auf der To-Do-Liste des Ministers. Oder etwa nicht?«

Albert wundert sich über ihren Ausbruch, aber er kommt ihm auch gelegen. Ausländer, die persönlich werden, weiß er zu nehmen; die haben nur noch ihre Emotionen als letzten Strohhalm, und Strohhalme taugen nicht dazu, sich lange über Wasser zu halten. Er weiß, dass auf ihre Wut Trauer folgt, und mit der Trauer geht eine gewisse Resignation einher – das ist der Moment, in dem er zuschlägt.

»Es geht nicht um Sie als Individuum«, sagt er. »Das wissen Sie ja selbst. Und Sie wissen auch, dass man Persönliches und Sachliches trennen muss. Das sind die Regeln. Jeder, der sich illegal in den Niederlanden aufhält, muss gehen. Ich kann daran …«

»Ich hasse dieses Wort«, ruft sie. »Sagen Sie das nie wieder! *Ich-has-se-die-ses-Wort*. Sehen Sie mich an! Bin ich illegal, Herr Drilling? Woran erkennt man das? Sind meine Augen anders als die von normalen Menschen? Meine Nase? Meine Ohren? Warum bin ich weniger wert, Herr Drilling? Weil Sie zufällig in einem Land geboren sind, wo … wo …«

Albert lässt sie ausrasten. Er weiß, es ist eine Phase, ein Ritual: Irgendwann kann das Rückkehrgespräch aus dem Ruder laufen, für den Ausländer steht viel auf dem Spiel. Damit kann er umgehen. Er hat schon Schlimmeres erlebt: die Nigerianerin, die strampelnd und zischend auf seinem Schreibtisch lag; Schaum vor dem Mund. Vier Sicherheitsleute waren nötig, um ihr den Abschiebegürtel anzulegen; Handschellen aus schwarzem Stoff und Klettverschluss, vom Ministerium extra entwickelt, um Ausländer zur Ruhe zu bringen, ohne ihnen Schaden zuzufügen. Der Kongolese, der plötzlich anfing, seine Zähne auszuspucken, plopp, plopp, plopp, landeten sie vor ihm auf dem Schreibtisch, saubere Zähne, daran erinnert er sich noch, weiß und makellos. Kein Blut. Die Aserbaidschanerin, die sich langsam ausgezogen hat, ihr Kleid träge und ruhig zu Boden gleiten ließ, um den Metallschreibtisch herumkam, an dem Albert saß, seine Hand nahm und damit über ihren Bauch strich – »*you want me*«, sagte sie, »*you want me, you want me, you want me*«, Worte, die er noch manchmal im Traum hört.

»… wo sie mit Vorliebe über Freiheit reden. Gott, Freiheit ist echt euer Lieblingsthema. Alle sind frei in den Niederlanden, aber manche sind halt etwas weniger frei als andere, stimmt doch, Herr Drilling, und zwar die ohne Pass.«

Albert sieht, wie ihre Augen sich verdunkeln, wie die Wut ihr Gesicht breiter macht. Er würde gerne väterlich den Arm um sie legen, um sie zu beruhigen. Aber das tut er nicht. Albert Drilling fängt einen Vortrag über das Einwanderungsgesetz an, und über die Papiere, die er in ihrer Akte gefunden hat.

»Was Sie da über Freiheit sagen, ist billig«, sagt er. »Die Niederlande haben als eines der ersten Länder die Genfer Flüchtlingskonvention unterzeichnet, 1951. Direkt nach dem Krieg, bedenken Sie das.« Er erhebt die Stimme: »›Findet der Ausdruck ›Flüchtling‹ auf jede Person Anwendung, die aus der begründeten Furcht vor Verfolgung wegen ihrer Rasse, Religion, Nationalität‹« – und so weiter. *Well-founded fear* heißt es wortwörtlich. Wenn nötig, findet jeder in den Niederlanden Zuflucht. Auch Sie. Wenn nötig.«

Sie schweigt, macht sich nicht mal die Mühe, ihn böse anzusehen.

»In Ihrer Akte konnte ich keinen Beweis für eine begründete Furcht finden.«

»Fünfzehn Jahre«, sagt Kira dann, langsam. »Fünfzehn Jahre bin ich jetzt in den Niederlanden. Als Kleinkind hat man mich hierhergebracht. Ich bin hier aufgewachsen. Ich kann »Het Wilhelmus« auswendig, alle fünfzehn Strophen, wollen Sie es hören? Soll ich es Ihnen vorsingen?«

Sie stellt die Füße auseinander, holt Luft und legt los, sie feuert die einzelnen Silben auf ihn ab: »*Dem va-ter-la-hand ge-tra-we …*«

»Hören Sie auf, Kira.«

»Ich höre nicht auf!« – Sie läuft ihm davon, den Deich hinunter, auf einen Pfad, der durch die Salzwiesen führt, eine überflutete Fläche, auf der braune Grasbüschel treiben. Albert läuft hinterher; es ist nicht die Strecke, die ihm vorschwebte, aber Kira jetzt zurückzupfeifen, erscheint ihm nicht zweckdienlich. Ungünstig ist, dass er einen Teil seiner Aufmerksamkeit seinen Füßen widmen muss, die drohen, nass zu werden. Der Pfad windet sich über flache Holzbrücken, unter denen sich ein kalter Schlammgeruch zusammengebraut hat, und biegt dann nach rechts ab, zum höhergelegenen Teil der Insel. Albert muss ein Stück rennen, dann holt er Kira keuchend ein.

»Aus welchem Jahr stammt »Het Wilhelmus«, Herr Drilling? Sagen Sie es mir. Sie sind ein echter Niederländer mit einem echten Pass – Sie müssen das wissen.«

Albert kann sich nicht erinnern, jemals »Het Wilhelmus« gesungen zu haben, das Königshaus interessiert ihn nicht besonders; er will Kira klarmachen, dass Einwanderungspolitik nichts mit der Nationalhymne zu tun hat, und dass, wer sie singt, nicht automatisch zum Niederländer wird, so wie auch er nicht zum Ägypter wird, wenn er die ägyptische Nationalhymne singt, aber er verheddert sich in seinen Gedanken und muss sich gegen das Bild wehren, das ihm plötzlich in den Sinn kommt: Wie er mit einer Flagge auf einem Dach in Kairo steht.

»1820«, sagt Albert. »Pi mal Daumen.«

Irin schnaubt. »›Het Wilhelmus‹ ist aus dem sechzehnten Jahrhundert. Es ist eine der ältesten Nationalhymnen der Welt, aber ihr habt sie erst sehr spät eingeführt, 1932. Unter Königin Wilhelmina. Weil ihr das so gut in den Kram passte. Die Niederländer sind ja alle ach so stolz auf ihr Land, aber von ihrer eigenen Nationalhymne haben sie keine Ahnung. Die Sache ist nämlich die: Niederländer denken nur an sich. Es sind alles Egoisten.«

»Na, na«, sagt Albert.

»Ein Akrostichon«, sagt Kira. »›Het Wilhelmus‹ ist ein Akrostichon. Die Anfangsbuchstaben der Strophen bilden zusammen einen Namen – Willem van Nassov. Der angebliche Befreier der Niederlande – dass ich nicht lache! – der in Wahrheit bloß ein Wegelagerer war. Ein Reim auf ein altes Lied, ein Spottlied. Wenn man den Text liest – das hätte ein Kindergartenkind schreiben können.« Sie fängt wieder an zu singen, ein Staccato wie aus der Pistole geschossen: »*Aber der herr dort oben, der alle ding regiert, den man alzeit mus loben, der hat es nit begert.*«

Albert sagt nichts dazu.

»Tja. Das ist also eure Nationalhymne. ›Der hat es nit begert‹ – ich bitte Sie! Als würde das Königshaus euch interessieren! Das Einzige, was euch interessiert, ist Geld.«

»Jetzt machen Sie mal halblang, Kira«, sagt Albert.

»Machen Sie doch selber halblang.«

Sie spazieren – wenn man das noch so nennen kann – weiter über den Pfad, Albert hinter Kira her. Er muss sich sputen. Weicht den größten Schlammpfützen aus, überholt Kira dann und bleibt vor ihr stehen, damit sie anhält. Er blickt in ein kaltes Gesicht. Legt ihr die Hände auf die Schultern.

»Fünfzehn Jahre«, sagt sie. »Fünfzehn Jahre habe ich in Unterkünften verbracht, in denen alle darauf warten, dass ihr Leben weitergeht. Wo die Nörgler und Nichtsnutze sich tummeln. Wo einen nachts irgendwelche Männer begrapschen, aus purer Langeweile. Wo sie bis in die Morgenstunden Karten spielen, um tagsüber schlafen zu können. Ich war ein Kind. Ich saß mit niederländischen Kindern in der Klasse, De Driestar hieß die Schule, wenn das mal kein echt niederländischer Name ist, Herr Drilling! De Driestar, mit solidem, christlich-protestantischem Unterricht. Meester De Bree. Juffrouw Matilda. In unserem Wohnwagen habe ich ein Foto der Königin aufgehängt und direkt daneben eins von Dennis Bergkamp. Am Wochenende ist mein Vater mit mir nach Madurodam gefahren, zum Abschlussdeich, zum Deltapark Neeltje Jans – er musste mir alles zeigen. Den Binnenhof. Palast Het Loo. Von meinem Taschengeld habe ich mir Mini-Klompen und Sammelbilder der niederländischen Fußballmannschaft gekauft. Ich habe meinem Land einen Altar errichtet, Herr Drilling. Als einziges Kind in meiner Klasse. Und wissen Sie, wieso? Weil es mir Spaß gemacht hat. Keine Hintergedanken. Ich war nie etwas anderes als eine Niederländerin.«

Sie hat sich die Jacke aufgeknöpft, vor Wut ist ihr warm geworden. Es scheint, als hätte der Winter vergessen, die Temperatur herunter zu regeln. Albert lässt die Arme hängen. Seine Wildlederschuhe saugen langsam Wasser auf. Sie kamen ihm angemessen vor für den Rückkehrspaziergang, bequemer in jedem Fall als das Paar klassische Van Liers, das er auf Kiras Geheiß mit der Schuhputzmaschine im Hotel poliert und bei dem unsäglichen Gespräch mit dem Bürgermeister getragen hat – diese Schuhe sind für einen Ausflug in die Natur zu steif. Aber er hat nicht bedacht, dass Teile der Strecke unbefestigt sind. Auf dem Wildleder bilden sich dünne weiße Linien, Salzablagerungen, Kinderzeichnungen. Er fragt sich, wie lange es wohl noch dauert, bis seine Socken nass werden. Nasse Füße sind kein Drama, denkt er, man muss sie nach dem Spaziergang bloß gut waschen und abtrocknen. Er hat Talkumpuder dabei, im Hotel. Das hat er noch nie benutzt. Der Spaziergang wird sich nicht mehr ewig hinziehen, Kiras Strecke ist kürzer als seine ursprüngliche. Er muss klar und deutlich sein. Einen Vorschlag machen. Zu einer Einigung kommen und dann nach Den Haag zurückfahren.

»Ich verstehe Sie ja«, sagt Albert. »Ich verstehe, was Sie sagen, aber es nutzt nichts. Es ist vorbei. Sie werden ausgewiesen, das kann ich nicht ändern. Es tut mir leid. Ich kann Ihnen nur helfen, wenn Sie zurückgehen, und das werde ich auch tun. Darum bin ich hier.«

»Sie verstehen rein gar nichts«, sagt Kira.

»Sie verstehen nicht, dass ich Sie verstehe.«

Sie lacht. »Immer das letzte Wort, was? Sie sind wie ein Kind.«

»Dankeschön. Sie auch.«

»Was reizt Sie eigentlich an diesem Job? Ich stelle mir das einsam und leer vor, Menschen zurückzuschicken. Sie nehmen Kontakt auf, machen Spaziergänge, bloß, um sich dann zu verabschieden. Wird das so gut bezahlt? Ist es das?«

»Normale Beamtenbesoldung. Nichts Besonderes.«

»Und eine fette Prämie für jeden erfolgreichen Fall?«

»Schön wär's!«

»Warum dann?«

»Weil ich … weil ich das Gefühl habe, etwas Gutes zu tun. Ich helfe anderen Menschen. Ich schicke sie nicht einfach nur zurück …«

»Ist es ein gutes Gefühl, wenn sie weg sind? Ein Gefühl von Macht? Ist es das? Fühlt es sich geil an?«

»Nein … das ist es nicht. Wirklich nicht.«

»Sehen Sie? Sie zweifeln. Sie haben gezögert.«

»Ich zweifele nicht. Es ist nur …«

»Na, was ist es?«

»Es ist … ich bin davon überzeugt, dass …«

»Ja? Wovon sind Sie überzeugt?«

Jetzt hat er definitiv Wasser in den Schuhen. Es dringt durch die Nähte ein. Albert sieht sich um, sucht eine trockenere Stelle. Aber die gibt es nicht. Der Pfad verschwindet im Sumpfgebiet und taucht ein Stück weiter wieder auf. Albert setzt sich in Bewegung, springt über die tiefsten Pfützen hinweg, und Kira folgt ihm.

»Die Niederlande können nicht sämtliche Flüchtlinge der Erde aufnehmen, dafür ist das Land zu klein. So müssen Sie es betrachten. Sie werden Ihren Weg machen, Kira, in Ägypten oder sonstwo. Manch anderer nicht, aber Sie schon.«

Kira bleibt stehen, ein Windstoß weht ihre Jackenzipfel auseinander. Um ihm in die Augen zu sehen, muss sie das Kinn recken – normalerweise wäre das eine hochmütige Geste, aber nicht jetzt.

»Sind Sie glücklich, Herr Drilling?«

»Natürlich bin ich glücklich.«

»Ich nicht. Sie verbieten mir, glücklich zu sein.«

»Werden Sie bitte nicht theatralisch.«

»Meine Füße sind nass.«

»Meine auch.«

Sie gehen weiter. Die Farbe des Pfads verändert sich: Sand mischt sich in den Salzwiesenlehm. Sie spazieren über die abgesackte Ebene, die sich vor ihnen erstreckt, eine immer weiter werdende Landschaft mit strauchigen, niedrigen Laubbäumen, wie Tiere, die sich gegenseitig Schutz bieten. Ansonsten gibt es wenige Orientierungspunkte. Der Vormittag neigt sich dem Ende zu, mehr Tageslicht wird es heute nicht geben. Gänse steigen auf, schrauben sich in die Höhe und fliegen Richtung Norden, zum Rand der Kälte.

Albert Drilling spürt seine nassen Füße, seine Socken haben sich mit lauwarmem Wasser vollgesogen. Das Wildleder hat jetzt eine braune Tarnfarbe angenommen, und an den Rändern, wo das Leder an der Sohle festgenäht ist, sind ein paar Schlammstriemen zu erkennen. Um die Schuhe zu retten, und um seine Füße zu retten, die zweifellos Blasen bekommen werden, muss er Maßnahmen ergreifen.

»Lassen Sie uns dort entlang gehen«, sagt er und zeigt Richtung Dünen. »Das liegt etwas höher, und da ist Sand. Vielleicht haben wir es da trockener.«

Sie folgt ihm.

Es dauert eine Weile, bis Albert merkt, dass der Pfad verschwunden ist. Sie folgen bloß noch einer Reifenspur: zwei Abdrücke. Je weiter sie kommen, desto lockerer wird der Sand; er klebt an Alberts Schuhen. Es ist windstill. Statt der Gänse kreischen jetzt Möwen, und das Rauschen, das Albert als Brandungsgeräusch diagnostiziert, wird immer stärker.

Da muss der Strand liegen, denkt er. Solange er den Reifenspuren folgt und sich an der Brandung orientiert, findet er zurück.

Albert ist kein Wanderer, aber er vertraut auf seinen Orientierungssinn und sein vortreffliches Gedächtnis; in den letzten Jahren hat er sich in keinem der Länder, die er bereist hat, verirrt. Er ist selbst den kompliziertesten Flughäfen gewachsen, die sich aus unzähligen Terminals zusammensetzen, die wiederum mit einem Geflecht von Buslinien und Gängen untereinander verbunden sind. Es ist eine Gabe. Und er betrachtet es als Ehrensache, anderen Reisenden zu helfen. Jeder Stadtplan, den Albert Drilling zu Gesicht bekommt, bleibt ihm im Kopf. Alles ist dort abgespeichert, nicht in Worten, sondern in Bildern. Die Straßennamen vergisst er, aber nicht, wie lang diese Straßen sind, welchen Verlauf sie nehmen, wie sie sich verzweigen und wieder kreuzen, wie sie bei einem Kreisverkehr auseinanderstieben.

Unterwegs werden die Bilder mit optischen Orientierungspunkten angereichert, manchmal auch mit einem bestimmten Gefühl oder einem Geruch: Abgase eines wartenden Busses, brennender Müll, die dunkle Wärme eines Schlachthofs. Seine Gabe lässt ihn nie im Stich. Einmal ist es ihm gelungen, einen Taxifahrer in Beijing zum Hotel zurück zu lotsen, kreuz und quer durch die *Hutongs* mit ihren namenlosen, heruntergekommenen Sträßchen; alles, was er dafür tun musste, war, sich Orte und Dinge zu merken – einen Tempel, einen Fahrradbetrieb, ein Aquarium mit Hummern und Fröschen hinter einem Restaurantschaufenster. Mit diesen Orientierungspunkten konnte er in Gedanken eine Karte erstellen, die ihn dahin zurückgebracht hat, wo er herkam.

Auf der Insel gibt es nicht viel, wonach man den Kurs ausrichten könnte. Ein unebenes Gelände mit flachen, bewachsenen Hügeln und Tälern, von Flugsandstreifen durchzogen, kurze Birken in kleinen Gruppen. Die Wiese, die Flechten und das Dünengras sehen tot aus; alles hat dieselbe abgestorbene Farbe. Wenn er auf die Pflanzen tritt, klingt es, als würde er Knochen unter seinen Sohlen zermahlen.

Die Landschaft ist verwirrend und wird von den Nebelschwaden noch verzerrt, aber Albert hält sich an die Reifenspuren und die Brandung. Das reicht, denkt er. Wird der Nebel dichter, kann er in den Spuren zurücklaufen, und sollten die Spuren zuwehen – eine Möglichkeit, mit der er rechnen muss – folgt er dem Brandungsgeräusch. Es ist eine Insel. Ein Oval. Irgendwo ist immer das Meer. Wenn er das erreicht hat, muss er nur noch die Küste entlanglaufen, bis er das Dorf sieht. Hier kann man sich gar nicht verlaufen: Wenn man geradeaus geht, kommt man immer irgendwo an.

Zufrieden mit seinem Scharfsinn zieht er die Möglichkeit in Erwägung, dass Kira durchdrehen oder ihm etwas antun könnte. Vielleicht versteckt sie ein Messer in ihrer Jacke oder ein Würgeseil. Abwegig ist das nicht. Die Konferenzräume, in denen er sonst seine Rückkehrgespräche führt, sind bewacht: Kurzgeschorene Männer mit Knopf im Ohr, die für die Ausländer unsichtbar im Gang postiert sind. Jetzt muss er selbst für den Personenschutz sorgen, eine zusätzliche Aufgabe. Die Versuchung, zu denken, dass Kira nicht wegläuft, ist groß – manchmal hat er sogar den Eindruck, sie weiß seine Begleitung zu schätzen. Wie sie mit ihm spricht, wie sie sich bewegt und mit ihm streitet deutet auf eine gewisse, na ja, Zuneigung hin. Einen Anflug von Verständnis. Sie ist nicht abweisend, wie die meisten Ausländer, sie lügt nicht, und er fühlt sich an ihrer Seite wohl. Kira ist die erste Ausländerin, bei der er sich wohlfühlt.

Aber außer Acht zu lassen, dass sie etwas im Schilde führen könnte, ist gefährlich, denkt Albert. Die Möglichkeit, dass ein Ausländer ihm oder sich selbst etwas antut, als letzte Rettung, besteht immer. Das hat er mit eigenen Augen gesehen. Das gilt es zu verhindern. Er muss sich immer sagen: Das ist kein normaler Spaziergang. Ihr Ausbruch auf dem Deich, ihre Tirade über »Het Wilhelmus« haben ihn aufhorchen lassen. Schon heute Morgen hat er sicherheitshalber den Abschiebegürtel in den Rucksack gepackt. Dass der wirklich zum Einsatz kommt, ist unwahrscheinlich, aber nicht ausgeschlossen, und außerdem wiegt der Gürtel kaum etwas, sodass er ihn mühelos in seinem armeegrünen Rucksack mitnehmen konnte. Das Set wird in einer schwarzen Nylontasche aufbewahrt. Ein patentiertes System.

»Machen wir eigentlich irgendwann mal Pause?«, fragt Kira.

Eine Sekunde lang fühlt Albert sich ertappt, er sieht sie nicht an. »Sind Sie müde?«

»Ich habe Hunger. Es ist halb eins.«

»Ist gut.«

Er sucht das Gelände nach einer günstigen Stelle ab. Am Strandwall, ein Stück weiter die Reifenspuren entlang, sieht man eine eckige Erhöhung, eine merkwürdige Düne, die alles andere überragt. Ein Picknick in offenem Gelände reizt ihn wenig; er möchte den Überblick behalten, und außerdem ist es weiter oben vermutlich trockener.

»Da vorne, die Düne, die nehmen wir.«

Es ist weiter, als er dachte; bei jedem Schritt scheint sich die Erhöhung ein Stück zurückzuziehen, Richtung Brandung, die immer lauter tost. Jetzt erst fällt ihm auf, dass Kira halboffene Schuhe trägt; teure beigefarbene Slipper mit einem kleinen Absatz. An ihrer Feinstrumpfhose klebt nasser Sand.

»Ziehen Sie doch die Schuhe aus«, sagt er. Seine eigenen Schuhe zieht er auch aus, schlägt sie mit den Sohlen fest gegeneinander und verstaut sie im Rucksack; die nassen Socken verschwinden in einer Butterbrottüte aus Plastik. »Seien Sie vorsichtig mit Muscheln und Scherben«, sagt er. »Ich habe ein Erste-Hilfe-Set dabei, aber das wollen wir doch lieber im Rucksack lassen.«

Ohne Schuhe läuft es sich angenehmer, und ihre Spuren bekommen eine andere Form: menschlich. Bei der Düne angekommen, müssen sie klettern. Sie ist steil. Eine Wand, bewachsen mit scharfkantigem Strandhafer, die einzige Verteidigungslinie der Insel. Dahinter fängt der Strand an, dann kommt das Meer.

Um dem Strandhafer und den Disteln auszuweichen, kämpft Albert sich durch eine schmale Flugsandrinne nach oben, die sich wie ein Wasserfall über die Dünenkruste ergießt. Er wischt sich den Schweiß von der Stirn, während der kalte, feuchte Sand ihm die Füße kühlt. Als sie keuchend oben ankommen, sehen sie das Meer, flach und träge. Es geht kein Wind. Es fliegen keine Möwen. Nipptide, denkt Kira, und fragt sich, wie die paar schwachen Wellen, die nicht mal anständig brechen, so viel Lärm veranstalten können. Sie weiß, wenn sie die Düne hinunterrennt und der Brandungslinie folgt, kommt sie nach Hause.

Die Spitze der Düne, die Albert zum Rastplatz erkoren hat, ist ein Viereck, gegen das sich Sand aufgetürmt hat. Ein Stück Stein ragt daraus hervor, die Flosse eines Schweinswals. Das ganze Viereck besteht aus Beton – bewehrt mit rostigen Drahtschlingen, schlampig abgeknipst wie vergessene Trockenblumensträuße.

»Das ist ein Bunker«, sagt Kira.

»Woher wissen Sie das?«

»Davon gibt es noch mehr auf der Insel. Diesen hier kenne ich nicht. Aber ich habe einen anderen gesehen, der ist jetzt ein Jugendcenter. Stützpunkt 12H. Freitagnachmittags schleppen sie ihre Bierkästen da rein und kommen nicht vor Samstagnachmittag wieder raus. Die Bunker sind noch von den Deutschen. Aus dem Krieg.«

An der Vorderseite der Düne sieht Albert, dass ein Teil weggebrochen ist. Die Wunde ist frisch; eine große Welle muss den Sand mitgerissen haben. In dieser Wunde öffnet sich der Bunker mit einem Mannloch, aus Backstein gemauert, gerade groß genug, um durchzuklettern. Neben dem Eingang steht mit roter Farbe: Stützpunkt 14H. Als Albert seinen Kopf durch das Loch steckt, erkennt er eine Betontreppe, die im Nichts verschwindet.

»Man kann rein«, sagt er zu Kira.

»Dann versuchen Sie es doch«, sagt sie.

»Ist das denn sicher?«

»Woher soll ich das wissen?«

»Sie kennen sich hier doch aus.«

»Geht so.«

»Die Reifenspuren führen hier entlang, wahrscheinlich kommt öfter mal jemand her.«

»Vielleicht die Soldaten.«

»Soldaten? Der Krieg ist schon eine Weile vorbei, Kira.«

Sie seufzt.

»Für ihre Übungen. Hier üben sie schießen und räumen einmal die Woche die Munitionsreste weg, damit sie die Insel nicht zumüllen. Ist gesetzlich vorgeschrieben. Daher auch die Reifenspuren. Was ist jetzt? Trauen Sie sich nicht?«

»Doch, natürlich«, sagt Albert, und hievt ein Bein durch das Mannloch, setzt den nackten Fuß vorsichtig auf die oberste Stufe. Er sieht nicht, wo die Treppe hinführt, sieht nur ein Loch; es wäre klüger gewesen, erst die Schuhe wieder anzuziehen. Der Zugang ist eng wie ein Schornstein, er muss sich zusammenfalten. Er zögert, aber wenn er jetzt umkehrt, blamiert er sich. Er hat die Führung, davon muss er Kira überzeugen. Einen Rückzieher könnte sie als Schwäche deuten.

»Geht's?«, fragt Kira.

Er antwortet nicht, balanciert mit dem linken Fuß auf der zweiten Stufe und tastet mit dem rechten nach der dritten, während seine Hände an den Metalldrähten Halt suchen, die scharf wie Bajonette aus dem Beton ragen. Der Stein ist rau, aber angenehm. Kühl und stark. Wie er selbst. Die Muskelkraft, die er in den Oberschenkeln spürt, in den Armen, den

Händen, mit denen er jetzt den Backstein umklammert – er hat die Führung.

Die Treppe ist länger und steiler als erwartet. Langsam verschwindet Albert in dem Loch, sein Rucksack setzt auf einer Stufe auf, aber nur kurz, seine Augen gewöhnen sich an die Dunkelheit. Seine Füße sind taub vor Kälte, aber er ignoriert das; genauso wie er die Frage ignoriert, was ein Beamter des Ministeriums in seiner Dienstzeit in diesem Bau zu suchen hat, während er mit einer Ausländerin unterwegs ist, die draußen wartet. Es gibt nicht den geringsten Anlass, in diesen Bunker hinabzusteigen, außer, dass er Lust dazu hat und Kira seine Tatkraft demonstrieren will. Sie möchte eine Pause machen, er verschafft ihr eine Pause. Sie müssen nicht vor Regen flüchten, er will sich nicht beweisen, die kalten Steinstufen fühlen sich einfach schön an, das ist alles. Der Sand, der Beton, Kira, der Nebel, der die Welt einzäunt. Die kindliche Aufregung, die ihn durchströmt – es ist eine ganze Weile her, dass Albert sich so wohlgefühlt hat, falls das das richtige Wort ist.

»Vielleicht bin ich ja der Erste in diesem Bunker«, ruft er euphorisch nach oben, »der Erste seit Kriegsende.«

»Vielleicht liegt da unten ein toter Pharao«, ruft Kira, aber das hört er nicht.

Zwölf Stufen hat die Treppe, dann steht Albert wieder im Sand, in einem klammen, dunklen Raum. Die Luft steht. Er kann die Wände spüren, aber nicht sehen, macht drei vorsichtige Schritte und stößt mit der Hand an einen Metallstab, schreckt zurück und erkennt dann eine Konstruktion von weiteren Stäben, Sprungfedern.

»Hier steht ein Bett«, ruft er nach oben, »ein Doppelstockbett.«

Kira ist ihm gefolgt, plötzlich spürt er ihre Schulter am Arm. »Haben Sie Ihren Zimmerschlüssel dabei?«, fragt sie.

»Natürlich.« Albert hat seinen Zimmerschlüssel immer und überall dabei, egal, wie klobig und schwer der ist. Niemals den Zimmerschlüssel an der Rezeption abgeben, niemals den Pass im Hotel zurücklassen, keine Wertsachen im Zimmer aufbewahren – es sind schlichte Vorsichtsmaßnahmen, die ihm in den letzten Jahren eine Menge Ärger erspart haben.

»Was wollen Sie mit dem Schlüssel?«

»Die Eule ist eine Taschenlampe«, sagt Kira.

Albert zieht den Rucksack aus und holt die Bronzeeule aus einem Seitenfach. Er tastet nach einem Hubbel, einem Knopf.

»Am Kopf muss irgendwo ein Schalter sein«, sagt Kira, aber da hat er ihn schon gefunden, und die Augen der Eule leuchten auf. »LED-Lampen«, sagt Albert. »Wer kommt auf die Idee, die in einen Schlüsselanhänger einzubauen?«

»Für Gäste, die sich im Hotel verlaufen«, sagt Kira.

»Au weia.«

»Jetzt ist es doch ganz praktisch.«

»Ja, jetzt ist es praktisch.«

Im kalten, leblosen Licht der Eulenaugen sehen sie, wie groß der Bunker ist. Sie stehen in einem rechteckigen Raum, die lange Seite misst ungefähr vier Meter. Ein Durchgang führt in einen weiteren Raum. »Leuchten Sie da mal rein«, sagt Kira und nimmt Alberts Hand, um den Lichtstrahl zu lenken. Der zweite Raum ist noch größer, und dort stehen auch mehr Möbel: ein Tisch und zwei Bänke aus Wrackholz, ein zweites Bett mit Matratze und ein niedriger Hocker mit einem Gaskocher und einer Petroleumlampe. Auf dem Tisch steht eine orangene Besteckschublade, darin Messer, Gabel und Löffel, ein Korkenzieher, ein Dosenöffner und eine Schachtel Streichhölzer. Daneben ein Stapel verkratzte Plastikteller. Konserven gibt es auch, nach Inhalt sortiert: Bohnen zu Bohnen, Thunfisch zu Thunfisch.

»So viel zum Thema Erster-Sein«, sagt Kira. Sie betrachtet die Wände im dünnen Lichtstrahl: Sie sind knatschrosa und knatschgrün gestrichen. Hinter dem Bett ist mit schwarzem Edding ein Herz mit den Initialen I.P. gemalt. Hier und da stehen kleine Texte: *Love forever* und *No more war.*

Albert zündet mit einem Streichholz die Petroleumlampe an, die leise zischt und den Raum größer erscheinen lässt: Schatten an der Wand. Die Lampe lässt er auf dem Hocker stehen, den Gaskocher stellt er auf den Tisch zu den Konserven.

»Mittagessen?«, fragt er.

Sie nickt. Er öffnet den Rucksack, holt erst seine Schuhe heraus, dann die Croissants, die Müslibrötchen, die Marmelade und die Milch aus dem Frühstückssaal. Kira deckt den Tisch, so gut es geht. Mit ihrer Jacke poliert sie das Besteck, als wäre es aus massivem Silber. In einer Kiste aus Wrackholz findet sie zwei Teelichte, zündet sie an, und zwei Whiskeyschwenker, von denen einer einen Sprung hat.

»Es gibt Knackwürste«, sagt Albert und hält eine Konservendose hoch. »Mögen Sie Knackwürste?«

»Na ja«, sagt sie. »Ich habe Hunger.«

»Gut.«

Kira reicht Albert den Dosenöffner, er schüttet den Inhalt der Konserve in einen angekokelten Topf, zündet den Gasbrenner an und wärmt die Würstchen in der Flüssigkeit aus der Dose auf. Dann fischt er mit der Gabel zwei heraus, schüttelt sie trocken und legt sie auf die Teller.

»Alle mögen Knackwürstchen. Ich kenne niemanden, der sich davor ekelt.«

Sie sitzen nebeneinander auf der kargen Bank am Tisch, werden von knatschgünen und knatschrosa Wänden angestarrt. Die Füße im kalten Sand.

»Es müsste einen Ofen geben«, sagt Albert, »dann könnte man fast hier wohnen. Groß genug wäre es.«

»Etwas für geschiedene Männer«, sagt Kira.

»Gibt es viele Bunker auf der Insel?«

»Keine Ahnung. Schätze schon. Ich kenne jemanden, der alles über die Bunker hier weiß, und über die deutsche Besatzung. Er ist Skipper auf der Fähre. Hero heißt er.«

»Hero. Was für ein seltsamer Name. Wer nennt seinen Sohn denn bitte Hero, ich meine ...«

»... er ist nett.«

»Es ist ein Mädchenname. In der griechischen Mythologie ist Hero eine Priesterin. In einem Stück von Shakespeare eine junge Frau – *Viel Lärm um Nichts*. Schon mal von gehört? Ich finde es seltsam, dass ein Mann ...«

»Herr Drilling ...«

»Entschuldigung. Was findet er an den Bunkern?«

»Es ist sein Hobby.«

»Ist hier gekämpft worden, im Krieg?«

»Nein.«

»Was haben die Soldaten denn dann gemacht?«

»Gewartet.«

»Sonst nichts?«

»Nein. Krieg bedeutet Warten. Das sagt Ihnen jeder, der schon mal einen Krieg erlebt hat. Hero meint: Krieg ist, als wäre man in einer Flasche eingeschlossen, die in alle Richtungen rollen kann. Sie kann runterfallen und zerbrechen, oder auch nicht. Alles um einen herum verändert sich, ohne dass man das Geringste tun kann. Darum sind auch die meisten Kriegsfilme so mies. Die zeigen nicht das Warten, sondern nur die Action.«

»Sagt Hero?«

»Ja.«

»Hat der den Krieg erlebt?«

»Nein. Der ist viel zu jung, erst fünfzig. Aber er weiß alles darüber. Er sammelt Fotos von der Insel zur Besatzungszeit.

Die kriegt er aus Hinterlassenschaften, manchmal wird er zum Beispiel aus dem Altersheim angerufen, weil man dort weiß, dass er sorgsam mit den Fotos umgeht. Bei ihm bekommen sie neue Bedeutung. Er bewahrt sie in Mappen aus säurefreiem Papier auf. Wenn sich niemand um die Vergangenheit schert, verschwindet sie, sagt er. Ich kann das nachvollziehen. Es sind schöne Fotos von glücklichen Momenten. Wenn man sich die jungen deutschen Gestalten anguckt, mit ihrer Pomade im Haar, dann bekommt man eine andere Vorstellung vom Krieg. Normale, hübsche, fröhliche Jungs. Urlaubsschnappschüsse.«

»Propaganda«, sagt Albert. »Manipulation.«

Kira starrt vor sich hin.

»Wo haben Sie eigentlich Ihren Sturkopf her? Die Deutschen hatten hier nichts zu tun. Sie haben darauf gewartet, dass der Feind kommt, und der kam nicht. Es gab nichts zu bekämpfen. Es gab keinen Feind. Im Laufe der Zeit wurde die Insel zu einer Art Ferienort für Soldaten, die von der Ostfront zurückkamen. Ich glaube, etliche deutsche Soldaten hier haben dem Krieg nachgeweint. Und etliche Insulaner auch.«

»Jetzt übertreiben Sie.«

»Was wissen Sie denn schon, Herr Drilling? Sie wissen gar nichts. Sie wussten nicht, dass es überhaupt Bunker auf der Insel gibt, Sie wussten wahrscheinlich nicht mal, wo die Insel liegt, als man sie hierherbeordert hat. Sie tun auch bloß, was man Ihnen sagt.«

Albert schweigt.

»Wenn wir wieder im Dorf sind, bitte ich Hero, Ihnen die Fotos zu zeigen. Von den Deutschen.«

»Gern.«

Hero war gut darin, Geschichten von dem Krieg zu erzählen, in dem er seinen Vater verloren hatte. Und Kira hörte sich seine Geschichten an oder half ihm beim Säubern und Archivieren der Fotos, die er wie einen Schatz hütete. Insulaner hoffen immer, das Elend der Welt würde an ihnen vorbeiziehen, erzählte Hero, aber plötzlich näherte sich der Krieg wie ein unkalkulierbares Tiefdruckgebiet. Die Soldaten schliefen auf Stockbetten in Holzbaracken, die sie mit Strandhafer tarnten. Sie legten kleine Gärten für den Gemüseanbau an, hielten sich sogar Hühner und Schweine, ihre Camps wuchsen sich zu kleinen Bauernhöfen aus. Die deutschen Jungs waren wie Sommergäste: Männer in Badehose, am warmen Strand. Sie tranken Bier in den Kneipen der Dorpsstraat.

In der kleinen, abgekapselten Gemeinschaft konnte man sich nicht aus dem Weg gehen. Die Deutschen waren in der Überzahl. Attraktive, braungebrannte Jungs. Es gab Techtelmechtel, Mädchen von der Insel wurden schwanger, und niemand nahm das zum Anlass, gehässig zu werden. Auch später nicht. Kein Mädchen wurde zur Strafe kahlgeschoren, kein Mädchen wurde beschimpft, die halbdeutschen Kinder, die die Soldaten zurückließen, waren Kinder ohne Vater auf einer Insel voller vaterloser Kinder. Was das angeht, waren die Insulaner als Seemannsvolk einiges gewöhnt.

Eine Widerstandsbewegung hatte es auf der Insel nicht gegeben, jedenfalls keine, von der Hero wüsste. Ab und zu beschossen die Deutschen die Bomber, die nachts die Insel als Markierungspunkt nahmen; sie gewöhnten sich daran. Aber das Geräusch verging nie mehr. Auf der Sandbank hinterm Dorf stehen noch immer Panzergerippe: Übungsziele.

Heros Geschichten hatten Irin einmal mehr davon überzeugt, dass die Insel der Ort war, an dem sie bleiben musste: die letzte Station ihres Nomadendaseins. Ein Ort, der gegen Krieg immun war, wo das Meer zweimal täglich den Sand wusch, wo der Wind den Dreck aus den Ritzen blies. Ein Fort der Menschlichkeit. Der einzige Ort, für den es sich zu kämpfen lohnte. Sie war mit der Insel verwachsen wie eine Strandwinde.

Albert schielt zu ihr hinüber. Kira hat ein ungewöhnlich ebenmäßiges und makelloses Gesicht, keine Narben, es wirkt wie retuschiert. Das Gesicht von jemandem, dem nichts widerfahren ist. Aber Kira ist echt, sie sitzt neben ihm, sie atmet. Wie spät mag es wohl sein? Er schiebt seinen Ärmel zurück, aber seine Uhr ist stehengeblieben. Wie lange hat der Spaziergang gedauert? Unter der Erde verschwindet die Zeit; brennt die Lampe, ist es hell, geht sie aus, dann ist es dunkel. Nichts erinnert sein Gehirn ans Verstreichen der Stunden, außer vielleicht seine Müdigkeit.

Aber er ist gar nicht mehr müde. Die Schwere, die er empfunden hat, bevor er durch das Mannloch in den Bunker geklettert ist, war in dem Moment verflogen, als er mit dem Fuß die erste Betonstufe berührt hat, und ist nicht zurückgekommen. Er ist scharfsinnig wie eh und je, euphorisch fast; er fühlt sich wie ein Abenteurer. Es war eine gute Entscheidung, das Rückkehrgespräch bei einem Spaziergang zu führen, denkt Albert. Vielleicht kann er darüber einen kleinen Artikel für das Fachblatt der Ausländerbehörde schreiben.

Kira zittert. Er legt ihr vorsichtig die Hand auf den Rücken.

»Ist Ihnen kalt, Kira?«

»Es geht schon.«

»Sie heißen gar nicht wirklich Kira, oder?«

»Wie kommen Sie darauf?«

»Ich war in Kairo. Der Name Kira Dostat existiert nicht in Ägypten. Auch Dostat allein nicht. Nicht im Telefonbuch, nicht beim Familienministerium, nirgendwo. Sie haben mich in die Irre geführt. Sie werden Ihre Gründe gehabt haben – ich nehme an, ich selbst bin der Grund. Oder vielmehr Albert

Drilling in seiner Funktion als Rückführungsbeamter. Habe ich Recht?«

Kira antwortet nicht. Sie rührt im Topf mit den übriggebliebenen Knackwürstchen. Das Wasser ist heiß, kocht aber nicht – sie dreht das Gas aus. Knackwürste nur aufwärmen, nicht kochen, sonst werden sie trocken.

Albert sieht sie an. »Ihr Name ist ein Anagramm.«

»Ein was?«

»Kira Dostat …«, – er spricht langsam – »… setzt sich aus denselben Buchstaben zusammen wie Kairo Stadt, bloß in anderer Reihenfolge. Das nennt man ein Anagramm.«

»Sorry«, sagt sie. »Das wusste ich nicht.«

»Kein Drama. Wir spielen dieses Spiel, müssen es beide spielen. Sie lügen, ich nicht. Ich bin von Amts wegen verpflichtet, die Wahrheit zu sagen. Das ist für mich zwar ärgerlich, aber kein unüberwindbares Hindernis. Sie haben Ihre Interessen, ich habe meine – wir finden sicher eine Lösung.«

»Danke. Möchten Sie noch ein Würstchen?«

»Ja, gern.«

Sie legt auf jeden Teller ein Würstchen und ein Müslibrötchen. »Haben wir auch Senf?«, fragt sie.

»Kein Senf«, sagt Albert. »Tut mir leid.«

»Macht nichts. Guten Appetit.«

»Guten Appetit.«

Sie essen. Die Petroleumlampe zischt; die kahlen Wände werfen das Geräusch zurück.

»Warum sagen Sie mir erst jetzt, dass Sie es wussten?«, fragt Kira.

»Das Rückkehrgespräch schien mir der geeignete Moment.«

»Und wie wollen Sie mich jetzt nennen?«

»Ich nenne Sie weiter Kira, bis ich hinter Ihren echten Namen gekommen bin. Das dürfte nicht mehr lange dauern.«

»Wenn ich Ihnen meinen echten Namen jetzt verrate, glauben Sie mir dann?«

»Vielleicht.«

»Und wenn ich ihn nicht verrate?«

»Dann finde ich ihn heraus. Das ist mein Job.«

Albert wischt sich den Mund mit der Serviette ab, die Kira ihm neben den Teller gelegt hat. Das Essen tut ihm gut. Die Wärme der Petroleumlampe füllt den Raum, der doch weniger stickig ist als er zunächst dachte. Der Bunker wäre ein nettes Ferienhäuschen.

»Auf Ihrem Namensschild im Hotel steht Manja. Ist das Ihr richtiger Name?«

»Nein.«

»Würde aber zu Ihnen passen.«

Er beißt in sein Müslibrötchen, schüttet Milch in die Whiskyschwenker und trinkt sein Glas in einem Zug leer.

»Wie heißen Sie?«

»Irin.«

»Irin – ganz sicher?«

»Ja, ganz sicher.«

»Klingt ausgedacht. Kira, Manja, Irin. Auch schön. Sie haben Talent. Wie viele Namen haben Sie noch auf Lager?«

»Irin ist nicht ausgedacht. Das ist mein echter Name.«

»Jetzt habe ich ein Problem. Woher soll ich wissen, dass das stimmt?«

»Es stimmt. Sie sind ein netter Mensch, Herr Drilling. Darum erzähle ich Ihnen das. Weil ich Sie nett finde, schätze ich.«

Albert zögert. Er kann ihr nicht vertrauen. Und trotzdem macht sich Aufregung in ihm breit, die Aufregung eines Schachspielers, der den Sieg wittert.

»Was spielt der Name überhaupt für eine Rolle?«, fragt Kira/Irin. »Ein Name sagt doch gar nichts aus. Er ist ein Hilfsmittel, ein praktisches Etikett, um jemanden zu rufen, einen

Brief zu schreiben, um Menschen auseinanderhalten zu können. Aber über den Menschen selbst sagt er wenig. Namen sind künstlich. Was macht es für einen Unterschied, dass wir Knackwürstchen Knackwürstchen nennen?«

Sie schweigt einen Augenblick, starrt in die Flamme des Teelichts.

»Ob Sie mir glauben, müssen Sie selbst wissen.«

»Ich glaube Ihnen.«

»Das ist schön.«

»Und Ihr Nachname ist …?«

»Past.«

»Past? Irin Past?«

»Ja. Ich kann es auch nicht ändern. Den Namen hat mein Vater mir gegeben.«

»Woher kommen Sie, Irin Past?«

»Der Ort, wo ich herkomme, ist mein Name.«

»Ich kann nicht ganz folgen …«

»Es ist ein Anagramm.«

»Von was?«

»Mein Vater hat mir den Namen gegeben, damit ich nie vergesse, wo ich geboren bin; so hat er es mir erzählt. Ich kann mich an damals nicht mehr erinnern. Das ist alles, was ich weiß.«

»Irin Past?«

»Ja.«

In Gedanken schreibt Albert ihren Namen auf ein Blatt Papier, schneidet die Buchstaben aus und schiebt sie auf einem imaginären Tisch hin und her. I R I N P A S T – er kommt nicht sofort dahinter. So etwas braucht Zeit. Er kombiniert immer wieder aufs Neue zwei Buchstaben und durchforstet dann den Altas in seinem Kopf nach Ländernamen, Städten, Dörfern, Kontinenten. Irin sieht ihn an, während er überlegt, sein Blick ist auf ihren Schatten an der Decke gerichtet.

PASTIRIN
INASTRIP
TINARIPS
NIRSTAPI
IRANPITS
TIPINASR
RAINSTAP
PRATNISI
… dann holt er Luft und sagt:
»Pristina.«
Sie nickt.
»Kosovo«, sagt er.
Sie nickt noch einmal.

»Aha. Soso. Der Kosovo. Ein Tintenklecks irgendwo auf dem Balkan. Unbedeutendes Land. Krieg 1999. Intervention der NATO. Zehntausende Flüchtlinge. Die meisten zurückgekehrt. Sie müssen eine der letzten Kosovarinnen in den Niederlanden sein. Albanerin?«

Irin steht auf und deckt den Tisch ab. Sie legt die Teller wieder auf den Stapel, wischt die Messer an einer unbenutzten Serviette sauber und bläst die Teelichte aus. Sie packt den Rucksack, legt die Streichhölzer zurück, knöpft sich die Jacke zu und bleibt dann stehen.

»Brechen wir auf?«, fragt Albert.

»Ich bin Serbin.«

21

Serbin – Albert sieht die Gesichter der Kosovaren aus seiner Sammlung im Büro der Flüchtlingsunterkunft noch vor sich. Fotos und Personalausweise, an die Wand geheftet. Den Unterschied zwischen albanischen und serbischen Kosovaren, das weiß er noch, konnte man sehen, aber vor allem hören: Serben gaben sich durch ihr »Sch« zu erkennen, und das »Nj«, und sie schrieben ihre Namen stoisch in Kyrillisch. Damit drückten sie ihren Protest aus. Alles, was die Kosovaren taten, schien aus Protest zu geschehen: wie sie beim Fernsehen die Augenbrauen hochzogen, wie sie um einen Platz am Tisch im Gemeinschaftsraum zankten, wie verbissen sie sich in ein simples Fußballspiel stürzten. Er hatte sich darauf spezialisiert, Serben von Albanern zu unterscheiden, damals. Er war so gut, dass sie ihn testeten. Auf Deutsch sagten sie: »Na, Herr Inger, was bin ich?«, und dann wusste er schon Bescheid.

Er konnte sogar echte Albaner und Kosovo-Albaner auseinanderhalten, nur aufgrund des Klangs. In Albanien wird Toskisch gesprochen, eine weichere Variante des Albanischen, und im Kosovo spricht man Gegisch – härter, nordischer, deutscher. Serbisch ist eine slawische Sprache: klar wie Eichenholz, mit rollendem R und prominentem O. *Dobro jutro,* sagte Albert, und sie antworteten *Zdravo.* Im Albanischen, erinnert er sich, gibt es sechsunddreißig Buchstaben. Darauf waren sie stolz. Als würde sich die Größe eines Volkes in der Anzahl der Buchstaben seines Alphabets widerspiegeln.

In der Flüchtlingsunterkunft lernte man schnell neue Sprachen. Albert schrieb die Wörter, die er aufschnappte, in ein Notizbuch, das er immer dabeihatte. In den Pausen und abends vor dem Schlafengehen las er darin, manchmal laut, sodass die Wörter ihren Weg in seine Träume fanden und ihm irgendwann vertraut vorkamen. In ihrer eigenen Landessprache konnte er tiefer in die Welt der Flüchtlinge eintauchen.

Jetzt, hier, mit Kira/Irin im Bunker, kommen ihm die Wörter wieder in den Sinn.

Kako se zovete?

A je shqiptar?

Jeste li Srbin?

Es nagt an ihm, dass er nicht gleich darauf gekommen ist: Kira/Irin eine Serbin. Die Zeit, als die Kosovaren in die Niederlande kamen, war die Zeit, als Albert Drilling sein Talent entdeckt hat. Es war der Auftakt zu seiner Karriere, die ihn zu dem gemacht hat, der er heute ist: ein Trickser im Öffentlichen Dienst. Er hätte es an seinem ersten Tag auf der Insel im *Gefühl* haben müssen. Irin mit ihrem Wollkostüm, im staubigen Licht der Rezeption vom Hotel *De Waarheid*. Der Balkan. Ihre ganze Erscheinung strahlte Balkan aus, aber er hatte es nicht erkannt. Ihr Niederländisch hatte ihn auf die falsche Fährte gelockt; noch nie ist Albert einem so sauberen, kraftvollen Niederländisch begegnet. Wenn sie wütend ist, bekommt sie einen nordischen Akzent und ihre Silben blitzen auf wie kleine Sterne. Er war wirklich davon überzeugt, sie sei eine Inselbewohnerin.

Er hat sich hinters Licht führen lassen. Mit dem Kosovo hat seine Karriere begonnen, und nun erkennt er ausgerechnet eine Kosovarin nicht – er hätte wachsamer sein müssen, dieses Gefühl verfolgt ihn seit seiner Ankunft auf der Insel. Er ist nicht auf Zack. Die Welt hört nicht mehr auf sein Kommando. Schwer lastet die Enttäuschung auf seinen Schultern. Aber er darf jetzt nicht aufgeben.

Das Mittagessen ist vorbei, der Bunker kalt. Irin hält die Petroleumlampe in der Hand, bereit zu gehen.

Er reibt sich über die Oberschenkel, seine Muskeln sind vom Sitzen und von der Feuchtigkeit verspannt. Erst als er aufsteht, merkt er, was für eisige, taube Füße er hat. Sie scheinen gar nicht mehr zu ihm zu gehören. Er stößt sich.

»*Jeste li Srbin?*«, fragt er Kira.

»Was?«, antwortet sie. »Ich verstehe Sie nicht.«

22

Die Kosovaren waren ganz plötzlich gekommen, wie der Winter ganz plötzlich in Frühling übergehen kann. Sie nahmen von den Wohnwagen und den Gemeinschaftsräumen Besitz und verbreiteten eine neue Atmosphäre in der Unterkunft. Aus Klein-Afrika wurde Klein-Kosovo, so ist es ihm im Gedächtnis geblieben: Die Kongolesen und Sierra-Leoner und Liberianer wurden in andere Unterkünfte gebracht und machten den sogenannten Ex-Jugoslawen Platz. Vertriebene von nebenan. Der Krieg war in nächste Nähe gerückt; eine Tagesfahrt mit dem Auto, und man war mittendrin, wenn man wollte. Niemand wusste mit dieser Situation umzugehen.

Vor allem junge Männer landeten in der Flüchtlingsunterkunft: große, starke Jungs mit harten Schädeln, die ganze Tage in ihren Stockbetten verschliefen. Gerade erst erwachsen geworden, aber schon eine schwere Vergangenheit im Gepäck. Sie schliefen, kochten auf den Kochplatten in ihren Wohnwagen Kartoffelsuppe, tranken Bier und schliefen wieder, als hätten sie dort, wo sie herkamen, seit Jahren nicht geschlafen – und vielleicht stimmte das sogar. Vielleicht kamen sie schnurstracks von der Front, wo sie in den Bergen als Partisanen gekämpft hatten, wo sie den Geschmack von Dreck und Blut kennengelernt, nächtelang unter nassen Bäumen Schutz gesucht und anstrengende Märsche in undichten Stiefeln hinter sich gebracht hatten. Sie hatten ihre alten Mütter auf die Eselskarren gehievt, die langsam Richtung mazedonischer Grenze zuckelten, zu langsam manchmal, um den Bomben auszuweichen. An der Grenze stand ein verregnetes Zeltlager, wo sie vom Roten Kreuz Essen bekamen. Sie nahmen die Farbe des Schlamms an, in dem sie lebten.

Das konnte man täglich im Fernsehen verfolgen oder in der Zeitung lesen. Vor dem Krieg hatte es den Kosovo nicht gegeben, jedenfalls nicht in der Wahrnehmung der Niederländer: eine unbedeutende Provinz in einem komplizierten Land. Den Kosovo musste man nicht kennen. Jetzt berichteten Journalisten tagein, tagaus von einem »Konflikt«, einer »humanitären Katastrophe« oder einer »Krise«, auf jeden Fall einem für Außenstehende rätselhaften Gemisch aus Wut, Nationalismus, Machtgier, Stammesfehden und Racheakten, das wie eine Splitterbombe im Herzen Europas detoniert war. *Ihrem* Europa: nicht in irgendeinem abgelegenen, finsteren, anarchischen Ausland, sondern ganz in der Nähe beliebter Urlaubsziele. Direkt hinter der Grenze. Kosovo. Kosovo. Kosovo. Wie ein Rammpfahl grub der Name sich immer tiefer in die Köpfe der Niederländer. Die Fernsehbilder: Bauernkarren, Frauen, Kinder, ruckelnde Leiber. Grelle Lichtblitze: Luftabwehrgeschütze bei Nacht.

Auf drei Sendern gleichzeitig lief ein nationaler Spendenaufruf, Flüchtlingshilfe Kosovo – Albert weiß noch, wie er vor dem Fernseher im Gemeinschaftsraum saß, allein, denn sonst interessierte sich niemand dafür. Die Kosovaren guckten lieber in ihren Wohnwagen die Soaps und Nachrichtensendungen der serbischen und albanischen Fernsehsender. Albert verfolgte in dem leeren Saal den Auftritt der niederländischen Prominenten, die redeten, als wären sie Blutsbrüder und -schwestern der Kosovaren, als wäre der Kummer des Kosovo ihr eigener Kummer. Aus Wut über ihre Ohnmacht sammelten sie Geld. Am Ende kamen 42 Millionen zusammen.

Aber das reichte nicht. Geld war kalt. Hier ging es darum, Menschen zu retten. Die mutigen kleinen Niederlande beschlossen, zweitausend Vertriebene aufzunehmen, später noch einmal zweitausend – es war das Mindeste, was sie tun konnten, eine »moralische Verpflichtung« nannte es der Premier.

Sie kamen aus Lagern in Mazedonien. Wurden dort vor Ort von ausgebildeten *Selectionneurs* ausgewählt, Alberts Kollegen vom Ausländeramt: erst nur Ältere und Verletzte, danach ganze Familien. Sie kamen mit dem Flugzeug. Live im Fernsehen übertragen, die armen europäischen Kameraden, die in der *Schuilkerk* Niederlande Schutz suchten.

Albert erinnert sich noch an den Tag, als die Ersten durch die Tore seiner Flüchtlingsunterkunft marschierten: gehisste Flaggen, der Bürgermeister, der mit Amtskette um den Hals – als hätte er die Kosovaren höchstpersönlich aus dem Dreck gezogen – verkündete, jeder Wohnwagen werde mit einem nagelneuen Fernseher ausgestattet, (einem kleinen, inklusive Fernbedienung, die zwecks Diebstahlsicherung an einer Kette befestigt war). Auf diesen Fernsehern konnte man Radio Television Kosovo empfangen, damit die Fremden sich weniger fremd fühlten und die Nachrichten von der Front unmittelbar verfolgen konnten.

Sie zu begrüßen fühlte sich großartig an, erinnert Albert sich: glückliche Menschen, Verstoßene, denen man einen Dienst erweisen konnte, als würde man sie aus einem brennenden Wrack retten. Danke, sagten sie, danke, Holland! Eine Rote-Kreuz-Aura der Wohltätigkeit lag in der Luft, jeder war Florence Nightingale.

Eine Woche später fingen die Schlägereien an.

In der Unterkunft wohnte ein Trupp Serben, der die Albaner immer öfter in der Gemeinschaftsküche mit dem Nachahmen von Maschinengewehren provozierte, was die Serben verblüffend gut draufhatten. Nicht laut, in kurzer Abfolge: Rat-tat-tat. Rat-tat-tat. Rrrrat-tat-tat-tattat-tattat. Beim Spülen, rattat-tat-tat. Beim Öffnen des Kühlschranks, tattat-tat-tat. Neu laden und wieder schießen: tschick-tschick. Rattat.

Es trieb die Albaner in den Wahnsinn. Anfangs unternahmen sie nichts, aber sobald sie in der Überzahl waren, schlugen sie zurück, setzten als Warnung einen Mülleimer vor einem serbischen Wohnwagen in Brand und patrouillierten durchs serbische Quartier der Unterkunft. Wie Teenager, die an einer Straßenecke herumlungern, standen sie einfach nur da, meistens sagten sie nichts. Sie guckten nur; mit verschlagenem Blick folgten sie jedem Serben, der seinen Wohnwagen verließ oder betrat.

Und den Serben blieb nichts anderes übrig, als zurückzugucken. Sie wussten, sie waren in der Unterzahl. Aus dem Kosovo kamen immer mehr Albaner, die nichts Besseres zu tun hatten, als den Serben aufzulauern, auch nachts. Es wurde zur Routine; eine Kombination aus alter Wut und Langeweile. Eine ganze Zeit lang blieb der stille Krieg Alberts Blick verborgen, bis ein kleiner, dicker, frühgealterter Mann auf dem Weg von seinem Wohnwagen ins Dorf ganz leise das vor sich hinmurmelte, worauf die Albaner seit Wochen gewartet hatten: Tschick-tschick. Rat-tat.

Es war zur Mittagszeit. Albert hatte gerade seine Akten beiseitegelegt und angefangen, eine Mandarine zu schälen. Zuerst sah er den flüchtenden dicken Serben, dann die Albaner. Sie stürmten an seinem Bürofenster vorbei. Keuchend und Haken schlagend peste der Serbe mit dickem, rotem Kopf durchs Gelände, versuchte, die Rezeption der Unterkunft zu erreichen oder wenigstens die Wachleute in ihren steifen, nachtblauen Uniformen. Die Wachleute hatten Pause. Der Serbe sah sich um, lief zurück, stolperte über alte Fahrräder, die wie Skelette im Gras lagen. Die Albaner wussten, sie würden gewinnen. Sie waren wendig, erinnert sich Albert.

Er erinnert sich auch noch an den Lärm. Und wie schnell der näherkam. Hohe Stimmen, zu einem monotonen Sirren komprimiert; ein Projektil kurz vor dem Einschlag.

Er stand auf und ging zum Fenster, das praktisch im selben Augenblick in einer Eruption aus Scherben und magmaroten

Köpfen explodierte. Der dicke Serbe purzelte ihm vor die Füße, blieb liegen, das Gesicht blutig und voller Splitter. Er sah ihn geschlagen an. »*Help me*, Hilfe«, keuchte er, während Albert zum Schreibtisch lief, um den Sicherheitsdienst zu rufen. Die Albaner blieben stehen. Sie schielten ins Zimmer, in ihren Augen blitzte das Erbe der letzten Jahrhunderte auf: Familienfehden, Blutsbande, Leichen, die Dominanz der Serben. Die Langeweile in der Unterkunft. Das alles hatte sich zu etwas Schwerem verdichtet, zu einem Abszess, der kurz vor dem Aufbrechen stand.

An dieses Stillleben erinnert sich Albert noch am besten: Er im Büro, der Mann zu seinen Füßen, die Albaner vor dem kaputten Fenster. Er hatte keine Chance, sich da rauszuhalten. Er war Teil eines Szenarios geworden, das er nur aus Dokumenten kannte, aus den Verhörprotokollen, die er täglich las und auf ihre Glaubwürdigkeit prüfte. Nie hatte er zu diesen Geschichten ein Bild vor Augen gehabt. Er tastete nach dem Telefon, bekam den Hörer zu fassen.

Noch mehr Glas splitterte. Durch das zerbrochene Fenster drangen jetzt die Albaner in sein Büro; sie sahen ihn nicht an. Sie sahen den dicken Serben an, den sie erbeutet hatten. Albert bemerkte das Messer erst, als es schon auf halber Strecke war; ein metallisches Blitzen, das eine sanfte Kurve in der Luft beschrieb. Das Messer schien aus Eigenantrieb zu handeln, als würde es nicht von einer Hand geführt, sondern hätte selbst die Initiative ergriffen, sich zum Hals des dicken Mannes auf den Weg zu machen, der auf dem Rücken lag, die Hände in die Luft hielt, strampelte, wimmerte: »*Zaustavi ovo*! Nein!«

Albert ließ den Hörer fallen und tat etwas, wovon er manchmal noch immer träumt: Er verpasste dem Messer einen Karatetritt. Albert Drilling. Der Nine-to-five-Beamte. Der große, blasse Mann, der in der Mittagspause Mandarinen pellt und die Schalen auf seinem Schreibtisch zu einem Kegel stapelt, damit er sie später mit einer Hand auflesen und wegwerfen kann, wonach er sich die Hände wäscht und gut abtrocknet, damit seine Papiere nicht nass werden. Der Mann, der Sozialkontakte meidet, weil sie seine Arbeit behindern könnten. Der Mann, der mit rotem Fineliner Notizen an den Rand der Verhörprotokolle schreibt wie ein Steuerbeamter – dieser Mann kickte dem Albaner das Messer aus der Hand, woraufhin alle anderen Albaner, die in sein kleines Büro eingedrungen waren, zurückschreckten, und der dicke Serbe, zusätzlich aufgebläht vor Angst, über den Boden robbte und Albert Drillings Knöchel umklammerte, schluchzend.

»Beruhigen Sie sich«, sagte Albert auf Deutsch zu den Albanern, zu dem dicken Mann auf dem Boden und zu den Wachleuten, die in der Tür standen. Alle Augen waren auf ihn gerichtet. Zum ersten Mal. Seine Stimme klang wie immer: schleppend und unauffällig, aber gerade diese Gefasstheit machte seinen Auftritt umso beeindruckender. »Was soll denn dieser Unsinn? Haben Sie alle den Verstand verloren? Ich versuche hier zu arbeiten.«

Vor diesen Worten wichen sie zurück, als hätte Albert einen Stein ins Wasser geworfen, so groß, dass die Wellen ihre Richtung änderten.

»Und lassen Sie meine Beine los«, sagte er zu dem Serben.

Danach wurden die Albaner in eine andere Unterkunft gebracht.

Das war der Tag, an dem Albert anfing, an sich zu glauben. Er hatte in den Jahren selbst auferlegter Isolation in seinem Büro genug gelernt, um nun hervorzutreten. Der Leiter der Unterkunft bestellte ihn zu sich, es folgte ein Gespräch in Den Haag, bei dem der Minister ihm sein Vertrauen aussprach und über Boni und Zuschläge des neuen Postens redete. »Beruhigen Sie sich« – er schwelgt noch immer in diesem Satz und dem Gefühl von damals. Die Präzision seines Karatetritts. In schwierigen Augenblicken denkt er gern daran zurück: Es ist sein Halt in der Steilwand.

»Ich möchte jetzt wirklich hier weg«, sagt Irin und steigt die Betontreppe hoch. Sie nimmt die Petroleumlampe mit, und Albert steht im Dunkeln, fühlt, wie er schwebt und fällt. Dann denkt er an den Serben.

»Ist gut«, sagt er. »Aber ich gehe vor.« Er folgt Irin zur Treppe, schiebt sie beiseite, stößt sich an einem scharfkantigen Stein, verletzt sich am Zeh, aber sagt nichts. Er hat eine Mission. Das Messer und der Karatetritt. Albert kriecht durch das Mannloch und hilft anschließend Irin; sie hat die Petroleumlampe noch immer in der Hand, ein zischelnder Nachtfalter. Gemeinsam stehen sie auf der gleichgültigen Düne, als hätte das ganze unterirdische Mittagsessen nie stattgefunden. Irin schweigt. Sie kommt aus dem Kosovo, denkt er. Kosovo. Kosovo. Kosovo. Er muss seine Strategie entsprechend anpassen.

Es ist erstaunlich dunkel draußen. Die Dämmerung hat früh eingesetzt, es gibt kaum Licht, außer den mahlenden Armen des Leuchtturms.

»Hier. Ihre Schuhe«, sagt Irin. »Die standen noch unten, ich habe Sie Ihnen mitgebracht.«

Er nimmt die Schuhe entgegen und kniet sich hin. Das Wildleder ist durchgeweicht und milchig wie das Fell eines kranken Tiers – im Licht der Petroleumlampe, die Irin über ihn hält, sieht er einen gigantischen Schatten: seinen eigenen Kopf. Er bekommt den linken Schuh nicht mehr an, verbissen zerrt er an den Schnürsenkeln, bis die Nähte platzen und das Leder reißt. Albert steht auf, seine schmerzenden Knie müssen das Gewicht seines großen Körpers tragen; Irin leuchtet ihm.

»Die Schuhe waren teuer«, sagt er. »Ich sollte sie zurückbringen.«

»Wann haben Sie sie gekauft?«, fragt Irin.

»Vor gut zwei Jahren.«

»Dann ist keine Garantie mehr drauf.«

»Ich habe sie kaum getragen.«

»Das spielt keine Rolle. Die Garantie gilt in den Niederlanden zwei Jahre.«

»Das kann doch nicht sein?«

»Doch. So ist das Gesetz.«

Irin lächelt. Das Licht der Petroleumlampe lässt ihr Gesicht größer erscheinen, wie auch der Mond in manchen Nächten sehr groß wirken kann. Weil es sonst nichts zu sehen gibt, wird alle Aufmerksamkeit gebündelt. Ihr Gesicht erscheint auch weißer als in Wirklichkeit.

»Sie haben die Führung«, sagt sie. »Also dann. Wo geht es hin?«

»Zum Meer«, sagt Albert.

»Und dann?«

»Ins Dorf.«

»Und dann?«

»Dann kehren Sie in den Kosovo zurück.«

Sie starrt ihn an.

»Sie kapieren es einfach nicht, Herr Drilling.«

Er selbst ist überzeugt, dass er es sehr wohl kapiert.

Kosovarische Frauen gab es kaum in der Unterkunft; die meisten Familien hatten die kräftigsten Söhne als Vorhut geschickt, als würden sie erneut in die Berge losziehen auf der Suche nach einem Versteck. Geh du, sagten sie zu Gezim und Dardan und Nderim, geh vor und sag uns, wie es da ist. Bleib so lange wie möglich. Bau eine neue Zukunft auf, für uns, für deine Familie. Tu, was du kannst.

Aber alles, was Gezim und Dardan und Nderim in den Niederlanden tun konnten, war warten. Sie bekamen 62 Gulden die Woche für Essen, und wenn sie es sich gut einteilten, konnten sie davon drei- oder sogar viermal einkaufen gehen. Sie gingen über den langen Fußgängerweg neben der Landstraße ins Dorf zum Lidl, und dann mit ihren halbvollen Plastiktüten wieder zurück. Sie spürten den Argwohn. Niemand half ihnen, wenn eine Tüte riss, die Einkäufe übers Pflaster kullerten und die Tomaten von einem Traktor überfahren wurden. Sie waren anders als die Kosovaren von der Spendenaktion im Fernsehen: Fremde wie alle anderen Fremden, und sobald der Krieg zu Hause vorbei war, mussten sie zurück.

Aber das schrieben Gezim und Dardan und Nderim in ihren Briefen nicht. Sie schrieben, dass die Niederlande sie wie verlorene Söhne empfangen hatten.

Albert kannte die Jungs; manchmal trank er mit ihnen Kaffee im Gemeinschaftsraum oder in einem der Wohnwagen. Dasselbe tat er mit dem Serben, den er gerettet hatte, und der Petr hieß. Durch sie lernte er den Kosovo kennen. Sie erzählten, dass die Geschichte dort alles Mögliche zusammengewürfelt hatte: Albaner und Serben, Moslems und Katholiken und orthodoxe Christen, Roma, Bosnier, Kroaten, Goranen und Türken – sie hockten alle zusammen in einem großen Korb, der ab und zu durchgeschüttelt wurde. Das Land war schön, aber unfreundlich zu seinen Bewohnern; jedes Familienmitglied, das in Deutschland, der Schweiz, Österreich oder Italien eine Existenz aufbauen konnte, war ein Rettungsanker. Und sie, hier in den Niederlanden, bildeten da keine Ausnahme.

Je mehr Albert über den Kosovo hörte und las, desto mehr betrachtete er ihn als magischen Kreisel, der sich ab und zu von allein in Bewegung setzte und seine Bewohner mit Zentrifugalkraft hinausschleuderte, überall hin. Nur, wer alles anspannte, blieb an seinem Platz.

Es war nicht einmal der Mischmasch aus Menschen, Glaubensrichtungen, Vergangenheiten und Idealen, der das Leben dort schwierig machte, begriff Albert, es war die Armut. Niemand in Europa kümmerte sich großartig um die bittere Not. Das Allheilmittel war Geld. So viel stand fest.

Der Kosovokrieg war nach den Bombardements der NATO schnell vorbei, und das Fernsehen widmete sich anderen Themen. Aber die Kosovaren in der Flüchtlingsunterkunft wollten nicht zurück. Sie klammerten sich an die Matratzen in ihrem Wohnwagen, an die Warmherzigkeit, mit der sie empfangen worden waren. Halte durch!, schrieben die daheimgebliebenen Familienmitglieder in ihren Briefen an Gezim und Dardan und Nderim, versuch, an einen niederländischen Pass zu kommen und hol uns in das Land, wo alles besser ist.

Zur gleichen Zeit kamen als Folge des Krieges neue Kosovaren in die Niederlande: die Serben. Nicht viele, aber genug, um die Spannungen in der Unterkunft aufs Neue anzuheizen. Aus den Aggressoren waren Verlierer geworden: Häuser und Kirchen in Flammen, Schulen und Geschäfte geschlossen. Für sie war der Krieg noch lange nicht vorbei.

Das ist, woran Albert sich noch erinnert.

»Ich verstehe Sie«, sagt er zu Irin. »Sie sind serbisch-kosovarisch. Ich weiß, wie es da zuging. Aber ich weiß auch, dass es inzwischen anders ist. Sie haben es lange ausgehalten in den Niederlanden, aber jetzt geht diese Zeit zu Ende.«

Sie wendet sich von ihm ab. »Ich *war* serbisch-kosovarisch«, sagt sie, »aber das bin ich schon lange nicht mehr. Ich habe ein neues Gesicht, neue Organe, ich habe neues Blut, ein neues Leben – ich träume nicht mal mehr von dieser Zeit, es gibt sie für mich gar nicht mehr. Ich war wirklich noch sehr klein damals, Herr Drilling. Das ist alles ausgelöscht. So was gibt es. Psychologen zufolge tilgt das Gehirn Erinnerungen, die Schaden anrichten könnten, wie Viren. Ich habe alles vergessen. Das Land sagt mir absolut nichts.«

»Kein Kriegstrauma also«, sagt Albert. »Dann können Sie ja auch zurück.«

»Opportunist«, sagt Irin. »Ich bin ein anderer Mensch. Dafür habe ich hart gearbeitet. Ich habe mich in eine Niederländerin verwandelt, in eine Insulanerin. Ich war fertig. Und jetzt kommen Sie. Sie werfen mich zurück. Sie schleppen meine alte Haut an und legen sie mir um die Schultern. Was habe ich im Kosovo noch? Was soll ich da? Es ist unfair, dass der Geburtsort das ganze Leben bestimmt. Sie hatten Glück. Ich bin am falschen Ort geboren, wie eine Frau auch in einem Männerkörper geboren sein kann. Diese Frauen werden operiert, Herr Drilling. Sie bekommen eine Hormonbehandlung. Ich habe mich selbst operiert, das tat weh. Und jetzt wollen Sie mich in meinen alten Körper zwängen, einen Körper, in dem ich mich schrecklich fühle, und der nichts von mir wissen will. Ein Antikörper.«

Sie stehen vor dem Bunker und sagen eine Zeitlang nichts. Die Brandung ist zu hören, aber nicht zu sehen.

»Meine Geschichte interessiert Sie nicht«, sagt Irin.

»Doch, natürlich«, sagt Albert, »und genau darum mache ich diese Arbeit. Ich höre euch zu – ich höre *Ihnen* zu, Irin. Das ist der Schlüssel. Ich bin dazu da, die Regeln so einzuhalten, dass sie niemanden hart treffen. Man hätte Sie auch festnehmen können, um fünf Uhr morgens, ein Einsatzkommando in Stichschutzwesten, dann mit dem Hubschrauber ab in die nächste Haftanstalt. So läuft das oft. Sehr oft. Festnehmen und abführen.«

»Und warum machen Sie das dann nicht?«

»Ich bin anders. Ich versuche, die Ausländer zu verstehen, und ich versuche, den Minister zu verstehen; ich suche nach der Lösung, die für alle Parteien das Beste ist. Ich bin kein herzloser Beamter, Irin. Ich bin … sehen Sie mich eher als eine Art Freund.«

Irin sieht Albert an. Die Wellen schieben kalte Luft zu ihnen hoch. Es riecht nach salzigem Fisch.

»Ein Freund.«

»Ja.«

»Ein Freund ist etwas anderes, Herr Drilling.«

»Es gibt verschiedene Arten von Freunden.«

»Und welche Art sind Sie?«

»Meine Güte, Irin, Sie wissen doch, was ich meine.«

»Sie antworten mir nicht.«

»Ich gebe mir Mühe.«

»Sie sind kein Freund. Sie sehen Freundschaft als Mittel zum Zweck. Sie tun nur so als ob.«

»Das stimmt nicht. Nicht wirklich. Bei anderen vielleicht, aber bei Ihnen …«

»Sie sind ein Judas, die Art Freund sind Sie!«

»Ich verstehe, dass Sie wütend und enttäuscht sind, es ist gut, dass Sie das nicht unterdrücken. Was mich angeht, können wir in unserem Rückkehrgespräch gerne darauf eingehen.«

»Warum ich? Verdammt noch mal. Warum ich?«

Albert seufzt – er will keinen Streit – und setzt sich. Er spürt den spitzen Strandhafer durch den dünnen Wollstoff seiner Hose und inspiziert im Schein der Taschenlampeneulenaugen seinen linken Fuß. Die Schnittwunde am großen Zeh ist von der Feuchtigkeit geschwollen, aber weiß und zu, es wird sich kein Sand reinsetzen, vorerst nicht. Irin ist stehengeblieben und sieht auf ihn herab.

»Sie tun niemandem etwas zuleide«, sagt Albert, während er an seinem Zeh herumpult. »Sie tun absolut niemandem etwas zuleide, an Ihnen liegt es nicht. Es sind Ihre Freunde. Machen Sie sich keine Illusionen, ich weiß, wie das läuft. Der Bürgermeister. Der Mann, der alles über den Krieg weiß – Hero. Denken Sie, ich hätte so etwas noch nie erlebt? Alles, was diese Leute unternehmen, tun sie in bester Absicht, aber es ist kontraproduktiv. Ich weiß jetzt schon, dass sie sich an die Presse wenden werden. Erst an eine kleine Zeitung, dann an eine große und dann ans Fernsehen – es ist eine grandiose Geschichte. Eine hübsche junge Frau gegen den mächtigen Minister. Ohnmacht gegen Macht. Aber das Einzige, was dieser Minister tun kann – und das wird er auch tun, Irin, ich kenne ihn – ist sich an die Regeln zu halten, strenger als je. Er hat nur diese Regeln. Er *ist* diese Regeln, mit Leib und Seele. Das hat nichts Menschliches mehr. Glauben Sie mir, ich kenne mich aus. Am Ende gibt es nur Verlierer.«

Er wartet einen Augenblick. Sie reagiert nicht.

»Ich bin hier, um dem zuvorzukommen. Ich helfe Ihnen, damit Sie in Würde in den Kosovo zurückkehren können, und ich helfe der politischen Karriere des Ministers. Das ist ein guter Deal. Ich bin kein Judas. Der einzige Vorwurf, den Sie mir machen können, ist, dass ich Jedermanns Freund bin.«

Irin setzt sich neben Albert und schlingt die Arme um die Beine. »Und wie sieht Ihre Hilfe aus?«, fragt sie.

»Ich gebe Ihnen alles, was Sie brauchen. Innerhalb gewisser Grenzen, natürlich, aber da ist viel Spielraum. Ein Haus in Pristina, einen Job bei der Friedensmacht, vielleicht als Dolmetscherin beim niederländischen Militär, das dort stationiert ist; ich habe freie Hand. Ich habe Beziehungen. Ich kann Ihnen ein schönes Leben im Kosovo verschaffen, schöner als Sie es normalerweise gehabt hätten. Ich glaube nicht ans Standardprozedere. Ich glaube an Maßarbeit.«

»Okay«, sagt sie.

»Okay?«

»Na ja, ich meine: Ich denke, ich verstehe, was Sie sagen wollen.«

»Haben Sie Familie in Pristina? Jemanden, den ich anrufen könnte, den ich aufsuchen könnte, um Ihre Rückkehr vorzubereiten?«

»Nein. Niemanden. Ich weiß erst seit Kurzem, dass ich Kosovarin bin. Ich weiß nicht, ob meine Erinnerungen echt sind: Wände, Stimmen. Pristina sagt mir nichts. Es könnte genauso gut in Kairo gewesen sein. Ich muss das alles einfach hinnehmen. Ich bin keine Kosovarin, und wenn ich je eine war, will ich nie wieder eine sein. Der Kosovo ist kein Land. Er ist ein Loch, eine Grube. Wer dort hineingeworfen wird, kommt nicht mehr raus.«

23

Auf ihre Vergangenheit stieß Irin Past in der Keksdose, die sie von ihrem Vater bekommen hatte. Seit ihrer Ankunft auf der Insel hatte sie die Dose nicht geöffnet, aber jetzt, wo sie in den letzten Wochen ihres Untertauchens auf Heros Dachboden alles aussortierte, was zu ihrem früheren Leben gehörte, kam sie nicht drum herum. Das Geld brauchte sie nicht, im Moment jedenfalls nicht. Aber die Keksdose war das Einzige, was sie noch mit Früher verband, und bevor sie sie zerstampfen und mit dem Rest in den Müll werfen würde, wollte sie ein letztes Mal ihrem Vater nah sein. Das Geld sehen, das er verdient hatte, danach kam es weg.

Es fühlte sich an wie ein Ritual, ein Test, den sie bestehen musste; während Irin den Deckel aufschraubte, wurde ihr klar, dass sie das brauchte, und warum sie so lange damit gewartet hatte. Es war der letzte Schritt.

Bevor sie die Fenster der Dachgaube schloss, sah sie hinaus. Es war Abend, und die Dorpsstraat glänzte im Nieselregen. Aus den Häusern kam kaum Licht; die Straße glitzerte so, dass es aussah, als läge Eis auf den Pflastersteinen. Hero war in die Kneipe gegangen, um mit dem Bürgermeister und Bengt über Irins Zukunft zu beraten. Er hatte gesagt: »Wir halten eine Sitzung über dich ab«, und das hatte sie angespornt, sich mit ihrer Metamorphose zu beeilen.

Sie holte einen kleinen Kleiderstapel aus dem Schrank, von dem sie sich verabschieden musste, den letzten Stapel, und roch daran: Das rosa Kleid, das sie in der Pension Zeevonk getragen hatte, die Jeansshorts, die weiße Leinenbluse und das Hemd von dem Abend, als sie den Bürgermeister kennengelernt hatte – der Duft von Heide und Strandhafer und heißem Sand.

Das alles konnte jetzt weg. Sie war soweit. Irin hielt nicht mehr inne, bis die Kleidung in dem Müllsack verschwunden war, der mit aufgerissenem Maul auf dem Boden stand, und war am Ende sehr zufrieden mit dem Ergebnis.

Jetzt war nur noch die Keksdose übrig. Sie hatte eine Delle, war aber ansonsten unversehrt. Irin setzte sich im Schneidersitz aufs Bett wie ein kleines Mädchen und drehte den Deckel vorsichtig weiter auf. Er hatte einen dicken Rand mit Gewinde. Den Inhalt schüttete sie vor sich aus: fest eingerollte Geldscheinbündel, mit Gummis zusammengehalten; das Münzgeld kam klirrend hinterher. Und ein paar Kekskrümel, die sie mit dem Finger von der Decke tupfte und in den Mund steckte.

Das Geld lag wie ein kleiner Berg in ihrem Schoß. Es war nach Ländern sortiert. In der Stille ihrer Dachkammer rollte sie ein Bündel nach dem anderen auseinander und strich glatt, was sie vererbt bekommen hatte: schlappe Dollarscheine, stapelweise Renminbi, Rubel, Rupien, schwarz von den Händen, die sie angefasst hatten, die Ecken rollten sich auf, hatten manchmal Risse. Krakelierte Yen, gewaschene Pfund, D-Mark und Gulden und Lira, die ihre Zeit hinter sich gelassen hatten. Geld, das lange auf Reisen gewesen war, das vielen Zwecken gedient und nun seine letzte Bestimmung gefunden hatte. Norwegische Kronen, unverwüstlich, und halb zerfallene Lappen mit fröhlichen Federzeichnungen von Hügeln und Bäumen, übersät mit zierlichen Buchstaben, aus denen die Worte »Rwanda« aufstiegen, »Banque Centrale« oder »Côte d'Ivoire«. Sie betrachtete die auf dem Geld abgebildeten Visagen der Könige und Künstler, der Denker und Diktatoren. Wie hatten diese Scheine die Grenze passiert, dachte sie, wie hatten sie das Meer überquert? Von wem hatte ihr Vater sie bekommen? Was waren sie wohl wert?

Ihr Vater – wie er abends am Tisch saß und seine Kunden empfing, die ihn anschließend mit zitternden Fingern bezahlten. »Sie bezahlen mich nicht«, sagte er, »sie drücken ihre Dankbarkeit aus. Wie in der Kirche, da gibt es während der Messe auch immer eine Kollekte.«

Sie fragte sich, ob sie die Geldscheine glattbügeln könnte. Vielleicht würden sie verbrennen, dünn, durchscheinend und angegriffen, wie sie waren, manche schon fast zu Staub zerfallen.

Dann sah sie, dass in der Dose ein Briefumschlag zurückgeblieben war, der sich an der Aluminiumwand verklemmt hatte. Sie fischte ihn heraus und fand darin neun 500-Euro-Scheine: Papierbögen, fast schon Flaggen, in kitschigem Hellviolett. Wie man damit im Geschäft überhaupt bezahlen wollte? Schon allein die Geste, so einen Lappen auf den Tisch zu blättern, war einschüchternd – wahrscheinlich wurden sie nur zur Geldwäsche eingesetzt.

Das andere Geld zählte sie nicht, sah sich nur an, woher es kam und strich sich mit den Scheinen über die Wange, roch daran. Dafür war hart gearbeitet worden. Gespart. Geschmuggelt und vielleicht gefälscht. Es war benutzt worden, um vorwärts zu kommen. Es war voller Fingerabdrücke, deren Eigentümer nicht mehr zu identifizieren waren – vielleicht waren sie tot oder ausgewiesen oder in Haft. Oder glücklich. Man durfte doch wohl hoffen, dachte Irin, dass dieses Geld wenigstens einen Menschen glücklich gemacht hatte. Jemanden dahin gebracht hatte, wo er sein wollte.

Hero wusste, dass sie Geld hatte. Er fand, sie sollte es auf die Bank bringen. Morgen früh würde sie ihm die Scheine aus der Keksdose geben, damit er sie in der Stadt umtauschen konnte. »Ich sage einfach, es käme von einer verstorbenen Großtante«, hatte er gesagt. »Ein kleines Erbe – das ist es ja auch, ich brauche also kaum zu lügen. Danach eröffne ich ein

Konto auf deinen Namen und zahle das Geld dort ein, dann kannst du dir im Internet neue Kleider bestellen. Oder was du sonst so brauchst. Vielleicht gebe ich dich als meine Nichte aus. Das bist du ja auch, was mich angeht. Überlass das mal getrost alles mir.«

Irin rollte die Geldscheine wieder zusammen und wickelte die Gummis drum, genau wie eine Großtante es tun würde. Die makellosen 500-Euro-Scheine legte sie beiseite; die fielen aus der Reihe. Sie sahen aus wie Schmuggelgeld. Irin wollte Hero keine Probleme bereiten, wenn er am Schalter stand, wollte nicht, dass sie unbequeme Fragen stellten. Sie würde es ihm später geben, wenn er es gebrauchen konnte. Er sollte sich etwas Schönes davon kaufen.

Sie stieg vom Bett, ging zum Kleiderschrank und steckte die violetten Flaggen in die Innentasche der schwarzen Jacke, die der Bürgermeister ihr von einem Amtsbesuch in Dänemark mitgebracht hatte. »Eine anständige Jacke für ein anständiges Mädchen«, hatte er gesagt. Sie mochte es nicht, wenn er sie »Mädchen« nannte, auch wenn sie wusste, was er meinte.

Der Müllsack war fast voll. Der Dachboden aufgeräumt, sodass sie an etwas Neues denken konnte. Sie war inzwischen davon überzeugt, dass man besser blieb, wo man war: Reisen führte nur zu Unsicherheit und Ärger. Manchmal kam einem die Welt wie eine Apfelsine vor, die man mit einer Hand festhalten und mit der anderen schälen konnte. Die man aufessen konnte – aber dem war nicht so. Der Mensch hat die Welt verkleinert, aber sich selbst nicht vergrößert. Das, dachte Irin, war das Problem.

Sie legte die Geldrollen fein säuberlich zurück in die Keksdose, griff nach dem Deckel, der neben ihr auf dem Bett lag, und spürte etwas am Zeigefinger. Etwas war in der Dose zurückgeblieben. Sie sah nach: Karopapier, mit Tesafilm flach am Deckel festgeklebt. Noch bevor sie den Brief vorsichtig abgeknibbelt hatte, wusste sie, dass er von ihrem Vater war. Der benutzte an seinen Bibliotheks-Tagen immer Karopapier, wenn er Namen und Geschichten für seine Kunden notierte.

Sie zögerte – noch war es nicht zu spät, den Deckel einfach wegzuwerfen, die Dose plattzumachen und in den Müllsack zu stopfen, den sie Hero morgen früh mitgeben würde. Er brachte den Müll mit der ersten Fähre ans Festland, wie er es auch schon mit dem Rest ihrer Kleidung und dem zersplitterten Koffer getan hatte. Er versenkte ihn in den Müllcontainern, die desinteressiert am Pier standen und abends mit dem Traktor abgeholt wurden, der sie knatternd zur städtischen Müllhalde brachte, wo der Inhalt in der Verbrennungsanlage verschwand. So gab sie ihre Erinnerungen aus der Hand, und sie wurden restlos und sauber entsorgt, wie eine Leiche bei der Kremierung. Eine legitime Handlung. Jeder darf seine Vergangenheit ermorden, wenn er will.

Irin knibbelte den Tesafilm ab und löste das Papier vorsichtig vom dünnen Metall. Sie wusste, sie würde den Brief lesen. Nicht umsonst hatte sie ihn gefunden, und nicht umsonst hatte ihr Vater ihn geschrieben. Wer eine Flaschenpost ins Wasser wirft, hat ein Anliegen.

Das Tesa klebte an ihren Händen, wickelte sich um ihre Finger, Irin riss das Papier an den Ecken ein, aber letzten Endes gelang es ihr, den Brief einigermaßen unversehrt auseinanderzufalten. Drei dünne Blätter. Sie schienen erst gestern beschrieben worden zu sein; die Keksdose hatte sie vor Licht und Alterung geschützt. Sie erinnerte sich an den Kugelschreiber ihres Vaters, den silbernen Parker, den er vom Bibliotheksdirektor geschenkt bekommen hatte, er war so stolz darauf, dass er ihn immer wie eine Auszeichnung in der Brusttasche trug.

Auf dem Brief stand kein Datum. Auch nicht, wo er verfasst worden war. Die Handschrift war ordentlich, aber die Buchstaben groß, wie von einem Kind, das gerade schreiben lernt, mit weit nach oben und unten ausholenden Schnörkeln, die manchmal zitterten, als wären sie mit zu viel Konzentration entstanden.

Sie las die wackeligen Sätze. Auf Niederländisch geschrieben. Ihr Vater hatte so oft wie möglich Niederländisch mit ihr gesprochen, auch wenn ihm klar war, dass er die Sprache nie perfekt beherrschen würde. Mit seinen Kunden sprach er oft in einer Art kargem Deutsch, der Lingua franca der Ost-Europäer; mit den Afrikanern sprach er Pidgin-Englisch, Globish oder schmieriges Französisch. In einer Flüchtlingsunterkunft benutzt niemand die eigene Sprache. Das ist gefährlich. Es lässt Rückschlüsse auf die Heimat zu.

Irin saß wieder im Schneidersitz auf dem Bett, hielt das Blatt Papier mit beiden Händen zwischen den Knien. Niemand wusste, dass sie diesen Brief jetzt las, niemand wusste, wer ihr Vater war, das war selbst für sie ein Rätsel. Alles verengte sich auf dieses Dachzimmer. Nirgendwo im Dorf brannte Licht, nur hier.

Was sie fühlte, war keine Einsamkeit, sondern eine Art magische Verlassenheit, als würde sie niemanden brauchen. Sie fühlte sich behütet wie im Innern eines Wals. Erhaben. Ihr Kopf war leicht, ihr Körper rein – sie betrachtete ihre Arme, ihre Hände. Sie hatte sich nie schön gefunden, sich nie wirklich angesehen. Die Haut ohne Narben. Die Nägel unlackiert. Sie war mit sich zufrieden, und fing an zu lesen.

24

Irin Past.

So heißt du nicht, aber so habe ich dich genannt, merk dir das gut, Irin Past. Dieser Name ist von deinem Land. Ich bin dein Vater und ich darf dir Namen geben. Ich liebe dich. Du bist geboren mit offenen Augen. Sie haben mich groß angesehen. Deine offenen Augen und deine Mutter, die gestorben ist im Krankenhaus. Ich war sehr traurig, Irin. Aber ich habe dich mit genommen. Du warst sehr jung bei deiner ersten Beerdigung. Du hattest eine liebe Mutter und ich war allein um mich um dich zu kümmern. Ich hoffe, ich habe es geschafft, aber ich habe auch Fehler gemacht.

Ich weiß nicht, wann du das liest. Ich weiß nicht, wo ich bin. Wie alt wir sind. Ob wir leben. Vergessen passiert schnell. Ich will, dass du weißt, wo du her kommst. Darum schreibe ich dir diesen Brief. Es ist jetzt Nacht und niemand ist wach. Es ist nicht leicht, aber ich muss es machen. Ich habe einen Fehler gemacht und jetzt kommen sie mich zu holen. Vielleicht sehe ich dich lange Zeit nicht mehr. Nie mehr. Diesen Brief lege ich zu dem Geld das dir helfen soll. Ich weiß, du schaffst alleine. Du bist ein starkes Kind.

Du bist geboren an einem Freitag. 10. Oktober 1993 in der Stadt Priština. Mein Vater ist da auch geboren und sein Vater auch. Wir haben da lange gewohnt. Vieles hat sich verändert. Demonstrationen auf der Straße und Kämpfe bei uns zu Hause. Die Adresse ist 1 Ismet Jashari Kumanova. Bei der alten Kirche. Eine serbische Kirche.

Es war ein großes Steinhaus mit einem schönen Glück. Ich war Lehrer. Deine Mutter war auch Lehrer. Ich habe Gedichte geschrieben für sie. Aber unsere schöne Stadt Priština ist aus einander gerissen. Wir waren böse mit den Nachbarn und die Nachbarn waren böse mit uns. Die Wände hatten plötzlich Löcher von Schüssen. Schlimme Dinge sind passiert. Ich war da Irin. Ich war da und ich war böse wie alle, aber ich habe nicht gekämpft.

Unsere Stadt ist eine verwundete Stadt. Wir konnten da nicht wohnen. Ich wollte nicht, dass du Narben bekommst. Irin. Darum habe ich dich mit genommen in das andere Land. Ich hoffe, das war gut.

Wir sind Serben. Merk dir das nicht. Serben haben einen schlechten Namen. Wir sind auch schlecht gewesen. Manche. Manchmal sind Menschen wie Tiere Irin. Wir auch. Unser Haus ist nicht verbrannt. Aber wir konnten da nicht mehr leben. Wir sind weg gegangen.

Liebe Irin. Du musst dein Priština vergessen. Priština ist eine Stadt ohne Fluss. Kein Wasser, das alles sauber wäscht. Merk dir nur die schönen Dinge. Du bist eine Tochter von Kosovo, von den Bergen und von den Seen und von den Kirchen und von den Klostern. Von deiner schönen Mutter. Merk dir nur das.

Das ich will dir erzählen Irin. Du bist wie ich. Du denkst du kannst Gutes tun. Aber tu es nicht. Ich bin dein Vater und du sollst gut auf mich hören. Les diesen Brief und vergess ihn wieder. Du bist stark.

In dem Jahr das wir weg gegangen sind, haben sie Bomben geworfen auf die Stadt. Aus dem Flugzeug. Wir sind nach unten gegangen in den Keller und haben uns versteckt. Ich hatte Angst. Die Flugzeuge über der Stadt waren aus Amerika und aus Italien und aus Niederlande. Die Welt ist zu uns gekommen in den Krieg. Sie sind gekommen, um das Land von den schlechten Serben zu befreien. Das waren wir. Ein Vater darf keine Angst haben, ich habe es versucht. Ich hoffe, du hast es nicht gewusst. Du hattest nie Angst. Im Keller bist du auf meinen Schoß gekommen und hast mir erzählt. Du hast gespielt mit deiner Puppe.

Du hattest keine Angst, darum hatte ich auch keine Angst. Ich habe Essen in den Keller gelegt und Wasser aber wir sind nicht lange geblieben.

Als die Flugzeuge weg waren sind die Nachbarn gekommen mit Stöcken. Ich habe gesagt guckt meine Tochter an sie ist noch so klein. Was hat sie zu tun mit unserem Streit? Die Schule hat zu gemacht, das war eine serbische Schule. Wir hatten kein Geld um zu leben. Wenn wir doch Geld hatten, konnten wir nichts kaufen. Der Bäcker hat mir kein Brot gegeben. Der Metzger hat mir kein Fleisch gegeben. Für dich auch nicht du warst ein kleines Kind. Alle waren böse in der Stadt und alle hatten Angst. Wir haben verloren. Wir haben ihre Häuser gestohlen und jetzt haben sie unsere Häuser zurück gestohlen. Wir haben ihre Häuser verbrannt und sie haben unsere Häuser auch verbrannt. Kannst du das verstehen? Ich glaube nicht.

Ich hoffe du kannst vergessen. Ich hoffe du fängst neu an. Sie kommen mich zu holen morgen. Ich habe es niemand erzählt. Sie wissen nicht dass du meine Tochter bist. Ich habe dich zuerst Kira genannt. Ich gebe dir den Namen Irin Past. Du musst den Namen verstehen. Es sind die Buchstaben von unserer Stadt Priština, ein Rätsel für dich. Aber nur für dich. Ich habe gesagt du heißt anders und du kommst aus Ägypten. Das weißt du.

Du warst 5 Jahre. Du hattest ein weißes Kleid. Es war 13. Juni 1999. Ein LKW mit englischen Soldaten war in der Straße, die Soldaten haben gesagt wer will mit. Ich hatte Angst es ist eine Falle. Die Soldaten waren müde. In der Straße war Feuer. Die Soldaten haben gesagt ihr habt 10 Minuten zum Sachen zu packen. Ich habe mich für dich entschieden. Da sind wir eingestiegen. Wir haben nicht viel mit genommen nur einen blauen Koffer mit Kleidern. Es war nicht gut weg zu gehen aus unserem Land aber ich hatte Angst für dich und für mich. Wir waren keine Menschen. Du konntest nicht draußen spielen. Wir sind mit den Engländern zum Flughafen gefahren und wir sind weg gegangen. Ich habe gesehen wie die Nachbarn zu unserem Haus gerannt sind als wir eingestiegen sind in das Militärauto. Das war Rache. Ich verstehe die Rache. Ich war froh, dass die Engländer gekommen sind uns zum retten. Serben sagen Priština zu unserer Stadt. Albaner sagen Prishtina. Es sind zwei verschiedene Städte und die konnten nicht mehr zusammen sein.

Ich dachte wir gehen nach Deutschland. Ich spreche Deutsch. Aber wir sind in die Niederlande gegangen. Du bist zur Schule gegangen und ich werde nie dein Singen vergessen jeden Morgen. Du warst froh. Ich war auch froh. Du sollst nie mehr weg gehen.

Ich habe es nicht geschafft. Es ist meine Schuld. Ich war nicht vorsichtig.

Irin hörte auf zu lesen. Sie weinte nicht. Schultern und Nacken taten ihr weh. Dieser Brief konnte nicht an sie gerichtet sein, das war undenkbar, es war eine fremde Stimme, die irgendwelchen Unsinn verzapfte, ihr eine Vergangenheit aufzwang, die sie nicht wollte. Der Mann, der behauptete, den Brief geschrieben zu haben und sich als ihr Vater ausgab, verdiente Geld mit erfundenen Geschichten, verseuchtes Geld, das ihr Bett beschmutzte. Er war ein Fälscher, und jetzt fälschte er auch ihre Vergangenheit. Jeder konnte ihr einen Bären aufbinden. Irin Past … Irin Past … dieser Brief kam von dem Mann, der ihr den Namen gestohlen und durch ein hässliches Anagramm ersetzt hatte. Als hätte er eine alte Kirche abgerissen, um einen Betonklotz an ihre Stelle zu setzen, eine Kirche ohne Gedächtnis, und darauf war er auch noch stolz! Irin Past – sie merkte nicht, dass sie ihren Namen aussprach, erst im Flüsterton, dann immer lauter, vielleicht versuchte sie so, ihn von sich wegzuschieben, zurück in die Zeit, als es noch keine Irin Past gab. Sie würde sich nie daran gewöhnen. Sie hätte den Namen nicht annehmen, es ihrem Vater nicht so leicht machen dürfen. Sie hätte ihm Fragen stellen müssen: Warum bin ich hier? Wie heiße ich? Wer bin ich? Warum glaubst du, ich bin deine Tochter? Warum darf ich meinen eigenen Namen nicht kennen?

Die Fragen hat sie nie gestellt, dabei hätte sie alle Zeit der Welt gehabt.

Wer war er?

Er nannte sich Don, aber in der Unterkunft hieß er Petr, Slobodan oder Sandor. Sie hatte nie die Wärme gespürt, die man von einem Vater erwarten sollte. Sie hatten ein pragmatisches Arrangement, zwei Menschen allein, einander den Rücken zugekehrt.

Wer war die Frau im Wohnwagen, die sie für ihre Mutter gehalten hatte? Wer waren die Kinder, diese angeblichen Geschwister, was sie nie geglaubt hatte – wenn sie ihnen in die Augen sah, schauten sie weg. Cousins und Cousinen waren es gewesen, wenn überhaupt.

Sie starrte die dunkelblauen Buchstaben auf dem Kästchenpapier an und empfand nichts. Leere Sätze, aus Kinderbuchstaben zusammengestückelt. Wären sie wirklich verwandt, müsste sie doch etwas empfinden; ein echter Brief von einem echten Vater, der tippt einem auf die Schulter, kriecht einem in alle Poren und weckt Erinnerungen.

Irin zerknüllte die Seiten und warf sie in hohem Bogen in die Ecke, neben den Mülleimer.

Pristina – war das die Stadt, an die sie die trägen, verborgenen Erinnerungen hatte? Schemen und Linien, die jetzt schärfer wurden, aber nicht scharf genug, als würde sie sie durch ein beschlagenes Fernglas betrachten. Der Staub. Der Staub in der Straße, auf der sie als Kind gespielt hatte und der an ihren Füßen klebte. Der Schatten des Baumes mit den Fingerästen auf einem Innenhof.

Sie war fünf, als sie weggegangen sind. Die ersten Erinnerungen bilden sich mit vier, dachte sie. Häuser auf einem

Hügel, unten die Stadt. Schornsteine und Rauch. Ein Balkon, Brandgeruch. Aber es gelang ihr nicht, die Bilder scharf zu stellen, sie wichen ihr aus. Es konnte genauso gut irgendwo anders sein.

War das ihre Stadt?

Wenn sie zurückblickte, wusste sie nicht mal mehr die Namen der Unterkünfte und Dörfer, in denen sie aufgewachsen war, der Schulen, in denen sie immer die Neue war, die so erstaunlich gut Niederländisch konnte, ein Vorbild für die Klasse. Manchmal wohnte sie drei Monate in einem Wohnwagen und wurde dann schon in den nächsten verfrachtet, in das nächste Dorf mit dem nächsten Namen. Diese Namen vergaß sie, alles sah immer gleich aus, sogar die Jahreszeiten, aber die kleinen Dinge, die vergaß sie nicht: die allmorgendliche leichte Verbeugung eines Lehrers, und wie er sie immer »Prinzessin« genannt hatte. Den Klang der Düsenjäger und die weißen, ausfransenden Kondensstreifen, die sie am Himmel hinterließen. Einen Kindergeburtstag. Den Mann, der sich als ihr Vater ausgab, sein dicker Bauch hinter dem Resopalklapptisch. Alles nur Schnipsel, aber vorhandene Schnipsel.

Damals hieß sie Kira, das war ein schöner Name. Kira Dostat, die in der Schule sorgenfrei schriftliches Dividieren übte, die Tücken der Rechtschreibung kennenlernte und aus Ägypten kam. Einem Land, das den anderen einleuchtete. Es war in der Nähe. Manche machten dort Urlaub.

Die Jungs im Wohnwagen unter ihren braunen Wolldecken, die ihr entnervt sagten, sie solle endlich still sein. Der Fernseher, der immer lief, Männer mit Fäusten groß wie Köpfe. Der Keller – was hatte in dem Brief noch mal über den Keller gestanden? *Wir sind nach unten gegangen in den Keller … Ich hatte Angst … Im Keller bist du auf meinen Schoß gekommen und hast mir erzählt*. Und, ganz plötzlich, roch sie alten, feuchten Zement, sie sah eine offene dunkle Holztreppe vor sich, die Silhouette ihres *Vaters* tauchte auf, ein junger Mann, besorgt, zu große Augen für sein kleines Gesicht, ein weißes Baumwollhemd – das war ein anderer Vater als der aus der Flüchtlingsunterkunft, ein junger, verängstigter Mann. Es gibt ihn nicht, dachte sie. Mein Hirn versucht, sich alles zu erklären, sucht nach passenden Bildern, falsch und verstörend wie in einem Spiegelkabinett. Erinnerungen sind unzuverlässig. Aber sie *spürte* seine nackte Angst. Seine versteinerten Hände. Sie spürte, wie sie ihn beruhigte – *er hätte sie beruhigen müssen, nicht umgekehrt* – sie hielt seine Hand, als sie die Treppe hinuntergingen, Stufe für Stufe, in die Tiefe – *er hätte ihre Hand halten müssen, nicht umgekehrt* – sie sang ihm etwas vor – *er hat ihr nichts vorgesungen.*

Irin wurde übel. Sie kletterte vom Bett und stellte sich ans Dachfenster, betrachtete die stille Dorpsstraat. Es war dunkel, Abend oder schon Nacht, im Winter verschwand die Zeit mit dem Licht. Sie musste die Erinnerungen aufhalten, die ihr jetzt wie Harz aus dem Gedächtnis sickerten, sie war hier, in diesem Zimmer, in diesem behüteten Haus, auf dieser Insel, um alles zu vergessen, um alles wegzuwerfen, wie ihr Vater es gewollt hatte, aber eines hatte sie aufgehoben, eine Sache: den Brief, versteckt in einer Keksdose. Und den hatte sie nur gefunden, weil sie das Geld zählen wollte. Die Scheine hatten sie zum Brief geführt. Das hatte er sich clever ausgedacht. Niemand wirft Geld weg. So hatte er erreicht, was er erreichen wollte: sie festzuhalten. Er hatte gewusst, sie würde den Brief finden, der sie zurück in die Vergangenheit katapultierte, eine Vergangenheit, die sie nicht kennen wollte, weil sie sie in Ketten legte – »Scheiße«, sagte sie leise. Er hätte den Brief nicht schreiben sollen – *sie hätte ihn nicht lesen sollen* – es war von beiden dumm gewesen. Aber du kannst von vorn anfangen, dachte sie, und dann sagte sie es laut, zu den dunklen Dächern:

»Du kannst von vorn anfangen, Irin Past. Du hast von vorn angefangen.«

Du kannst es nicht mehr aufhalten.

Sie machte sich auf den Weg in die Küche, wo sie ihr Handy auf dem Tisch liegengelassen hatte; sie wollte Hero anrufen und den Bürgermeister und Bengt, die jetzt gerade im Hotel *De Waarheid* über ihre Zukunft diskutierten. Sie mussten sofort kommen. Sie aus dem Gedankenkarussell befreien. Die Treppe runter; unten brannte kein Licht, aber sie kannte den Bogen des Handlaufs wie ihre Westentasche und stieg ins schwarze Treppenhaus hinunter, ihre Füße tasteten sich von Stufe zu Stufe. Plötzlich war ihr, als würde sie leichter, wie in den letzten Sekunden eines Traums, bevor man aufwacht, die Stufen schwankten – Hand in Hand mit ihrem Vater. Als würde sie zu etwas hinabsteigen, was noch einmal geschehen musste. Es war normal. Es war normal, in den Keller zu gehen, schon allein, weil der eigene Vater es auch tat. Kinder imitieren ihre Eltern und stellen keine Fragen. Ein guter Vater sagt seinem Kind nicht, dass es in Gefahr ist. Ein guter Vater singt einfach weiter.

Irin stieg die Treppe in Heros Haus hinunter und fand ihr Handy auf dem Küchentisch. Der Akku war leer. Der Laptop lag daneben, den nahm sie auch mit, ging den gleichen Weg zurück, den sie gekommen war, machte in ihrem Zimmer das Licht aus, sodass ihr nur noch das kalte Licht der Straßenlaternen blieb.

Sie hob den Brief vom Boden auf, strich ihn glatt und las auch noch die letzte Seite, die Buchstaben plötzlich enger als vorher. Sie würde den Inhalt zur Kenntnis nehmen und das Kästchenpapier danach in den Müllsack werfen. Nichts konnte sie von dem Leben mit dem Bürgermeister, Hero und Bengt abhalten, auch nicht dieser Brief. Sie war Irin Past, die Insulanerin. Sie war eine hübsche holländische Frau, die hübsche holländische Kinder zur Welt bringen würde, eine Frau wie aus dem Einbürgerungsfilm. Mit fruchtbaren, wippenden Brüsten am Strand. Der Frühling würde kommen, der Sommer, und sie stellte sich vor, wie sie mit dem Bürgermeister durch die Dünen spazierte, wie der Sand ihre Haut schmirgelte.

Sie musste sich auf ihr Ziel konzentrieren. Die letzten Kilometer des Marathons waren angebrochen.

Sie las. Sie fühlte sich stark genug, um den Inhalt zu ignorieren. Nur noch das, dachte sie, und morgen würde sie Hero den Müllsack mitgeben.

Sie war Irin Past. Sie war stärker als die hinterhältigen Gedanken, die sie umschwirrten.

Ich muss dir erzählen, warum ich nicht mehr bei dir bin.

Es ist sicher in den Niederlanden Irin, aber nicht sicher genug. Wir haben den Kosovo in unseren Taschen mit genommen. Ich sehe, wie sie lachen, wenn ich vorbei gehe. Sie wissen, ich bin Serbe wahrscheinlich von meiner Sprache und sie sind viele. In der Unterkunft. Manchmal renne ich schnell vom Tor zum Wohnwagen. Sie werfen mit Wörtern nach mir. Sie kommen zu mir in Gruppen und sie zischen. Ich habe es erzählt bei der Rezeption aber sie verstehen nicht. Sie sagen ich darf keinen Streit machen.

Die Niederländer sind freundlich aber sie kennen nicht die Wut. Sie denken es ist vorbei.

Die Männer in der Unterkunft sind hinter mir her gekommen, sie sind sehr nah gekommen. Ich habe angefangen zum rennen und sie auch. Ich weiß nicht wie viele Männer, ich habe mich nicht umgedreht. Ich bin gerannt und gefallen. Jetzt haben sie mich geschnappt. Ein Mann von der Unterkunft hat mich gerettet und er hat die Männer weg geschickt aber in der Nacht sind sie zurück gekommen mit einem Messer. Sie wollten mich umbringen und dann habe ich es bei ihm gemacht. Es war meine

Schuld. Seine Augen waren böse. Er hat mich angeguckt und ich war schnell ich habe sein Messer genommen und gestochen. Das ist passiert.

Ich habe diesen Mann getötet. Ich war schneller mit dem Messer. Das musst du wissen Irin und danach musst du vergessen. Mach diesen Brief kaputt, wenn du ihn gelesen hast. Merk dir gut deinen Namen. Vergess die anderen Sachen.

Sie kommen mich morgen zu holen Irin. Die Polizei hat Recht. Ich habe es nicht geschafft in den Niederlanden. Darum bist du nicht mehr bei mir.

Ich denke sie schicken mich zurück nach Kosovo. Mein Land wo ich nichts habe. Ich kann nicht zurück. Ich weiß nicht was ich machen muss ohne dich. Aber du bist besser ohne mich.

Erzähle niemals anderen Menschen diese Geschichte. Sie können es nicht verstehen. Sie werden sagen du bist eine Tochter von einem Mörder. Sie wissen nichts von dir.

Jetzt weißt du wer du bist aber vergess es bitte auch wieder.

Ich will dass du das weißt.

Ich liebe dich.

Dein Vater
Don.

25

In dieser Nacht schlief sie nicht. Sie lag mit dem aufgeklappten Laptop auf dem Bett und sah sich stundenlang ihre Vergangenheit an – *wenn es denn ihre Vergangenheit war.* Sie machte kein Licht. Den Brief ihres Vaters – *wenn es denn ihr Vater war* – hatte sie zerrissen und zurück in die Keksdose gelegt, die Dose plattgetreten und weggeworfen, aber das machte den Brief nicht ungelesen.

Ihr Vater hatte ihr seine Worte auf den Leib geätzt. Sie musste den Schmerz wieder loswerden. Der Brief war heuchlerisch – *jetzt weißt du wer du bist aber vergess es auch wieder* – und das nahm sie ihm übel. Warum schrieb er ihr überhaupt, wenn sie es doch wieder vergessen sollte? *Wir sind Serben. Merk dir das nicht.* Durch diesen Nachsatz würde sie es sich erst recht merken, und das wusste er. Er hatte sie gehen lassen, aber nicht ganz, er zog an einem unsichtbaren Seil, das um ihre Füße gebunden war.

Daran konnte auch ein zerrissener Brief nichts ändern, die Sätze würden sie weiter umschwirren – es sei denn, sie stimmten nicht. Von Lügengeschichten konnte sie sich ohne Weiteres freimachen, von der Wahrheit nicht, und darum würde sie heute Nacht, für diese eine Nacht, auf die Suche nach ihrer Vergangenheit gehen.

Grell schien ihr das Display ins Gesicht, das in der Dunkelheit des Zimmers aufleuchtete. Auf YouTube suchte sie nach ihrer Kindheit. Sie gab PRISTINA 1999 ins Suchfenster ein, dann PRISHTINA SERBS 1999 und KOSOVO 1999 und DON PRISTINA SERB, und jedes Mal, wenn sie auf Enter drückte, erschienen Hunderte von Sucherergebnissen, auf Englisch, aber oft auch in kyrillischer Schrift, die sie nicht lesen konnte, und auf Deutsch. Harte, große Wörter wie Warnhinweise, aber Irin ließ sich nicht abschrecken. Die Wörter zogen sie an, als gehörten sie zu ihr.

Sie lag auf ihrem Bett in einem Haus auf einer Insel und kroch durch das Fenster, das sich im Laptop für sie geöffnet hatte. Durch die dünne Membran des Bildschirms tauchte sie in eine andere Stadt ein, zu einem anderen Volk, vielleicht ihrem eigenen, vielleicht auch nicht. Sie wollte es fühlen. Wollte *fühlen*, ob die Sätze ihres Vaters Wirklichkeit wurden oder doch Lügengeschichten waren, eine Geschichte aus einer Zeitung in der Dorfbibliothek. Sie wollte ihren Vater sehen. Und sich selbst.

Irin Past Pristina 1999.

Auf YouTube gab es Tausende Filme über den Kosovokrieg: Amateuraufnahmen, Dokumentationen, Propagandafilme, Hilferufe, Pressekonferenzen, Videoclips, oft mit Zuschauerkommentaren, die meisten wütend und bitterböse. Ganze, manchmal halbe Szenen von Massengräbern, schreienden Politikern, oft ohne Montage, in Einzelteile zerlegt. Ein Autofriedhof der Erinnerungen. Wo sollte sie anfangen? Irin ging die Titel der Videos durch wie die Abflugzeiten auf der Anzeigentafel des Flughafens, auf der Suche nach etwas, was sie berührte, sie mitnahm. Das schien ihr das beste Kriterium.

Battlefield Kosovo – Serbs vs Albanians

Kosovo: War in Europe – The road to war

Es begann mit einer Lüge

The bombing of Serbia 1999

Kosovo Serbs: Hidden tragedy!

Lessons of Kosovo #1 #2 #3 #4 #5

The death of Yugoslavia

Lone Battalion: the Serbs – Refugees from Kosovo

Alles kam ihr fremd vor. Aufgeblasen und selbstverliebt starrten die Wörter sie an. Sie zögerte und entschied sich dann, einfach oben anzufangen. Der Bildschirm füllte sich mit den Gesichtern von Politikern und Militärs, Luftaufnahmen von zerstörten Brücken, einem Piloten im Düsenjäger, der grinsend den Daumen reckte. Staub wie Asche. Karren, auf denen Frauen saßen, wiegende runde Leiber, vom Regen durchnässte Kopftücher. Rauchende Soldaten. Die Bilder drangen Irin durch die Augen ins Gehirn, aber fanden keinen Halt. Sie waren hart und glatt wie Kunststoff. Der Zusammenhang fehlte. Sie fühlte sich, als würde jemand die Information eimerweise über ihr auskippen, und genau das wollte sie auch: überfrachtet werden, bis sie es verstand. Immer mehr Fragmente wollte sie sehen, und noch mehr, sie wollte darunter begraben werden, das Gewicht auf sich lasten fühlen.

Aus dem Lautsprecher des Laptops drang ein schwacher Ton. Amerikanische Stimmen, deutsche, niederländische, serbische, albanische Stimmen – getragene Voice-Overs, aufgekratzte Journalisten, dröhnende Vertreter der internationalen Gemeinschaft. Hier und da eine Explosion. Der Ton war zu leise, fand Irin, und sie holte ihre Kopfhörer aus der Schreibtischschublade.

Sie sah sich die Filme nicht in voller Länge an, sprang vor und zurück, wodurch sie noch fragmentarischer wirkten. Sie öffnete neue Fenster, klickte weitere Filme an, sodass drei, vier gleichzeitig liefen, Fenster im Fenster, als geschähe es jetzt, live. Als hielte sie Wache über einen Krieg, der längst vorbei war.

Die Geräusche stapelten sich in ihren Kopfhörern. Irin sah und hörte die Filme nicht, sie verschlang sie, ausgehungert; die Worte drehten und verformten sich, sie hallten wider, sie sah Hügel und Berge in ländlicher Umgebung, manche schneebedeckt, freistehende Häuser mit ihren roten Dächern, aufs Geratewohl in der Landschaft verstreut. Der Balkan. Sie hörte nicht, wie Hero nach Hause kam und schlafen ging. Er hörte nicht, dass sie noch wach war. Irin war nicht mehr in ihrem Zimmer, sie war in einen Krieg gekrochen und würde vor dem Morgen nicht mehr herauskommen. Die Bilder reihten sich zu einem einzigen langen Film aneinander, ein Strom, auf dem sie wunderbar treiben konnte. Sie hatte nicht mal Angst, zu ertrinken: Sie hatte in der Welt, in die sie eingedrungen war, die Oberhand.

PRISTINA KIDS 1999

PRISTINA KINDER 1999

PRISTINA MÄDCHEN KOSOVO

Vielleicht war sie eins der Kinder, die erstaunt in einer Reihe vor der verkohlten Schule standen? Nein. Das war nicht sie. Das waren albanische Kinder. Aber sie erkannte wieder, was sie sah, sie fühlte es. Der Wind, der durch Pristinas Bäume strich – *ein angenehmer Wind, sie trägt eine Wolljacke* – sie roch den Kaffee – *in kleinen Tässchen* – sie wurde ein Teil der Menschen und Gegenstände, die sie über tausende von Computern erreichten, über unterirdische Kabel, über die Telefonleitungen zu Heros Haus, über seinen Wifi-Router auf den Dachboden.

Es konnte natürlich auch an ihrer Übermüdung liegen. Wenn man lange genug Filme guckt, dachte Irin, bekommt man leicht das Gefühl, selbst eine Rolle darin zu spielen. Es deformiert einen. Und selbst, wenn sie wirklich in Pristina geboren war, was bedeutete das schon? Jetzt war sie nicht mehr da, würde nie mehr da sein, sie empfand kein Mitleid mit ihren vermeintlichen Landesgenossen. »Ich bin keine Kosovarin«, sagte sie zu den Wänden. »Es bedeutet gar nichts.«

Sie starrte weiter mit halboffenem Mund den Laptop an, die Ellenbogen auf dem Bett aufgestützt, das Gesicht in den Händen. Sie erkannte Szenen wieder, die mehrfach benutzt worden waren, für unterschiedliche Montagen, aber immer mit derselben Botschaft. Eine Landschaft mit Panzern, ein abgetrenntes Bein auf einer staubigen Straße, ein Mann mit Spitzhacke auf der Suche nach einem Massengrab.

Die Namen der Dörfer und Städte, fremd wie die Zutaten einer Medizin.

PRIZREN
RAHOVEC
DEÇAN
FERIZAJ
MITROVICA
VUSHTRRIA
PEJA
MALIŠEVO
DRENAS
PREKAZ
DRANOC

Um Irin herum begann sich alles zu drehen, und mitten in diesem Strudel tauchte plötzlich ein Pilot auf, ein behelmter Amerikaner mit breitem Schädel und Hundeaugen, der darüber berichtete, was er vom Cockpit aus sah. Seine Stimme drang erstaunlich klar aus dem Computer.

… you stare, essentially, at your tv screen … it's a kind of surreal feeling … you see this thing blow up in your screen … but you don't hear it … and you smile. I mean … you did what you were trained to do …

Er war Major, laut der Untertitelung der Dokumentation, *Maj. David Sullivan, stealth bomber pilot* – der Name eines Austauschbaren. Er redete wie ein verlegener Junge, als überraschte ihn die Einfachheit des Bombenwerfens. Er sprach in der zweiten Person über sich, um sich von dem zu distanzieren, was er tat. Der Bomber war eine schwarze Fledermaus mit einem Adlerkopf. David sah nicht aus dem Fenster, sondern auf einen Bildschirm, der ihm die Landschaft in Schwarz-Weiß angezeigte: anonyme Rechtecke, Baukästen, Straßen wie

Bleistiftstriche. Aus großer Höhe ist alles steril. Seine einzige Aufgabe bestand darin, einen Knopf zu drücken. Dann zerplatzte einer der Baukästen lautlos, ging in einer Staubwolke auf und verschwand.

... but you don't hear it ... and you smile.

Sein Flugzeug hing drei Meilen über dem Boden, zu hoch, um Menschen zu erkennen, die vielleicht auf der Straße herumliefen, zu hoch, um zu wissen, warum der Baukasten zerplatzen musste. War es ein Waffendepot? Ein Panzerlager? Eine Schule?

David Sullivan, *stealth bomber pilot.* Das Leben war einfach, wenn man es so betrachtete, dachte Irin. Hatte David je ein Buch über den Kosovo in der Hand gehabt? Las er Zeitung? Kann man sich für einen Ort interessieren, den man zerstört?

I mean ... you did what you were trained to do.

Glücklich werden, dachte sie, kann man nur, wenn man den großen Fragen ausweicht.

Sie öffnete drei neue Fenster mit Videos und ordnete sie nebeneinander an. Immer wieder fielen die Namen der Hauptakteure, sah man die zugehörigen Betonköpfe. Milosevic, Milosevic, Milosevic. Rugova. Albright. Shea. Clinton. Ahtisaari. Milosevic, Milosevic, Milosevic. Sie mischte Namen und Bilder wie Spielkarten, sodass in ihrem Kopf ein neuer Film entstand mit eigenen Untertiteln, eigenen Hauptakteuren und einem neuen Lauf der Dinge.

... Irin Past, Irin Past, Irin Past ...

Wo war sie, in dieser Schlammlawine, die sich aus dem Laptop ergoss, wo war sie selbst? War sie das Mädchen in dem schmutzigen Kleid vor dem Gerippe der Kirche? War sie das Mädchen im Lager, versteckt unter einem schwarzen Müllsack, war sie das Mädchen, das auf der Straße tanzte, als wäre gar kein Krieg? Solange sie bloß die Informationen aus dem

Brief ihres Vaters hatte, war Irin alle kosovarischen Mädchen und kein einziges zugleich.

Die Chance, sich selbst im Internet zu finden, ging gegen Null. In dem großen Drama vor ihren Augen war ihr eigenes Drama unbedeutend, und außerdem hatte sie es gut überstanden. Zumindest war sie nicht tot, wie die, deren bleiche Leichen aus den Gräben gefischt wurden – *wir waren böse mit den Nachbarn und die Nachbarn waren böse mit uns* – und in diesem Moment überfiel sie ein bisher unbekanntes Gefühl: Angst. Ein stechender Schmerz, der in der Brust begann und sich schnell bis in die Zehen und Fingerspitzen ausbreitete – *wir sind auch böse gewesen … Manchmal sind Menschen wie Tiere Irin.*

Dieses Blut wollte sie nicht in sich haben. Und das hatte sie auch nicht! Wer war der Mann, der das behauptete? Irin beschloss, keine Angst vor etwas zu haben, was sie nicht bedrohte, was weit weg war, eine Fabel. Sie richtete sich auf, atmete tief ein, als stünde sie auf dem Startblock im Schwimmbad, und vertrieb die Angst. Sie musste den Kosovo mit Major David Sullivans Augen betrachten, kühl und distanziert. Ein zu bombardierendes Gebiet. Hin, zuschlagen, wieder weg. David hatte bestimmt ein Haus, eine Frau, einen Sohn und eine Tochter. Die waren seine Wahrheit. Anders, reeller als die Wahrheit seines Cockpits: bloß eine Computersimulation.

Irin versuchte, in ihrem eigenen Bomber höher und höher zu steigen, damit die Bilder abstrakter wurden. Aber es gelang ihr nicht. Sie verlor sich in Details, suchte auf dem Boden nach Erklärungen und kam vom Kurs ab. Ihr Laptop wurde zu einer Maschine, deren Zahnräder sich haarscharf verfehlten. Auf halber Strecke abgebrochene Brücken, Stahl, der mutlos vornüber ins Wasser hing. Verbogene Eisenbahnschienen. Der Rumpf einer Kirche. Männer mit Mützen und Taschen und Zigaretten: Partisanen. Die Bilder kamen und stapelten sich; Irin wischte sich einen dünnen Schweißfilm aus dem Nacken und starrte weiter auf den Bildschirm. Immer weiter. Graffiti auf Mauern:

MORTO I SERBI

KOSOVO: PROGROM

HITLER/KLINTON

Ärger keimte in ihr auf: die Simplizität, mit der sich die Militärs vor der Kamera dazu äußerten, was passiert war, was hätte passieren sollen, und wie das nie passierte. Die *Dummheit*, die Sinnlosigkeit. Jungs in altmodischen Uniformen, vor einem Betonhaus irgendwo auf dem Land, rauchend, wartend, mit stumpfem Blick. Die Welt, dachte Irin, gehört denen, die sich nicht darum scheren. Die vor ihrem Betonhäuschen warten und sich eine Zigarette anstecken, weil ihnen nichts anderes einfällt. Weil es *nun einmal* so ist. Festgenagelt an der falschen Tradition, überliefert von Vater zu Sohn, zu Sohn, zu Sohn, so wächst der Hass, Zelle für Zelle, ein Krebsgeschwür. Die Jungs spielten mit einer Handgranate, als wäre es ein Baseball, sie zogen den Stift heraus und warfen sie sich gegenseitig zu, bis einer sie den Hügel hinunterkullern ließ, und als sie explodierte, lachten sie immer noch, und sie drehten Zigaretten, der Krieg machte ihnen Spaß, dachte Irin. Wie könnten sie sonst so lachen?

Sie sah einen Soldaten, der eine weiße Katze streichelte, er stand vor der Wand einer Ruine, die Katze auf dem Arm.

Sie sah die ausgelaugten Dörfer.

Ein Streifen grüner, vom Nebel umzingelter Hügel.

Sie hörte die Kommentare: »*Chirurgische Kriegsführung*«, »*humanitärer Einsatz*«, »*three days of bombing had to be enough…*«

AMERICA'S SHAME.

Das Zentrum von Pristina, gesäumt von ausdruckslosen Hochhäusern.

Irin starrte auf den Bildschirm. Bis zum Morgen. Bis es im Zimmer wieder hell genug war, um sich von den Bildern loszureißen.

26

Sie steigen den steilen Strandwall hinunter. Stemmen die Fersen in den Sand. Die Nacht ist mondlos; ohne Lampe sieht Albert nichts. Manchmal stolpert er, fällt aber nicht. Der Strandwall ist ein Verwundeter mit Beulen und Löchern. Unten der Strand und das Wasser.

»Was machen die Füße?«, fragt Irin.

»Ein Indianer kennt keinen Schmerz.«

»Mir ist kalt.«

»Ein Indianer kennt keinen Schmerz.«

»Wollen Sie die Petroleumlampe?«

»Nein, geht schon, danke.«

Alberts Gesicht ist feucht, kleine Tropfen fallen ihm in den Nacken. Er nimmt die Brille ab und sucht in seiner Manteltasche nach einem Tuch. Es fängt an zu regnen, der Schauer drückt den Nebel noch weiter herunter. Die hohe Dünenkette wirft das Getöse der Brandung zurück. Albert sieht sie nicht, aber dem Geräusch nach zu urteilen schieben die Wellen sich über den Ebbstrom hinweg auf den Strand.

Er hat die Nase voll. Es ist warm, er schwitzt, sein Fuß tut weh. Er wägt die Optionen ab. Um weiterzugehen ist es zu dunkel, eventuell müssen sie in den Dünen übernachten. Aber das wäre sehr auffällig. Er kann nicht am frühen Morgen ramponiert mit zerrissener Hose und Irin am Arm die Dorpsstraat entlangmarschieren. Eh man sich versieht, steht ein Foto in der Zeitung: Beamter erlebt wilde Nacht mit Asylsuchender.

Vielleicht ein paar Stunden ausruhen. Im Bunker stand ein Hochbett mit Matratze. Aufwärmen, ordentlich essen und nach Mitternacht zurück ins Dorf – das scheint ihm die beste Lösung.

»Irin! Wir gehen zurück zum Bunker.«

Sie ist schon weitergegangen, steht auf dem Strand, er sieht sie kaum noch, aber ihre Stimme klingt klar und deutlich wie in einem Theatersaal.

»Was?«

»Wir gehen zurück!«

»Nein!«

»Wir gehen zurück zum Bunker.«

»Nein!«

Albert läuft mit großen Schritten auf sie zu, stolpert über ein Büschel Strandhafer und bleibt stehen.

»Kommen Sie zu mir!«, ruft Irin. »Hier kann man sich nicht verlaufen!«

»Es regnet!«, ruft er zurück. »Wir müssen irgendwo Schutz suchen. Im Bunker!«

»Nein!«

»Irin! Jetzt stellen Sie sich nicht so an!«

»Ich will nicht in den Bunker!«

»Wir können in dem Hochbett ein paar Stunden schlafen. Das Hochbett. Hören Sie mich?«

Ihre schwarze Jacke verschwindet in den Kulissen der Nacht. Er darf sie auf keinen Fall verlieren. Er, Albert Drilling, Beamter auf Dienstreise, hat die Verantwortung für diesen Flüchtling übernommen. Er, Albert Drilling, wird sich als verlängerter Arm des Ministers human ihrer annehmen. Wie, das tut nichts zur Sache.

Er sieht Irin durch die aschgrauen Nebelschwaden rennen. Am Horizont zeichnet sich ein silbriger Streifen ab; im Licht des Mondes, der plötzlich durch die Wolken gebrochen ist, scheint das schwarze Wasser des Meeres auf. Auch der Strand leuchtet kurz auf, fahl, der Anblick gibt ihm Halt. Dünen. Strand. Meer. Insel. Irin. Dass sie jetzt wegrennt ist nicht nur unpraktisch, es untergräbt auch seine Autorität. Das kann er nicht dulden.

Mit Humpel-Sprung-Schritten lässt er sich das letzte Stück der Düne auf den Strand fallen. Der Sand hält seine Füße fest, greift nach seinen Knöcheln.

»Irin!«

Albert nimmt so viel Fahrt auf, dass er sich selbst überholt, die Beine und die kaputten Füße agieren unabhängig vom Rumpf. Nicht fallen, denkt er. Sie würde ihn auslachen, wenn er hinfiele.

»Warten Sie, Irin!«

Der Sand ist locker, wird aber zum Meer hin immer fester. Das tut weh. Albert hat das Gefühl, mit den blanken Fußknochen den Boden zu berühren. Er weicht einer ausgefransten Schiffstrosse und einem Muschelfeld aus – dann wird es wieder dunkel. Der Mond ist weg. Albert geht weiter, bis er Irin bei einem Strandpfahl sieht. Die Lampe steht auf dem Pfahl, Irin kniet, als würde sie beten. Die Hände auf dem rechten Knie, die Jackenzipfel mit Sand paniert.

Albert kniet sich neben sie, legt ihr den Arm um die Schulter und fragt, was los ist. Sie keucht. Sagt, dass sie gefallen ist und zeigt auf den kleinen Tümpel rund um den Pfahl, in dem sie ihren Fuß kühlt.

»Eine Bombe«, sagt sie.

»Eine Bombe?«

»Ich bin über eine Bombe gestolpert. Haben Sie das nicht gesehen?«

»Ich dachte, Sie laufen mir davon.«

»Ich bin gestolpert, Sie Idiot. Scheiße. Gucken Sie mal.«

Albert sucht nach der lichtspendenden Eule und richtet den Strahl auf Irins Bein. Sie hat sich die Hose hochgeschoben und zeigt ihm eine Schürfwunde, die sich vom Knie über das halbe Schienbein erstreckt. Es blutet, aber nicht stark, eine ordentliche Wunde, sauber und gerade, eine, die schnell neue Haut bilden wird.

»Tut es weh?«

»Natürlich tut es weh. Idiot.«

»Ich versuche, Ihnen zu helfen.«

»Sie versuchen überhaupt nicht, mir zu helfen.«

»Sie rennen weg.«

»Herrgottnochmal!« – sie zieht das Hosenbein wieder runter und steht auf. Albert hat noch nie so große Pupillen gesehen. Alles um ihn herum reduziert sich auf Irins Pupillen: zwei Strudel. Sie hat definitiv die Beherrschung verloren. Bis hierher, bis zum Strand hat sie durchgezogen, was sie sich vorgenommen hatte: ruhig bleiben, die Kontrolle behalten, streiten und wieder lieb sein. Seinen Gedankengängen folgen. Ihm das Gefühl geben, leichtes Spiel mit ihr zu haben, Verständnis zeigen. Die Führung übernehmen.

Wut allein funktioniert nicht, das hat sie in den Flüchtlingsunterkünften gesehen. Wütende Menschen bekommen einen Aktenvermerk »schwer handhabbar« und werden woanders hingebracht. Niemanden belästigen. Aber jetzt. An diesem kalten Strand. Auf ihrer Insel! Und dann dieser Mann. Der Mann, der sie einkassieren will, Albert Drilling – sie fühlt seinen Arm schwer auf ihrer Schulter lasten, den Arm eines Polizisten. Gerade jetzt, wo sie auftauchen will, drückt er sie wieder unter Wasser.

Sie lässt die Wut zu, die schon die ganze Zeit in ihr geschlummert und auf diesen Tag gewartet hat. Durch ihre Adern fließt die Wut, pocht in ihren Schläfen, lässt ihre Muskeln verkrampfen. Gift. Irin bringt nicht mehr die Kraft auf, sich dagegen zu wehren.

Die Wut ergreift Besitz von ihr: Irin schwitzt und zittert. Ihr Gesicht ist feucht, sie wischt die Tropfen weg, die ihr über die Stirn rinnen. Plötzlich sieht sie die Bilder wieder vor sich, an die sie seit der Nacht in ihrem Dachzimmer nicht mehr gedacht hat: Granateneinschläge, Bomber, Major David Sullivan. Das zartrosa Leuchten eines brennenden Dorfes. Sie *riecht* das Dorf. Das Gerüst eines Hauses, Tische und Stühle stehen an ihren angestammten Plätzen, aber verkohlt.

Da kommt sie her!

Das hat sie hinter sich gelassen!

Das hat sie in Beton gegossen und ins Meer geworfen!

Und jetzt holt es sie ein.

Jetzt steht *er* hier neben ihr, der Mann, der so tut, als fände er ihre Schürfwunde *schlimm,* der sich um sie kümmert wie um eine Tochter, der es wagt, den Arm um sie zu legen! Der sich ihr *Freund* schimpft.

Geballte Wut steigt ihr die Speiseröhre hoch. Alles wird sauer. Sie riecht die Knackwürste schon, bevor ihr Magen sich zusammenkrampft und das Mittagessen hinausbefördert. Sie kotzt vor Wut. Sie erbricht sich über seine Hose, über seine geschundenen Füße; Albert sieht ihr Gesicht im fahlen, flachen Licht der Petroleumlampe noch bleicher werden. Er zögert, wischt sich mit den Händen Erbrochenes von der Hose. Öffnet den Rucksack, sucht nach Taschentüchern.

»Tut mir leid«, sagt er, »ich fürchte fast, die Knackwürste waren nicht mehr gut.«

»Herrgottnochmal!«, schreit sie zurück.

»Ich habe nicht aufs Verfallsdatum geachtet.«

»Wie kann man nur so sein?«, schreit Irin. »Wie kann man nur so … so … unfassbar gefühllos sein?«

»Tut mir leid«, sagt Albert.

»Sie können mich mal! Schieben Sie jemand anders ab. Pferchen Sie alle in ein Flugzeug und spucken Sie drauf! Das wollen Sie doch?«

Noch nie war jemand so wütend auf ihn. Meistens richtet sich die Wut gegen seine Funktion, gegen den Beamten A.

Drilling und die Hiobsbotschaft, die er bringt. Drüberstehen, so hat er es gelernt. Wut braucht Sauerstoff; man darf sie nicht füttern. Einen klaren Kopf bewahren. Das Ziel nicht aus den Augen verlieren, sich nicht von Gefühlen davontragen lassen. Das Thema wechseln, ablenken.

Im Idealfall, im Büro, würde er das Rückkehrgespräch an dieser Stelle abbrechen und eine Phase zum Abkühlen vorschlagen. Er würde dem wütenden Flüchtling die Hand schütteln und im Sekretariat darum bitten, einen neuen Termin auszumachen. Hier geht das nicht. Mehr denn je muss er improvisieren.

Die Lampe knistert. Vielleicht geht das Petroleum aus.

»Beruhigen Sie sich«, sagt Albert zu Irin. »Alles wird gut.«

»Gut? Gut? Was wird gut, Herr Drilling? Spezialagent A. Drilling? Sehen Sie sich verflucht noch mal mein Bein an!«

»Die Wunde ist nur oberflächlich. Und nicht dreckig. Ich habe Verbandszeug in meinem Erste-Hilfe-Set, wenn Sie …«

»… das ist eine Kriegsverletzung, Trottel! Ich bin über eine Bombe gefallen.«

»Wo denn? Ich sehe keine Bombe.«

Sie zieht ihn am Arm zurück zum Anfang der Dünenkette, die wie ein riesiger Schatten aus dem Dunkel aufragt, und zeigt ihm, was da halb im Sand vergraben liegt. Metallisch. Groß und breit und glatt wie ein Körper; die stählerne Haut mattgrün. Eine Ampulle mit stumpfer Spitze, die hinten in einen Schwanz mit vier Flossen mündet, an den Rändern leicht verrostet, aber sonst intakt. Fabrikneu, denkt Albert. Mit dem Zimmerschlüssel leuchtet er das Projektil aus, der Strahl der LED-Lampen ist nicht breit genug, um alles auf einmal zu erfassen. Albert hatte sich Bomben kleiner vorgestellt.

»Fünfhundert Kilo«, sagt Irin.

»Ein ganz schöner Kaventsmann«, sagt Albert. »Gut, dass Sie sich nichts gebrochen haben. Lassen Sie uns weitergehen.«

Aber Irin kniet sich in den Sand und fängt an zu graben, bis die ganzen Ausmaße sichtbar werden und der Körper wie ein schwangerer Seehund auf dem Strand liegt.

»Kaum Rost«, sagt sie. »Das Ding ist neu.«

»Übungsmunition«, sagt Albert. »Spielzeug.«

»Von wegen, Sie Trottel. Die ist scharf. Hier wird mit echten Bomben geübt. Die hier hat versagt, ist nicht hochgegangen. Ist mit kleineren Bomben gefüllt.«

»Woher wissen Sie das?«

»Ich weiß es. Bin schon ein bisschen länger auf dieser Insel als Sie. Scheiße, das Teil ist gefährlich.«

»Dann lassen Sie uns gehen.«

»Nein.«

»Warum nicht?«

»Wir müssen sie markieren. Sonst fährt noch ein Strandräuber dagegen oder ein Panzerwagen. Oder ein Trupp Ornithologen stößt darauf. Wir müssen die Küstenwache anrufen und die Stelle durchgeben. Dann wird sie beseitigt. Es gibt sogar Finderlohn. Tausend Euro. Wenn man die Klappe hält.«

»Aber wir wissen doch gar nicht, wo wir sind. Wie wollen Sie da den Standort durchgeben?«

»Pfahl 40.«

»Was?«

»Mann, Pfahl 40. Da sind wir. Die Nummer steht auf dem Strandpfahl da hinten. Blindes Huhn.«

Albert dreht sich zu der knisternden Petroleumlampe um, zu weit weg, um die Zahlen auf dem Pfahl entziffern zu können. Irin weiß, wo sie ist. Wo sie sind. Warum hat sie das nicht eher gesagt – wollte sie einen Vorsprung haben, ihn allein hier zurücklassen mit seinen kaputten Füßen? Warum hat sie ihm das verheimlicht – verheimlicht sie ihm noch mehr?

Nicht zum ersten Mal fühlt Albert sich ihr unterlegen, ein Gefühl, das er nicht zulassen darf, wie auch ein Polizist nie an seiner Autorität zweifeln darf – *was weiß sie noch, was ich nicht weiß?* Wieder stellt er sich ein neutrales Büro mit einem breiten, weißen Konferenztisch vor, das adäquate Biotop für ein Rückkehrgespräch. Auf dem Tisch stehen zwei cremefarbene Tassen und Untertassen mit dem Logo des Ministeriums, schwarzer Kaffee. An diesem Bild hält er sich fest – *sie kann froh sein, dass ich mich so für sie einsetze.*

Er bringt seine Atmung unter Kontrolle.

Büro – Konferenztisch – Kaffee. Ein Telefon mit Lautsprecher für das Telefonat mit dem Dolmetscher. Akten in einem Archivschrank.

Irin klopft sich den Sand von den Knien und sieht ihn an. Sie stehen so nah beieinander, dass er ihren Atem spürt. Albert sagt: »Wenn wir wieder im Hotel sind, rufe ich die Küstenwache an.«

»Nein, besser jetzt.«

»Und wie?«

»Mit einem Handy. Das ist ein drahtloses Telefon. Geniale Erfindung.«

Sie fischt ihr Handy aus der Jackentasche; das Display leuchtet grün auf. Er sieht zu, wie sie verbissen eine Nachricht eintippt, mit sandigen Fingern ungeschickt auf die kleinen Tasten drückt. Den rechten Fuß stellt sie auf der Bombe ab, wie ein Jäger, und macht keine Anstalten, sich auf den Weg zu machen. Sie schickt die Nachricht ab, hat Empfang. Als sie das Telefon zurück in ihre Tasche gesteckt hat, kniet sie sich wieder in den Sand und streicht mit der flachen Hand über die Metallhaut, beinah zärtlich.

»CBU-87«, sagt sie. »Eine Streubombe.«

Sie klingt wie eine Feldbiologin, die eine ausgestorbene Tierart klassifiziert. Albert kniet sich neben sie und berührt vorsichtig den Stahl, gleitet mit den Fingern über das Schwanzstück. »Woher wissen Sie das?«

»Aus dem Krieg.«

»Welchem Krieg?«

»Aus meinem Krieg, Depp. Dem Krieg, der mich hierhergebracht hat. Der eine Streunerin aus mir gemacht hat. Der mich die ganze Zeit weiter verfolgt, auch wenn ich tue, als gäbe es ihn nicht. Auch Ihr Krieg, übrigens.«

»Kosovo.«

»Ja, Kosovo. Sehr gut! Hundertdreiundsiebzig Streubomben habt ihr abgeworfen. 1999. In dem Jahr, in dem ich mit meinem Vater fliehen musste. Zufällig genau diese hier. Eure Bomben sind das, auch Ihre, Herr Drilling. Sie haben sie abgeworfen.«

»Irin, ich bitte Sie!«

Sie streichelt weiter die Bombe, aber jetzt schneller. Ihre Hand scheuert übers Metall. Sie fährt mit den Fingern eine Naht entlang, die sich über den ganzen Bauch zieht.

»Das ist eine Klappe. Im Inneren stecken zweihundertzwei Projektile, alle mit eigener Zündung. Zweihundertzwei Mini-Bomben. Schreiben Sie mit, Herr Drilling? Das sind wichtige Informationen, für später, für die Akte.«

Albert antwortet nicht.

»Die Mini-Bomben sehen aus wie gelbe Smarties. Jede mit einem eigenen Schwanz. Stark genug, um ein Haus in die Luft zu jagen. Paar Kinder dazu, kein Problem. Das sind die bescheuertsten, plumpsten, vorsintflutlichsten Bomben, die je erfunden wurden: Man wirft sie aus dem Flugzeug, sie fallen ein Stück, und dann, puff, öffnet sich die Klappe, und die Smarties fallen raus. Streubomben. Clusterbomben. Wenn sie dann am Boden detonieren, ist der Bomber längst über alle Berge. Der Pilot hat keinen Schimmer, was er da vernichtet hat. Brücken, Schulen, Geschäfte, Hochhäuser, Menschen. Abknallen, was wir abknallen können, Männer. Juckt uns nicht. Was weg ist, ist weg. Können Sie noch folgen, Herr Drilling?

Besser, Sie holen die Akte und machen sich Notizen, sonst vergessen Sie noch die Hälfte.«

Sie hält inne, wartet auf eine Reaktion. Er sagt: »Was hat das alles mit mir zu tun?«

»Es ist Ihre Bombe«, sagt Irin. »Kriegen Sie das mal in Ihren Schädel. Ihr Land hat diese Bomben auf mein Land geworfen. Das Teil liegt hier nicht ohne Grund. Damit üben sie.«

»Streubomben sind in den Niederlanden verboten«, sagt Albert.

»Ja, seit Kurzem. Seit sehr Kurzem. Die Niederlande, immer Klassenbeste. Aber wenn die Amerikaner euch fragen, ob ihr nicht Lust hättet, eine Ladung bescheuerte Bomben auf Serbien und den Kosovo abzufeuern, dann tut ihr das. Helfen Sie mir doch mal eben auf die Sprünge. Sehen Sie sich das Teil bitte an. Hundertdreiundsiebzig. *Hundertdreiundsiebzig* davon habt ihr auf dieses Land abgeworfen. Mal zweihundertzwei, das habe ich fix für Sie ausgerechnet, Herr Drilling, das sind fast fünfunddreißigtausend gelbe Smarties. Stellen Sie sich den Anblick vor, die Geräuschkulisse. Erst das Flugzeug, dann die Explosionen und die Staubwolken. Ihr lasst sie auf mein Land los, als wären es Feuerwerkskörper. Kommt, wir katapultieren die Serben mal eben ein paar Jahrhunderte zurück. Aufräumen können die schön selber, da unten. Die Leichen sind nie gezählt worden, Herr Drilling. Nie identifiziert. Tot ist tot. Und deswegen … deswegen bin ich jetzt hier. Ich bin vor den Bomben geflüchtet, die Sie abgeworfen haben. Sie haben mich hierher bombardiert, und jetzt schicken Sie mich zurück.«

Irin steht auf und tritt ein paarmal gegen die Bombe.

»Sie übertreiben. Ich habe nichts damit zu tun. Ich kann …«

»Ach nein?«

»Nein.«

»Sie können mich mal.«

Irin läuft los, hastig; sie pflügt mit den Füßen durch den Sand, der zu nass ist, um aufzuwirbeln.

»Wo wollen Sie hin?«

»Zurück ins Dorf.«

»Was ist mit der Lampe?«

»Die Lampe ist aus.«

Albert dreht sich um und sieht kein Licht mehr. Pfahl 40 ist verschwunden. Die Insel hüllt sich in undifferenziertes Schwarz. Das Brandungsgeräusch erstirbt. Er weiß nicht mehr, ob sie bei Flut oder bei Ebbe aufgebrochen sind. Er kann sich an das Meer von heute Morgen nicht erinnern.

Irin läuft mit wütenden Schritten weiter und folgt der Dünenkette. Albert rennt ein Stück, um sie einzuholen. Er keucht. »Lassen Sie uns nicht streiten.«

»Ich streite nicht.«

»Lassen Sie uns die Lage in Ruhe betrachten.«

»Vierzehntausend Dollar.«

»Bitte?«

»Vierzehntausend Dollar!«

Albert zögert. »Das könnte ich … Das ließe sich arrangieren, Irin. Das ist …«

»Sehr viel Geld.«

»Ja, schon … es ist viel. Zehntausend wären einfacher, die habe ich sogar bei mir und könnte sie Ihnen sofort geben, wenn Sie wollen, aber …«

»Vierzehntausend Dollar für eine Reise ohne Rückkehr, hoppla, ab dafür, die sehen wir nie wieder. Und da sind die Flugkosten noch nicht mal mitgerechnet.«

»Na ja … auch das ließe sich arrangieren, Irin. Businessclass, wenn Sie mögen. Das rate ich immer allen Flüchtlingen: Fliegt Businessclass, das ist gut fürs Selbstvertrauen und für die Imago. Mit erhobenem Haupt nach Hause kommen, darum geht es. Das kann ich gerne für Sie arrangieren. Wenn Sie möchten, begleite ich Sie.«

Sie läuft weiter, wird immer schneller.

»Vierzehntausend Dollar kostet eine Streubombe. Reine Anschaffungskosten. Und wenn eine nicht hochgeht, machen sie sich nicht mal die Mühe, sie einzusammeln. Die bleibt hier jetzt einfach in den Dünen liegen.«

»Ich … Irin …«

»Transport, Mehrwertsteuer, Lagerung, Flug und Sold der schlauen Generale nicht mit einkalkuliert. Da können Sie also locker noch mal zehntausend Dollar draufrechnen. Steuergelder. Vielleicht bekommen sie beim Militär ja Mengenrabatt, wenn sie gleich ein paar Hundert von den Teilen auf einmal bestellen, um sie über einem kleinen, nervigen Land abzuwerfen. Aber wahrscheinlich sind die Generäle so happy mit ihren Bomben, dass sie gar nicht erst versuchen zu verhandeln. Nichts fühlt sich so mächtig an wie eine nette kleine Bombenbestellung. Davon werden sie ganz geil. Und Sie haben das mitfinanziert, Herr Drilling. Auch Sie sind ein Bombenwerfer.«

»Irin …«

»Ich habe das recherchiert. Ich weiß es ganz genau. Steht alles im Internet. Na los, wir nehmen die Bombe mit nach Hause. Sie gehört Ihnen doch auch? Sie haben ein Recht darauf. Sie haben ein Recht darauf, diese Bombe mitzunehmen und in ihrem Büro aufzustellen.«

»Hören Sie auf, Irin.«

»Ich höre nicht auf.«

»Sie sind müde. Und wütend.«

»Und Sie sind ein Mörder.«

»Das ist eine Beleidigung.«

Stößt sie ihn? Etwas schlägt ihm gegen die Schulter, aber er ist sich nicht sicher; Irin würde ihn niemals stoßen, das stünde nicht im Einklang mit der Beziehung, die er zu ihr aufgebaut hat. Dennoch strauchelt Albert, verliert das Gleichgewicht, ein stechender Schmerz schießt ihm von der Ferse ins Bein. Er streckt die Arme aus, um den Sturz abzufangen, fällt dann aber doch nicht.

»Mein Fuß tut weh«, sagt Albert. »Setzen wir uns einen Moment? Wir müssen das in Ruhe besprechen.«

Zu seiner Verblüffung setzt sie sich wirklich hin.

»Ich glaube, ich habe mich als Kind in einem Bunker versteckt«, sagt sie. »Sicher bin ich mir nicht. Ich bin mir bei gar nichts mehr sicher. Meine ganze Vergangenheit kommt mir vor wie die von jemand anders.«

»Das klingt aber gar nicht gut, Irin.«

Albert zieht die Beine an. Im Sitzen, wenn kein Gewicht auf seinen Gelenken lastet, lässt der Schmerz nach. Vielleicht, denkt er, wäre es das Vernünftigste, gleich ein Stück durchs Wasser zu gehen. Salz desinfiziert.

Zum ersten Mal hört er sie weinen – die Tränen kann er nicht sehen – ihre kurzen Atemstöße gehen in ein langgezogenes heiseres Jaulen über.

»Scheiße, Mann! Ich war drauf und dran zu heiraten. Ich wollte Kinder kriegen – ich habe hart dafür gekämpft. Ich habe mir alles selbst erarbeitet. Können Sie sich vorstellen, wie das ist? Wenn einem alles wieder weggenommen wird?«

»Ja, das kann ich.«

»Ich werde nie vergessen, wie ihr meinen Vater abgeholt habt, wie ihr ihm Handschellen verpasst und ihn in den Bus geschoben habt.«

»Das sind keine Handschellen … es ist ein Abschiebegürtel.«

»Es sind Handschellen, Herr Drilling.«

»Humane Handschellen, aus Stoff, extra entwickelt, um den Flüchtlingen keinen …«

»… Schaden zuzufügen? Wollten Sie das sagen? Das Wichtigste bei einer Abschiebung ist, dem Flüchtling keinen Schaden zuzufügen. Und was machen Sie dann gerade mit mir?«

»Ich … ich lege Ihnen keine Handschellen an. Das könnte ich nicht.«

»Das tun Sie sehr wohl. Sie haben welche dabei. Ich habe sie gesehen, in Ihrem Rucksack. Ich bin ein *Deportee* – so heißen wir doch im Amtsjargon, oder? *Deportees*. Das ist Ihr Leben, Albert Drilling, das ist Ihr Job.«

Alberts Schultern versteinern. Um seinen Kopf spannt sich ein Ring, der immer enger wird. Er blinzelt; ein kurzer Moment Schlaf wäre gut. Es regnet nicht mehr. An der dunklen Kuppel über ihm erscheinen zwei Sterne. Weit weg, aber nah beieinander. Am liebsten würde er den Kopf in Irins Schoß legen. Dann könnte er die Sterne betrachten. Sie kommen sich immer näher.

27

Die Scheinwerfer von Heros orangenem Landcruiser sind falsch ausgerichtet. Wie zwei Lanzen stechen die Lichtstrahlen schräg nach vorne, kreuzen sich auf halber Strecke und laufen dann in unterschiedliche Richtungen auseinander. Der Strand ist voller Löcher, die schweren Stahlfedern unter der Karosserie ächzen bei jeder Unebenheit. Hero fährt mit offenen Fenstern. Die Dünen rasen vorbei. Er fährt so schnell, dass er mit dem Kopf manchmal ans Wagendach stößt. Die Räder rechts durchs Wasser, da ist der Strand am flachsten.

Die Kraft seines Autos. Die Ruhe des Niedrigwassers. Im Schein der Lanzen sucht er nach Gegenständen, Schemen, Silhouetten. Nach Gruppen von Strandläufern und Seemöwen, die genau wie er auf der Suche sind. Alle Insulaner haben einen sechsten Sinn für angespültes Material, so wie alle Seeleute unbeleuchtete Bojen im Meer erkennen. Wasser, Strand, Dünen, Himmel – in der schlichten Kulisse, die er durch die Windschutzscheibe sieht, fällt jede neue Form auf. Auch im Dunkeln. Besonders im Dunkeln: Dann erscheint alles größer, als es ist.

Hero weicht einem angekohlten Baumstamm aus, der schon seit Jahren mitten auf dem Strand liegt. Die Flut hat tiefe Priele hinterlassen, auch die umfährt er. Der Landcruiser hat keine Servolenkung. Hero kriegt mit Mühe und Not die Kurve, muss hart auf die Bremse steigen. Hinter ihm auf der offenen Ladefläche die Ausrüstung. Drei Fischbehälter aus Kunststoff für die Kleinteile. Eine Schaufel, eine Heugabel, zwei Fahrplatten, falls die Räder sich eingraben, Spannseile, eine alte Trosse. Er trägt hohe Stiefel und eine billige Regenjacke. Wenn er so unterwegs ist wie jetzt, hört er am liebsten laut Musik;

die Kassetten klappern im Handschuhfach. Aber heute Nacht muss er sich konzentrieren.

Vor zwei Tagen war Vollmond, das Meer hat sich weit zurückgezogen. Hero kennt die Tabellen auswendig wie ein Ladenbesitzer seine Preise: Niedrigwasser 18:50 Uhr. Springtide. Wenn er keinen Dienst hat, fährt er der Ebbe hinterher: aus dem Dorf raus und dann immer den Badweg unter den niedrigen Bäumen entlang. Gibt in der steilen Rechtskurve Gas und nimmt Anlauf zum Strandaufgang, hüpft auf und ab. In dem Moment, wo er mit seinem Auto auf dem Strand steht, verwandeln sich seine Augen in Nachtsichtgeräte.

Der Landcruiser vibriert. Der Strand ist ebenmäßig. Neben Hero, auf dem zerschlissenen Polster des Beifahrersitzes, liegt sein Handy. Er weiß, wo er hinmuss. Es sind ungefähr fünfzehn Kilometer bis zu der Stelle, wo er letzte Woche die Streubombe gefunden hat, Übungsmunition. Das war tagsüber. Aus dem Sand ragte eine dunkelgrüne Schwanzflosse; darum herum eine kleine Versammlung nervöser Austernfischer und Strandläufer. Er hat die Schaufel von der Ladefläche genommen und angefangen zu graben. Es passiert nicht oft, dass die Luftwaffe große Bomben über der Insel abwirft, und wenn, wird der Bürgermeister vorher von irgendeinem General darüber informiert; Hero weiß nicht, ob das diesmal passiert ist.

Es war ein schöner, aber gefährlicher Fund. Hero hat Irin gebeten, beim Auto zu warten, während er die Schwanzflosse vorsichtig mit den Händen aus dem Sand befreite. Aber sie stieg aus, öffnete die Ladeklappe und half ihm. Noch nie war sie so aufgeregt bei einem Fund. Irin ist keine gute Strandräuberin, aber für schlichte Gegenstände, die Hero mit seiner Erfahrung schon längst nicht mehr wahrnimmt, kann sie sich begeistern: Flaschen, Stiefel, Tennisbälle. Sie findet die Geschichten wichtiger als die Sachen selbst. Warum schwimmen

Stiefel im Meer? Wer hat sie verloren? Haben Sie einem Mann gehört? Woher kam er, wie hieß er?

Gemeinsam legten sie die Bombe frei. Sie war praktisch unversehrt. Frühere Bomben, die Hero gefunden hat, waren verrostet, ihre Haut Angriffsfläche für das Salz, das auch Heros Landcruiser langsam auffrisst. Am Strand hält nichts lange durch. Irin holte Maßband und Notizblock aus dem Auto; akribisch schrieb sie die Seriennummer der Bombe ab, die in weißen Schablonenbuchstaben aufs Metall gesprüht war. Sie kam gerne mit Hero mit. Als die Bombe nackt auf dem Strand lag, machte sie Fotos und bat Hero, ein Bein auf das Teil zu stellen. Danach haben sie sie wieder mit Sand bedeckt.

Er hat ihr versprochen, die Bombe bei der Küstenwache zu melden, es aber nicht getan. Es geht schon auf den Winter zu, die Badegäste sind nach Hause, niemand stört sich daran. Hero hat darüber nachgedacht, sie zu verkaufen, wie er schon öfter Übungsmunition an Liebhaber verkauft hat, die sie mit einem kleinen Boot im Hafen abholen, sodass niemand davon erfährt. Teilweise geht es um große Beträge. Manchmal rufen sie ihn an, um nachzufragen, ob er noch was auf Lager hat. Aber diese Bombe hier ist anders. Als hätte er einen Schwertfisch gefangen und wüsste jetzt nicht, was er damit anfangen soll. Darum hat er sie erst mal gelassen, wo sie ist.

Rechts liegt der Damm. Das linke Vorderrad taucht in ein Loch, die Stoßstange touchiert den Sand – er muss besser aufpassen. Sein Ersatzreifen ist platt. Irgendjemand auf der Insel würde ihn immer einsammeln kommen, wenn die Vorderachse bricht oder ein Rad steckenbleibt, aber wenn es nicht sein muss, nimmt er die Inselkameradschaft lieber nicht in Anspruch. Alles ist gratis, aber man muss dafür sparen.

Er meidet den Damm, einen Arm aus Basalt, der ins Meer ragt, und hält sich näher am Strandwall. Um im Sand mehr Grip zu haben, schaltet er einen Gang runter, er sucht nach der Rundung der Düne. Hero braucht keine Karte, Landschaften merkt er sich in Formen. Nach jedem Sturm läuft er den Strand ab und speichert die neuen Konturen wie eine Tuschezeichnung in seinem Gedächtnis. Die reichert er mit Baken an: der Basaltdamm, die Helmgrasbüschel, die plötzlich mitten auf der Ebene wachsen, ein Süßwassersee, Stützpunkt 14H.

Als Irin ihm die Nachricht geschickt hat, war er gerade zu Hause und hat gelesen; plötzlich leuchtete sein Handydisplay grell auf. Sie war davon überzeugt gewesen, dass der Spaziergang mit dem Beamten eine gute Idee wäre. Sie hat Hero sogar gefragt, was er davon halten würde, wenn sie den Drilling verführt – für den guten Zweck, »der älteste Trick der Welt funktioniert immer noch am besten« – aber Hero hat darauf nicht reagiert. Wenn es sein muss, dann muss es sein. So einfach ist das. Es würde ihm etwas ausmachen, so wie es dem Bürgermeister und Bengt etwas ausmachen würde, aber jetzt ist alles erlaubt. Es geht ihnen nicht nur um Irin. Es geht ihnen um ihr Insulanertum.

Hero hat das Buch weggelegt und die SMS gelesen. *Pfahl 40 bei der Bombe hol mich ab.* Er ist aus dem Sessel aufgestanden, hat sich die Jacke angezogen und ist losgefahren.

Sie werfen lange Schatten im Licht seiner Scheinwerfer. Der Beamte sitzt auf dem Boden, Irin daneben. Sie sieht blass aus. Sie trägt keine Schuhe – er auch nicht – und stößt den Beamten an. Hero stoppt mit laufendem Motor, öffnet die Tür und schwingt seine Beine aus dem Wagen. Die Räder sind so hoch, dass er auf den Sand springen muss.

»Bisschen unpraktisch, sich hier jetzt zu verlaufen, liebe Leute«, sagt er zu Irin und Albert. »Steigt ein, im Wagen ist es ein bisschen kuscheliger.«

Albert stützt sich bei Irin ab, als er sich mühsam in die Höhe hievt. Dann hilft er ihr beim Aufstehen. Heros Blick fällt auf ihre weißen Füße und die zerrissenen Hosen.

»Das ist Hero Zeelen«, sagt Irin.

»Drilling«, sagt Albert, während er sich die Hose sauberklopft und gleichzeitig versucht, Hero die Hand zu geben. »Ich habe schon viel von Ihnen gehört. Was für ein glücklicher Zufall, dass Sie gerade hier waren.«

»Es ist Niedrigwasser«, sagt Hero. »Da bin ich immer unterwegs.«

»Man weiß nie, was man findet«, sagt Albert.

»Ganz genau. Steigen Sie ein.«

Hero hält ihm die rostige Tür auf, sieht Albert an, als der auf die Rückbank krabbelt, sagt aber nichts. Er betrachtet den Mann, den er am liebsten hier zurücklassen würde, so neutral wie möglich.

Irin geht durchs Scheinwerferlicht zur Beifahrertür und steigt ein. Sie seufzt. Hero kann nicht einschätzen, wie der Spaziergang verlaufen ist. Er zieht die Fahrertür zu, beschleunigt stark und fährt nach einem kurzen Schlenker zurück zum Dorf, folgt seinen eigenen Reifenspuren. »Alles okay da hinten?«, fragt Hero. Das Auto macht so einen Lärm, dass er die Antwort nicht verstehen kann.

»Wo warst du?«, fragt er Irin dann. »Ich habe dich heute Nachmittag gesucht, Bengt hat vom Leuchtturm aus mit dem Fernglas nach dir Ausschau gehalten, aber wir konnten dich nicht finden.«

»Beim Bunker. Im Bunker.«

»Unserem Bunker?«

»Ja.«

»Warum?«

»Hat sich so ergeben.«

Hero fährt in schnellem Tempo durch eine Kuhle, das aufspritzende Meerwasser bleibt an der Windschutzscheibe kleben. Es dauert eine Weile, bis die ersten Häuser in Sicht kommen.

»Ist was passiert?«

»Nein.«

»Was habt ihr gemacht?«

»Geredet.«

»Sonst nichts?«

»Gegessen und geredet.«

»Worüber?«

Irin sieht sich zu Albert um, der in unbequemer Haltung auf der Rückbank hängt. Er hat seinen schmerzenden Fuß auf die Sitzfläche gelegt und versucht, mit der Hand am offenen Fenster Halt zu finden.

»Worüber habt ihr geredet, Irin?«

»Über mich.«

»Hast du es ihm gesagt?«

»Ja.«

»Deinen Namen?«

»Ja.«

»Das war nicht abgesprochen.«

»Es ist passiert. Nicht so wild.«

Der Landcruiser schwenkt auf den Strandübergang; Hero lenkt einhändig, benutzt die andere Hand zum Schalten, die Vorderräder drehen im Sand kurz durch, finden dann wieder Halt.

»Ich verstehe dich nicht, Irin. Du musst vorsichtig sein.«

»Er ist nett.«

»Wer?«

»Der Drilling. Er meint es gut, glaube ich.«

»Was meint er gut?«

Irin legt sich einen Finger auf die Lippen. Auf der Rückbank versucht Albert, sein Knie zu strecken und wärmt sich den Fuß, den es am schlimmsten erwischt hat.

»Was hast du nur getan, Irin?«, fragt Hero, als wäre er ihr Vater. Als würde er sie von einer Feier abholen.

»Gar nichts. Bloß spazieren gegangen.«
»Du kannst mir die Wahrheit sagen.«
»Tu ich ja.«
»Gut.«
»Er meinte …«
»Was?«
»Er meinte, Hero ist ein Frauenname.«

28

Die gleiche Fähre, die Irin zurück zum Festland fährt, hat sie auch schon auf die Insel gebracht. Hero hat keinen Dienst. Das Schiff ist fast leer. Es ist der 5. Dezember, und alle Ferienhäuser auf der Insel sind vakant. Der weiße Bus der Abteilung Transport und Fahrdienste rollt in den Bauch der Fähre. Der Fahrer erlaubt Irin auszusteigen. Aber an Deck darf sie nicht. Nicht winken, nicht rufen. Das sorgt nur für Unruhe. Und ist für alle Beteiligten unangenehm.

Das Dorf schläft. Niemand an Deck, niemand am Pier. Es ist ein kahler Morgen, an dem sich die Fähre zitternd von den Duckdalben löst.

Zweimal täglich legt die Fähre ab und wieder an, Ebbe und Flut, aber jetzt scheint sie sich endgültig davonmachen zu wollen. Die Schaumspur, die die Schiffsschraube im Wasser zieht, ist kurz. Für einen Moment sieht man noch die rote Leuchtturmspitze, bevor sie sich am Horizont auflöst.

Irin fragt die Grenzbeamten, die sie begleiten, ob sie in den Speisesaal darf. Die Männer sind jung und groß. Unter ihren Sakkos tragen sie Pullover; das ist Vorschrift. Ordentlich, aber nicht formell. So fallen sie weniger auf.

Irin steigt zwischen den beiden die breite Metalltreppe hoch, zieht die wasserdichte Tür auf und setzt sich auf eine Bank. Die Grenzbeamten setzen sich neben sie. Sie sieht durchs Fenster.

»Wollen Sie noch Kaffee?«, fragt sie.

»Gern«, sagt der Größere.

29

Durch Pristina fließt kein Fluss. Das fällt Albert sofort auf, als er den Stadtplan studiert, den er gestern Abend von der Rezeptionistin bekommen hat. »Es gibt keine guten Stadtpläne«, war ihr Kommentar. »In Pristina soll man sich verlaufen.«

Danach händigte sie ihm seufzend den Zimmerschlüssel aus.

Das Hotel gefällt Albert nicht. Es ist früh am Morgen, und er liegt mit dem Stadtplan und einem Reiseführer im Bett; hinter den gelbweißen Vorhängen rumort schon seit einer ganzen Weile die Stadt. Sein Zimmer liegt in der sechsten Etage und geht zur Straße raus, hoch oben in der schwarzen Fassade. Die Nordwand eines Bergs. Schon in aller Frühe ist er wach geworden, vom Verkehrslärm, dumpfes Brummen und Sirenen, aber vor allem vom Gestank. Der Gestank, der seinen Körper infiltriert, den er riecht, aber auch spürt, seit er in Pristina ist, die verrauchte, alte Luft des Braunkohlewerks neben der Stadt. Die dreckigste Fabrik Europas, hat er irgendwo gelesen, die den Himmel über Pristina gelblich erscheinen lässt; von der obersten Etage des Sirius-Hotels sieht man die fünf ordentlich aufgereihten Schornsteine, die ununterbrochen die Atemluft mit braunen Aschewolken anreichern. Die Rußpartikeln legen sich auf die fahlen Hügel, der Gestank treibt weiter und wird über die Klimaanlage in Alberts Zimmer gesaugt. Pristina und seine Einwohner werden permanent geräuchert.

Die Möbel in seinem Zimmer sind aus Tropenholzfurnier, die Halogenspots lassen sich per Fernbedienung dimmen, eine verschwenderische Menge Kissen liegt auf dem Bett, und Albert bläst Trübsal. Draußen ist es noch dunkel. Das Licht, das durch die Vorhänge fällt, rührt von einer Reklametafel.

Er steht auf und zieht sich die Pantoffeln an, die auf einem weißen, viereckigen Teppich platziert sind, der keinen anderen Zweck erfüllt, als dass man Pantoffeln darauf platziert. Die zartgelben Wände, die Sperrholzmöbel, die begehbare Dusche in Naturstein-Optik; das Hotel tarnt sich, denkt Albert, das ist es, was ihm so gegen den Strich geht. Es gibt sich für was Besseres aus, als es ist.

Er zieht die Vorhänge auf und blickt auf Pristina hinunter: Erst die belebte Straße, dahinter die Hügel, die Kuppeln und Hochhäuser wie wucherndes Unkraut. Schon im Morgendämmer läuft die Stadt auf Hochtouren: Passanten gehen mit langen, zielstrebigen Schritten über die Straße. Weiße Geländefahrzeuge der Vereinten Nationen wursteln sich mit Blaulicht durch den Morgentau, das Echo ihrer dünnen Sirenen hallt zwischen den Gebäuden wider, aber sie kommen kaum vom Fleck. Alberts Zimmerfenster sind dreifach verglast. Man kann sie nicht öffnen. Sie sind versiegelt, vermutlich, um Selbstmorden vorzubeugen. Er will die Stadt hören, will die Luft atmen, ist aber der Klimaanlage ausgeliefert, die unregelmäßig summt.

Es ist warm. Bis auf die Pantoffeln hat Albert nichts an. Er schaltet seinen Zimmergenossen, den Fernseher, ein und zappt sich durch die unbekannten Morgenprogramme mit ihren aufgekratzten Moderatoren, bis er auf eine Sprache stößt, die er versteht. Der Wettermann von BBC World. Jemand, dem er vertrauen kann.

Fast alle Hotelzimmer, in denen er unterkommt, sind wie dieses: Luxuszellen mit einem Bett und einem Schreibtisch und Vorhängen und einem Flachbildfernseher mit BBC World und CNN. Sie setzen alles daran, so international wie möglich zu erscheinen. Raumkapseln in einem Weltall ohne Schwerkraft, für Geschäftsleute wie ihn eingerichtet, die effizient einen Deal abschließen und dann weiterziehen.

Der Wettermann der BBC ist sehr dynamisch und hat rotes Haar. Er heißt William. Innerhalb weniger Minuten verkündet er, dass es in Kuala Lumpur regnet, in Dubai die Sonne scheint und die Temperatur in Valparaíso für diese Jahreszeit ungewöhnlich hoch ist. Hinter William bewegt sich der Himmel über einem Satellitenbild der Erde: Tiefdruckgebiete kräuseln sich über Europa und gleiten an Hochdruckgebieten vorbei, weg vom leeren Äquator. William erklärt mit dem ganzen Körper: seine Hände fegen über die Kontinente, picken manchmal eine Ländergruppe heraus, und folgen ohne Rücksicht auf Landesgrenzen den Wolkenmassen, die sich formieren und trennen, entstehen und vergehen, um unsichtbare Achsen tanzen. *Slight chance of rain down here in Cambodia. The middle lower states all the way up to fifty degrees.*

Der Balkan wird nicht erwähnt.

Bei der Ankunft hat Albert einen Zugangscode fürs WiFi bekommen. Er stellt seinen Laptop auf den schmalen Schreibtisch und will sich einloggen, aber das Signal ist zu schwach.

Er sieht sich im Zimmer um.

Sein Kopf wird plötzlich ganz leicht, als würde er über der Welt des Wettermanns schweben, als würde er über sein eigenes Leben hinaussteigen und sich in den Strudel der Tiefdruckgebiete mischen. Er klettert aus Pristina hinaus und sieht die Stadt, wie er sie gestern vom Flugzeug aus gesehen hat. Erst die Hügel des Kosovo, dann die Dörfer mit ihren Backsteinhäusern und den roten Dächern, die so willkürlich verstreut waren, dass die Landschaft aussah wie ein schlampig gedeckter Tisch. Und dann mit einem Mal die Stadt, eine Eiterbeule aus Beton.

Die meisten Städte haben von oben betrachtet ein Gesicht, aber Pristina nicht. Das hat nur einen Namen.

Der Flughafen war klein und ohne Brimborium. Albert hat den Flieger zu Fuß verlassen und ist direkt zum VIP-Eingang durchgegangen, ein separates Gebäude mit Rauchglasfenstern. Dort nahm eine junge Frau in Uniform seinen Pass entgegen, brachte ihn zehn Minuten später wieder zurück und wünschte ihm einen angenehmen Aufenthalt. Das Taxi wartete schon: ein blauer gepanzerter Mercedes, der dem Fahrer zufolge schon alles unter Gottes Sonne transportiert hatte.

Es wurde langsam Abend, die Lichter gingen an. Der Taxifahrer nannte alle Straßen beim Namen. Sie fuhren über die George W. Bush Avenue via die Bob Dole Street zum Bulevardi Bill Klinton, wo ein riesiges Konterfei des strotzenden Ex-Präsidenten die Flanke einer Wohnkaserne zierte. Der Stau fing zwei Kilometer vor dem Hotel an, das mitten im Zentrum lag. Der Fahrer bestand darauf, ihn bis zum Eingang zu bringen und schlängelte sich fluchend durch den qualmenden Verkehr.

An der Rezeption meldete Albert sich an, zeigte seinen Pass vor, bat um einen Stadtplan und ging ins Bett.

Er ist ein Mann in einem Hotel. In den ihn umringenden Zimmern, neben ihm, über ihm, unter ihm, sind Menschen, von deren Existenz er nichts weiß, und die nichts von seiner Existenz wissen. Die Decken und Wände sind gut isoliert. Albert will den Fernseher ausmachen, aber die Fernbedienung streikt. Er holt die Batterien heraus und setzt sie neu ein. Mit einem Knall weht die Tür auf, ein Zimmermädchen kommt herein, zieht sich erschrocken wieder zurück. Albert sieht sich im Ankleidespiegel neben dem Schreibtisch in die Augen.

Er muss sich anziehen und frühstücken. Das Büffet ist bis zehn Uhr geöffnet. Im Bad hängen zwei makellos weiße Morgenmäntel. Albert legt die Fußmatte auf den Boden und dreht versuchsweise den Hahn der Badewanne auf. Ein starker, warmer Strahl. Die Wanne füllt sich mit hellgrünem Teichwasser.

Das Büffet wird im achten Stock serviert; Albert zählt zwölf Bedienungen. Er ist nicht der einzige Gast und beschließt, niemanden anzusehen. Der Frühstücksraum bietet Panoramablick auf die Stadt, so hat Albert Gelegenheit, sich schon mal die Orientierungspunkte auf dem Weg zu seinem Termin einzuprägen: das Grand Hotel Pristina, das Swiss Diamond Hotel, die hohen Minarette der großen Moschee, das schmale Regierungsgebäude mit den Spiegelfenstern. Auf den meisten Dächern sind merkwürdige Antennen angebracht. Das Straßennetz ist simpel. Es sollte nicht allzu schwierig sein, sich hier zurechtzufinden.

Am Frühstücksbüffet gibt es nichts auszusetzen. Albert legt sich einen Honigpfannkuchen auf den Teller und kräftigen Käse. Er klappt die Edelstahlrechauds mit Rührei und gebratenem Speck auf und wieder zu und bittet eine der Bedienungen, die vor einem gläsernen Klimaschrank mit altem französischem Wein herumbummeln, um einen Latte Macchiato. Der Frühstücksraum wird von Männern in blauen oder grauen Anzügen mit Schnürschuhen regiert. Sie stehen in den Startlöchern für das zweitägige Symposium, das unten in der Eingangshalle angekündigt ist: *ICT in a changing city.* Heute Abend spielt ein Pianist im Restaurant. Sie müssen das Hotel nicht verlassen, für sie ist hier die Stadt. Die Männer am Nebentisch rauchen. Sie stecken sich die Zigaretten an, während sie essen, und reden mit irischem Kaugummi-Akzent. Es würde ihn nicht wundern, wenn sie Bier bestellten.

Er holt ein Blister Paracetamol aus der Innentasche seines Jacketts und nimmt zwei Tabletten mit einem Schluck Kaffee ein. Essen tut er nichts. Aus unsichtbaren Lautsprechern dringt »We are the world«, Coversongs von Queen und Genesis; er versucht, nicht darauf zu achten, aber die Songs nisten sich für den Rest des Tages in seinem Kopf ein.

Zurück auf seinem Zimmer erschreckt ihn die anspringende Klimaanlage.

Albert verlässt das Hotel durch die automatische Schiebetür und bietet dem Straßenstaub die Stirn. Durch einen

Nebel von Abgasen folgt er zunächst dem befahrenen Agim Ramandi Boulevard, der direkt ins Zentrum führt. Der breite Bürgersteig ist mit Schlaglöchern übersät, sodass er seine Aufmerksamkeit sowohl auf das Pflaster als auch auf entgegenkommende Passanten richten muss. Manche stoßen ihn im Vorbeigehen aus Versehen an. Das ist seine Schuld. Sie wissen, wo sie hinwollen, und warum, und wann – die Stadt gehört ihnen. Er ist völlig planlos.

Autos parken quer auf seiner Strecke. Die Linienbusse haben keine Nummern oder Endhaltestellen, tragen aber noch die alten Namen aus ihren Herkunftsländern: Bregenzer Wald, Innsbruck Hauptbahnhof, Stazione Termini, Berliner Allee, La Défense. Gespendete Busse. Bestimmt gibt es einen Fahrplan, aber niemand sah sich genötigt, den öffentlich zugänglich zu machen.

Aus den Schuhgeschäften, die die Straße säumen, kommen Männer mit Kartons; sie türmen sie auf wie Legosteine. Manche bauen Pyramiden, andere einen Triumphbogen – das gesamte Ladeninventar wird auf der Straße ausgestellt. Danach fegen sie energisch ihren Teil des Bürgersteigs, sodass der Staub beim Nachbarn landet, und kippen Wasser aus Plastikflaschen darüber. Wenn das erledigt ist, zünden sie sich eine Zigarette an und machen sich ans Warten.

Alle Läden haben dieselben Schuhe und dieselben Preise: Nike, Adidas, Puma, Converse All Stars, Fälschungen aus den Werkstätten in Albanien und Bulgarien. Silberne und goldene Modelle aus Synthetik scheinen besonders beliebt zu sein. Die gestapelten Kartons sind zerknautscht, genau wie die Ladenbesitzer.

Albert weiß nicht, dass er in die falsche Richtung geht. Er hat seinen Stadtplan vergessen. Das ist kein Drama, der Termin ist erst später am Nachmittag. Er hat Zeit für eine Stadterkundung.

Er biegt vom Boulevard rechts in eine Straße ein, die zum Grand Hotel Pristina führt, ein klassisches Gebäude, fünf Sterne. Er fragt sich, warum die Sekretärin ihn in einem Vier-Sterne-Hotel einquartiert hat – ist das ein erstes Anzeichen für seinen Niedergang im öffentlichen Dienst?

Die hohen Leuchtbuchstaben auf dem Hoteldach sind defekt, das hat er gestern Abend schon von seinem Zimmer aus gesehen: G A HO L P IST NA *****. Als er durch die schwere, kupfergepanzerte Drehtür die Lobby betritt, sieht Albert, dass der Verfall sich nicht auf das Dach beschränkt. Der weiße Marmorflur ist mit schwarzen Striemen verunstaltet, die Gardine vor den Fenstern zerrissen. Auf wackeligen Holztischen stehen Literflaschen Peja-Bier, die Männer, die an den Tischen sitzen, rauchen, dass die Aschenbecher überquellen. Überall herrscht Halbdunkel. Von den vier Fahrstühlen sind drei außer Betrieb, Albert steigt in den vierten, der knarzt und ächzt und mit ruckartiger Beschleunigung nach oben fährt; Albert steigt in einer Etage mit vergilbtem Teppichbelag aus, es ist genauso dunkel wie in der Lobby. Zwei junge Frauen sitzen halb verborgen hinter einer ausufernden Zimmerpflanze auf einem Ledersofa. Sie rauchen lange Zigaretten und fragen, ob sie ihm helfen können. Albert sagt, dass alles in Ordnung ist und nimmt die Treppe nach unten.

Draußen dröhnt die Stadt. Das Hotel liegt auf einer Insel zwischen Durchgangsstraßen, belagert von Asphalt. Albert überquert die Straße und geht auf der Schattenseite weiter. Geradeaus, rechts, links. Die Stadt hat keinen Kern, wodurch auch Albert sich ganz haltlos fühlt, eine Kompassnadel zwischen Magneten. Als wäre alles einmal durchgeschüttelt und nicht wieder ordentlich an seinen Platz zurückgestellt worden. Hohe, ungewöhnlich schmale Wolkenkratzer aus Glas und Stahl. Versengte Balkone, an denen Bettlaken und rotschwarze Flaggen flattern. Versteckte kleine Innenhöfe unter

Platanen, eine Medina mit Marktständen, Vorkriegs-Villen. Pristina ist ein Flohmarkt für Second-Hand-Gebäude, sogar das Neue ist hier alt. Italienische Espressobars und *Qebabtores*, FAST FOOD 1 EURO auf den Schaufensterscheiben.

Eine Stadt braucht einen Fluss, einen Hafen oder eine Festung, denkt Albert, aber Pristina hat nichts, es sei denn, das fensterlose Hauptquartier der EULEX geht als Festung durch: der mit Stacheldraht gesicherte Flachbau für Beamte und Militärs aus der zivilisierten Welt. Auf der Kreuzung vor dem Eingang bleibt Albert kurz stehen, um sich einen Überblick zu verschaffen. Die Glastür des Gebäudes gleitet auf und zu, Leute kommen heraus, es muss Mittagspause sein. Auf dem Parkplatz warten ihre dunkelblauen Geländewagen, dutzendweise, Reihe um Reihe, manche mit übers Dach gespannten Kurzwellenantennen. Die Leute setzen sich in ihre Autos. Das sind die Arbeiterinnen eines internationalen Bienenstocks, denkt Albert, die jetzt die Basis in ihren gepanzerten Shuttles verlassen. Sie fliegen im Büro ein und aus, durch die Schiebetür, durch die Schlagbäume, an den behelmten Sicherheitsleuten vorbei, unterwegs zu einer Sitzung, einem Symposium oder einer Konferenz. Mit oder ohne Blaulicht. Die meisten haben einen Fahrer.

Albert geht weiter, biegt rechts, dann wieder links ab und verstrickt sich in der Umzäunung, in den Sackgassen, die zu Gebäuden führen, die nur durch Schilder gekennzeichnet sind.

UNMIK
KFOR
OSCE
ECLO
UNESCO
OCSF
UNHCR
FINCA

KCSF
Abkürzungen, wie Pflaster auf die Stadt geklebt, in der Hoffnung, dass sie irgendwann aufhört zu bluten.

Er versucht, sich die Organisationen einzuprägen, vielleicht kommen sie ihm später noch zupass. Gut, dass sie da sind, denkt er. Auf jeden Fall haben sie einen ganzen Schwung neuer Leute nach Pristina gebracht. Tausende Expats, die nach und nach die Militärs verdrängen und der Stadt eine erfrischende, luxuriöse Schicht hinzugefügt haben: ambitionierte, abenteuerlustige, junge Kosmopoliten. Ein neues zwischen den vielen alten Völkern der Stadt, ein neuer Stamm, warum denn auch nicht, und außerdem bringen sie Wohlstand, gehen jeden Tag essen und bezahlen ohne mit der Wimper zu zucken tausend Dollar Miete im Monat.

Der Westen hat aus dem Kosovo *ein* Land gemacht, und die Kosovaren tun, als fänden sie das toll, als wäre es tatsächlich möglich, ein einheitliches Land zu schmieden, eine Legierung aus dreißig unterschiedlichen Metallen. Solange der Westen das glaubt, fließt Geld. Sie hatten es hier noch nie so gut.

Plötzlich versteht Albert, warum sein Hotel so teuer ist. Die Expats halten Pristina im Arm. Sie halten es im Arm wie ein Frühgeborenes. Ein Händchenvoll Land, ein Sandkorn, das während seiner gesamten Geschichte immer zwischen Felsbrocken zerquetscht zu werden drohte. Aber jetzt sind sie da: die Internationalen. Und ihretwegen, denkt Albert, kann er Irin wohlbehütet in ihre Geburtsstadt zurückbringen. Sie wird ihren Augen nicht trauen. Sie kennt Pristina höchstens vom Krieg – falls sie sich überhaupt noch daran erinnert. Die Stadt lebt, obwohl sie tot sein müsste, dank der internationalen Gemeinschaft, dank ihm, denkt Albert. Auf der Straße wird man ihn für einen Expat halten. Und in gewisser Hinsicht ist er das auch.

Er stößt auf einen kasernenähnlichen Plattenbaukomplex, an dem das großformatige Porträt eines albanischen Revolutionärs prangt. Die Universität. Auf dem erhöhten Vorplatz stehen mannsgroße Buchstaben, Bildhauereien, mit grellgelbem Graffiti überzogen. Er tritt ein paar Schritte zurück, um das Wort lesen zu können, das sie bilden:

N E W B O R N

Albert ist zufrieden. Alles auf Start. Das geht. Die Geschichte eines Landes, einer Stadt oder eines Menschen muss nicht kontinuierlich verlaufen, auch seine eigene nicht. Er wird mit Irin wiederkommen. Er wird sich um ein Studienstipendium für sie kümmern – vielleicht möchte sie Dolmetscherin werden oder Beamtin im höheren Dienst im Kabinett des Vizeministers, mit dem er sich nachher trifft. Das sollte er mit ihm besprechen. Er wird Irin ein neugeborenes Pristina zeigen. Es muss nicht in komplizierte Überzeugungsarbeit ausarten. Sie kann diesem Land von großem Nutzen sein.

Albert sieht die Stadt jetzt mit anderen Augen; der Nebel in seinem Kopf lichtet sich. Die Schuhläden haben Modegeschäften Platz gemacht; in den Eingängen stehen junge Verkäuferinnen auf Plateausohlen und rauchen. Butiku Blero. Niki Textil. Mini Store 24h. Fisi Gold. Ladenbesitzer organisieren sich überall gleich. Sie ballen sich zusammen. Sie verkaufen auch alle das gleiche: schreiend bunte Skinny Jeans und gefälschte Louis-Vuitton-Taschen.

Er nickt den Verkäuferinnen zu.

Die Straße steigt an und mündet auf einen Fußgänger-Boulevard mit mediterranen Straßencafés, bevölkert von jungen Leuten in italienischen Kleidern – auch wenn die Kleider bloß Imitate sind, denkt Albert, die Leute geben sich jedenfalls Mühe. Zu beiden Seiten Minarette, sauber und gut restauriert. Am Ende des Boulevards ein modernes Hotel, SWISS DIAMOND*****, ein rosa Sahnetörtchen, eine Trophäe, mit dem neuen Geld erkauft, das nach dem Krieg in die Stadt gesickert ist. Er betritt das Hotel, sieht Tische mit weißen Damastdecken. Hier muss er mit Irin essen gehen, falls sie das noch möchte.

Hinter dem Hotel steht die Statue eines Reiters, der mit gezogenem Krummsäbel auf seinem steigenden Pferd sitzt. Die Straßen ringsum sind aufgebrochen. Auf einer Kupfertafel sind Name und Geschichte des Reiters zu lesen, in sechs Sprachen, die Renovierung wurde durch die Europäische Union finanziert. Er heißt Skanderbeg, ein bärtiger Krieger aus dem fünfzehnten Jahrhundert, der Held der Albaner, im Mittelpunkt der Stadt. Alles dreht sich um Skanderbeg. Alles dreht sich um Albert. Er sieht die kosovarischen Passanten, die Autos im Stau, hier ist Pristina zum Greifen nah.

Den Termin mit dem Vizeminister hat Albert um vierzehn Uhr, und Skanderbeg kann er schlecht nach dem Weg fragen. Es ist viertel vor. Am Rand des Platzes hält er ein Taxi an und bittet den Fahrer auf Englisch, ihn zum Ministerium für Auswärtige Angelegenheiten und Diaspora zu bringen. »Aber das ist hier«, antwortet der Fahrer auf Deutsch und zeigt durch die Windschutzscheibe auf einen hohen Spiegelpalast. »Danke schön«, sagt Albert, als er wieder aussteigt. »Vielen Dank!«

Da geht er, Albert Drilling, der große Mann zwischen den jungen, fröhlichen, energischen Kosovaren, die das Gegenteil von dem sind, was er erwartet hatte. Von der Straße aus sieht er das Regierungsgebäude steil in die Luft ragen, auffällig schmal, aus Beton und goldenem Sonnenbrillenglas, er muss in den zwölften Stock, hat ihm die Sekretärin des Vizeministers geschrieben. Sie hat ihm auch geraten, Zeit für die Kontrolle am Eingang einzukalkulieren.

Er weiß, wie sie ticken, die Vizeminister, die Abteilungsleiter und die hohen Beamten, mit denen er verhandelt. Egal wo, immer sind es Männer, die ihren Bauch unter einem offenen Maßjackett verstecken, eine Stunde brauchen, um sich über sich selbst und den Ruhm auszulassen, den sie ihrem Land bringen. Das ist kein Drama. Er ist in der Bittstellerposition, es ist sein Job, sich in Geduld zu üben. Die Stunde nutzt Albert, um einzuschätzen, welche Gegenleistung von ihm erwartet wird.

Der Portier gibt Albert einen Besucherschein im Tausch gegen seinen Pass. Der Metalldetektor schlägt Alarm, aber der Beamte auf der anderen Seite winkt ihn durch, weitergehen, weitergehen; alle Ausländer in dunkelblauen Anzügen sind herzlich willkommen. Die Aufzüge funktionieren nicht. Albert nimmt die Treppe, die in dem gläsernen Zylinder, der am Gebäude klebt, nach oben führt, mit jeder Etage bekommt er einen besseren Blick auf die Stadt. Im zwölften Stock liegt Pristina ihm vollständig zu Füßen. Albert erkennt den Weg, den er gekommen ist: das Grand Hotel, das Swiss Diamond, das EULEX-Hauptquartier, Skanderbeg.

Das Sekretariat des Vizeministers ist so klein, dass Albert und die Sekretärin kaum zusammen hineinpassen. Sie heißt Zana und sieht konzentriert auf den Bildschirm ihres antiken Computers. Ihre Nägel sind frisch lackiert, das riecht er. Sie bittet Albert, auf dem einzigen anderen Stuhl Platz zu nehmen, direkt neben der Tür. Als Zana aufsteht, um zwei Macchiatos zu holen, sieht er, wie groß sie ist. Sie streift im Vorbeigehen sein Bein.

Ein junger, schlanker Mann mit Koteletten steckt seinen Kopf ins Zimmer. »Zana?«

»Sie ist Kaffee holen«, sagt Albert auf Englisch – »She went for coffee.«

»Ah« – der junge Mann dreht seinen Kopf in den Flur zurück und ruft ihr nach: »Zana! Für mich auch einen Macchiato!«

»In diesem Land wird zu viel Kaffee getrunken«, sagt er zu Albert. »Die harmloseste unserer Angewohnheiten. Sind Sie der Holländer?«

»Ja.«

»Sehr gut. Ich bin Pitret. Pitret Hoxhai.«

»Sie sind der Vizeminister?«

»Aber ja.«

Albert hat heute Morgen vergessen, ihn zu googeln. Das hätte er besser tun sollen. Jeder hochranginge Regierungsbeamte möchte, dass man ihn erkennt, dass man über die wichtigsten Stationen seines Lebenslaufs Bescheid weiß, über seine Erfolge und Meilensteine. Aber auch, welche Filme er mag und wo er seinen Urlaub verbringt. Eine halbe Stunde auf Facebook reicht meist für ein zweckdienliches Kennenlernen.

Auch ein Geschenk hat er vergessen. Das ist wirklich ungeschickt. Er hätte ihm etwas Teures mitbringen sollen, etwas Westliches, einen Markenartikel. Darauf stehen sie auf dem Balkan, denkt Albert – warum sollten sie sonst alles fälschen? Eine Uhr wäre gut gewesen, eine Rolex Submariner oder Yacht-Master, mit Zertifikat. Warum hat er nicht daran gedacht? Er will etwas von diesem Mann. Er hätte sich vorbereiten müssen. Es schwächt seine Position – erheblich.

Albert überlegt kurz und beschließt dann, dem Vizeminister ein nachträgliches Geschenk zu machen: ein langes Wochenende in der Suite des Amstel-Hotels in Amsterdam. Dann hat er etwas, worauf er sich freuen kann. Außerdem lässt sich eine solche Ausgabe im Ministeriumsetat sehr leicht wegbuchen: ein Amtsbesuch, um die Akte unter strenger Geheimhaltung zu einem zufriedenstellenden Abschluss zu bringen. Es ist besser, diesem Mann ein Geschenk in Aussicht zu stellen, denkt Albert, als es ihm jetzt schon zu geben.

Aktennummer 9906.21.2938. AZR-Nummer 120.900.5713. Kira Dostat/Irin Past. Er hat seine jüngsten Erkenntnisse hinzugefügt, bevor er eine Kopie an diese Adresse hier geschickt hat.

»Bitte folgen Sie mir«, sagt der Vizeminister und geht zum Ende des Flurs voraus. »Hey, Zana, wir sind in meinem Büro.«

Schnell sieht Albert sich im Zimmer um. Er hofft auf einen Anknüpfungspunkt für ihr Gespräch, irgendetwas aus dem Leben dieses Mannes. Aber an den Wänden hängen weder Urkunden noch Diplome, kein Ehrenporträt, keine Fotos von Frau und Kindern. Nur ein Bild von Bill Clinton und ein gerahmtes Foto von Steve Jobs in der Hocke. Auf dem Boden Umzugskartons mit Akten. Und Kabel kreuz und quer. Es könnte das Büro eines Start-ups sein. Auf einem Glastisch steht eine Miniatur des Kunstwerks vor der Universität: NEWBORN.

»Hier herrscht Chaos, sorry«, sagt der junge Mann mit den Koteletten. »Der Minister ist in Dubai, um übers Geld zu jammern, und ich habe seinen Kalender an der Backe. *Crazy madness*. Setzen Sie sich.«

Er zeigt auf eine cremefarbene Leder-Sitzecke. Albert wartet, bis der Vizeminister Platz genommen hat, und lässt sich dann in die weichen Kissen sinken. Zana bringt die Macchiatos, stellt sie auf dem Tisch ab, streichelt dem Vizeminister über den Kopf und geht zurück an ihren Computer.

»Herr Inger. Willkommen in meinem neugeborenen Land.«

»Drilling ist mein Name. Albert Drilling.«

»Oh, sorry, ich dachte …« Der Vizeminister sieht auf sein Handy, schüttelt den Kopf. »Tut mir leid. Da habe ich eine falsche Info bekommen. Hier steht Inger. Nehmen Sie's mir nicht übel, es ist ein stressiger Tag. Es ist immer stressig hier, ich frage mich echt, warum ich mir das antue. Der Minister mit seinen Konferenzen. Sie können froh sein über ihr Holland, wissen Sie das? Ein Land, in dem alles wie am Schnürchen läuft. Wie war jetzt Ihr Name?«

»Drilling. Albert. Kein Drama. Mein Sekretariat macht diesen Fehler öfter. Ich werde das zur Sprache bringen.«

Der Vizeminister ist in Hemdsärmeln; Albert war im ersten Moment davon ausgegangen, mit einem Assistenten zu tun zu haben, ein Trick, der in Ländern wie diesem gern angewendet wird, um ihn, noch bevor die Verhandlungen beginnen, zu verwirren. Um ihn spüren zu lassen, wer hier wen um einen Gefallen bittet. Erst am Ende des Gesprächs tritt dann der echte Minister auf den Plan. Aber auf den Visitenkarten, die auf dem Glastisch liegen, steht tatsächlich *deputy minister*, unter einer Abbildung der Flagge, Republic of Kosovo. Blau und Gold und die sechs weißen Sterne im Halbkreis, für jede Bevölkerungsgruppe einer: Die kosovarische Flagge ist der Flagge der Europäischen Union nachempfunden.

Das Ledersofa ist weich und kühl.

»Fein«, sagt der Vizeminister. »Sie sind also die Vorhut?«

»Ja.«

»Und wo steckt der Rest Ihrer Delegation?«

»Ich reise allein.«

»Haha! Eine Ein-Mann-Vorhut – Sie veräppeln mich!«

»Es ist effizient und kostengünstig.«

»Und langweilig! Wissen Sie was? Kommen Sie doch heute Abend in mein Café. Ich feiere meinen Geburtstag, lernen Sie meine Freunde kennen. Ein Mann wie Sie sollte seine Abende nicht allein verbringen. Ist doch eine Schande. Das Café ist auf der Rexhep Lucistraße, in der Nähe vom Kino. Es heißt Comic-Depo. Sie können mich auf dem Handy anrufen, wenn Sie es nicht finden, die Nummer steht auf meiner Karte.«

»Herzlichen Glückwunsch«, sagt Albert.

Der Vizeminister steht auf und holt einen Stapel Comichefte aus einem der Umzugskartons, legt sie auf den Glastisch und setzt sich Albert wieder gegenüber.

»Ich habe Tausende davon. *Bandes dessinéés*, wie heißen die auf Niederländisch? Ich sammele Comics seit ich fünf bin, und meine Sammlung ist quasi komplett im Café untergebracht. Ich habe alles von Tim und Struppi in sechs verschiedenen Sprachen. Ein Freund von mir zeichnet besser als Hergé persönlich; ich habe ihn gebeten, ein neues Heft zu machen: *Tim in Pristina*. Ist das ne Idee? Mit Kapitän Haddock als ... sagen wir mal, Friedensmilitär? Wenn Sie so was interessiert, kann ich Ihnen heute Abend ein bisschen was zeigen. Hier gibt es mehr Tims als sonst wo auf der Welt, Herr Inger, vielleicht ist Ihnen das schon aufgefallen. Wir sind das jüngste Land Europas. In mehrfacher Hinsicht. Uns gibt es erst seit einem Jahr. Und sehen Sie irgendwelche alten Leute auf der Straße? Ist Ihnen das nicht aufgefallen: lauter junge Menschen! Die Energie dieses Landes! Der echte Kosovo ist völlig anders als der aus der Zeitung. Verstehen Sie? Man denkt sofort an Krieg, an Organhandel und Prostitution, und warum, Herr Inger? Weil wir auf dem Balkan sind. Der ganze Balkan ist verschrien, ich weiß, was man in Holland denkt. Alles aus dem Herzen Europas ist arm und gefährlich. Wahrscheinlich denkt man in Holland noch, dass wir hier mit Kalaschnikows rumlaufen, haha, dachten Sie das auch? Ich wette! Das wir bei jeder Beerdigung und jeder Hochzeit in die Luft knallen, haha! Sie sollten mal eine Hochzeit erleben. Sehr, sehr festlich. Würde Hergé noch leben, hätte er den Kosovo wahrscheinlich so gezeichnet: Männer mit Stiernacken, Kalaschnikows, Schmuggler. Ich bin froh, dass Sie da sind, glauben Sie mir. Ich bin froh um jeden Ausländer, dem ich das echte Pristina zeigen kann. Ich bin jetzt dreiunddreißig. Wie alt sind Sie? Älter, schätze ich. Ich habe in London und Oslo studiert, ich hätte da reich werden können, aber wissen Sie was? Ich bin zurückgekommen in dieses kleine, verrückte Land. Für einen kleinen Lohn. Und wissen Sie, warum? Weil es neu ist. London und Oslo sind fertig, aus Pristina kann ich noch eine Weltmetropole machen. Da tut sich noch was! Kaffee? Zana! Hey, Zana, noch zwei Macchiatos! Zeigen wir doch noch mal, was unser kleines Land so draufhat. Unser Kaffee ist sogar besser als der italienische, Herr Inger. Finden Sie nicht auch?«

Wie ein ungesicherter Alpinist versucht Albert, sich an den Worten des Vizeminister festzuklammern, aber alles, was er anfasst, bröckelt ihm unter den Händen weg. Tim und Struppi. Irin. Pristina. Seine schnell verheilten Füße. Die Bombe am Strand. In seinem Kopf schaukelt noch immer die Musik von heute Morgen hin und her, ein Song von Genesis. Was will dieser Mann? Er muss sich auf Irin konzentrieren. Auf den Fall. Das Gespräch – *wenn man es noch ein Gespräch nennen kann* – ist rein instrumental. Er ist nicht hier, um sich die Ergüsse eines Lokalpolitikers anzuhören, er muss sich ans Ziel seiner Mission halten. Er ist auf Dienstreise.

Irin ist ein Flüchtling wie jeder andere Flüchtling. Nummer hundertfünfunddreißig auf seiner Liste. Danach kommt Nummer hundertsechsunddreißig, danach kommt Nummer hundertsiebenunddreißig. Er muss sich konzentrieren, er darf nicht zu tief im Ledersofa des Vizeministers versinken, er zwingt sich, an die Akte zu denken, die er im Schließfach seines Hotelzimmers vergessen hat. Der Code ist sein Geburtsdatum. Besser vorbereiten!

Irin hat er das letzte Mal in der Morgendämmerung auf der Insel gesehen. Er stand auf seinem Balkon, als sie das Hotel verließ, ohne sich zu ihm umzudrehen. Er sah sie nur von hinten, die schwarze Jacke, die zwei Einkauftüten mit ihren Sachen rechts und links, wie energisch sie in den Justizbus stieg. Er hatte überlegt, zu ihr rauszugehen, aber was dann? Ihr nachwinken? Das wollte sie nicht. »Ich mach das allein«, hatte sie gesagt. »Kommen Sie ja nicht in meine Nähe.«

Mit der Morgenfähre ist sie abgereist.

Albert hat seinen Trolley aufs Bett gelegt und im Zimmer gewartet, bis der Bus weg war. Dann wusste er nicht, was er tun sollte. Er hätte den Laptop aufklappen und die Akte auf den neuesten Stand bringen können, aber dazu hatte er keine Lust. Er hätte sich aufs Bett legen können, fürchtete aber einzuschlafen. Er musste die Nachmittagsfähre erwischen. Am Ende tat er nichts, jedenfalls erinnert er sich nicht daran, irgendwas getan zu haben, außer zu hoffen, dass es bald vorbei sein würde.

Sie wollte es so. Sie hat es ihm selbst gesagt, ohne zu zögern.

Albert war nach dem Spaziergang über die Insel erschöpft. Hero hatte ihn und Irin beim Hotel abgesetzt und war gefahren – Albert hatte noch »Danke« gemurmelt. Das Hotel war leer und groß. Auf seinem Zimmer versorgte Irin seine Füße mit Pflastern; die Verletzungen waren halb so wild. Aber sicher würde er Muskelkater bekommen. Danach kümmerte er sich um Irins Füße, die jungfräulich waren. Ihr Knie hatte aufgehört zu bluten; mit einem Waschlappen und warmem Wasser wischte sie sich die Beine sauber und ging schlafen.

Albert war sich nicht ganz schlüssig darüber, was genau das Endergebnis dieses Rückkehrgesprächs war. Er war zu müde, um sich darüber Gedanken zu machen und beschloss, das auf morgen zu verschieben.

Beim Frühstück goss Irin ihm Kaffee ein. Ansonsten passierte an diesem Tag nicht viel. Albert blieb auf seinem Zimmer, schrieb ein wenig, aber vor allem schlief er. Der Muskelkater trat wie erwartet ein. Am Abend blieb er lange bei BBC World hängen, das rund um die Uhr sendet.

Am folgenden Tag kam er gar nicht erst aus seinem Zimmer. Mit dem Wasserkocher und den Instant-Cappuccino-Beuteln machte er sich selbst Kaffee. Er versuchte, am Protokoll des Rückkehrspaziergangs zu arbeiten, aber fand die richtigen

Worte nicht. Am Abend hatte er sein komplettes Tagwerk wieder gelöscht.

Im Bad verarztete er noch mal seine Füße.

Am Tag danach ging er zum Frühstück wieder hinunter. Irin blieb an seinem Tisch im Frühstücksraum stehen. »Okay«, sagte sie. »Sie haben gewonnen. Ich gehe. Bringen Sie mich nach Pristina.«

Albert stand unter lautstarkem Stuhlgerücke auf und umarmte sie. Er spürte ihre Hände auf seinem Rücken und sagte: »Das klingt nach einer vernünftigen Entscheidung.«

»Ja.«

»Ich arrangiere alles für Sie. Alles. Vertrauen Sie mir einfach. Es gibt viele Möglichkeiten.«

»Das muss nicht sein.«

»Wir fliegen zusammen nach Pristina. Ich bin Ihre Eskorte. Ihr Beschützer. Wir fliegen Business-Class und buchen für die ersten Tage das beste Hotel der Stadt.«

»Das muss nicht sein.«

»Doch, natürlich! Seien Sie nicht so bescheiden, Irin, ich kann das arrangieren, das ist mein Job. Ich kann das deklarieren. Eine würdevolle Rückreise ist doch wichtig. Wie viel Geld brauchen Sie? Eine neue Zukunft ist teuer, Irin. Hier, das können Sie jetzt schon haben. Das ist nicht von mir, sondern vom Ministerium.«

Er löste die Umarmung und suchte in der Innentasche seines Jacketts; der Umschlag mit den zwanzig Fünfhunderter-Scheinen war dünner als sein Reisepass. Ein Bündel Papier. Er steckte den Umschlag in die Vordertasche ihrer Schürze, aber sie holte ihn wieder heraus und legte das Geld zwischen dem Kaffee und dem noch unangerührten weichgekochten Ei auf den Tisch.

»Ich will nichts, Herr Drilling. Ich will als illegale Ausländerin gehen, nicht als Trophäe.«

Die Kälte in ihrer Stimme erschreckte ihn.

»Sie sind doch nicht meine Trophäe. Das ist ein Missverständnis. Meine Aufgabe als Beamter besteht darin, den Rückkehrprozess der ausländischen Staatsbürger zu begleiten. Mehr nicht. Sie sind da gar nichts Besonderes, was das angeht. Ich meine, gut, Sie sind natürlich schon etwas Besonderes, für mich sind Sie etwas Besonderes, das haben Sie vermutlich längst gemerkt, ich will auf jeden Fall damit sagen, dass Sie nicht nichts Besonderes sind – es ist nur, wie drücke ich mich aus, ich halte mich an das übliche Prozedere. Ich will Ihnen helfen. Denken Sie in Ruhe darüber nach und sagen Sie mir dann Bescheid. Bitte.«

»Nein«, sagte sie. »Ich will, dass Sie mich ausweisen. Und zwar jetzt.«

»Irin – ich verstehe, dass Sie müde sind, die letzten Tage waren befremdlich, ich bin auch müde. Aber das hier sollten Sie nicht einfach so …«

»Weisen Sie mich aus. Schicken Sie mich zurück. So schnell es geht. Kümmern Sie sich darum.«

Albert setzte sich hin und pellte sein Ei. »Also schön«, sagte er, »wir fliegen zusammen nach Pristina und ich übergebe Sie in die Hände eines Mitarbeiters der Internationalen Organisation für Migration – einverstanden? Dann sind Sie mich los.«

»Nein.«

»Sondern?«

»Ich will einen Justizbus. Vergittert. Ich will um fünf Uhr morgens von Beamten mit Stichschutzwesten aus dem Bett gezerrt werden. Ich will Plastiktüten vom Lidl für meine Sachen. Ich will Grenzbeamte als Begleitung.«

»Ich weiß nicht, ob ich das auf die Schnelle arrangieren kann.«

»Ich kann warten.«

»Ich verstehe Sie nicht«, sagte Albert, während er seinen Stuhl weiter nach hinten schob und zu Irin aufsah, zu dem Namensschild mit »Manja«, das noch immer an ihrer Bluse festgemacht war.

»Entweder so oder gar nicht«, sagte sie. »Kümmern Sie sich drum. Sonst bleibe ich hier. Sie haben die Wahl.«

Sie war ganz ruhig, genauso ruhig wie an seinem ersten Tag auf der Insel, als sie an der Rezeption nach seinem Pass gefragt hatte. Sie war noch immer dieselbe. Ihrem Gesicht war keine Müdigkeit anzumerken; große, klare Augen. Sie schien trotz allem gut geschlafen zu haben.

Das war das Resultat von Alberts Bemühungen. Das war Nummer hundertfünfunddreißig; seine Erfolgsquote blieb unangetastet. Er hätte zufrieden sein können, aber das war er nicht.

»Warum unbedingt so?«, fragte er.

»Wegen meinem Vater«, war Irins Antwort. »Ich will genauso aus dem Land geworfen werden wie er. Ich will nachvollziehen, wie das ist. Ich will ein Vorstrafenregister. Ich will einen Vermerk in meinem Pass. Ich will eine Persona non grata sein. Ich will, dass Hero angezeigt wird, weil er einen illegalen Flüchtling versteckt hat. Ich will, dass der Bürgermeister eine Beförderung kriegt. Machen Sie es streng nach Vorschrift.«

»Papperlapapp«, sagte Albert. »Sie wollen mir nur unter die Nase reiben, was ich für ein mieser Kerl bin. Dass ich glückliche Menschen ins Unglück stürze. Das stimmt nicht, Irin. Auch ich habe ein Herz. Jeder Mensch hat ein Herz.«

»Kümmern Sie sich drum. Wenn Sie ein Herz haben, kümmern Sie sich für mich darum.«

Ein paar Tage später hatte Albert sich darum gekümmert. Von seinem Balkon aus sah er, wie sie hinter den Gitterfenstern des Busses Platz nahm, das Gesicht von der dunklen Privacy-Verglasung verschattet. Sie war wieder die ausländische Staatsbürgerin geworden, die sie vorher gewesen war: eine Niemandsfrau, ihr Leben in zwei Tüten. Durch die bloße Tatsache, dass sie wegging, wurde sie überflüssig. Niemand war zum Hotel gekommen, und niemand würde am Pier protestieren.

Zwei Minuten brauchte Irin, um einzusteigen, die Tür öffnete und schloss sich automatisch, und damit war sie ausradiert.

Der Bus fuhr langsam, bog rechts in den Borneopad ein, dann links in die Dorpsstraat, die klitschnass war vom Morgenregen. In Heros Haus brannte kein Licht. Die Bäume glänzten schwarz. Das Scheinwerferlicht bahnte sich im Schneckentempo einen Weg zum Anlegesteg der Fähre, es war Zeit genug. Dort blieb der Bus, wegen der Kälte mit laufendem Motor, stehen. Ein Bus, ein Fahrer, zwei bewaffnete Beamte und ein Flüchtling – keine Zuschauer. Der Bürgermeister blieb zu Hause, Bengt war eifrig mit seinen Bildschirmen im Leuchtturm zugange, Hero schlief.

Irin Past verließ die Insel, wie sie sie vorgefunden hatte: als einen Ort, der nicht für sie bestimmt war.

Albert hörte das Nebelhorn der Fähre und setzte sich an den Schreibtisch, um die letzten Formalitäten zu erledigen. Er rief das zuständige Amt an, das Irin nach Pristina bringen würde. Er bat den Direktor der Haftanstalt, sie kulant zu behandeln (Einzelunterbringung, Internetzugang, Nutzung des Außenbereichs, unbegrenztes Telefonieren). Er mailte dem Staatssekretär, dass er nach Pristina vorausreisen würde, um die dortigen Behörden über Irins Ankunft zu informieren, ihren kosovarischen Pass in Ordnung bringen zu lassen und eventuelle bürokratische Hindernisse aus dem Weg zu räumen. Laut Statuten hätte Albert mit einem Kollegen von der Zollbehörde die Vorhut bilden müssen, aber weil er die Akte so gut kannte, reichte in diesem Fall eine Vorhut bestehend aus einem einzigen Beamten – ihm – vollkommen aus, und der Direktor musste zugeben, dass das auch aus kostentechnischen Überlegungen eine vernünftige Entscheidung war.

Danach hat er seine Schuhe geputzt und ist abgereist.

Es dauerte noch Wochen, bis er in den Kosovo konnte.

Der Vizeminister steht auf, zieht Albert am Oberarm aus der Sofaecke und führt ihn zum großen Fenster mit Aussicht über Pristina. Er legt ihm die Hand auf die Schulter, als wären sie befreundete Projektentwickler.

»Sehen Sie sich das an, Herr Inger. Was sehen Sie? Ich sehe einen Saustall. Ich sehe eine hässliche, schräge, unstrukturierte Stadt. Das regt mich tierisch auf. Pristina gehört noch immer niemandem. Es hat im Laufe der Geschichte dauernd den Besitzer gewechselt. Römer, Tataren, Türken, Österreicher, Albaner, Italiener, Serben, und alle haben es verkackt. Für Leute wie Sie, die an Stabilität gewöhnt sind, ist die Geschichte kaum zu glauben. Die Stadt ist so oft kaputtgemacht worden. Die Kommunisten haben Kirchen und Moscheen niedergerissen und stattdessen die Landschaft mit abartigen Sowjetbunkern verschandelt. Den Slogan kennen Sie? *Uništi stari graditi novi* – Zerstöre das Alte, baue das Neue? Den kompletten Bazar haben sie plattgewalzt. Danach haben die Serben die Stadt abgefackelt. Sie kennen den Kosovo natürlich nur vom letzten Krieg, aber glauben Sie mir: Das war nicht der einzige. Manche Städte haben das Pech, auf der Bruchfläche zwischen zwei Erdplatten zu liegen, die kriegen ab und zu ein Erdbeben um die Ohren gehauen, und das ist doof. Gegen Erdbeben kann man aber was tun, die lassen sich bis zu einem gewissen Grad vorhersehen. Auch bei uns bebt die Erde, aber das hat nichts mit Tektonik zu tun. Niemand weiß, woher das kommt, womit wir das verdient haben. Welcher misanthropische Gott Spaß daran hat, uns wieder und wieder durchzurütteln. Was haben wir verbrochen, dass wir so bestraft werden?«

Er hält inne, spricht aber weiter, bevor Albert sich eine Antwort überlegen kann.

»Der Kosovo könnte ein schönes Land sein, Herr Inger, die Perle Europas. Jedes Jahr machen wir einen Sprung von zehn Jahren, wenn Frieden herrscht. Aber jeder, der hier wohnt, weiß, dass sich das morgen schon wieder ändern kann. Dass die Stadt plötzlich zittern und beben kann wie eine Eiche, die ihre Zweige und Blätter im Sturm verliert. Jedes Mal kaschieren wir die Narben – und warten auf das nächste historische Ereignis. Wie sie in San Francisco auf das nächste Erdbeben warten, bloß ängstlicher und mit mehr Ungewissheit – verstehen Sie, was ich meine? Sie sprechen von Ausländern. Das Wort kennen wir gar nicht. Jeder, der hier wohnt, ist ein Ausländer. Alle warten ab. Am liebsten würden sie umziehen, allesamt. Sobald sich einem Kosovaren die Gelegenheit bietet, geht er nach Deutschland oder Frankreich. So verlieren wir unsere besten Leute. Ich will das ändern. Meine Hoffnung muss auf sie überspringen. Aber die Leute denken sich: Der Kommunismus hat uns kaputtgemacht, der Nationalismus, welche wildgewordene Ideologie wird uns als Nächstes das Leben zur Hölle machen? Wer ist der nächste Kaiser, der dieses Land erobert? Daran denke ich, wenn ich vor diesem Fenster stehe, Herr Inger. Daran denke ich.«

Er nimmt die Hand von Alberts Schulter.

»Verstehen Sie?«

»Ich denke ja.«

»Dann kommen wir zur Sache.«

Sie gehen zurück zur Sofaecke, Albert versinkt im cremefarbenen Leder. Der Vizeminister bleibt stehen.

»Die ausländische Staatsbürgerin, um die es geht, heißt Irin Past«, sagt Albert. »Geboren im Kosovo, aufgewachsen in Pristina, nicht dokumentiert. Seit 1999 in den Niederlanden unter dem Namen Kira Dostat, zurückgelassen von ihrem abgeschobenen Vater. Leider habe ich die Akte nicht bei mir, die liegt im Hotel, aber ich nehme an, Ihre Beamten haben Sie auf den neuesten Stand gebracht?«

»Ja. Ich habe eine Kopie hier. Übrigens gibt es nur einen Beamten für Rückwanderung, der einzige Beamte, dem ich vertraue. Ich hole ihn eben dazu – Zana! Ruf Don an. Ich brauche ihn. Und Kaffee. Mehr Kaffee.«

Der Vizeminister schlägt einen Ordner auf seinem Schreibtisch auf, in dem sich die Kopie der Akte inklusive Alberts Brief ans Ministerium befindet, und der Antrag auf einen einmaligen Laissez-passer zwecks Ausweisung der undokumentierten ausländischen Staatsbürgerin Irin Past, geboren in Pristina am 10.10.1993. An dem Brief ist mit einer Büroklammer ein Farbfoto von Irin befestigt, aufgenommen in der Haftanstalt.

Der Vizeminister sieht es sich genauer an. »Eine reine Formalität …«, sagt Albert, »… in Anbetracht der herausragenden diplomatischen Beziehungen unserer beiden Länder.«

»Ja, ja«, sagt der Vizeminister, während er den Ordner zuklappt und Albert in die Augen sieht. »Sie ist Serbin, Herr Inger.«

»Das weiß ich. Ist das ein Problem?«

»Ganz im Gegenteil! Es gibt Serben in Pristina. Ich habe sogar serbische Freunde. Der stellvertretende Ministerpräsident ist Serbe. Unser Botschafter in Brüssel ist Serbe. Das klappt alles wie am Schnürchen. Dass Serben in dieser Stadt nicht willkommen sein sollen, ist ein Gerücht.«

»Freut mich zu hören.«

»Diese Frau ist mehr als willkommen.«

Ein Mann tritt durch die Tür, klein und voluminös. Er trägt eine schwere Aktentasche. Als er sein Jackett auszieht und aufs Sofa wirft, sieht Albert die Schweißflecke auf seinem Hemd.

»Da ist er ja«, sagt der Vizeminister. »Mein wichtigster Berater. Ohne ihn würde ich völlig orientierungslos auf dem Meer der internationalen Beziehungen herumschippern. Darf ich vorstellen, Herr Inger? Das ist Don Knezevic. Don, das ist Berend Inger. Don ist auch Serbe, stimmt's, Don? Es ist ganz einfach: Albanische Namen hören auf -i auf, serbische auf -ic. Ein einziger Buchstabe mehr. Das ist der ganze Unterschied.«

Der Mann nickt kurz, sagt aber nichts. Er nimmt den Ordner von der gläsernen Schreibtischplatte, holt die ringgebundenen Papiere heraus und betrachtet konzentriert das Foto von Irin.

»Don ist mein Mann für Immigration«, sagt der Vizeminister. »Er spricht übrigens auch ein bisschen Holländisch, stimmt doch, Don? Er hat da bei Ihnen gewohnt. In Amsterdam, oder?«

»Nein. An verschiedenen Orten«, sagt Don, der zum Sofatisch zurückkommt und zwei kräftige Schlucke von Alberts Macchiato nimmt. Dann stellt er die Kaffeetasse klirrend wieder ab. »Lauwarm! Nein, ich habe auf dem Land gelebt. Bei den Bauern. Ans Niederländische erinnere ich mich eher ungern. Können wir uns auf Englisch einigen?

»Natürlich«, sagt Albert.

»Die Niederlande sind ein kleines Land mit kleinen Menschen. Wir sind auch ein kleines Land, aber wir sind uns dessen zumindest bewusst. Bei Ihnen ist das nicht der Fall.«

»Wie meinen Sie das?«

»Wie ich's sage. Selbstunterschätzung ist nicht das Hauptproblem der Niederländer, drücken wir's mal so aus. Das laste ich natürlich nicht Ihnen an. Sie können nichts dafür. Niemand kann den Charakter eines Volkes ändern. Wir werden alle geboren, wo wir nun mal geboren werden.«

»Wie sind Sie in die Niederlande gekommen?«, fragt Albert.

»Durch den Krieg. Wie sonst? Erst hat Ihr Land mich mit offenen Armen empfangen, dann eine Weile hängen lassen und dann abgeschoben. Ter Apel, Wolvega, Burgum, Drachten, Dronten, Emmen, Winterswijk, Sint Annaparochie. Spreche ich die Namen richtig aus? Tolle Namen. Hübsche Dörfer. Zehn Jahre hab ich mich in den Niederlanden gehalten. Kein guter Ort für arme Schlucker, haha.«

»Sie haben es hier doch gut getroffen.«

»Muss ich Ihnen jetzt dafür dankbar sein?«

»Sie sind Beamter im höheren Dienst geworden.«

»Wissen Sie, was ein Beamter im höheren Dienst verdient, im Kosovo?«

Albert greift in die Innentasche seines Jacketts. Er weiß nicht, warum. Er braucht nichts. Einen Stift vielleicht, denkt er. Aber es gibt nicht viel zu notieren.

»Wo zum Teufel bleibt Zana mit dem Kaffee?«, sagt der Vizeminister.

»Die Akte«, sagt Albert, »lassen Sie uns doch über die Akte reden.«

Don blättert in der Mappe. »Die Akte ist ein Mensch«, sagt er. »Das wird gerne vergessen. Und wie hieß sie noch mal – Past. Irin Past. Schön, schön. Es gab mal eine Familie in der Stadt, die so hieß, wohnten in der Nähe der Sankt-Nikola-Kirche. Serben. Könnte also hinhauen. Könnte sogar sehr gut hinhauen.«

»Kennen Sie die Familie?«, fragt Albert.

»Muss ich alle Serben kennen? Weil ich selbst einer bin? Haha. Faszinierend, wie Leute wie Sie die Welt sehen. Diese Einfachheit im Denken. Wissen Sie was? Der einzige Grund, warum ich diese Stelle bekommen habe, ist meine Abstammung. Er hier …« – Don zeigt auf den Vizeminister, der an seinem Schreibtisch sitzt und telefoniert – »stellt gerne Serben ein, um sich keine Blöße zu geben. Auf wichtigen Posten! Ich bin ein menschliches Feigenblatt, Herr Inger, haha! Reine Dekoration. Mir soll's recht sein, solange sie mich anständig bezahlen. Haha! Es stört Sie doch nicht, wenn ich rumalbere?«

»Im Gegenteil.«

»Schön. Um wie viele Ausweisungen geht es denn eigentlich?«

»Eine.«

»Eine? Sie kommen allen Ernstes wegen einer Ausweisung den ganzen Weg nach Pristina?«

»Ja. Die niederländische Regierung geht sorgsam mit ihren ausländischen Staatsbürgern um.«

Der Vizeminister tippt auf seinem Smartphone herum. Don ist erst still und fängt dann an zu lachen wie ein stotternder Anlasser, lauter und lauter, bis er sich verschluckt. Er rundet die Sache mit einem Hustenanfall ab.

»Tut mir leid, Herr Inger. Tut mir wirklich leid. Es war ein stressiger Tag.«

»Alles gut.«

»Was Sie sagen ist so, so … *apart*. Wir Niederländer gehen sorgsam mit unseren ausländischen Staatsbürgern um – *yeah, right*. Und meine Mutter ist die Kaiserin von China, haha! Als ich noch in den Niederlanden gelebt habe, hat diese Doppelmoral mich fertig gemacht, aber jetzt, jetzt kann ich bloß darüber lachen. Es ist einfach nur … *witzig*. Viel Erfolg damit in der großen weiten Welt.«

»Ich finde es eigentlich nicht so witzig«, sagt Albert. »Ich mache meinen Job. Ich komme zu Ihnen. Und Sie lachen mich aus.«

Don tupft sich mit einem Taschentuch die Augen trocken. Er pflanzt seinem schweren Leib neben Albert aufs Sofa und legt ihm den Arm um die Schulter. »Alles halb so wild. verstehe Sie, und Sie verstehen mich. Das reicht, Berend. W sind Freunde. Ich ärgere Sie jetzt nicht mehr, tut mir leid, d Pferde sind mit mir durchgegangen. Ich will Sie bloß testen. Aber Sie wissen es noch, oder? Die Geschichte von damals. Sie wissen, dass wir … Sie haben mich gerettet. In der Unterkunft.«

»Lassen Sie uns bei der Sache bleiben.«

»Ja, da haben Sie vollkommen Recht! Herr Vizeminister! Lassen Sie uns bei der Sache bleiben, sagt dieser Beamte aus den Niederlanden hier, und genau darin sind die Niederländer so gut. *Genau* das können wir armen Kosovaren von den Niederländern lernen. Sachlichkeit. Die fehlt uns. Wir sind kleine Balkan-Bürohengste, korrupt und primitiv. Zana! Noch einen Macchiato für diesen Mann, der weiß, wie's läuft in der Welt!«

Don steht wieder auf, schnappt sich den Ordner vom Schreibtisch und dreht Runden durchs Büro. Jede gelesene Seite reißt er aus der Ringbindung heraus und lässt sie auf den beigen Teppichboden segeln. Der Vizeminister sagt nichts, starrt regungslos auf seinen Computerbildschirm, während Don seine Runden dreht und immer schneller und immer energischer die Blätter von sich schleudert, als würde er die Sätze kauen und wieder ausspucken. Um Don bildet sich ein Kreis gefallener Seiten, Irin Pasts Vergangenheit in einem Hexenring.

»Beherrsch dich, Don«, brummt der Vizeminister.

»Ich widme mich dieser Akte«, sagt Don. »Mehr nicht. Das ist doch gut, zu viele Akten bekommen nicht die Aufmerksamkeit, die ihnen gebührt. Und jetzt, wo ich sie gelesen habe, ist mir alles klar.«

»Zu welchem Schluss kommen Sie?«, fragt Albert.

»Es ist Papier«, sagt Don. »Jetzt müssen wir mal sehen, wie sich das zur Realität verhält.«

»Wie meinen Sie das?«

»Auf Papier kann diese Irin Past zurück. Keine Frage. Steht ja alles hier. Aber vorher sollten wir sichergehen, dass sie es auch überlebt. Da sollten wir wirklich vorher sichergehen.«

Don schiebt ein paar Papiere mit dem Fuß zur Seite und setzt sich wieder neben Albert, rückt näher, beugt sich vor. Albert spürt seinen feuchten Atem am Ohr, als Don flüstert: »Wollen Sie, dass sie stirbt?«

»Nein«, sagt Albert.

»Denken Sie mal nach. Sie wissen, wie wir ticken auf dem Balkan. Sie haben es früher selbst erlebt. Feurig, physisch, unberechenbar. Die reinsten Barbaren!«

Dann bohrt er Albert den Finger zwischen die Rippen, springt auf und fängt wieder an, mit dem ganzen Körper zu lachen. »Haha! Habe ich Ihnen Angst gemacht? Tut mir leid. Ich kann's nicht lassen. Ich erkenne Sie gar nicht wieder, Berend. Wie kann das sein? Wo sind Ihre Reflexe? Warum haben Sie mich vergessen?«

Don spricht Niederländisch. Das dringt erst jetzt zu Albert durch. Er bauscht die Konsonanten auf, eine Migrantenkrankheit, spricht aber kräftig und artikuliert, als würde er beim Lesezirkel ein Gedicht vortragen. Er stellt sich breitbeinig hin: »Will-kom-men in der Flücht-lings-un-ter-kunft. Ih-re Un-ter-bring-ung hier ist nur vor-ü-ber-ge-hend. Wäh-rend die-ser Zeit stel-len wir Ih-nen Bett, Bad und Brot zur Ver-fü-gung.« – Dons Stimme erstickt in einem Lachanfall, der tief in seinen Eingeweiden brodelt und dann wie Lava herausströmt. »Bett, Bad und Brot! Bett, Bad und Brot! So was fällt auch echt nur den Niederländern ein. Haha! Jetzt lach doch mal, Berend, altes Haus. Du guckst so finster. Ich mach doch nur Spaß. Ich mach nur Spaß, Mann.«

Albert sitzt zusammengeklappt im Sofa und rührt sich nicht, wie ein Autofahrer kurz nach einem Verkehrsunfall.

Don. So hieß er nicht. Er hieß Petr. Petr, der Serbe. Er hat Mühe, die Erinnerung scharf zu stellen – heute ist alles unscharf. Das ist ein Problem.

Der Vizeminister ist verschwunden. Wo ist er hin? Zana kommt mit einem Tablett an, stellt drei Macchiatos auf den Sofatisch, sagt etwas auf Albanisch, wovon Albert nur Pitret versteht, sieht ihm in die Augen und verschwindet wieder. Unter ihren Absätzen zerreißt ein Stück Papier. Irins Akte – Albert versucht vom Sofa aufzustehen, um die Seiten wieder einzusammeln, aber Don schubst ihn zurück und fasst ihn bei der Schulter.

»Du hast mich vergessen, Berend. Wie kann das sein?«

»Ich weiß nicht.«

»Sieh mich an. Damals. Der eine Tag. In der Unterkunft. Die Männer, die hinter mir her waren, das Messer, ich bin durchs Fenster geflogen – du hast mich gerettet, Berend, weißt du nicht mehr? In deinem Büro. Scheiße auch, natürlich weißt du das noch. Ich dachte gerade echt, du würdest ein Spiel mit mir spielen. Ich dachte, dir wär klar, warum ich hier einen auf Clown mache. Der Vizeminister darf nichts davon wissen. Er ist Albaner. Du hast mir das Leben gerettet, und jetzt bist du hier, und du siehst es gar nicht. Mann! Wir zwei hier zusammen! Das ist doch irre!«

Albert denkt nach und verzieht den Mund.

»Sie haben mich angegriffen«, sagt Don. »Das musst du doch noch wissen. Haben mich gejagt wie wilde Hunde. Aber vor dir Federfuchser haben sie den Schwanz eingekniffen, haha, ich seh dich noch vor mir, du warst sauer, Berend, richtig, richtig sauer. Die Albaner haben sich in die Hosen gemacht. Dass du dich traust, hier aufzukreuzen.«

Albert betrachtet Dons Gesicht: Rund, stumpfe Nase, Haut wie Pergamentpapier, Rosazea spannt sich über den Schädel. Die Augen liegen tief in den Höhlen. Über diesen verwüsteten

Kopf sind schwarze Haare streng nach rechts gekämmt, um die Kahlheit zu kaschieren; erst bei den Ohren wird das Haar wieder dichter und kräuselt sich.

»Ich weiß es noch.«

»Stimmt schon. Ich sehe anders aus. Ich bin ein dicker alter Mann geworden. Aber du weißt es noch. Fünfzehn Jahre, Albert. In fünfzehn Jahren kann man ein anderer werden. Ich. Du auch. Sie haben mir die Nase plattgehauen an meinem ersten Tag zurück in Pristina. Ein Nachbar – sagt nichts, kommt einfach auf mich zu und verpasst mir eine. Vielleicht erkennst du mich darum nicht wieder.«

Don kramt aus seiner Aktentasche einen Stapel Ausweise hervor. Einen davon zeigt er Albert: ein laminierter Mitarbeiterausweis des niederländischen Ministeriums für Ausländer- und Migrationsangelegenheiten, mit einem Foto des jungen Don. *Petr Kurpali, vereidigter Dolmetscher (Toskisch und Gegisch), außerdem interner Betreuer der Bewohnerangelegenheiten am Standort St. Annaparochie.*

»Davon hab ich noch drei«, sagt Don und schmeißt sie auf den Tisch: dasselbe Foto, dasselbe gekrönte Logo des Ministeriums, aber andere Namen: *Petrit Donato, Bibliotheksmitarbeiter am Standort Ter Apel. Sahib Shihab, freiwilliger Küchengehilfe am Standort Emmen. Sandór Konia, Vertrauensperson.*

»Achte nicht auf die Namen, sieh dir nur die Fotos an!«, sagt Don. »Das bin ich.«

»Es ist lange her.«

»So lange nun auch wieder nicht.«

Albert nimmt die Ausweise vom Tisch und betrachtet sie skeptisch. Der Blick in die Vergangenheit ist nicht immer angenehm. Natürlich weiß er es noch. Die Wut der Albaner mit ihren Raubvogelaugen, der Geruch der Mandarine, die er gerade an seinem Schreibtisch geschält hat. Das berstende

Glas. Sein altes Büro mit den Passfotos an der Wand, die Blutflecken und -striemen auf dem Boden.

»Hören Sie doch mit dem Unsinn auf. Sind hier alle verrückt geworden?«

Seine Stimme war an diesem Tag irgendwo anders hergekommen.

»Sie heißen nicht Don.«

»Du heißt nicht Albert.«

»Schön, Sie hier zu sehen.«

»Ja. Das ist echt schön.«

30

Das Café liegt versteckt in einer belebten Nebenstraße, die offiziell Rexhep Luci heißt, aber von allen nur ABC-Straße genannt wird, *äi bie cie street*, weil sich dort das einzige Kino der Stadt, das Kino ABC, befindet, ein kleines quadratisches Gebäude ohne klar erkennbaren Ein- oder Ausgang. Albert geht am Schaufenster mit den Filmplakaten des neuen James Bond vorbei, Vorstellung um 21:00 Uhr, und sucht unter den Platanen, deren niedrige Zweige die Häuserfassaden verdecken, das Café. Straßenlokale und Restaurants – Pishat, Nom-Nom, Aroma – es ist Februar, aber der Außenbereich bleibt geöffnet, als würde man in Pristina Kälte nicht wahrhaben wollen.

Albert geht die Straße auf und ab, braucht zwei Anläufe, um das Café zu finden. *Comic-Depo* ist in klassischen, verschnörkelten Buchstaben auf der milchigen Scheibe eingraviert, *Café Lounge & comic shop since 2004*.

Als er die Tür öffnet, schlägt ihm das für Pristina so typische Gemisch von Kaffeeduft und Zigarettenrauch entgegen. Es ist voll. Am Fenster stehen geblümte Sofas und etwas weiter hinten, wo der Biergarten anfängt, Holztische mit lauter unterschiedlichen Stühlen: manche unbehandelt, manche gestrichen, manche gepolstert, mit und ohne Armlehne. Es ist früher Nachmittag. Vor allem junge Leute sitzen an den Tischen, hier und da in ein Gespräch vertiefte Expats. An der klassischen Decke hängen Jugendstillampen; das Fischgrätparkett hat abgewetzte Stellen.

Die Comics liegen auf einem Sideboard in der Ecke und auf der Theke.

Don hat sich in den Biergarten verkrümelt. Er steht nicht auf, als Albert an seinen Tisch kommt, bestellt bloß beim Kellner neuen Kaffee.

»Berend Inger«, sagt Don, »Berend Inger. Alter Schwede. Setz dich. Irgendwann musste es ja mal soweit kommen.«

»Ich habe Sie wirklich nicht erkannt, Petr«, sagt Albert. »War mit den Gedanken bloß bei der Akte. Sie sind kahl geworden. Und Sie sind der Letzte, mit dem ich beim Vizeminister gerechnet hätte.«

»Ist ja alles halb so wild. Wir haben Karriere gemacht. Und jetzt sitzen wir hier. Wir haben es weit gebracht im Leben.«

»Sie noch mehr als ich.«

»Arbeitest du noch immer in der Unterkunft? Im selben Büro?«

»Nein, ich bin reisender Staatsbeamter. Sonderbeauftragter. Direkt dem Minister unterstellt, aber meistens mache ich mein eigenes Ding. Ich habe freie Hand.«

»Sehr schön. Sehr schön. Dann haben wir ja den gleichen Job, Kumpel. Wir machen die Arbeit, und der Minister gibt damit an – haha! Ach. Ich denke oft an früher, echt wahr. Die Unterkunft war … speziell. Lang ist's her.«

»Länger als mir lieb ist. Warum mussten wir uns eigentlich hier verabreden?«

»Ich wollte das nicht in Hoxhais Büro besprechen.«

»Ist es, weil … ist es …«

»Ein Ethnien-Ding? Spuck's ruhig aus. Er ist Albaner. Ich kann ihm nicht hundert Prozent vertrauen. Du hast selbst gesehen, warum.«

»Er schien mir sehr kompetent.«

»Ist er auch, ist er auch. Aber es hat sich nicht viel verändert im Kosovo, Kumpel. Der Krieg ist vorbei. Aber das neue Land hat eine dünne Haut. Sehr dünn. Es ist … schwer zu erklären.«

»Wollen Sie mir mit Irin Past helfen?«

»Das werde ich. So wie du mir damals geholfen hast. Ohne dich gäb's mich jetzt nicht mehr, Berend. Die hätten mich abgemurkst, an dem einen Tag in der Unterkunft. Ich schulde dir was.«

»Ich habe das damals nicht getan, um eine Gegenleistung einzufordern«, sagt Albert. »Ich habe es getan, weil ... weil das jeder getan hätte. Es war Instinkt. Nichts Rühmenswertes.«

»Wir sind damals Freunde geworden, Berend. Und wir bleiben Freunde, selbst wenn wir uns nie mehr wiedersehen sollten.«

»Es ist schön, einen Freund zu haben.«

»Und jetzt zu Irin Past. Was willst du wissen?«

»Kennen Sie sie?«

»Ich kenne ihren Vater.«

»Ist er hier?«

»Wer weiß? Das ist die Adresse.« Don schiebt einen gefalteten Zettel über den Tisch, trinkt seinen Macchiato aus und steht auf. »Geh da morgen hin. Um den Rest kümmere ich mich.«

Als Don weg ist, bestellt Albert an der Theke einen neuen Macchiato und blättert in einer frühen Ausgabe von *Tintin au Congo*. Vom vielen Lesen sind die Seiten an den Ecken ganz schwarz geworden. Auf dem Vorsatzblatt hat der Vizeminister unterschrieben, neben dem Stempel einer öffentlichen Bibliothek in Brüssel.

»Tim und Struppi-Fan?«, fragt in glasklarem Englisch die junge Frau, die sich neben ihn setzt.

»Eigentlich nicht«, sagt Albert, »aber jetzt gerade finde ich es ganz nett.«

Sie hat schulterlanges glattes Haar und einen Pony bis knapp über die Augen, die gleichen teegrünen Augen wie Irin. Sie trägt, was alle jungen Frauen im Comic-Depo tragen: enge Designerjeans und hohe Schuhe.

»Wie heißt du?«, fragt Albert.
»Sonja. Und du?«
»Albert.«
»Expat?«
»Wer weiß?«
»Militär?«
»Näh!«
»Spion?«
Albert blickt von seinem Comic auf, sieht ihr in die Augen. »Woher weißt du das?«

»Sofort durchschaut. Ich dachte mir: Ein Mann in einem blauen Anzug, der Tim und Struppi liest – da muss mehr dahinterstecken. Das ist bestimmt ein geheimes Zeichen, für seine Liaison.«

Er lacht. »Du guckst zu viel Fernsehen. Ich bin allein. Es sei denn, du bist meine Liaison.«

»Wer weiß?«

»Tja …«, sagt Albert und legt den Comic beiseite, »dann herzlich willkommen. Ich heiße Berend, das ist mein echter Name. Als Spion würde ich mich nicht bezeichnen. Obwohl ich mich manchmal wie einer fühle. Ich kümmere mich um Probleme. Ich bringe Sachen in Ordnung. Ich reise um die Welt und bin meinem Minister treu. Ich bin … ein *Fixer*. Das trifft es ganz gut. Ein Trickser.«

»Sind wir nicht alle *Fixer*?«, fragt Sonja. »Besonders hier in Pristina. Wenn du mich fragst, besteht das ganze Leben aus Fixen.«

Sie trägt eine Silberkette mit einem kleinen Kreuzanhänger, der gerade so hoch hängt, dass er nicht zwischen ihren Brüsten verschwindet. Die Kette liegt wie Wasser auf ihrer Haut.

31

Die Altstadt macht sich auf einem Hügel breit. Es ist noch früh, aber die Häuser leuchten schon in den warmen Farben der Morgendämmerung. Albert biegt bei der großen Moschee, wo die Medina anfängt, rechts ab und geht die Straße hoch, schlängelt sich vorsichtig an den Autos vorbei, die auf dem Bürgersteig parken. Ohne sich umzusehen überquert er die Straße.

Er ist so konzentriert, dass ihm die Kinder nicht auffallen, die auf ihn zeigen, die Blicke der Männer im Café Sultani, der Polizist, der ihm eine Weile folgt und dann in eine Seitengasse huscht. Ausländer sind sie zwar gewohnt in Pristina, aber nicht solche Ausländer. Keine, die allein auf der Straße herumlaufen, anstatt in ihren Geländewagen durch die Gegend zu kurven.

Er arbeitet sich weiter den Hügel hinauf, mit langen Schritten und krummem Rücken, schielt nach den Straßenschildern, um sich zu orientieren.

Hinter ihm erhebt sich die Skyline der Stadt: die schlanken Minarette im sanften Winterlicht, das klobige Grand Hotel, der Glasturm des Vizeministers. Die Wolken lösen sich auf, und je höher er kommt, desto mehr von Pristina wird sichtbar, die Stadtviertel, die sich über die Hügel verteilen.

Aber Albert sieht das nicht. Es spielt sich in seinem Rücken ab. Er ist auf der Suche. Den Berg hoch und dann links, hat Don gesagt. In die Rr. Shkodra, eine unasphaltierte Straße. »Zieh feste Schuhe an.« An den vergitterten Fenstern des EULEX-Antikorruptionsbüros und der Kirche mit der Zinnkuppel vorbei. Der orthodoxen Kirche. Noch weiter hoch – ein schwarzer BMW überholt ihn, Steinchen schießen unter den Reifen weg.

San Francisco hat Don das Viertel genannt, weil so viele Expats und reiche Pinkel hier wohnen, und weil nirgendwo sonst in der Stadt die Straßen so steil sind.

»Wenn du bei der Belgischen Botschaft ankommst, bist du zu weit.«

Gemeinsam mit Albert klettern bündelweise Telefon- und Elektrokabel den Hügel hinauf, an Holzpfählen festgebunden verzweigen sie sich zu den freistehenden Häusern am Straßenrand, sodass es manchmal aussieht, als wären dort Fischernetze gespannt. Die Häuser sind von Gemüsegärten und niedrigen, verputzen Mäuerchen umgeben. Es ist still geworden, das Tosen der Stadt liegt jetzt unter ihm. Albert riecht Kaminfeuer und gebratene grüne Paprika, die großen, vom Markt.

Links steht ein Holzhaus mit einer so riesigen Flagge an der Balustrade, dass sie die halbe Fassade verdeckt; blutrot, in der Mitte zwei schwarze Adler, am Rücken miteinander verwachsen. Es ist die albanische Flagge; fast alle Häuser sind rot-schwarz verhangen. Die kosovarische Fahne sucht man vergebens.

Albert hat staubige Schuhe. Die Belgische Botschaft ist noch nicht in Sicht. Er fühlt sich stark, seine Beine haben Kraft.

Das Haus, das er sucht, steht an einer Ecke. Mit seinen zwei Stockwerken hat es sich hinter eine schmuddelig-graue Mauer zurückgezogen, die von einem Metalltor unterbrochen wird. Darüber breitet eine verkrüppelte Platane ihre Äste aus. Albert braucht Dons Zettel nicht zur Kontrolle. Er hat sich die Strecke heute Morgen eingeprägt und die Adresse unterwegs in Gedanken mehrmals wiederholt. Ismet Jashari Kumanova Nummer 1. Das Straßenschild ist neu. Die Hausnummer schlampig mit dünner weißer Farbe auf das Tor gepinselt. In der ersten Etage eine Terrasse, von der eine Holztreppe zum Dach führt.

Das muss es sein.

»Es ist leicht zu finden«, hat Don gesagt. »Das einzige Haus weit und breit ohne rotes Ziegeldach.«

Im Garten stehen zwei Kopfweiden und drei schlanke Buchen und warten auf den Frühling. Die Pergola ist mit einer kahlen Weinranke überwuchert; auch einen kleinen Gemüsegarten gibt es. Die Beete sind schon für die neuen Pflanzen vorbereitet, mit dem Spaten umgegraben, frische, dunkle Erde. Irgendjemand muss sich darum gekümmert haben, denkt Albert. Ansonsten gibt es keine Anzeichen dafür, dass das Haus bewohnt ist. Kein geparktes Auto, keine Wäsche, keine Flagge.

Im Erdgeschoss sind die Rollläden heruntergelassen, braune Metalllamellen, es muss dunkel sein in den Zimmern. Vor den oberen Fenstern hängen Gardinen.

Albert dreht sich um und bemerkt erst jetzt die atemberaubende Aussicht über die Stadt. Die ganze Stadt, auf den kosovarischen Hügeln dümpelnd. Das Haus ist der perfekte Aussichtspunkt. Es wäre auch eine schöne Ferienvilla. Schade, denkt Albert, dass es so abgelebt ist.

Er geht um das Gebäude herum, an einem offenen LKW mit serbischem Nummernschild vorbei, der an einem Telefonmast geparkt ist. Die Fahrerkabine ist ausgebrannt, im Laderaum vergammelt Müll. Drei Räder fehlen, die Windschutzscheibe ist gerissen, die Achsen verrostet. Offenbar hält niemand es für nötig, den LKW hier wegzuschaffen.

Aus der Stadt weht der Gesang der Muezzins herüber. Eine Buche verliert ein altes Blatt. Albert knöpft sich den Mantel zu und öffnet das Tor zum Garten. Er muss sich unter dem niedrigen Stahlbetonrahmen hindurchducken, dann richtet er sich wieder auf. Er ist auf Dienstreise. Das ist der offizielle Amtsbesuch, den er Irins Geburtshaus abstattet, dem Ort, wo sie aufgewachsen ist, wo sie sich vor dem Krieg verstecken musste, der sie in die Niederlande katapultiert hat. Er hat sein Ziel erreicht.

Hinter dem großen Fenster im Obergeschoss bewegt sich die Gardine. Vielleicht der Wind. Nirgendwo eine Klingel. Er klopft dreimal, tritt dann zwei Schritte zurück in den Garten. Einer der Rollläden bewegt sich knarzend ein Stück nach oben, dahinter ein Schatten. Eine junge Frau macht die Tür auf; das kleine Kind auf ihrem Arm hat runde blaue Augen. Sie wiegt es ruhig hin und her, sagt nichts.

»Ich suche das Haus von Familie Past«, sagt Albert auf Englisch. »Past. Die ehemaligen Bewohner? Bin ich hier richtig?«

Sie Frau sieht ihn an, ohne zu antworten. Albert versucht es auf Deutsch, ist sich nicht ganz sicher, welchen Kasus er benutzen muss. Die Frau dreht sich um und ruft etwas, ein Mann kommt an die Tür, klein und schmal.

»Guten Tag«, sagt Albert, *»do you speak German?«*

»Nein«, sagt der Mann auf Deutsch.

»Ich suche das Haus von Familie Past. Die haben hier gewohnt. *The family Past. Irin Past. And her father. La famille d'Irin Past.*«

»I don't know a family by that name«, sagt der kleine Mann in perfektem Englisch.

»They lived here before the war. I'm from the Dutch government« – Albert hält ihm seine Visitenkarte vors Gesicht wie eine Polizeimarke – *»I'm investigating this family, maybe you can help. Can I come in?«*

»No. There's no family here with that name.«

»Are you sure?«

»Yes.«

Albert sucht im Gesicht des Mannes nach einem Hinweis, dass er lügt. Eine pochende Ader an der Schläfe. Schweiß auf der Stirn. Kleine Pupillen. Aber der Mann ist entspannt – falls er lügt, kann er gut schauspielern.

Vielleicht stimmt der Name ja gar nicht, fällt Albert ein. Irin Past ist ausgedacht, ein Anagramm, bloß weiß er nicht, wann sie den Namen bekommen hat. Vielleicht schon in Pristina, als Decknamen – Past endet weder auf -ic noch auf -i. Vielleicht also doch erst später, in den Niederlanden. Gut möglich, dass nie eine Familie Past in diesem Haus gewohnt hat, dass in ganz Pristina nie eine Familie Past gewohnt hat. Aber dass sie Serbin ist, steht außer Frage. Und auch, dass sie hier gewohnt hat.

Der Mann will die Tür wieder zumachen.

»*Wait*«, sagt Albert, »*since when do you live here?*«

»*Long enough.*«

»*Since '99?*«

»*I don't have time for this.*«

»*The family that lived here is Serbian. Are you Serbian?*«

»*No Serbs here. They all left.*«

»*No one?*«

»*They left.*«

»*I don't understand. The family has been living here for a long time, is there anyone in the neighbourhood …?*«

»*You don't have to understand. You're not from here.*«

»*But please, are you sure there are no Serbians left here? I must speak to them. I have to find this family. It's very important.*«

»*Try the church.*«

»*The church?*«

»*Down there.*« – er zeigt zum blinkenden Kirchturm auf der anderen Straßenseite – »*You will find your Serbians there.*«

Der Mann schmeißt die Tür zu. Albert macht kehrt und verlässt den Garten, ohne sich noch einmal umzusehen.

Die Kirche ist ganz nah. Die Kuppel mit Zinnplatten gepanzert, wie ein Helm. Das Gebäude selbst ist vermutlich erst vor Kurzem weiß gestrichen worden, so unversehrt hebt es sich vom Rest der Gegend ab. Eine Steinmauer umgibt die Kirche, offenbar auch neu, mit roten Dachziegeln, Elektrozaun, Antennen und Kameras bestückt. Neben der Kirche prangt ein Backsteinturm mit einer großen Bronzeglocke.

Albert folgt ein Stück der Mauer, links die unbefestigte Straße hinunter, bis er zum gusseisernen Eingangstor kommt. Durch das Tor sieht er die Kirche, ein Wohnhaus, eine Schaukel und einen Sandkasten. An der Schaukel und dem Sandkasten sind so große Schilder angebracht, dass man sie von der Straße aus lesen kann: USAID in feuerroten Buchstaben. *The construction of this playground was made possible through the generosity of the American people.*

Das gusseiserne Tor gibt nicht nach, als Albert es öffnen will. Er ruft: »*Hello, hello, is anybody there?*«, und als sich die Kirchentür öffnet, kommt eine junge Frau heraus. Sie trägt eine enge, beinah weiß verblichene Jeans, vor ihr her schlendert ein kleines Kind. Im ersten Moment bemerkt sie Albert nicht, verzieht dann das spitze Gesicht und fragt: »*You want in church?*«

»*Please.*«

Die Frau öffnet das Tor und geht Albert schweigend voraus. In der Kirche macht sie Licht. Es ist ein einfacher Bau mit halb verfallenen, rußigen Fresken an der Wand, die Augen der Heiligen und Herrscher ausgestochen. Die Frau nimmt das Kind hoch, setzt es auf dem Schieferboden wieder ab; es taumelt wie ein Kreisel. Sie sagt noch immer nichts, sieht nirgendwo hin. Sie fördert eine Zigarette zutage und zündet sie bei einem Kerzenständer an, wo Streichhölzer liegen.

»*Engleski?*«, fragt sie.

»*Holland*«, sagt Albert.

»*You very welcome.*« Die Worte werden von einer Rauchwolke begleitet. Albert fällt auf, wie schmächtig die Frau ist, ihre Hüftknochen zeichnen sich deutlich über der niedrigen Taille ihrer Hose ab. Blasse, elastische Haut.

»*Serbian*?«, fragt Albert.

»*Of course*.«

Er beschließt, ihr die Hand zu geben. Zögernd schlägt sie ein.

»*My name is Albert Drilling of the Dutch Government, repatriation department*.« Er zeigt noch einmal seine Visitenkarte vor.

»*I'm Taida. English not so good, sorry*.«

Ihr Englisch ist prima, denkt Albert, und beschließt, auf Englisch mit ihr weiterzureden.

»Ihr Kind …«

»Novak. Ein Junge.«

»Novak … ist ein sehr süßes Kind.«

»Es ist ein serbisches Kind«, sagt Taida. »Nach dreizehn Jahren das erste serbische Kind, das in Pristina geboren wurde.«

»Das ist etwas Besonderes. Ein besonderes Kind.«

Sie seufzt. Albert betrachtet die Ikonen, die hier und da auf Staffeleien in der Kirche verteilt sind wie Verkehrsschilder. Eine Ansammlung Heiliger, deren Namen er nicht kennt, schimmerndes frisches Blattgold. Bis auf vier Bänke, ebenfalls vom großzügigen amerikanischen Volk gespendet, ist die Kirche kahl.

»Alles neu«, sagt Taida. »Die Ikonen. Wir haben sie in Belgrad bestellt.«

»Alle?«

»Die da nicht.« Im Schatten einer Wand schützt eine Glasvitrine ein beschädigtes Gemälde vor weiterem Zerfall. Es ist dort aufgebahrt. Der Rahmen hat Brandwunden. Die Farbe ist so dünn, dass die Holzmaserung durchscheint; die Köpfe der Heiligen sind überproportional aufgebläht, die Gesichter angstverzerrt oder in Todesqualen. Als wären sie mit einem Föhn traktiert worden.

»Achtzehntes Jahrhundert«, sagt Taida, die jetzt hinter ihm steht. »Es gab noch viel mehr. Der ganze Rest ist verbrannt. Restaurieren ist zu teuer.«

»Kurzschluss?«, fragt Albert.

Sie tut, als hätte sie das nicht gehört. »Sie haben eine Granate durchs Fenster geworfen. Haben alles geplündert, auch das Silberkreuz. Und die Glocke aus dem Turm. Jetzt hängt da eine neue. Die Militärs, die die Kirche bewachen sollten, haben einfach zugesehen.«

»Im Krieg? 99?«

»Nein, später. 2004. Sie haben die Kirche gestürmt und in Brand gesetzt. Drei Wände sind stehengeblieben. Sie wollen die Serben aus der Stadt haben. Alle. Sie wollen diese Kirche nicht. Jede Woche ist sie wieder mit Graffiti besprüht, das ich dann abschrubbe.«

»Wie viele Serben gibt es in Pristina noch?«

»Fünfzig. Von zwanzigtausend, die es ursprünglich mal waren. Alles alte Leute, die lassen sie in Ruhe. Die sterben von allein. Wenn sie tot sind, ist Pristina ganz in albanischen Händen. Dann haben sie endlich, was sie wollten.«

»Aber Sie wohnen hier, und Novak. Wie alt sind Sie?«

»Neunundzwanzig.«

»Sind Sie hier geboren?«

»Nein, in Serbien. Ich musste hierher.«

»Warum?«

»Mein Mann ist Priester. Er konnte die Versetzung an diesen Posten nicht ablehnen, er meint, es wäre ein Auftrag Gottes. Pf! Gott hat sich hier schon vor langer Zeit aus dem Staub gemacht. Sie wollten bloß einen Aufpasser für die Kirche und den Beweis, dass Serben in Pristina leben können. Ein symbolischer Akt.«

»Und Sie mussten mit?«

»Ja.«

»Und jetzt?«

»Warten. Bis Gott uns an einen anderen Ort führt.«

In der Kirche ist es kalt, Taida schleift ihren kleinen Sohn hinter sich her und setzt ihn draußen in die amerikanische Schaukel. Sie fragt, ob Albert raucht und zündet sich dann an der Glut ihrer alten Zigarette eine neue an.

»Zum ersten Mal im Kosovo?«, fragt sie.

»Ja.«

»Wie finden Sie Pristina?«

»Eine schöne Stadt. Wie finden Sie Pristina?«

»Pf. Furchtbar. Ich bin da nie.«

»Sie wohnen da.«

»Wir erledigen alles in der serbischen Enklave, eine Dreiviertelstunde mit dem Auto Richtung Norden. Da gibt es serbische Schulen, serbische Ärzte, serbische Geschäfte. In die Stadt fahre ich nie. Höchstens ab und zu, zum Einkaufen. Ich parke das Auto. Ich hole, was ich brauche. Ich sehe auf dem Kassendisplay nach, wie viel ich bezahlen muss. Die Sprache verstehe ich nicht. Ich mach den Mund nicht auf, sonst wissen sie sofort, dass ich Serbin bin.«

»Und dann?«

»Wird's gefährlich.«

»So schlimm wird es doch wohl nicht sein?«

Taida zeigt auf einen weißen Bürocontainer, der auf der anderen Straßenseite steht. Die Kamera auf dem Dach schwenkt in Alberts Richtung.

»Security«, sagt sie.

»Haben Sie hier Freunde?«

»Ich bin mit der Polizistin befreundet, die unser Haus bewacht.« Sie winkt dem Bürocontainer zu. »Wir trinken jeden Tag zusammen Kaffee.«

Albert hofft, dass Taida ihn einlädt, mit reinzukommen. Er will wissen, ob sie Irin helfen könnte. Er muss was Gutes für sie finden, einen sicheren Ort – sie bloß zurückzubringen reicht nicht. Als Serbin, denkt Albert, ist sie unter Serben besser aufgehoben.

Taida wirkt nett, aber einsam, sie könnte bestimmt etwas Gesellschaft gebrauchen. Er muss ihr Vertrauen gewinnen. Ihr die Fotos von Irin zeigen. Wenn Irin hier wohnen würde, könnte sie auf Novak aufpassen. Vielleicht könnte die Kirche sie sogar als Au-pair anstellen. Irin ist nicht ängstlich, sie könnte mit Taida einkaufen gehen, die Stadt erkunden. Wenn man ihnen Zeit gibt, werden sie garantiert Freundinnen.

»Ich muss los«, sagt Taida. Sie hebt Novak von der Schaukel und setzt ihn sich auf die Hüfte.

»Warten Sie«, sagt Albert. »Da wäre noch etwas.«

»Was denn?«

»Wäre es ... Könnten Sie sich vielleicht ... Können wir mal einen Kaffee trinken? Ich möchte Sie etwas fragen. Es ist so ... ich vertrete eine junge Serbin aus den Niederlanden, die gerne nach Pristina zurückkehren möchte. Sie ist hier geboren. Sie hat hier gewohnt. Dort drüben« – er streckt den Arm in Richtung des Hauses aus, das unsichtbar hinter der Sicherheitsmauer liegt. »Jetzt wohnen andere Leute dort. Meinen Sie ... könnten Sie sich vorstellen, dass sie vorübergehend bei Ihnen wohnt? Sie könnte im Haushalt helfen. Oder auf Novak aufpassen. Sie ist wirklich sehr nett. Das kann ich Ihnen versichern.«

Taida sieht ihn ausdruckslos an.

»Es eilt nicht«, sagt Albert. »Ich habe gewisse Möglichkeiten, auch finanzielle. Für Sie, und für Ihre Familie. Mir ist diese Sache sehr wichtig. Der niederländischen Regierung. Wollen wir uns darüber unterhalten? Ich wette, Sie kochen hervorragenden Kaffee.«

Novak fängt an zu zappeln, aber Taida hält ihn mit einem Arm fest im Griff. Mit dem anderen Arm führt sie die Zigarette zum Mund und inhaliert.

»Reden Sie mit meinem Mann«, sagt sie. »Er heißt Stevo. Ich bespreche das schon mal mit ihm. Kommen Sie doch Freitagmorgen noch mal wieder. Um elf. Dann kriegen Sie Ihren Kaffee.«

32

Die massiven, breiten Mauern umgeben die Haftanstalt wie einen Staudamm. Das Gebäude ist groß, aber unauffällig. Es verschmilzt mit seiner Umgebung: einem halbfertigen Industriegebiet neben dem regionalen Flughafen Rotterdam, gesprenkelt mit Lagerhallen und Baustellen und frisch asphaltierten Straßen – manche führen noch nirgendwo hin.

Weder das Gebäude noch die Mauern sind gekennzeichnet, keine Flagge, keine Wegweiser. Eine Festung, die sich hinter ihrer Anonymität verschanzt. Es könnte ein Hangar sein, eine Fabrikhalle oder ein Lager; vor dem Eingang parken ein paar Autos, das einzige Lebenszeichen. Als wäre es der Haftanstalt unangenehm, hier zu stehen.

Bullaugen aus Panzerglas. Keine Menschenseele weit und breit. An jeder Ecke eine Ansammlung grauer Kameras, wie Tauben.

Seit elf Wochen schlurft Irin jetzt hier durch die Gänge; in der ersten Woche hat sie ihre Schuhe anbehalten, in der zweiten lief sie auf Socken und seit der dritten tappst sie barfuß über das pflegeleichte Linoleum. Der kalte Boden hält sie wach. In der Haftanstalt verschiebt sich die Zeit: Der Morgen liegt neben dem Abend und der Nachmittag holt die Nacht ein, stolpert dabei über den Abend, der wieder zum Morgen wird. Nirgendwo hängt eine Uhr. Die Tage sind ein beunruhigender Einheitsbrei. Als würden die Inhaftierten durchs Weltall schweben. Hier drinnen geht keine Sonne auf und keine Sonne unter; der einzige Rhythmus ist die Wachablösung. Jeden Morgen um 07:00 Uhr kommt eine frische Mannschaft des privaten Sicherheitsunternehmens, das die Ausländer bewacht; die gleichen Uniformen, andere Gesichter. Schichtwechsel um

15:00 Uhr, dann noch mal um 23:00 Uhr. Die Mühe, jemanden näher kennenzulernen, lohnt sich nicht. Alle leben hier auf Distanz, denkt Irin – auch sie selbst, mehr denn je.

Die Insel. Der Bürgermeister. Hero. Albert Drilling. Der Tag ihrer Abreise. Alles ganz weit weg. Irins Gedanken und Erinnerungen könnten ein Hirngespinst sein. Ein Traum vielleicht, der nach einer unruhigen Nacht hängen geblieben ist. Die einzige Realität sind das Gebäude und die Mauern, die es umgeben, und die sterile Mikrogesellschaft, zu der jetzt auch Irin gehört.

Die Wachleute geben sich Mühe. Sie zwinkern den kleinen Kindern zu, die wie Wollknäuel durch die Gänge kullern. Sie hoffen, die Kinder sind sich nicht bewusst, wo sie sind. Im Aufenthaltsraum steht eine Tischtennisplatte. In der Bücherei gibt es ausländische Zeitungen. Ein Fitnessstudio, gefüllt mit schweren afrikanischen Leibern; aufgeblähte Oberkörper von Männern mit Boxhandschuhen.

Irin schlurft zu der eckigen Säule in der Mitte des Gemeinschaftsraums. Auf der Galerie lehnen Männer sich über die Metallbalustrade; sie kauen Kaugummi, um weniger rauchen zu müssen. Rauchen darf man nur in einer Ecke des Außenbereichs. Die Männer beobachten Irin, wie sie auf nackten Füßen im Schlafanzug zur Säule vorrückt. Auf dem Bildschirm tippt sie ihre Häftlingsnummer ein und bestellt Einkäufe. Kein anderes Gefängnis hat eine Einkaufssäule. Vor 14:00 Uhr bestellt, am nächsten Tag abholbereit an einem Schalter am anderen Ende des Gebäudes. Manchmal sieht Irin, wie der Gefängnisdirektor Kollegen von außerhalb energisch das System demonstriert.

Irin bestellt Chips und Cola mit dem Finger und bezahlt mit einer weißen Chipkarte, der Kreditkarte, die sie bei ihrer Aufnahme bekommen hat und auf der nur eine Nummer steht. Zwanzig Euro Taschengeld werden pro Woche auf die Karte gebucht. Sie kann damit auch telefonieren, tut das aber heute nicht.

Jeden zweiten Tag meldet sie sich, so haben sie es ausgemacht. Immer abwechselnd bei Hero, Bengt und dem Bürgermeister, und immer nur mit wenigen Worten – mehr ist bei dem Kartenguthaben nicht drin, und es besteht immer die Gefahr, dass ein Beamter mithört. Sie fragen sie, wie es ihr geht. Sie sagt, es sei zum Aushalten. Sie erzählen ihr nichts von ihrem Plan, aber sie weiß, was sie vorhaben, Hero hat es ihr nach dem Rückkehrspaziergang gesagt, und das hilft ihr, die elf Wochen zu überbrücken, die Blicke der Männer über ihr zu ertragen, die Reise zu akzeptieren. Bei jedem Telefonat fallen ein paar Worte, an denen sie sich festhalten kann. »Ich habe einen Reiseführer gekauft«, sagte Hero, und sie hat verstanden. »Der Kosovo ist nicht so weit, da können wir dich locker besuchen kommen«, sagte Bengt, und sie hat verstanden. »Wir bemühen uns, deine Rückkehr so effizient wie möglich zu gestalten«, sagte der Bürgermeister, »du musst nur mithelfen«, und das hat sie getan.

Allerdings dauert ihre Gefangenschaft länger, als sie erwartet hätte.

Die Männer auf der Galerie sehen zu, wie sie auf dem Touchscreen langsam ihre Nummer eingibt. Gelassen kauen sie ihren Kaugummi. Es gibt in diesem Gebäude nicht den geringsten Anlass zur Eile, auch nicht zu Wut oder Drama. Hier kann man sich nur fügen. Es ist, als würde das Leben vorübergehend unter einer Glasglocke verschwinden, hat Irin festgestellt. Als gäbe es nicht genug Sauerstoff, wodurch man sich im permanenten Halbschlaf befindet.

Von der Einkaufssäule schlurft Irin zurück zu ihrer Zelle. Dort ist alles vandalismussicher: am Boden festgeschweißtes Bett, Edelstahl-Toilette ohne Brille, kalt und makellos. Im Begrüßungspaket, das sie bei der Aufnahme bekommen hat, waren eine Rolle Toilettenpapier, ein kleines weißes Handtuch und eine Zahnbürste. Das Bettzeug ist uralt. Es hüllt sie ein wie Schmirgelpapier. Weil das Bett so quietscht, schläft sie schlecht.

Die Zellentür darf tagsüber offenstehen, aber Irin hält sie geschlossen. Auf die Blicke der kauenden Männer kann sie verzichten. Auch aufs Außengelände kann sie verzichten, das wohlmeinend als Mini-Park mit jungen Bäumen gestaltet ist. Ein paar Sträucher, frisch gesätes Gras. Alles, was wächst, wird kurz gehalten; schon an einem Zweig kann ein Ausländer sich verletzen, und einen verletzten Ausländer kann man nicht mehr abschieben.

Sie sei keine Gefangene, war das Erste, was der Beamte, der sie einschloss, zu ihr sagte. »Sie sind zum Zwecke der Ausweisung in Abschiebungshaft.« Dann erklärte er ihr die Einkaufssäule und las ihr die Hausordnung vor.

Sie fügt sich. Das hier hat sie selbst so gewollt. Niemand hat sie gezwungen, in den Bus der Abteilung Transport und Fahrdienste zu steigen, sie ist freiwillig gegangen. Daran hält sie sich fest: Sie ist es gewohnt, allein zu sein, ihre eigenen Entscheidungen zu treffen. Der Plan ist gut. Jetzt muss sie dem Bürgermeister vertrauen.

Die Rechte eines Ausländers in Abschiebungshaft: eine Stunde täglich auf dem Außengelände, eine Dreiviertelstunde Sport, ein wöchentlicher Bibliotheksbesuch, sechs Stunden Freizeit. Besuch ist nach vorheriger Genehmigung der Gefängnisleitung erlaubt. Es stehen ein Imam, je ein katholischer und ein evangelischer Geistlicher, ein Humanist, ein Pandit und, auf Abruf, ein Rabbiner zur Verfügung.

Der Beamte bezeichnete ihre Unterbringung als »Wartezone« und ließ sie allein.

33

Der Morgen ist noch Nacht. Auf dem Innenhof der Haftanstalt klopfen sich Grenzbeamte warm; sie tragen schwarze Rucksäcke, darin der Abschiebegürtel und ein Butterbrot. Sie trinken Kaffee aus dem Automaten und murren über die unchristliche Uhrzeit. Das ist der unbeliebteste Part ihres Jobs. Lange Tage. Vor dem Abend werden sie nicht wieder zuhause sein, dabei ist der Flug nur kurz. Das ewige Warten. Zu ihrem Ärger beendet der Kommandant jedes Briefing mit der Bitte, zuvorkommend zu den Ausländern zu sein – als wären sie das nicht ohnehin.

Sie sind in Zivil, so lautet die Empfehlung. Uniformen wecken Widerstand.

»Eine Bitte«, sagt der Kommandant bei seiner letzten Ansprache des Vormittags, »behandelt eure Mitmenschen, wie ihr selbst behandelt werden wollt. Humanität steht an erster Stelle.«

Er sagt auch: »Eure beste Waffe tragt ihr nicht um die Hüfte, sondern hier oben.« Und er tippt sich gegen die Schläfe.

In Dreiergruppen gehen die Grenzbeamten die Zellen ab, an den Stahltüren vorbei, die lila angestrichen sind, damit sie weniger hart wirken. Das Neonlicht im Gang ist gedimmt. Auf dem Innenplatz wartet ein gepanzerter Bus, der die *Deportees* gleich zum Flugzeug bringt. Die rot-weiße Maschine von Martinair steht hinter einer Birkenhecke und hohen Rhododendren, so weit wie möglich vom Terminal entfernt, damit die Touristen, die mit einem günstigen Charterflug in die Ferien starten, keinen Anstoß daran nehmen. Weder Flugnummer noch Zielort werden auf den Monitoren in der Abflughalle angezeigt; sogar von den Premiumplätzen der Planespotter aus ist das Flugzeug nicht zu sehen.

Bordkarten gibt es keine.

Irin schminkt sich vor dem Kunststoffspiegel in ihrer Zelle. Auf dem Gang sind Kinderstimmen, Poltern und ein Fluchen zu hören. Stumpf und träge arbeiten sich die Geräusche durch die stählerne Zellentür. Es geht los. Sie betrachtet sich im Spiegel und denkt an nichts, außer ihre Mascara. Sie ist schon eine Weile wach, als die Grenzbeamten wie angekündigt um 03:30 Uhr an die Tür klopfen. Sie wartet, bis sie auf ihren elastischen schwarzen Schuhen hereinkommen, nette Leute, genauso jung wie sie, aber mit einem anderen Leben. Drei gelenkige, große, gesunde Menschen.

»Tut mir leid, aber ich muss Sie kurz durchsuchen«, sagt die Beamtin, eine Baseballkappe auf den blonden Locken. »Sprechen Sie Deutsch? Spreek je Nederlands? Speak English? Parlez Français?«

»Nur zu«, sagt Irin.

Die Frau spricht lauter als nötig. Ihr Kollege checkt Irins Supermarkttüten, nimmt sie an sich. Die bekomme sie erst in Pristina zurück, sagt er, »nach der erfolgreichen Übergabe an die Autoritäten vor Ort.«

Irin steht mit dem Gesicht zur Stahlwand und fühlt die Hände der Frau über ihren Körper wandern. Über die Schultern, die Brüste, die Hüfte, die Beine, bis die Frau sich hinkniet und Irin bittet, die Turnschuhe auszuziehen. Das geht fix; gestern wurden die Schnürsenkel eingesammelt, damit Irin sich damit keinen Schaden zufügen kann.

Die Frau inspiziert die Schuhe, verbiegt die Sohle, zieht sich Handschuhe an und befühlt die Innenseite. »Rasierklingen?«, fragt ihr Kollege.

»Man kann nie wissen«, sagt die Frau.

Sie sieht Irin nicht an, als sie ihr die Schuhe zurückgibt. Sie sagt: »Die Schnürsenkel sind in Ihrem Gepäck. Falls Sie Beschwerden über unser Vorgehen heute haben, teilen Sie das bitte dem Vertreter Ihres Konsulats mit, der heute Morgen anwesend ist. Er wird das dann weiterleiten.«

Irin hat keine Beschwerden. Auf ihren weißen, schnürsenkel- und rasierklingenfreien Turnschuhen verlässt sie die Zelle, geht durch den Gang, in dem sich jetzt weitere Türen öffnen, durch die schlaftrunkene Ausländer treten: Umrisse im blauen Dämmerlicht. Sie alle werden durchsucht, auch die Kinder, die Ärmchen an der Wand, die kurzen Beine bilden ein Dreieck mit dem Boden. Niemand spricht laut, nur ein vereinzeltes Walky Talky ist zu hören, das Geflüster der Kinder, ihre scharrenden Füße auf dem Linoleum. Sie wissen, was von ihnen erwartet wird. Als hätten sie es vorher geprobt.

Vielleicht ist es die Nacht, die alles dämpft. Vielleicht ist es das Unbehagen, das allen schwer auf den Schultern lastet. Im trüben Licht sind die Ausländer und ihre Bewacher verdatterte Bündnispartner: Für eine kurze Zeit, ein paar Stunden, höchstens einen Tag, gehören sie zusammen, bevor ihre Leben wieder auseinanderdriften. Es ist purer Zufall, dass sie hier sind, kalt und intim zugleich, sie haben sich gegenseitig am Hals und machen das Beste daraus.

Die Ausländer heißen *Deportees*. Die Grenzbeamten heißen *Escorts*. Das sind die gängigen internationalen Begriffe.

Auf dem Weg zum Innenhof wird jeder *Deportee* von fünf *Escorts* begleitet, auch Irin. Sie halten Abstand, um unbeabsichtigte Berührungen zu vermeiden. Die Grüppchen schieben sich durch den Gang, erreichen den Bus, Menschenpakete. Die Stille fällt Irin auf. Die Wut, die sie erwartet hatte, die pathetischen Schreie, das Strampeln und Um-sich-Schlagen, die vorgetäuschten Herzinfarkte, das Kotzen und Spucken – es bleibt alles aus. Sie sind schon weg, die Ausländer. Ihnen bleibt nur noch, an gleich zu denken.

Der Bus ist weiß. Wie eine Eiswand ragt er aus dem Dunkel. Ein umgebauter Reisebus, mit hoch in der Karosserie angebrachten Fenstern gegen Blicke von außen. Der Fahrer wird von Spiegelglas abgeschirmt. Irin besteigt die kurze Treppe, mit blauen LED-Lampen erleuchtet, damit die Ausländer nicht im letzten Moment noch stolpern.

Im Bus gibt es keine Sitze, sondern Zellen; ein Grenzbeamter weist ihr Zelle 3 zu, hinter ihr wird die Tür verriegelt. Gleitend setzt der Bus sich in Bewegung. Durch das hohe Fenster ihrer Zelle sieht Irin, dass der Morgen anbricht. Kleine weiße Wolken zeichnen sich vor einem anthrazitfarbenen Himmel ab.

Der Bus fährt langsam wie ein Leichenwagen, die Achsen gehen beim Bremsen zischend in die Knie. Irins Zellentür öffnet sich, sie klettert aus dem Bus, wo hinter einem Absperrband ihr Escort-Komitee schon auf sie wartet. Mit Gesten sagen sie: Dort entlang, diese Seite, immer hinter der Absperrung bleiben, über den grünen Teppich, der dort ausgerollt ist. Langsam gehen. Weitergehen. Sie begleiten sie, folgen ihrem Blick. Judomatten entlang der Strecke, falls die Ausländer fallen oder es im letzten Moment auf einen Kampf anlegen sollten; die *Escorts* können ihre Anspannung nicht verbergen, Irin sieht ihnen an, dass dies ein schwieriger Moment ist. Sie wissen nicht, ob Irins Gelassenheit nur vorgetäuscht ist. Irin will sie beruhigen, ihnen erzählen, dass sie freiwillig nach Pristina zurückkehrt, dass alles vorbereitet ist – aber sie bezweifelt, dass die Grenzbeamten das verstehen würden. Also hält sie den Mund.

Fünfzig Meter sind es vom Bus bis zur Flugzeugtreppe, brav nacheinander steigen die *Deportee-Escort*-Pakete die Stufen hinauf in den rot-weißen Flugzeugkörper.

»Bleiben Sie ruhig?«, sagt die blonde Grenzbeamtin zu Irin.

Irin antwortet nicht.

»Bleiben Sie ruhig!«

Langsam nimmt sie die Stufen, dreht sich um und sieht die Startbahn, die Augen der *Escorts* hinter ihr. Sie denkt nicht an die Reise. Sie denkt nicht an die Insel, an die Männer, die sie zurücklässt oder an Albert Drilling, der sie in Pristina treffen will. Sie denkt nicht mal an Pristina. Sie kann sich in Stand-by-Modus versetzen, wie ein Elektrogerät. Zwei Stewardessen in roter Uniform, kurze Blazer über langen Röcken, beide mit Pferdeschwanz, sagen simultan: »Guten Morgen. Willkommen an Bord.«

Irin setzt sich auf Platz 24B, zwischen ihre *Escorts*, und blättert im Duty-Free-Katalog. Im Kopfteil des Sitzes vor ihr ist ein Monitor eingelassen, der eine Europakarte zeigt. Zwischen Rotterdam und Pristina spannt sich ein Bogen. 1623 Kilometer. Es ist nicht weit dahin, wo sie herkommt. Zurückkehren ist einfacher, als sie dachte.

Lautlos steigen sie auf. Unterwegs servieren die Stewardessen ein leichtes Frühstück.

34

Albert geht die Straße hoch, die Zinnkuppel der Sankt-Nikola-Kirche schon in Sichtweite. Jetzt, wo er den Weg kennt, achtet er mehr auf die Umgebung. Schnee liegt auf dem Kosovo, aber in der Stadt ist es schon frühlingshaft. Albert hat einen Anzug aus feiner Wolle an und trägt den Trenchcoat überm Arm. Es ist windstill, der Himmel über der Stadt klar.

Sein letzter Tag.

Albert hat am Morgen die Vorhänge geöffnet, sich schnell angezogen, an der Theke in der Lobby einen Macchiato getrunken und Hotel Sirius schnurstracks in Richtung seines Ziels verlassen. Die Schuhverkäufer stellten ihre Kartons auf die Straße, die Expats konferierten, in den Qebabtores drehte sich das Fleisch. Die Braunkohle des Elektrizitätswerks stieg ihm in die Nase, aber Albert hat sich an den Geruch gewöhnt, ihn sogar schätzen gelernt. Daran erkennt man die Stadt. Er wusste genau, wo er zu sein und was er zu tun hat. Die Minarette der großen Moschee leuchteten wie Flammen.

Manche Passanten schienen ihm zuzuwinken. Geschickt wich er den Schlaglöchern und den Autos aus, die sich durch die Straße wurstelten; manchmal hob er die Hand in Richtung des Fahrers. Im Café Sultani bestellte er einen Espresso, sah in die Zeitung, als wäre das seine tägliche Routine. Die anderen Gäste nickten ihm zu.

Heute Abend fliegt Albert nach Schiphol, morgen wird er in Den Haag dem Minister und seinem Team Bericht erstatten. Der Minister wird zufrieden mit ihm sein, auch wenn die Operation mehr Zeit in Anspruch genommen hat als erwartet. Drei Tage hatte Sonderbeauftragter Albert Drilling für seinen Auftrag eingeplant, drei Monaten sind es geworden. Die Insel,

Kairo, Pristina – alle Stationen waren nötig, um hierher zu gelangen. Das kann er weder sich selbst noch jemand anderem übelnehmen. Der Betrag, den Albert deklarieren wird, fällt vielleicht etwas höher aus als gewöhnlich, aber das lässt sich alles verteidigen.

Es ist vorbei. Seine Erfolgsquote beträgt noch immer hundert Prozent, und dabei wird es auch bleiben. Es war sein letztes Mal. Bei der Nachbesprechung wird er den Minister um einen anderen Posten innerhalb der Abteilung bitten, nicht etwas Höheres, etwas Anderes. Vielleicht könnte er einem Managementpool zugeteilt werden, seine Erfahrungen an junge Kollegen weitergeben – nein, das ist zu nah dran. Er hat genug. Jeder überschreitet mal seinen Zenit, denkt er, das gilt für Popstars genauso wie für Spitzenbeamte. In dieser Hinsicht ist das Leben eine Kurve, oder eine Ansammlung von Kurven. Für die einen geht es früher bergab, für die anderen später, aber bergab geht es immer, und er weiß, er ist auf dem Gipfel angelangt. Seine Müdigkeit, die nachlassende Geistesgegenwart: Nebelschwaden am Horizont.

Er will sich nach einem Diplomatenposten erkundigen, vielleicht hier im Kosovo. Pristina ist eine Stadt, in der er sich ein Leben vorstellen könnte.

Diese Gedanken trägt er die unbefestigte Rr. Shkodra mit hinauf, vorbei am Antikorruptionsbüro der EULEX bis zum weißen Polizeicontainer, der die Sankt-Nikola-Kirche bewacht. Vor dem Zaun der Kirche steht der schwarze BMW, der ihn noch vor ein paar Tagen fast über den Haufen gefahren hätte, ein X5 mit verdunkelten Fenstern, schimmernd wie Steinkohle. An der Antenne flattert ein weißes Seidenband im Wind. Das Nummernschild verrät Albert, dass der Wagen von der Regierung ist.

Ein Mann hackt mit einer blitzenden kleinen Axt in seinem Garten Holz. Erst kommt der Aufprall, dann das Geräusch: zack, zack, zack, bis der Mann aufsieht und Albert bemerkt.

Knarzend setzt sich die Glocke im Backsteinturm neben der Kirche in Bewegung, fängt dann an zu läuten. Träge, mit langen Schlägen, verteilen sich die Töne über die Nachbarschaft, mischen sich mit denen der Minarette.

Der Holzfäller zeigt zum Auto; Albert dreht sich um. Aus dem BMW steigt eine Braut, erst schweben ihre Füße kurz über dem Boden, dann steht sie, mit dem Rücken zu Albert, halb hinter dem SUV versteckt. Ein weißes Kleid, ein Hut und ein Schleier – um es genau erkennen zu können, steht er zu weit weg. Ein Mann in Schwarz nimmt sie in Empfang und reicht ihr den Arm. Sie steigen die Natursteintreppe zur Kirche hinauf, eine klassische Szene. Erst jetzt fallen Albert die Luftballons am Zaun, an der Schaukel und der Polizeistation auf. Perfektes Wetter für eine Hochzeit, denkt Albert, der aus Ehrfurcht vor dem Moment ein paar Schritte zurückgewichen ist und zur Seite blickt – er möchte nicht auf den Hochzeitsfotos landen, die mit Sicherheit gemacht werden. Er ist bloß ein Passant. Allerdings hofft er, dass seine Verabredung mit Taida und Stevo trotzdem stattfindet, und sie nicht in die Trauung eingebunden sind. Gut, dass Irin bei ihnen wohnen kann, sie passen zueinander, er wird dafür sorgen, dass es klappt.

Albert sieht wieder zum Holzfäller. Der reckt den Daumen in die Luft, ruft »Liebe!«, und da reckt Albert ebenfalls den Daumen. Freundliche Leute. Die Müdigkeit, die ihm in den letzten Tagen wie ein Kettenhemd am Leib hing, ist wie weggeblasen. Ein schöner Tag für eine Hochzeit, denkt er, ein sehr schöner Tag, sie haben Glück, die Leute. Wenn sie wüssten, was für ein Glück sie haben.

Hinterm Fenster ihrer Wohnung winkt Taida ihm zu. Er winkt zurück. Albert Drilling betritt den Weg zum Haus – im

Garten sind Klapptische und weiße Sonnenschirme aufgestellt, jemand drückt ihm ein Glas Champagner in die Hand, »Trink aus!«. Alberts Blick wandert von dem Glas hinauf in ein Gesicht, Dons Gesicht.

»So ein Zufall«, sagt Albert. »Ich wusste nicht, dass heute eine Trauung stattfindet und dass Sie ...« – er stellt den Champagner auf einen der Tische. »Ich bin gleich verabredet, danach trinke ich gerne einen Schluck mit Ihnen, aber erst mal muss ich einen klaren Kopf bewahren.«

»Die Braut ist meine Tochter.«

»Nicht Ihr Ernst! Davon wusste ich ja gar nichts. Herzlichen Glückwunsch. Was für ein strahlender Tag.«

»Trink aus!«, sagt Don und gibt Albert sein Glas zurück. »Lass das teure Zeug nicht warm werden.«

»Also dann. Auf Sie. Und auf Ihre Tochter.«

Sie trinken. Die Glocke ist wieder still. Auf der Wiese neben der Kirche fängt eine Klezmerband an zu spielen. Don gibt Albert ein neues Glas Champagner und zündet sich eine Zigarette an.

»Ich ... ich wusste nichts davon«, sagt Albert. »Eigentlich wollte ich Taida und Stevo besuchen, um ein paar letzte Angelegenheiten zu besprechen – wussten Sie, dass Irin Past hier wohnen wird? Als Au-pair? Hatte ich das nicht erzählt? Ich finde das eine gute Lösung. Aber jetzt, mit der Feier ... Vielleicht ist es sinnvoller, wenn ich heute Nachmittag wiederkomme, nach der Hochzeit. Ja, ich denke, ich frage Taida mal. Kein Problem.«

»Ja, nee«, sagt Don. »Du bleibst.«

»Ich möchte niemandem zur Last fallen.«

»Du fällst keinem zur Last, Berend. Wir Kosovo-Serben sind ein gastfreundliches Volk, das sagen alle, und das weißt du auch. Gehört zu unserer Kultur. Du bist eingeladen, mein

Freund, iss mit, wir tanzen, und gehen darfst du erst, wenn ich es dir erlaube. Hörst du? Tu es mir zuliebe.«

»Ich weiß nicht«, sagt Albert. »Ich habe kein Geschenk. Und heute Abend geht mein Flieger – wenn ich das Ticket umbuchen muss, dann …«

»Jetzt sei nicht so ein Niederländer! Heut wird gefeiert! Komm, ich stelle dich dem Brautpaar vor.«

Don geht Albert voraus zum Glockenturm, wo Braut und Bräutigam für einen Fotografen posieren, der versucht, das Sonnenlicht mit einem silbernen Schirm zu fangen. Es sind noch nicht viele Gäste da. Die Musik und der Champagner stimmen Albert fröhlich, vertreiben die letzten Spuren von Schwermut. Don hat Recht, denkt er: Heut wird gefeiert, das Wetter ist schön, er darf sich auch mal etwas gönnen. Das hat er die letzten Jahre viel zu wenig gemacht. Es ist die einmalige Chance, eine echte Balkanhochzeit mitzuerleben. Außerdem hat Don ihm diese Woche geholfen, es wäre eine Beleidigung, jetzt schon zu gehen.

Er sieht Taida neben ihrem Mann, dem Priester. Stevo trägt eine schwarze Mitra. Albert hebt die Hand und ruft ihnen zu: »*Let's do our meeting later!*« – er weiß nicht, ob sie ihn verstehen, aber beide nicken freundlich zurück, und Stevo verbeugt sich, die Arme hinterm Rücken.

In seinem Anzug und der steingrünen Krawatte fällt Albert nicht aus dem Rahmen. Nett von Don, ihn einzuladen, denkt er. Es ist schön, in dieser Stadt einen Freund zu haben.

Don schlängelt sich an den Tischen vorbei über den Rasen, und Albert folgt ihm. Unterwegs zum Brautpaar nimmt Albert die Brille ab und putzt die Gläser mit dem Brillenputztuch, das er griffbereit in seiner Hosentasche hat. Als er fertig ist mit Putzen, sieht er Irin vor sich. Sie ist eine schöne Braut, große Augen unterm Schleier, nackte Schultern.

Es ist ein Uhr. Albert spürt, wie ihm der Champagner zu Kopf steigt. Sein Blick wandert von Don zu Irin. Vater und Tochter in Schwarz und Weiß.

»Albert Drilling«, sagt sie. »Wie schön, dass Sie da sind.«

»Irin … ich wusste davon nichts.«

»Jetzt wissen Sie's.« Sie lässt ihr Champagnerglas gegen seins klirren, nimmt einen Schluck. »Prost!«

»Wer …«

Zu ihrer Linken erkennt Albert den Bürgermeister. Er ist ein stattlicher Bräutigam. Im Nadelstreifenanzug, mit seinen Koteletten und dem goldenen Ohrring – fast britisch. Albert hatte den Bürgermeister gar nicht so groß in Erinnerung, aber er steht auch leicht erhöht auf dem Hang.

»Ihr …«

»Tag, Herr Drilling«, sagt der Bürgermeister. »Schön, Sie zu sehen.«

»Ich wusste nichts davon. Ihr vermählt euch?«

Der Bürgermeister schüttelt ihm die Hand. »Sie«, sagt er. »Sie vermählen uns.«

Jemand klopft ihm auf die Schulter, es ist Hero, auch im Anzug. »Herr Drilling! Willkommen. Sie gehören doch fast schon zur Familie. Kennen Sie Bengt? Bengt Stoker?«

»Sicher kennt er mich«, sagt Bengt und zwinkert. »Ich bin quasi Irins Erbonkel.«

So stehen sie da auf dem Rasen: Albert in der Mitte, der Rest um ihn versammelt wie bei einem Familienrat.

»Hero und Don sind die Trauzeugen«, sagt der Bürgermeister gut gelaunt. »Und Sie trauen uns. Sie sind der einzige Standesbeamte, den wir hier kennen, Sie kommen also nicht drum herum. Alles ist geregelt. Die Formulare liegen bereit, die entsprechenden Stempel sind drauf, das war vielleicht eine Rennerei. Meine Güte, was für eine Bürokratie, das muss echt mal jemand in Angriff nehmen« – der Bürgermeister holt ein niederländisches Formular aus der Innentasche seines Jacketts, eine M46-Erklärung. »Alles regelkonform. Jetzt fehlen nur noch Ihre und Irins Unterschrift. Haben Sie einen Stift dabei? Sie behält ihren Namen nach der Hochzeit. Das wollte sie gern. Heute Abend fliegen wir zurück. Mit Ihnen, Herr Drilling. Mit Ihnen. Wir alle zusammen.«

Die Klezmerband spielt. Irin schlägt ihren Schleier zurück. Der Bürgermeister unterhält sich mit Hero; Don begrüßt einen neuen Gast.

Albert Drilling steht auf einem Rasen in Pristina und muss eine wichtige Entscheidung treffen.

Er tut, was für alle Beteiligten das Beste ist.

»Die niederländischen Streitkräfte haben nur ein einziges Mal Streumunition eingesetzt. 1999, während der NATO-Operation *Allied Force* wurden insgesamt 173 Streubomben vom Typ CBU-87 abgeworfen. Die Angriffe richteten sich damals gegen Flughäfen, elektronische Anlagen sowie Lager- und Wartungseinrichtungen.«

Brief des niederländischen Außenministers, Maxime Verhagen, an die zweite Kammer anlässlich einer Debatte über Streumunition. *Kamerstuk* 21501-02 vom 3. September 2008

»Eine niederländische F-16 hat mit einem gezielten Schuss ein modernes serbisches MiG-29-Kampfflugzeug vom Himmel geholt. [...] Der Pilot der Maschine mit der Registrierungsnummer J061 zögerte keine Sekunde und feuerte eine sündhaft teure AMRAAM-Rakete ab.«

De Telegraaf vom 26. März 1999, Schlagzeile auf der ersten Seite

Danksagung

Alles und jeder in diesem Buch ist erfunden. Es handelt sich um Fiktion, die allerdings nicht nur meiner Fantasie entsprungen ist. Ich konnte beim Schreiben auf meinen Erfahrungsschatz als Korrespondent der *Volkskrant* zurückgreifen, für die ich bereits seit achtzehn Jahre die Welt ohne Scheuklappen entdecken darf. Es ist eine Ehre, Teil der Redaktion zu sein. Die Zeitung gab mir außerdem die Gelegenheit, längere Zeit ohne Unterbrechung an *Pristina* zu arbeiten.

Rechercheeisen für dieses Buch haben mich nach Vlieland, Kairo und in den Kosovo geführt. Ich möchte mich bei allen bedanken, die mir auf diesen Reisen bewusst oder unbewusst geholfen haben – die eine oder der andere wird sich vielleicht in einer Figur oder einer Szene wiedererkennen, ich hoffe, zu ihrer oder seiner Zufriedenheit. Noch einmal: Alles ist ausgedacht, aber so, dass es auch wahr sein könnte.

Für die Beschreibung der Insel auf Seite 55 habe ich mich von J. J. Slauerhoffs Gedicht »Dorp aan Zee (Waddeneilanden)« inspirieren lassen. (Verzamelde Gedichten, Nijgh & Van Ditmar, 1999, S. 819)

Der Satz *The fight itself is the message* (Seite 141) stammt von der Anthropologin Lucie Ryzova von der Oxford University, die die Aufstände rund um den Tahrir-Platz untersucht hat und in ihrem Artikel beschreibt: *The battle of Cairo's Muhammad Mahmoud Street,* zuletzt in einer bearbeiteten Fassung erschienen in *Past and Present, A Journal of Historical Studies, 22. November 2019.*

Für die Beschreibung des Bunkers habe ich auf den exzellent dokumentierten Artikel von Dirk Bruin über Stützpunkt 12H in *Vlieland Magazine* (Dezember 2008) zurückgegriffen, sowie auf seine detaillierten, im Internet veröffentlichten Fotos (https://www.flickr.com/photos/dirk_bruin_vlieland/).

Der Film *Naar Nederland* (*In die Niederlande*, S. 161) erschien im Februar 2006 auf DVD im gleichnamigen Begrüßungspaket für Integrationswillige, vorgestellt vom Minister für Ausländerangelegenheiten. Die Szene mit der Frau am Strand wird kommentiert mit: »Nacktheit ist ein Phänomen, an dem sich niemand stört.« Die Übungsfragen (S. 162 f.) sind vergleichbar mit den Fragen aus dem Paket.

Die Passage über Major David Sullivan (S. 252 ff.) stammt aus der Dokumentation *War in Europe*, Teil 1: »The road to war«, ausgestrahlt in der Sendung *Frontline* von PBS im Februar 2000.

Ich danke meinen Testlesern: meinem Schwager Bob Kukic, meiner Freundin Elsa Stam und meiner Schwester Madeleine Kukic-Heijmans. Dank auch an Jelte Nieuwhuis, meine Scharfrichterin und Antreiberin bei Atlas Contact, und an alle anderen im Verlag, die mich in den letzten Jahren mit so viel Begeisterung unterstützt haben. An Tom Harmsen, dem ich eines Abends in seinem Auto vor meinem Haus die Idee zu diesem Buch in drei Sätzen erzählte habe. An meine Schwiegermutter Henny Stam, die immer zur Stelle ist. An meine Söhne Simon und Sentijn und an meine Tochter Sylke, die mir, als ich fertig war, von ihrem Taschengeld eine Blume gekauft hat.

Lesern, die vorhaben, nach Kairo zu fahren, lege ich das Down Town Hotel ans Herz: große Zimmer zu zivilen Preisen, Sonys Zuvorkommenheit inklusive.

Toine Heijmans
Amsterdam
18. November 2013